AUCH VON LISA JEWELL

Ralph's Party Thirtynothing One-Hit Wonder Vince & Joy
A Friend of the Family
31 Dream Street
The Truth About Melody Browne
After the Party
The Making of Us
Before I Met You
The House We Grew Up In
The Third Wife
The Girls
I Found You
Then She Was Gone
Watching You The Family Upstairs
Invisible Girl
The Night She Disappeared

Die Originalausgabe erschien 2022 unter dem Titel »The Family Remains« bei Century, Penguin Random House UK, London.

1. Auflage
Deutsche Erstausgabe 2024

Übersetzung: Franca Tödter und Noah Sievernich
Umschlaggestaltung: by wayan-design unter Verwendung von Motiven von Depositphotos © Iakov (Iakov Kalinin), © Andrey_Kuzmin (Andrey Kuzmin) und Shutterstock © Guivuan Chen
Redaktion: Noah Sievernich
Satz und E-Book-Konvertierung: wayan-design.de
Druck und Bindung: siblog Gmbh, Körnerstraße 68, 04107 Leipzig
Printed in Germany
ISBN: 978-3-96154-706-7 (Printausgabe)
ISBN: 978-3-96154-605-3 (E-Book)
Für Informationen wende dich an Ronin Hörverlag,
Heusteg 47, 91056 Erlangen
www.ronin-hoerverlag.de

»Fesselnd, einfallsreich, atemberaubend.« *TAMAR COHEN*

LISA JEWELL

WAS NICHT VERGESSEN WURDE

Ihr Geheimnis kann nicht für immer begraben bleiben

RŌNIN

Die Fortsetzung des Bestsellers
»Was damals geschah«

Dieses Buch ist dem
Andenken an Steve Simmonds gewidmet

DIE FAMILIEN VOM CHEYNE WALK 16

Die Lambs
Henry Lamb Senior und Martina Lamb.
Henry Lamb Jr., ihr Sohn, der sich auch Phineas Thomson nennt.
Lucy Lamb, ihre Tochter, ehemals verheiratet mit Michael Rimmer; Mutter von Libby, Marco und Stella.
Libby Jones, Lucys Tochter, früher Serenity Lamb; in einer Beziehung mit dem Journalisten Miller Roe.

Die Thomsens
David Thomsen und Sally Thomsen.
Clemency Thomsen, ihre Tochter, die jetzt in Cornwall lebt.
Phineas Thomsen, ihr Sohn, der auch Finn Thomsen genannt wird, lebt jetzt in Botswana.

Birdie Dunlop-Evers, Musikerin.
Justin Redding, der Freund von Birdie.

PROLOG

Juni 2019 – **Samuel**

»Jason Mott?«

»Ja. Hier. Das bin ich.«

Ich starre auf den jungen Mann hinunter, der knöcheltief unter mir im Schlamm des Themseufers steht. Er hat sandfarbenes Haar, das in Vorhängen zu beiden Seiten eines weichen, sommersprossigen Gesichts herabhängt. Er trägt kniehohe Gummistiefel und eine khakifarbene Weste mit vielen Taschen und ist von einem Kreis gaffender Menschen umgeben. Ich gehe zu ihm und versuche, meine Schuhe vom Schlamm fernzuhalten.

»Guten Morgen«, sage ich. »Ich bin DI Samuel Owusu. Das ist Saffron Brown aus unserem Forensik-Team.«

Ich sehe, dass Jason Mott sich sehr bemüht, nicht so auszusehen, als wäre er aufgeregt, in der Gegenwart von zwei echten Polizisten zu sein – und scheitert.

»Ich habe gehört, Sie haben etwas gefunden. Vielleicht können Sie mir das erklären?«

Er nickt eifrig. »Ja. Also. Wie ich schon am Telefon sagte. Ich bin ein Mudlarking-Guide. Ein Profi. Und ich war heute Morgen mit meiner Gruppe hier draußen, und dieser junge Bursche hier«, er zeigt auf einen Jungen, der etwa zwölf Jahre alt scheint, »hat herumgestöbert und diese Tüte geöffnet.« Er zeigt auf eine schwarze Mülltüte, die auf den Kieseln liegt. »Ich meine, Regel Nummer eins beim Mudlarking ist: Nichts anfassen, aber die Tüte lag einfach da, als hätte sie jemand fallen lassen, also war es wohl okay, dass er sie öffnete.«

Obwohl ich keine Ahnung von den Regeln des Mudlarkings

habe, werfe ich dem Jungen einen beruhigenden Blick zu, und er scheint erleichtert zu sein.

»Wie auch immer. Ich weiß es nicht, ich meine, ich bin kein Forensikexperte...« Jason Mott lächelt Saffron nervös an und ich sehe, wie er ein wenig errötet. »Aber ich fand, dass sie aussahen, als könnten sie, Sie wissen schon, menschliche Knochen sein.«

Ich taste mich über die Kieselsteine zu der Tüte vor und öffne sie etwas. Saffron folgt mir und späht über meine Schulter. Das Erste, was wir sehen, ist ein menschlicher Kieferknochen. Ich drehe mich um und schaue sie an. Sie nickt. Dann zieht sie ihre Handschuhe an und rollt eine Plastikfolie aus.

»Gut«, sage ich, stehe auf und blicke auf die Gruppe, die sich im Schlamm versammelt hat. »Wir müssen diesen Bereich räumen. Ich bitte Sie um Ihre Mithilfe.«

Einen Moment lang rührt sich niemand. Dann tritt Jason Mott in Aktion und schafft es, alle vom Strand weg und zurück ans Flussufer zu treiben, wo sie alle stehen und weiter gaffen. Ich sehe ein paar Handys aufblitzen und rufe: »Bitte. Nicht filmen. Dies ist eine sehr heikle Polizeiangelegenheit. Ich danke Ihnen.«

Die Handys verschwinden.

Jason Mott bleibt auf halber Höhe der Stufen zum Flussufer stehen und dreht sich zu mir um. »Sind sie...?«, beginnt er. »Sind sie menschlich?«

»Es hat den Anschein«, antworte ich. »Aber wir werden es nicht genau wissen, bis sie untersucht worden sind. Vielen Dank, Mr. Mott, für Ihre Hilfe.« Ich lächle freundlich und hoffe, dass er das als Signal wahrnimmt, sich mit Fragen zurückzuhalten und zu gehen. Saffron wendet sich wieder den Knochen zu und beginnt, sie aus dem Beutel zu

nehmen und auf der Plastikfolie auszubreiten.
»Klein«, sagt sie. »Möglicherweise ein Kind. Oder ein kleiner Erwachsener.«
»Aber definitiv ein Mensch?«
»Ja, definitiv menschlich.«
Ich höre eine Stimme vom Flussufer herrufen. Es ist Jason Mott.
Ich seufze und wende mich ihm ruhig zu.
»Haben Sie eine Ahnung, wie alt sie sind?«, ruft er nach unten. »Nur vom Sehen?«
Saffron lächelt mich trocken an. Dann wendet sie sich an Jason. »Keine Ahnung. Geben Sie Ihre Daten dem PC beim Auto. Wir werden Sie auf dem Laufenden halten.«
»Danke. Vielen Dank. Das ist großartig.«
Einen Moment später zieht Saffron einen kleinen Schädel aus der schwarzen Tüte.
Sie dreht ihn auf der Plastikfolie um.
»Da«, sagt sie. »Schau. Siehst du das? Eine Haarrissfraktur.«
Ich bücke mich. Und da ist sie. Die wahrscheinliche Todesursache.
Mein Blick schweift den Strand auf und ab und die Flussbiegung entlang, als ob der Mörder in diesem Moment mit dem Mordwerkzeug in der Hand davonlaufen könnte. Dann blicke ich wieder auf den winzigen aschgrauen Schädel und mein Herz füllt sich mit Traurigkeit und Entschlossenheit zugleich.
In diesem kleinen Sack mit Knochen steckt eine ganze Welt. Ich spüre, wie sich die Tür zu dieser Welt öffnet, und trete ein.

TEIL EINS

KAPITEL 1

Juli 2018

Schlaftrunken starrte Rachel auf das Display ihres Handys. Eine französische Nummer. Das Handy rutschte ihr aus der Hand und fiel auf den Boden. Sie nahm es wieder auf und starrte mit großen Augen auf die Nummer, das Adrenalin schoss durch sie hindurch, obwohl es kaum sieben Uhr morgens war.

Schließlich drückte sie auf die Antworttaste. »Hallo?«

»Bonjour, guten Morgen. Hier ist Kommissarin Avril Loubet von der Police Municipale in Nizza. Sind Sie Mrs. Rachel Rimmer?«

»Ja«, antwortete sie. »Am Apparat.«

»Mrs. Rimmer. Ich fürchte, ich rufe Sie mit einer sehr bedrückenden Nachricht an. Bitte, sagen Sie mir. Sind Sie allein?«

»Ja. Ja, das bin ich.«

»Gibt es jemanden, den Sie bitten können, jetzt bei Ihnen zu sein?«

»Mein Vater. Er wohnt in der Nähe. Aber bitte. Sagen Sie es mir einfach.«

»Nun, ich muss Ihnen leider mitteilen, dass die Leiche Ihres Mannes, Michael Rimmer, heute früh von seiner Haushaltshilfe im Keller seines Hauses in Antibes entdeckt wurde.«

Rachel entfuhr ein Geräusch; ein schweres Einatmen mit einem Zischen, wie ein Dampfzug. »Oh«, sagte sie. »Nein!«

»Es tut mir sehr leid. Aber ja. Und es sieht so aus, als wäre er vor einigen Tagen ermordet worden, durch eine Stichwunde. Er ist mindestens seit dem Wochenende tot.«

Rachel setzte sich aufrecht hin und hielt das Handy an ihr anderes Ohr. »Ist es – wissen Sie warum? Oder wer?«

»Die Tatortbeamten sind vor Ort. Wir werden jedes Beweisstück, das wir finden können, freilegen. Aber es scheint, dass Mr. Rimmers Überwachungskamera nicht lief und seine Hintertür unverschlossen war. Es tut mir sehr leid, dass ich Ihnen zu diesem Zeitpunkt nichts Genaueres sagen kann, Mrs. Rimmer. Es tut mir wirklich sehr leid.«

Rachel schaltete ihr Handy aus und ließ es auf ihren Schoß fallen.

Sie starrte einen Moment lang ausdruckslos zum Fenster, wo die Sommersonne sich durch die Schlitze der Jalousie zwängte. Sie seufzte schwer. Dann zog sie ihre Schlafmaske herunter, drehte sich auf die Seite und schlief wieder ein.

KAPITEL 2

Juni 2019

Ich bin Henry Lamb. Ich bin zweiundvierzig Jahre alt. Ich wohne in der besten Wohnung eines hübschen Art-Déco-Blocks gleich um die Ecke der Harley Street. Woher weiß ich, dass es die beste Wohnung ist? Weil der Portier es mir gesagt hat. Wenn er ein Paket hochbringt – er muss keine Pakete hochbringen, aber er ist neugierig, also tut er es – schaut er mir über die Schulter und seine Augen leuchten angesichts des Ausschnitts meiner Inneneinrichtung, den er von meiner Haustür aus sehen kann. Ich habe einen Designer beauftragt. Ich habe einen exquisiten Geschmack, aber ich weiß einfach nicht, wie man geschmackvolle Dinge visuell harmonisch zusammenstellt. Nein. Ich bin nicht gut darin, visuelle Harmonie zu schaffen. Das ist in Ordnung. Ich bin in vielen anderen Dingen gut.

Ich lebe derzeit – ganz ausdrücklich – nicht allein. Ich dachte immer, ich wäre einsam, bevor sie kamen. Ich kehrte nach Hause zurück in meine makellose, teuer renovierte Wohnung, zu meinen schmollenden Perserkatzen, und ich dachte: *Oh, es wäre so schön, jemanden zu haben, mit dem ich über meinen Tag reden könnte. Oder es wäre so schön, wenn jemand in der Küche stünde und mir ein leckeres Essen zubereiten würde, den Deckel von einer kalten Flasche abschrauben würde oder, noch besser, mir etwas in einem Cocktailglas mischen würde.* Ich habe mich lange Zeit sehr selbst bemitleidet. Aber seit gut einem Jahr habe ich Hausgäste – meine Schwester Lucy und ihre beiden Kinder – und bin nie allein. Ständig sind Leute in meiner Küche, aber sie mixen mir keine Cocktails oder schälen Austern, sie fragen mich nicht nach meinem Tag. Sie benutzen meinen Panini-Maker, um das zu machen, was sie *Toasties* nennen, sie kochen heiße Schokolade im falschen Topf, sie werfen nicht recycelbare Abfälle in meine Recycling-Tonne und umgekehrt. Sie schauen laute, unverständliche Sachen auf den Handys, die ich ihnen gekauft habe, und schreien sich gegenseitig an, obwohl es wirklich nicht nötig ist. Und dann ist da noch der Hund. Ein Jack-Russell-Terrier, den meine Schwester vor fünf Jahren auf den Straßen von Nizza gefunden hat, als sie in Mülltonnen stöberte. Er heißt Fitz und er liebt mich. Das beruht auf Gegenseitigkeit. Ich bin ja auch eigentlich ein Hundemensch und habe mir die Katzen nur zugelegt, weil sie für selbstsüchtige Menschen leichter zu versorgen sind. Ich habe online einen Test gemacht – *welche ist Ihre ideale Katzenrasse?* – dreißig Fragen beantwortet, und das Ergebnis lautete: Perserkatze. Ich glaube, der Test war richtig. Als Kind hatte ich nur eine einzige Katze gekannt, ein bösartiges Wesen mit scharfen Krallen. Aber diese Perserkatzen sind eine ganz andere Welt. Sie verlangen, dass man sie liebt. Man hat keine andere Wahl. Aber sie mögen Fitz, den Hund, nicht und sie mögen nicht, dass ich Fitz, den Hund, mag, und die Atmosphäre zwischen den Tieren ist entsetzlich.

Meine Schwester zog letztes Jahr aus Gründen ein, die ich kaum zu beschreiben vermag. Die einfache Version ist, dass sie obdachlos war.

Für die kompliziertere Version müsste ich einen Aufsatz schreiben. Die halbkomplizierte Version lautet: Als ich zehn Jahre alt war, wurde unser (sehr großes) Elternhaus von einem sadistischen Betrüger und seiner Familie infiltriert. Im Laufe von mehr als fünf Jahren übernahm der Betrüger die Kontrolle über den Verstand meiner Eltern und beraubte sie systematisch ihres gesamten Besitzes. Er benutzte unser Haus als sein persönliches Gefängnis und seinen Spielplatz und war rücksichtslos in seinen Bestrebungen, von allen in seiner Umgebung genau das zu bekommen, was er wollte, einschließlich seiner eigenen Frau und seiner Kinder. In jenen Jahren geschahen zahllose unaussprechliche Dinge. Darunter etwa, dass meine Schwester mit dreizehn schwanger wurde, mit vierzehn ein Kind bekam und mit fünfzehn ihr zehn Monate altes Baby in London zurückließ und nach Südfrankreich floh. Sie bekam zwei weitere Kinder von zwei weiteren Männern, ernährte und kleidete sie mit Geld, das sie als Straßenmusikerin in Nizza verdiente, schlief ein paar Nächte auf der Straße und beschloss dann, nach Hause zu kommen, als sie (neben vielen anderen Dingen) spürte, dass sie eine große Erbschaft aus einem Treuhandfond erhalten könnte, den unsere Eltern eingerichtet hatten, als wir noch Kinder waren.

Die gute Nachricht ist, dass der Treuhandfond letzte Woche endlich ausgezahlt wurde, und jetzt – eine Trompetenfanfare wäre hier vielleicht angebracht – sind sie und ich beide Millionäre, was bedeutet, dass sie sich ein eigenes Haus kaufen und mit ihren Kindern und ihrem Hund ausziehen kann, und dass ich wieder allein sein werde.

Und dann werde ich mich der nächsten Phase meines Lebens stellen müssen.

Zweiundvierzig ist ein seltsames Alter. Weder jung noch alt. Wenn ich heterosexuell wäre, würde ich jetzt vermutlich verzweifelt versuchen, in letzter Minute eine Frau mit funktionierenden Eierstöcken zu finden. Da ich aber nicht heterosexuell bin und auch nicht zu der Sorte Mann gehöre, mit der andere Männer eine lange und bedeutungsvolle Beziehung eingehen wollen, lässt mich das in der denkbar schlechtesten Position zurück – ein nicht liebenswerter schwuler Mann mit verwelktem Aussehen.

Töte mich jetzt.

Aber es gibt einen Schimmer von etwas Neuem. Das Geld ist schön, aber das Geld ist nicht das, was schimmert. Das, was schimmert, ist ein verlorenes Puzzlestück aus meiner Vergangenheit. Ein Mann, den ich liebe, seit wir beide Jungen in meinem Horrorhaus der Kindheit waren. Ein Mann, der jetzt dreiundvierzig Jahre alt ist, einen ziemlich ungepflegten Bart und tiefe Lachfalten im Gesicht hat und als Wildhüter in Botswana arbeitet. Ein Mann, der – Überraschung – der Sohn des Betrügers ist, der meine Kindheit ruiniert hat. Und auch – zweiter Handlungsstrang – der Vater meiner Nichte, Libby. Ja, Phineas hat Lucy geschwängert, als er sechzehn und sie dreizehn war, und ja, das ist in vielerlei Hinsicht falsch, und man könnte meinen, dass mich das von ihm abschrecken würde, und eine Zeit lang tat es das auch. Aber wir haben uns alle in diesem Haus schlecht benommen, keiner von uns ist ohne einen blauen Fleck davongekommen. Ich habe gelernt, unsere Sünden als Überlebensstrategien zu akzeptieren.

Ich habe Phineas Thomsen nicht mehr gesehen, seit ich sechzehn und er achtzehn Jahre alt war. Aber letzte Woche, auf der Geburtstagsfeier meiner Nichte, erzählte uns der Freund meiner Nichte, ein Enthüllungsjournalist, dass er ihn für sie aufgespürt hatte. Eine Art emotionales Geburtstagsgeschenk für seine Freundin. *Schau, ich habe deinen lang vermissten Vater ans Licht gezerrt!*

Und nun sitze ich hier, an einem strahlenden Mittwochmorgen im Juni, zurückgezogen in der Stille meines Schlafzimmers, den Laptop aufgeklappt, meine Finger streicheln das Touchpad und führen den Cursor sanft über

die Website des Wildreservats, in dem er arbeitet. Das Wildreservat, das ich sehr, sehr bald besuchen werde.
Phin Thomsen, so kannte ich ihn, als wir als Kinder zusammenwohnten.
Finn Thomsen ist das Pseudonym, hinter dem er sich all die Jahre versteckt hat.
Ich war so nah dran. Ein *F* für ein *Ph*. All die Jahre hätte ich ihn finden können, wenn ich nur daran gedacht hätte, mit dem Alphabet herumzuspielen. Wie klug von ihm. So schlau. Phin war immer der klügste Mensch, den ich kannte. Na ja, abgesehen von mir natürlich.
Ich zucke zusammen, als es leise an meiner Zimmertür klopft.
Ich seufze. »Ja?«
»Henry, ich bin's. Darf ich reinkommen?«
Es ist meine Schwester. Ich seufze erneut und klappe meinen Laptop zu. »Ja, sicher.«
Sie öffnet die Tür gerade so weit, dass sie hindurchschlüpfen kann, und schließt sie dann vorsichtig hinter sich.
Lucy ist eine gutaussehende Frau. Als ich sie letztes Jahr zum ersten Mal seit Teenagertagen sah, war ich überrascht, wie schön sie ist. Sie hat ein Gesicht, das Geschichten erzählt, sie sieht aus wie vierzig, sie pflegt sich kaum, sie kleidet sich wie ein Eimer voller Lumpen, aber irgendwie sieht sie trotzdem immer schöner aus als jede andere Frau im Raum. Es ist etwas an dem Zusammenspiel ihrer bernsteinfarbenen Augen mit den schmutzig-goldenen Strähnen in ihrem Haar, an ihrer Schwerelosigkeit, an der honigsüßen Stimme, an der Art, wie sie sich bewegt und hält und Dinge berührt und einen ansieht. Mein Vater sah aus wie eine Schweinefleischpastete auf Beinen, und meine glückliche Schwester hat alle Blicke von unserer eleganten

halbtürkischen Mutter abgelenkt und auf sich gezogen. Ich bin irgendwo zwischen den beiden Lagern gelandet. Glücklicherweise habe ich den Körperbau meiner Mutter, aber leider mehr als einen gerechten Anteil der groben Gesichtszüge meines Vaters. Ich habe mein Bestes getan mit dem, was die Natur mir gegeben hat. Mit Geld kann man keine Liebe kaufen, aber man kann einen gemeißelten Kiefer, perfekt ausgerichtete Zähne und aufgeplusterte Lippen erstehen.

Mein Schlafzimmer ist erfüllt vom Duft des Öls, das meine Schwester für ihr Haar verwendet. Es stammt aus einer braunen Glasflasche, die aussieht, als hätte sie sie auf einem Bauernmarkt gekauft.

»Ich wollte mit dir reden«, sagt sie und schiebt eine Hose von einem Stuhl in der Ecke meines Zimmers, damit sie sich setzen kann. »Wegen letzter Woche, bei Libbys Geburtstagsessen?«

Ich fixiere sie mit ihrem *Ja, ich höre zu, bitte fahre fort-Blick.*

»Was du zu Libby und Miller gesagt hast...«

Libby ist die Tochter, die Lucy mit Phin hatte, als sie vierzehn war. Miller ist Libbys Freund, der Journalist. Ich nicke.

»Dass du mit ihnen nach Botswana gehst.«

Ich nicke wieder. Ich weiß, was jetzt kommt.

»War das dein Ernst?«

»Ja. Natürlich war ich das.«

»Hältst du es für eine gute Idee?«

»Ja, ich halte es für eine wunderbare Idee. Warum sollte ich nicht?«

»Ich weiß nicht. Ich meine, es sollte ein romantischer Urlaub sein, nur für die beiden...«

Ich schmunzle. »Er sprach davon, seine Mutter mitzunehmen. So romantisch kann das nicht gemeint gewesen sein.«

Natürlich rede ich Blödsinn, aber ich fühle mich in der Defensive. Miller will Libby nach Botswana bringen, um sie mit dem Vater wiederzuvereinen, den sie seit ihrer Kindheit nicht mehr gesehen hat. Aber Phin ist auch ein Teil von mir. Nicht nur ein Teil von mir, sondern fast alles von mir. Ich habe *buchstäblich* (und ich verwende das Wort buchstäblich hier im wahrsten Sinne des Wortes) mindestens einmal pro Stunde an Phin gedacht, jede Stunde, seit ich sechzehn Jahre alt bin. Wie könnte ich jetzt nicht zu ihm gehen wollen, genau jetzt?

»Ich werde ihnen nicht in die Quere kommen«, biete ich an. »Ich werde sie ihr eigenes Ding machen lassen.«

»Richtig«, sagt Lucy , immer noch zweifelnd. »Und was wirst du tun?«

»Ich werde…« Ich halte inne. Was werde ich tun? Ich habe keine Ahnung. Ich werde einfach bei Phin sein.

Und danach – nun, wir werden sehen, nicht wahr?

KAPITEL 3

August 2016

Rachel lernte Michael im Spätsommer 2016 in einer Apotheke in Martha's Vineyard kennen. Sie wartete auf ein Rezept für die Pille danach, das ihr von einem sehr jungen und etwas voreingenommenen Mann ausgestellt werden sollte. Michael ging vor ihr her und begrüßte den Apotheker mit einem forschen: »Ist es schon fertig?«

Der voreingenommene Apotheker blinzelte langsam und sagte: »Nein, Sir, das ist es nicht. Darf ich Sie bitten, Platz zu nehmen? Es dauert nicht mehr lange.«

Michael setzte sich auf den Platz neben Rachel. Er verschränkte die Arme und seufzte. Sie konnte spüren, dass er mit ihr reden wollte, und dieses Gefühl bestätigte sich.

»Dieser Kerl«, murmelte er, »ist einfach eine Wonne«.

Sie lachte und drehte sich um, um ihn zu betrachten. Um die vierzig, in ihren Augen aber eher dreißig. Gebräunt, natürlich. Am Ende eines langen Martha's Vineyard Sommers gab es niemanden mehr, der nicht gebräunt war. Ein Haarschnitt war allerdings mal wieder fällig. Wahrscheinlich wartete er, bis er wieder in der Stadt war.

»Er ist ein wenig voreingenommen«, antwortete sie leise flüsternd. »Ja«, stimmte er zu, »ja. Seltsam, bei einem so jungen Mann.«

Rachel war sich damals des gerade erst abgeduschten Schweißes eines Jungen namens Aiden bewusst gewesen, der noch immer an ihrer Haut klebte. Die empfindlichen Stellen an ihren Oberschenkelinnenseiten, wo sich seine Hüftknochen in ihr Fleisch gebohrt hatten, der zuckrige Geruch seines Bieratems, der sich in den Winkeln und

Spalten ihres Körpers festgesetzt hatte. Und jetzt war sie hier und flirtete mit einem Mann, der alt genug war, um Aidens Vater zu sein, während sie auf eine Notfallverhütung wartete.

Für Rachel war es jetzt wirklich Zeit, nach Hause zu gehen. Der Sommer war verzweifelt und schmutzig gewesen, und sie war verbraucht und erschöpft.

Der Apotheker zog eine Papiertüte aus einer Halterung auf dem Karussell hinter ihm und schaute auf das Etikett. »Miss Rachel Gold?«, rief er. »Ich habe Ihr Rezept.«

»Oh.« Sie lächelte Michael an. »Das bin ich. Ich hoffe, du musst nicht zu lange warten.«

»Vordränglerin«, sagte Michael mit einem sardonischen Lächeln.

Sie tippte ihre PIN in das Kartenlesegerät ein und nahm die Tüte aus der Hand des Apothekers. Als sie sich umdrehte, um zu gehen, sah Michael sie immer noch an.

»Woher kommst du?«, fragte er.

»England.«

»Ja, natürlich, aber wo in England?«

»London.«

»Und wo in London?«

»Kennst du London?«

»Ich habe eine Wohnung in Fulham.«

»Oh«, sagte sie. »Ok. Ich wohne in Camden Town.«

»Wo?«

»Ähm.« Sie lachte.

»Entschuldigung. Ich bin ein Anglophiler. Ich bin besessen von diesem Ort. Keine weiteren Fragen. Ich halte dich nicht weiter auf, Rachel Gold.«

Sie hob ihre andere Hand zum vagen Abschied und ging schnell durch den Laden, durch die Tür und auf die Straße.

Zwei Monate später aß Rachel an ihrem Schreibtisch im Atelier zu Mittag, als in ihrem Posteingang eine E-Mail mit dem Titel *Vom amerikanischen Anglophilen zur englischen Vordränglerin* erschien.
Sie brauchte ein oder zwei Sekunden, um die scheinbar unzusammenhängenden Wörter zu entschlüsseln. Dann öffnete sie die E-Mail:

Hallo Rachel Gold,

Hier ist Michael. Wir haben uns im August in einer Apotheke in Martha's Vineyard getroffen. Du hast nach Holzrauch und Bier gerochen. Auf eine gute Art. Ich werde ein paar Monate in London bleiben und wollte wissen, ob du mir einen Ort in Camden empfehlen kannst, den ich erkunden kann. Ich war seit meiner Teenagerzeit nicht mehr in der Gegend – ich wollte Haschisch kaufen und habe stattdessen einen gestreiften Rucksack und eine Bong gekauft. Ich bin mir aber sicher, dass der Ort mehr zu bieten hat als den Markt und die Drogendealer, und ich würde mich über eine Insiderin freuen, die ihre Sicht der Dinge schildert. Wenn du beim Erscheinen dieses Schreibens in deinem Posteingang entsetzt aufschreckst, lösche es bitte, ignoriere es oder rufe die Polizei (Nein, rufe nicht die Polizei!). Aber ansonsten würde ich mich freuen, von dir zu hören. Und meine leicht überspitzte Kenntnis der Londoner Postleitzahlen hat mich übrigens zu deiner E-Mail-Adresse geführt. Ich habe ‚Rachel Gold' gegoogelt, dann ‚NW1', und da tauchtest du auf deiner Website auf. Wie treffend, dass eine Schmuckdesignerin den Nachnamen Gold trägt. Wenn mein Nachname nur Diamond wäre, wären wir das perfekte Paar. So aber heiße ich Rimmer. Machen Sie daraus, was Sie wol-

len. Wie auch immer, ich werde von dir hören, wenn ich von dir höre, und wenn nicht, werde ich etwas von deiner Website kaufen und es meiner Mutter zum Geburtstag schenken. Du bist sehr, sehr talentiert.
Mit freundlichen Grüßen, Michael xo

Rachel saß einen Moment lang mit angehaltenem Atem da und überlegte, ob sie lächeln oder eine Grimasse schneiden sollte. Sie rief sich das Gesicht des Mannes wieder ins Gedächtnis, aber sie konnte es nicht ganz zuordnen. Das Gesicht von Michael C. Hall tauchte immer wieder auf und verschwamm. Am Ende seiner E-Mail stand jedoch ein Firmenname. MCR International. Sie googelte danach und fand eine anonyme Website für eine Art Logistik-/Transportunternehmen mit einer Adresse in Antibes in Südfrankreich. Sie googelte Michael Rimmer Antibes und fand ihn schließlich auf einer Website für Lokalnachrichten, wo er auf einer Party zur Eröffnung eines neuen Restaurants eine Champagnerflöte hielt. Sie vergrößerte sein Gesicht und starrte es eine Weile auf ihrem Bildschirm an. Er sah nicht aus wie Michael C. Hall. Er sah ... einfach gut aus – so würde sie es beschreiben. Einfach gutaussehend.
Aber die Art und Weise, wie sein weißes T-Shirt auf den Bund einer blauen Jeans traf, hatte etwas Sexuelles. Nicht in die Hose gesteckt. Nicht heruntergezogen. Sie streiften nur die Ränder des jeweils anderen. Eine Art von Einladung. Sie fand es überraschend und plötzlich erregend, und als ihr Blick wieder auf sein Gesicht fiel, sah er mehr als nur gut aus. Er sah hart aus. Fast grausam. Aber das machte Rachel bei einem Mann nichts aus. Es konnte zu ihren Gunsten wirken, wenn sie es wollte.
Sie schloss ihre E-Mails wieder. Sie würde antworten. Sie

würde sich mit ihm treffen. Sie würde Sex mit ihm haben. All das wusste sie. Aber jetzt noch nicht. Sie würde ihn noch eine Weile warten lassen. Sie hatte es schließlich nicht eilig.

KAPITEL 4

Juni 2019

Am nächsten Morgen gehe ich joggen. Ich muss ehrlich sein und sagen, dass ich wirklich nicht gerne laufe. Aber ich mag es auch nicht, ins Fitnessstudio zu gehen und all die perfekten Jungs zu sehen, die nicht einmal einen Blick in meine Richtung werfen. Früher war das Fitnessstudio mein Spielplatz, aber jetzt nicht mehr. Jetzt ziehe ich mich an, halte den Blick gesenkt, beiße die Zähne zusammen, bis ich diese beruhigende, befriedigende Verbindung zwischen meinen Füßen, dem Boden, meinen Gedanken und dem Takt der Musik in meinen Ohren spüre, und das tue ich so lange, bis ich eine ganze Runde durch den Regent's Park gedreht habe. Dann gehört der Tag mir.

Aber heute klappt es nicht. Mein Atem rattert durch meine Lungen und ich möchte immer wieder anhalten, mich hinsetzen. Es fühlt sich falsch an. Alles fühlt sich falsch an, seit ich herausgefunden habe, dass Phin noch existiert.

Meine Füße setzen so hart auf dem Asphalt auf, dass ich dessen Unebenheiten durch die Sohlen meiner Turnschuhe fast spüren kann. Plötzlich taucht die Sonne durch einen weichen Vorhang aus Juniwolken auf und versengt meine Sicht. Ich ziehe meine Sonnenbrille auf und höre endlich auf zu laufen.

Ich habe mich verirrt. Und nur Phin kann mich zurückführen.

Ich rufe Libby an, als ich nach Hause komme.

Die reizende Libby. »*Hallo, du*!«

Sie ist genau die Art von Mensch, die Hallo, du sagt.

Ich erwidere es so ausgiebig, wie es mir möglich ist.
»Hallo, du!«
»Was gibt's Neues?«
»Neu? Oh, eigentlich nichts. Ich war nur joggen. Und duschen. Ich habe gerade darüber nachgedacht, was wir neulich bei deinem Geburtstagsessen besprochen haben.«
»Die Safari?«
»Ja, die Safari. Lucy sagt, ich soll nicht mitkommen.«
»Oh. Warum?«
»Sie glaubt, dass du und Miller eine romantische Auszeit nur für euch beide wollt.«
»Oh, nein, Unsinn. Natürlich kannst du kommen, gerne sogar. Aber wir sind auf ein Problem gestoßen.«
»Ein Problem?«
»Ja. Miller rief neulich in der Lodge an, um sich nach einer zusätzlichen Person zu erkundigen, und offenbar hat Phin...« Sie hält inne.
»Ja?«
»Er ist weg.«
Ich setze mich schwer auf den nächstgelegenen Stuhl, mein Kiefer hängt schlaff herunter. »Weg?«
»Ja. Er sagte, er habe einen Notfall in der Familie und wisse nicht, wann er zurück sein würde.«
»Aber ...« Ich halte inne. Ich bin wütend. Libbys Freund Miller ist ein angesehener Enthüllungsjournalist. Er hat ein Jahr seines Lebens damit verbracht, Phin aufzuspüren (nicht für mich, versteht sich, sondern für Libby), und dann, fünf Sekunden nachdem es ihm endlich gelungen ist, hat Miller offensichtlich etwas völlig Dummes getan, was dazu geführt hat, dass Phin die Flucht ergriffen hat. Das journalistische Äquivalent dazu, bei einer Hirschjagd auf einen Zweig zu treten.

»Ich verstehe das nicht«, sage ich und versuche, ruhig zu klingen. »Was ist schiefgelaufen?«
Libby seufzt und ich stelle mir vor, wie sie die Spitzen ihrer Wimpern berührt, wie sie es oft tut, wenn sie redet. »Wir wissen es nicht. Miller hätte nicht diskreter sein können, als er die Buchung vornahm. Das Einzige, was wir für möglich halten, ist, dass Phin meinen Namen irgendwie wiedererkannt hat. Wir nahmen an, dass er mich nur unter meinem Geburtsnamen kennen würde. Aber vielleicht kennt er auch meinen Adoptivnamen. Irgendwie.«
»Ich gehe natürlich davon aus, dass Miller seine Buchungen unter einem Pseudonym vorgenommen hat.«
Es herrscht eine kurze Stille. Ich seufze und fahre mir mit der Hand durch mein nasses Haar. »Er muss es doch getan haben, oder?«
»Ich weiß es nicht. Ich meine, warum sollte er das müssen?«
»Weil er einen fünftausend Wörter langen Artikel über unsere Familie geschrieben hat, der erst vor vier Jahren in einem großen Magazin erschienen ist. Und vielleicht tut Phin mehr, als nur auf Jeeps zu sitzen und herrlich auszusehen. Vielleicht benutzt er ja auch das Internet?« Ich halte mir den Mund zu. Böse, böse, böse. *Sei nicht böse zu Libby.*
»Tut mir leid«, sage ich. »Tut mir leid. Es ist einfach nur frustrierend. Das ist alles. Ich dachte nur…«
»Ich weiß«, sagt sie. »Ich weiß.«
Aber sie weiß es nicht. Sie weiß es überhaupt nicht.
»Also«, sage ich, »was hast du vor zu tun? Wollt ihr immer noch gehen?«
»Ich weiß nicht«, antwortet sie. »Wir denken darüber nach. Wir könnten es verschieben.«
»Oder ihr könntet…«, beginne ich, als mir eine mögliche Lösung in den Kopf kommt, »… herausfinden, wo er

hingegangen ist?«

»Ja. Miller arbeitet ein bisschen an dem Typen mit den Reservierungen herum. Mal sehen, was er ihm entlocken kann. Aber anscheinend weiß dort niemand wirklich viel über Phin Thomsen.«

Ich schließe das Gespräch ab. Dinge, die ich nicht mit Libby besprechen kann, schwirren zerstreut durch meinen Kopf, und ich brauche Ruhe, um sie Gestalt annehmen zu lassen. Ich besuche erneut die Website von Phins Wildreservat. Es ist ein sehr angesehenes Wildreservat. International bekannt. Unanfechtbare ökologische und soziale Referenzen. Phin würde natürlich nur an einem solchen Ort arbeiten.

Als er fünfzehn Jahre alt war, sagte er mir, dass er eines Tages Safari-Guide werden wolle. Ich habe keine Ahnung, welchen Weg er aus dem Haus des Schreckens, in dem wir aufgewachsen sind, genommen hat, um dorthin zu gelangen, aber er hat es geschafft. Wollte ich damals, als ich noch ein Kind war, der Gründungspartner eines trendigen Unternehmens für Softwaredesignlösungen sein? Nein, das wollte ich natürlich nicht. Ich wollte alles werden, was das Leben mir zuwarf. Ich wollte das sein, was ich sein würde, nachdem ich all die normalen Dinge getan hatte, die Menschen tun, die nicht in einem Horrorhaus aufgewachsen sind und dann ihr junges Erwachsenenalter damit verbracht haben, allein in einem Wohnheim zu leben, ohne akademische Qualifikationen, ohne Freunde und ohne Familie. So etwas wollte ich sein. Aber in der Geschichte, die dieses sich drehende Rolodex des endlosen und unendlichen Universum mir gegeben hat, bin ich hier, und ich sollte froh und dankbar sein. Und in gewisser Weise bin ich das auch. Ich schätze, in einem anderen dieser Universen hätte ich vielleicht, wie mein Vater vor mir, dagesessen und wäre fett geworden, während ich darauf wartete, dass meine Eltern starben, damit ich mein Erbe antreten konnte. Ich hätte ein Leben voller Langeweile und Trägheit führen können. Aber ich hatte keine andere Wahl, als zu arbeiten, und ich habe mein Leben erfolgreich gemeistert, und ich denke, das ist doch eine gute Sache, oder?

Aber Phin, natürlich, Phin wusste schon damals, was er wollte. Er wartete nicht darauf, vom Universum geformt zu werden. Er formte das Universum nach seinem Willen.

Ich mache mich auf den Weg zur Arbeit und stelle fest, dass ich während einer Telefonkonferenz und zwei Besprechungen immer noch unkonzentriert bin. Ich schnauze Leute an, die ich noch nie angeschnauzt habe, und spüre dann erst den Selbsthass in mir. Als ich an diesem Abend um sieben nach Hause komme, sitzt mein Neffe Marco mit einem Schulfreund auf dem Sofa, einem netten Jungen, den ich schon einmal getroffen habe und gegenüber dem ich mich nett zu sein bemüht habe. Er steht auf, als ich reinkomme, und sagt: »Hallo Henry, Marco hat gesagt, es ist okay, wenn ich komme. Ich hoffe, es macht dir nichts aus.« Sein Name ist Alf und er ist reizend. Aber im Moment will ich ihn nicht auf meinem Sofa haben, und ich schenke ihm nicht einmal ein Lächeln. Ich grunze: »Bitte sagt mir, dass ihr nicht vorhabt zu kochen?«

Alf wirft Marco einen unsicheren Blick zu, dann schütteln sie beide den Kopf. »Nein«, sagt Alf, »nein, wir wollten nur abhängen.«

Ich nicke knapp und gehe in mein Zimmer.

Ich weiß, was ich tun werde. Und ich muss wirklich etwas tun, sonst explodiere ich. Ich kann nicht herumsitzen und darauf warten, dass der schwerfällige Miller Roe die Sache in Ordnung bringt. Ich muss es selbst in Ordnung bringen. Ich gehe auf Booking.com und buche mir einen viertägigen All-inclusive-Aufenthalt in der Chobe Game Lodge in Botswana.

Für eine Person.

KAPITEL 5
Oktober 2016

Mit ihren zweiunddreißig Jahren versuchte Rachel, sich nicht zu sehr mit der Tatsache zu befassen, dass ihre gesamte erwachsene Existenz eine Illusion war. Ihre Wohnung gehörte ihrem Vater, der auch ihr Geschäft finanzierte. Es hatte sich so allmählich entwickelt, dieses Vertrauen auf die Bewunderung und das Wohlwollen ihres Vaters, dass sie gar nicht bemerkt hatte, wie es von etwas, *das Eltern tun, um ihren Kindern den Start ins Leben zu erleichtern*, zu etwas gekippt war, über das zu sprechen ihr zu peinlich war. Ihr Schmuckgeschäft brachte zwar Geld ein, war aber noch nicht profitabel. Sie konnte sich einmal im Monat vormachen, dass sie Gewinn machte – wenn ihr Taschengeld eintraf und ihre Konten von rot auf schwarz umstellte. Aber in Wirklichkeit war sie noch mindestens ein Jahr davon entfernt, ihren Lebensunterhalt zu verdienen, und selbst dann würde es davon abhängen, ob alles gut lief und nichts schiefging. In sechs Monaten würde sie dreiunddreißig sein, längst vergangen das Alter, von dem sie glaubte, dass es mit der Unabhängigkeit von ihrem Vater einherginge.

Aber für den objektiven Betrachter machte Rachel Gold eine beeindruckende Figur: 1,70 m groß, sportlich, gepflegt, dezent unnahbar. Sie sah aus wie eine Selfmade-Frau. Eine Frau, die ihre Hypothek selbst abbezahlt, ihre Mitgliedschaft im Fitnessstudio selbst bezahlt und ein eigenes Uber-Konto hat.

An einem Freitagabend Ende Oktober, eine Woche nach der unerwarteten E-Mail des Amerikaners, auf die sie immer noch nicht geantwortet hatte, ging Rachel nach der Arbeit mit der Frau aus dem Studio nebenan in ihrem Wohnkomplex an der Grenze zwischen West Hampstead und Kilburn etwas trinken. Paige war dreiundzwanzig und wohnte noch bei ihrer Mutter, verdiente aber ihr eigenes Geld, genug, um ihrer Mutter etwas Miete zu zahlen, genug, um ihre eigenen Ferien und ihre eigenen Drinks und ihr eigenes Augenbrauenfärben zu bezahlen. Paige stellte Schmuck aus unedlen Metallen her, im Gegensatz zu Rachel, die Gold und Platin verwendete. Paige lebte unter ihren Möglichkeiten und sparte. Sie hatte die Kunstschule erst vor zwei Jahren verlassen, aber sie war schon erwachsener als Rachel.

In der Kneipe holte Rachel die erste Runde: eine Flasche Pinot Grigio. Auf der Terrasse gab es Heizstrahler, also tranken sie ihn draußen, mit Decken über den Knien. Rachel fragte Paige über ihr Liebesleben aus. Paige sagte: »Nil. Nada. Null. Nix. Und du?«

»Ein Mann«, begann Rachel zunächst zögernd und dann mit der unbestimmten Gewissheit, dass dies ein Gespräch war, das sie führen musste. »Ich habe ihn diesen Sommer in den Staaten kennengelernt, dann hat er mich im Internet verfolgt und mich über meine Website angeschrieben. Er sagte, er würde für ein paar Monate in London sein und wolle sich mit mir treffen. Ich habe irgendwie...« Sie stellte die Weinflasche in die Kühlbox.

»Ich kann irgendwie nicht aufhören, an ihn zu denken. Zuerst dachte ich, ich weiß nicht, vielleicht ist es ein bisschen unheimlich. Er ist ja auch schon älter.«

»Gott. Wie viel älter?«

»Vielleicht zehn Jahre? Anfang vierzig, würde ich sagen. Hier.« Sie drehte ihr Handy zu Paige hin und zeigte ihr das Foto von Michael Rimmer, das sie in ihrer Fotogalerie

gespeichert hatte.
»Heiß.«
»Glaubst du?«
»Ja, auf diese Weise. Verstehst du?«
»Auf welche Weise?« Sie kniff die Augen zusammen und wollte nicht, dass Paige ihre eigenen seltsamen Gedanken über diesen unerwarteten Mann wiederholte. »Sieht aus, als würde er dich hart ficken. Und dann liegt er da, splitternackt, mit den Armen hinter dem Kopf und bittet dich, ihm einen Drink zu holen.«
»Scheiße.« Sie riss Paige das Handy aus der Hand.
»Was, du weißt schon, eine gute Sache sein könnte? Ja?«
»Gott. Ich weiß nicht so recht. Ja, vielleicht. Aber nein. Im Guten wie im Schlechten, schätze ich. Ich werde nächstes Jahr dreiunddreißig. Ist es das, was ich will?«
»Ich weiß nicht – sag du es mir?« Paige schaute sie fragend an, eine Herausforderung in ihrem Blick.
»Nein. Nein. Ich meine, ja. Zum Spaß. Aber nicht für die Ehe, Babys und all das.«
»Ist es das, was du willst?«
»Nein, nicht wirklich, aber vielleicht will ich es und ich möchte nicht mit einem Mann zusammen sein, der sich nicht kümmert, oder? Man braucht einen Mann, der sich um die Kinder kümmert, wenn man Babys macht. Und dieser Typ«, sie warf wieder einen Blick auf Michael Rimmer, der in einem schäbigen Restaurant an der Côte d'Azur sein Champagnerglas umklammerte, »sieht nicht wie ein Versorger aus.«
»Nun«, sagte Paige. »Wenn du noch nicht bereit für Babys und die Ehe bist, warum nimmst du ihn nicht einfach als deinen letzten, der nicht *der Richtige* ist. Er ist nur für ein paar Monate in London. Nimm ihn einfach.«

Eine Welle nervöser Energie durchfuhr Rachel bei Paiges Vorschlag. Sie hatte gerade Rachels eigene Gedanken in Worte gefasst.

»Ja«, sagte sie. »Ja. Vielleicht werde ich das.«

KAPITEL 6
Juni 2019

Lucy geht auf einen jungen Mann in einem engen grauen Anzug zu, der einen Ordner in der Hand hält. Sie streckt ihm die Hand entgegen und er schüttelt sie.

»Max Blackwood«, sagt er. »Sie müssen Lucy sein. Freut mich, Sie kennenzulernen. Haben Sie es gut gefunden?«

»Auf jeden Fall«, antwortet sie, »ich habe es einfach in Google Maps eingegeben. Heutzutage ist es leicht, sich zurechtzufinden, nicht wahr?«

»Sehr richtig«, antwortet er und erzählt ihr dann Geschichten von Google Maps, bei denen sich Leute verirrten und in Sackgassen, auf Schafsweiden und in die Gärten anderer Leute geführt wurden. Während er erzählt, gehen sie langsam auf das Haus zu. Lucy versucht, sich ihre Ehrfurcht und Aufregung nicht anmerken zu lassen. Sie trägt Kleider, die Henry, ihr Bruder, für sie ausgesucht hat. Er sagte: »Wenn man sich Millionenhäuser ansieht, muss man aussehen, als hätte man eine Million.«

Er hatte sie die Marylebone High Street rauf und runter geschleppt, war mit ihr in trendigen französischen Boutiquen ein- und ausgegangen und hatte sie dazu gebracht, sich eine Hausgarderobe aus weichen T-Shirts, maßgeschneiderten Hosen, ausladenden Maxikleidern, Blazern und strahlend weißen Turnschuhen mit Metallic-Muster zu kaufen. Dann steckte er sie für drei Stunden in einen Friseursalon zu einem Mann namens Jed, der ihr acht Zentimeter ihres sonnenverbrannten Haars abschnitt und den Rest mit vanilleblonden Strähnen versah.

Kurz nachdem sie bei ihm eingezogen war, hatte Henry sie

dazu gebracht, sich die Zähne bleachen zu lassen. Sie hatte bemerkt, dass er jedes Mal zusammenzuckte, wenn sie lächelte, und schließlich gefragt: »Stimmt etwas mit meinen Zähnen nicht?«, woraufhin er nur erwidert hatte: »Ich nehme an, man verliert leicht den Blick für solche Dinge, wenn man so lange keinen regelmäßigen Zugang zu einem Spiegel hatte.«

So ein Scheißkerl, ihr großer Bruder. Er verbarg es mit einer schelmischen Fassade aus schwarzem Humor, aber sie vermutete manchmal, dass die Dunkelheit viel tiefer lag.

Sie klappt ihre Sonnenbrille von der Nase in die Haare hoch und schaut auf das Haus, das vor ihr steht. Es ist ein ehemaliges Pfarrhaus mit vier Schlafzimmern in der Nähe von St. Albans. Es hat einen Obstgarten, eine Holzschaukel, ein Trampolin und einen 60 Meter langen Garten mit Rasen, an dessen Ende ein baufälliger Pavillon steht. Fenster mit Steinpfosten, über denen Wasserspeier thronen. Eine doppelte Eingangstür mit Messingklopfern und Schuhabstreifern und eingebauten Bänken auf beiden Seiten. Es ist schmuddelig und ein bisschen zerfallen. Die Vorhänge, die sie durch die Fenster sehen kann, sind von der Sonne ausgebleicht und zerfetzt. Aber im Grunde ist es eines der schönsten Häuser, die sie je in ihrem Leben gesehen hat. Sie setzt ein Pokerface auf und sagt: »Es ist schön.«

»Das ist es wirklich«, sagt er und sortiert die Schlüssel in seiner Hand, um den zu finden, der die Haustür aufschließt. »Diese Art von Ort kommt nicht sehr oft vor. Kennen Sie sich in der Gegend aus?«

»Ja«, sagt sie. »Meine Tochter wohnt in St. Albans, in der Nähe des Zentrums.«

Die Worte bereiten ihr immer noch einen Schauer der Freude. Meine Tochter. Libby Jones. Serenity Lamb. Die

Tochter, die sie als Baby zurücklassen musste und dann vor einem Jahr wiederfand, als sie gerade fünfundzwanzig geworden war. Sie hat weiches blondes Haar, Libby Jones, und blassblaue Augen, und sie hält deinen Blick, wenn du mit ihr sprichst, auf eine Art und Weise, die dir das Gefühl gibt, dass du ihr alles sagen kannst und sie es ohne Wertung aufnehmen wird. Sie hat einen Londoner Akzent: keinen glasklaren englischen Akzent wie Lucy, die auf eine Schule ging, auf der man sie zwang, einen Strohhut und eine Bluse mit Tortenkragen zu tragen, sondern einen Akzent, bei dem die Ränder abgeschnitten und abgeflacht sind, bei dem an den Enden bestimmter Wörter Stücke fehlen, einen Akzent, der sich in Gesamtschulen und in Vorstadt-Reihenhäusern gebildet hat. Sie hat Sommersprossen auf den Armen und trägt ihr Haar im Seitenscheitel. Alle paar Minuten streicht sie es hinter ihr Ohr, und manchmal berührt sie mit dem Finger die Spitzen ihrer Wimpern, als ob sie prüfen wollte, dass sie noch da sind. Sie riecht nach Vanille. Sie wäscht sich oft die Hände. Sie mag Obst. Ihre Handschrift ist sehr ordentlich. Sie ist großartig.

»Oh«, sagt Max und dreht sich zu ihr, um sie anzulächeln. »Das ist gut. Sie wird sich sicher freuen, wenn Mama die Straße hochkommt.«

Das Haus steht leer. Die Besitzer haben sich bereits in eine Neubauwohnung zurückgezogen. Sie haben die blanken Knochen einiger Einrichtungsgegenstände zurückgelassen, um den Eindruck eines geliebten Familienhauses zu erwecken. In Wirklichkeit dient die Sparsamkeit aber nur dazu, die Tatsache hervorzuheben, dass das absorbierende Universum, das einst in diesen vier Wänden existierte, nun ein Ende hat. Die Kinder sind ausgeflogen, der Lärm und das Chaos einer Familie haben sich auf zwei Menschen mittleren Alters reduziert, die irgendwo in einer Wohnung leben und in den Zwischenräumen von Besuchen und Telefonaten still vor sich hinleben.

»Es ist ein ziemlicher Schrotthaufen«, sagt Max und sucht dabei nach Lichtschaltern. »Die Besitzer haben eine Menge Geld in das Haus gesteckt, als sie es kauften, aber das ist schon über zwanzig Jahre her. Es ist also ein bisschen aus dem letzten Jahrhundert, sagen wir mal.«

Lucy weiß bereits, dass sie es kaufen wird. Sie wusste in dem Moment, als sie die Details im Internet sah, dass sie es kaufen würde. Es hat einen unkonventionellen Grundriss. Lucy ist in einem Haus aufgewachsen, das im Kern symmetrisch war: ein zentraler Flur mit gleich großen Räumen, die sich auf beiden Seiten spiegelten. Sie will keine Symmetrie. Sie will Ecken und Winkel und lustige kleine Nischen und unerwartete Durchgänge, die zu Räumen führen, die keinen Sinn ergeben.

Oben tragen die Zimmertüren noch immer die Namen der Kinder, die einst dahinter schliefen. Oliver. Maddy. Milly.

Es sind zwar weiche Namen, aber die Schäden, die diese Kinder in ihrem Haus angerichtet zu haben scheinen, sprechen dagegen: zerrissene Tapeten, Filzstiftkritzeleien, etwas Neongrünes, das auf den billigen Teppichen unter den Füßen klebt – wahrscheinlich Knetschleim.

Nachdem sie ein Jahr lang in Henrys makelloser Wohnung gelebt hat, ihre Schuhe an der Haustür ausziehen musste, spezielle Sprays verwenden musste, um harmlose Flecken aufzuwischen, ein kodiertes System von Tüchern für verschiedene Oberflächen adaptieren musste, gezwungen war, ständig ihre Kinder zu überwachen, um sicherzugehen, dass sie nichts fallen lassen, nichts verschmutzen und nichts beschädigen, will sie das hier – ein Haus, in dem sie sich austoben kann, ein Haus, in dem sie Knetschleim fallen lassen kann, ein Haus, das sie und ihre Unvollkommenheiten aufnimmt.

Sie ignoriert die Rostflecken in den Waschbecken und den Toilettenschüsseln, die grünen Wasserflecken um die Wasserhähne in der Badewanne, die fehlende Buntglasscheibe, die mit braunen Spanplatten im Wäscheschrank überdeckt wurde. Sie ist bereit, eine Million Pfund für ein Haus zu bezahlen, das abgewetzt und zertreten ist, für schmutzige Teppiche und kaputte Fenster und ein Trampolin, auf dem Moos wächst. Sie würde alles bezahlen, um die kleine Familie, die sie auf der Straße, am Strand, auf Sofas, in Notunterkünften – und in den ersten Jahren von Marcos Leben im Haus eines Missbrauchers – großgezogen hat, mit Mauern zu umgeben.

Nach der Besichtigung geht sie zurück zu ihrem Auto und nimmt die Unterlagen von Max entgegen, schüttelt ihm noch einmal die Hand und verabschiedet sich. Sie legt die Papiere auf den Beifahrersitz und gibt dann die Adresse von Henry in Google Maps ein. Doch bevor sie losfährt, schreibt sie noch schnell eine SMS an Libby: *Ich habe gerade das Haus in Burrow's End gesehen. Es ist perfekt. Ich werde ein Angebot machen. Hurra!*

Dann steckt sie das Handy in die Halterung, fährt los und beobachtet ihr Haus im Rückspiegel, bis es komplett von Bäumen verdeckt wird.

KAPITEL 7

Oktober 2016

Später in der Nacht verfasste Rachel ihre Antwort an Michael Rimmer. Sie war nicht ganz nüchtern, aber auch nicht zu betrunken, um ihre Tastatur zu bedienen.

Lieber Michael,

Es war SEHR überraschend, deine Nachricht in meinem E-Mail-Postfach zu finden. Äußerst überraschend IN DER TAT. Aber nicht unangenehm oder unerwünscht. Und ich danke dir für deine freundlichen Worte über meine Entwürfe. Zum Kontext und zur Farbe: Ich wohne in einem Apartment mit Blick auf den Kanal, auf dem Weg nach King's Cross. Ich lebe allein. Ich habe keine Haustiere. Ich trinke und manchmal rauche ich. Ja, ich bin Bridget Jones, vielen Dank, dass du danach gefragt hast.
Ich würde gerne mit dir in der Gegend feiern gehen. Hier ist meine Handynummer – schick mir eine SMS, wenn du Zeit hast, und wir hecken einen Plan aus.
Deine Rachel

Sie las sie nur ein einziges Mal durch, bevor sie auf *Senden* drückte und sie kraftvoll, mutwillig und gedankenlos in das Universum schickte, wo er ihr Leben in einer Weise verändern würde, die sie sich unmöglich hätte vorstellen können.

Als sie am nächsten Tag aufwachte, wartete eine Antwort von Michael auf sie. Es war fast Mittag. Sie hatte ihre

Yogastunde verpasst. Sie verpasste immer ihre Yogastunde. Vor acht Wochen hatte sie zwölf Kurse gebucht und im Voraus bezahlt, und bisher war sie nur zu zwei gekommen. Sie griff nach ihrem Handy und zog das Ladekabel heraus, schaltete es ein, und da war er. Michael Rimmer, der Mann, den sie am Abend zuvor unbedacht mit einer Flasche Wein, einem Wodka-Shot und einer kleinen Schale gefüllter Oliven intus in ihr Leben eingeladen hatte.

Hallo Rachel!
Schön, von dir zu hören! Und ich nehme an, du kannst dir sicher denken, dass Bridget Jones so ziemlich meine Traumfrau ist, also ist da alles klar. Ich fliege am 8. ein, also wie wäre es, wenn wir uns an einem Abend in der Woche treffen? Ich schreibe dir, wenn ich hier bin. Und ich freue mich so darauf, etwas Zeit mit dir zu verbringen. Ganz ehrlich.
Dein Michael

Rachel seufzte. Hatte sie es sich anders überlegt? Nicht ganz. Die Frage war, ob sie es sich überhaupt überlegt hatte. Aber der 8. war noch zehn Tage entfernt. Michael Rimmer könnte bis dahin gestorben sein. Sie könnte bis dahin gestorben sein. Sein Flugzeug könnte über dem Atlantik abstürzen. Kein Grund, sich darüber aufzuregen. Es hatte keinen Sinn, sich Sorgen zu machen. Wenn es für Michael Rimmer bestimmt war, dann würde es so sein.

Zehn Tage später kam eine SMS:

Hallo! Rachel! Ich bin's, Michael Rimmer! Ich bin gerade in London angekommen. Wie sieht's für morgen Abend aus?

Rachel spürte, wie ihr Inneres bebte. Sie hatte kein Wort mehr von Michael Rimmer gehört, seit er auf ihre betrunkene E-Mail geantwortet hatte. Sie hatte mit einem Typen auf Tinder gechattet, der ein bisschen jünger war als sie, aber ziemlich erwachsen. Charlie. Ein Kurier für medizinische Produkte. Er lebte irgendwo im Südosten von London. Weiß Gott. Der Südosten Londons war für Rachel ein Mysterium. Aber sie hatten sich sehr intensiv unterhalten. Sie hatten über Familie, Träume, Ambitionen und Bedauern gesprochen, sogar ein wenig über Politik. Aber Charlie hatte immer noch nicht gefragt, ob sie ihn treffen wollte, und ehrlich gesagt war Rachel zu alt, um auf Jungs zu warten, die Charlie hießen und diese noch darum zu bitten, sich auf einen Drink zu treffen. Und dann war da noch Michael Rimmer, der sich mit seiner Vier-Satz-SMS dreist an die Spitze der Warteschlange drängte und gleich zur Sache kam, und zwar auf eine Art und Weise, die Rachel darauf hinwies, dass sie morgen um diese Zeit vielleicht schon Sex haben würde. Und sie wollte morgen um diese Zeit wirklich Sex haben.
Sie scrollte durch ihre Fotogallerie, um das Foto von Michael Rimmer zu finden, das sie gespeichert hatte, nachdem er ihr zum ersten Mal geschrieben hatte, das Foto, auf dem er Champagner in der Hand hielt, gut genährt und selbstbeherrscht aussah.
Sie zoomte es mit den Fingern auf und ließ das Bild eine Weile auf dem Bildschirm kreisen, um sich ihn vorzustellen. Dann wechselte sie zu seiner Nachricht und tippte sie schnell ein:

Ja. Sicher. Komm zu mir, wir gehen von hier aus los.

Michael Rimmer erschien am nächsten Abend um 19 Uhr in ihrer Tür, braungebrannt aus einem Land, in dem es noch Sommer war. Er hatte Blumen dabei. Er hatte Champagner. Sie stellte die Blumen in Wasser und den Champagner in den Kühlschrank und lud ihn auf einen Cocktail ein, denn wenn sie den Champagner jetzt öffneten, würden sie innerhalb von zwanzig Minuten Sex haben, und sie wollte die einschneidende Erfahrung einer richtigen Verabredung genießen, den Aufbau einer unerträglichen sexuellen Spannung, bevor sie diese Grenze überschritten.

Er sah besser aus, als sie es in Erinnerung hatte. Weniger schlicht. Er trug ein blassblaues Hemd, Jeans und Turnschuhe. Er roch nach Kleidung, die gerade aus einem Koffer genommen worden war, und nach einem leichten Rasierwasser, das Rachel nicht identifizieren konnte. Er hielt ihr die Tür auf und zog ihr einen Stuhl heran, wie es Charlie, der Kurier für medizinisches Material, wohl kaum getan hätte.

Michael bestellte sich eine Margarita, Rachel einen Dark 'n' Stormy, und dann unterhielten sie sich.

»Hast du Kinder?«, fragte er sie.

Sie zuckte leicht zusammen. Die Frage, ob sie Kinder hatte, kam ihr so seltsam vor wie die Frage, ob sie noch alle ihre Zähne hatte. Rachel fühlte sich noch jung, viel zu jung, um als Mutter angesehen zu werden. Aber Michael war nicht der erste Mann, der sie das in den letzten ein, zwei Jahren gefragt hatte. Irgendwie hatte sie, ohne es zu merken, eine unsichtbare Grenze in die Mutter-Zone überschritten.

Sie versuchte, bei dieser Frage nicht zu erbleichen, und sagte: »Nein, nein. Noch nicht. Und du?«

Sie sah, wie sein Gesicht aufleuchtete. »Ja«, sagte er. »Ja. Nur eins. Ein Junge. Marco. Er ist ... na ja, er wurde 2006 geboren,

also muss er ungefähr zehn sein, schätze ich?«
»Du klingst nicht sehr sicher.«
»Es ist kompliziert. Ich habe ihn schon eine Weile nicht mehr gesehen.«
»Geschieden?«
»Ja. Geschieden. Und meine Ex...« Er stieß einen Lufthauch aus, der verdeutlichte, dass seine Ex problematisch war. »Nun, weißt du, es ist chaotisch, es ist kompliziert, meine Ex weiß, wo sie mich finden kann, aber sie will es nicht. Sie hat ein chaotisches Leben. Ich habe ihr angeboten, sie und den Jungen zu unterstützen. Aber sie hat mich abblitzen lassen. Also, ja. Es ist traurig. Marco, mein Gott, wenn du ihn gesehen hättest, einfach ein wunderbarer Junge. Aber er lebt ein Leben, das nicht gut enden wird.«
Rachel sah, wie Michaels Augen vor Tränen glasig wurden, und spürte, wie die Begegnung einen anderen Weg einlegte, einen Weg, der das unausgesprochene Versprechen auf unvermeidlichen Sex, das jeden Moment ihrer bisherigen Kommunikation durchzogen hatte, zu beeinträchtigen schien, der sie aber auch an einen anderen Ort führen konnte, an einen völlig unerwarteten Ort, an einen Ort, der erwachsen und echt war.
Sie streckte ihre Hand aus, um seine zu umfassen. Er drehte seine Hand um und wickelte seine Finger um ihre Handfläche.
»Schon gut«, sagte er und seine Augen wurden wieder trocken. »Es ist nur eine Schande, wie das Leben einen von den Dingen, die einem wichtig sind, wegbringen kann.«
»Hast du jemals versucht, das Sorgerecht zu bekommen?«
»Nein«, antwortete er und streichelte sanft ihre Hand. »Nein. Es war eine schnelle Scheidung, sie wollte nichts von mir. Ich dachte, wir würden die Dinge zu gegebener Zeit klären.

Am Anfang habe ich Marco sehr oft gesehen. Aber dann bin ich für ein paar Wochen geschäftlich in die USA gegangen, und als ich nach Südfrankreich zurückkam...« Er zog seine Hand aus ihrer und beschrieb damit eine Rauchwolke.
»Du lebst also in Südfrankreich?«
»Ich lebe an vielen Orten. Aber ja, ich habe ein Haus in Antibes. Es ist rosa. Ich habe ein rosa Haus. Es würde dir gefallen.«
»Welchen Farbton hat es? Nicht etwa ein heißes Pink?«
»Nein. Nein. Ein sehr dezentes Rosa – meine Ex sagte immer, es hätte die Farbe von toten Rosen.«
»Tote Rosen? Wow! Das ist irgendwie bizarr poetisch.«
»Ja, nun, *Lucy* ist eine bizarr poetische Frau.«
Lucy, dachte Rachel. Lucy. *Das ist der Name der Frau.* Die Frau, die vorher da war.

KAPITEL 8

Juni 2019

Lucy dreht den Schlüssel im Schloss von Henrys Wohnungstür, der Atem stockt ihr, wie immer, wenn sie zurückkehrt. Nicht, weil sie glaubt, dass etwas Schlimmes passiert ist, sondern weil sie weiß, dass Henry lieber nie wieder das Geräusch ihres Schlüssels in seinem Schloss hören würde und dass allein die Tatsache, dass sie seine Wohnung betritt, ihre Tasche auf seinem Tisch abstellt, seinen Namen ruft, seinen Kühlschrank öffnet, ihren Atem in dem Raum zwischen den vier Wänden, die seinen eigenen, sehr privaten Raum abgrenzen, ein- und ausatmet, ihm Schmerzen bereitet, die sich in einen scharfen Kommentar, eine pedantische Beschwerde oder einfach in eine grüblerische Präsenz hinter der Tür seines Schlafzimmers verwandeln, einer Tür, die in letzter Zeit immer häufiger geschlossen bleibt.

Stella ist bei Freya G. zum Spielen verabredet (sie nennen sie Freya G., weil ihre andere beste Freundin auch Freya heißt) und Marco spielt mit seinem netten Freund Alf irgendein Videospiel auf dem großen Plasmabildschirm im Wohnzimmer. Lucy wirft einen nervösen Blick auf den Gang, der zu den Schlafzimmern führt, und hofft, dass die Geräusche nicht bis in Henrys Zimmer gelangen.

»Stell es ein bisschen leiser«, bittet sie sanft. Marco blickt nicht auf, sondern greift nach der Fernbedienung und reduziert die Lautstärke.

Alf dreht sich um und lächelt Lucy an. »Hallo Lucy«, sagt er, »wie geht es dir?«

»Mir geht es gut«, sagt sie. »Wie geht es dir?«

»Mir geht es gut. Ich bin... Oh, Scheiße...« Und weg ist er. Seine Aufmerksamkeit gilt wieder dem Spiel auf dem Bildschirm, und Lucy geht in die Küche und schenkt sich ein Glas Wein ein.

Sie will Henry von dem tollen Haus in St. Albans erzählen, aber sie weiß, dass er einen Blick auf die Details werfen und ihr sagen wird, dass sie verrückt ist, dass sie sich irrt, dass sie dabei ist, einen großen Fehler zu machen. Er wird ihr sagen, dass es ein Geldvernichter ist, dass sie nichts von Immobilien versteht und dass sie es bereuen wird. Sie will diese Dinge nicht hören.

Bevor Henry sie dazu bringen kann, ihr Urteil in Frage zu stellen oder ihre Meinung zu ändern, schickt Lucy dem Makler eine E-Mail und macht ein Angebot.

Am nächsten Morgen stellt Lucy fest, dass Henrys Zimmertür noch geschlossen ist, als sie um acht Uhr fünfzig nach Hause kommt, nachdem sie Stella zur Schule gebracht hat. Normalerweise ist er um diese Zeit gerade auf dem Weg zur Arbeit, manchmal läuft sie ihm sogar auf dem Bürgersteig vor dem Wohnblock über den Weg. Auf Zehenspitzen schleicht sie den Flur entlang und drückt ganz leise die Klinke seiner Schlafzimmertür herunter, dann öffnet sie, als sie feststellt, dass sich niemand in seinem Zimmer befindet, sein Bett gemacht ist und die Jalousien geöffnet sind.

Sie ruft nach ihm, für den Fall, dass er in seinem Bad ist, aber er antwortet nicht.

Henry muss, so vermutet sie, ein frühes Treffen gehabt haben. Aber sie ist erst seit zwanzig Minuten aus dem Haus. Seine Dusche ist trocken. Auf dem Spiegel ist kein Kondenswasser zu sehen. Er war definitiv noch nicht auf, als sie das Haus verließ. Er kann unmöglich in der Zeit, in der sie aus dem Haus war,

aufgewacht sein, sich fertig gemacht haben und gegangen sein. Henry würde nie das Haus verlassen, ohne zu duschen.
Sie will gerade eine Nachricht in ihr Handy tippen, als ihr etwas auffällt: Henrys Zahnbürste steht nicht in seinem Badezimmer. Er hat eine schicke elektrische Zahnbürste, die über ein USB-Kabel auf einem Sockel aufgeladen wird. Sie hat mehrere Einstellungen und eine blaue Leuchte und steht normalerweise auf der Marmoroberfläche seines Waschtischs und blinkt. Aber sie ist nicht da.

Dann packt Lucy etwas im Magen. Sie erinnert sich an etwas: an den Bruchteil eines Augenblicks, als sie aus dem Tiefschlaf erwachte, als es draußen noch dunkel war, Fitz am Fußende ihres Bettes, die Ohren gespitzt, ein leises Knurren in seiner Kehle. Sie lagen beide eine Weile ganz still, hörten das dumpfe Brummen des Fahrstuhls, der durch den Schacht im Korridor hinter der Wohnung fuhr, und schliefen dann wieder ein.

Sie hatte angenommen, dass jemand außerhalb der Wohnung sie geweckt hatte, aber vielleicht war es auch jemand innerhalb.

Sie schaltet ihr Handy ein und schreibt eine Nachricht an Henry: *Wo bist du?*

Sie starrt auf das Häkchen. Es bleibt einzeln und grau. Laut der App war Henry zuletzt um sieben Uhr fünfundvierzig online.

Sie zieht seine Schränke und Schubladen auf. Sie weiß nicht, wonach sie sucht, aber sie weiß, was sie denkt. Sie glaubt, dass Henry mitten in der Nacht die Wohnung verlassen hat, um einen Flug nach Botswana zu nehmen, um nach Phin zu suchen. Und aus irgendeinem tiefsitzenden und unangenehmen Grund erfüllt der Gedanke, dass Henry ihn finden könnte, sie mit Angst.

KAPITEL 9

Reisen in der Business-Klasse. Wenn man es noch nicht getan hat, kann man es sich nur vorstellen. Und wenn man es einmal getan hat, kann man es sich nie wieder anders vorstellen – man ist für immer ruiniert. Es ist wahrscheinlich der beste Grund, wohlhabend zu sein, den es gibt.

Ich nippe an meinem Champagner. Es ist kaum neun Uhr morgens, ich bin seit drei Uhr morgens auf den Beinen, und mein Gaumen ist noch lange nicht bereit für die säuerliche Kühnheit, aber ich trinke ihn trotzdem, weil ich es kann. Ich stelle mir Lucy in London vor, wie sie von ihrem Schulweg zurückkommt und sich wundert, warum ich nicht in der Küche herumwirbel und mich frage, wo ich bin. Ich vermute, sie wird es erraten, und zwar schnell. Wir mögen sehr unterschiedlich sein, Lucy und ich, aber unsere Verbindung ist tief, selbst nach fünfundzwanzig Jahren Trennung. Bei Kindern, die ein gemeinsames Kindheitstrauma erlebt haben, ist das so. Es ist wie ein feiner Draht, der zwischen uns verläuft. Von Zeit zu Zeit spürt man den Zug daran. Und ich spüre es jetzt. Ich weiß, dass sie gleich Libby anrufen wird, dass Libby Miller anrufen wird, dass mein Verschwinden im Begriff ist, zu einer Sache zu werden, zu einem Drama. Aber hey-ho. Ich bin in der Luft. Wenn ich diesen Flug verlasse, werden sie keine Ahnung haben, wie sie mich aufspüren können.

Sie werden denken, ich sei nach Botswana gereist. Aber ich bin nicht nach Botswana gereist. Ich bin auf dem Weg nach Chicago.

Es ist alles ein bisschen kurzfristig. Offensichtlich.

Ich hatte einen Flug zum Flughafen Victoria Falls und einen

Mietwagen gebucht, der mich in das Reservat bringen sollte. Ich habe eine Menge Geld verloren, aber zum Glück war die Hotelbuchung stornierbar, so dass ich wenigstens das Geld zurückbekommen habe. Und ehrlich gesagt bin ich froh, dass ich nicht in ein afrikanisches Wildreservat fahren muss. Das ist nicht wirklich meine Vorstellung von einer guten Zeit, während Chicago das sehr wohl ist.

Also, warum Chicago?

Nun, gestern Abend ging ich auf Tripadvisor, um mir die Bewertungen der Chobe Game Lodge anzusehen. Ich dachte, es wäre gut, eine bessere Vorstellung davon zu haben, wo genau ich hingehen würde und worauf ich mich einlassen würde. Und ich stieß auf die Bewertung einer sehr fröhlichen, gesprächigen Frau, die dort zwei Wochen zuvor als Einzelperson übernachtet hatte. In ihrer Bewertung wurden viele Namen von Mitarbeitern genannt, die sie als besonders hilfsbereit und freundlich empfunden hatte, und sie klang wie eine Person, die einem völlig Fremden, der ihr aus heiterem Himmel eine Nachricht schickte, gerne ihre Erfahrungen mitteilen würde. Und eine solche Person war sie auch. Nancy Romano aus New Jersey. Sehr gesprächig. Ich fragte sie, ob sie irgendwelche Empfehlungen unter den Reiseleitern hätte, ob es jemanden gäbe, nach dem ich Ausschau halten sollte, der sich besser auskennt als die anderen?

Ja!, antwortete sie. *Halte Ausschau nach Finn! Er ist Engländer, wie du, ziemlich ruhig, aber so einfühlsam und kenntnisreich, kann wunderbar mit Worten umgehen und erweckt die Szene wirklich zum Leben. So ein netter Mann.*

Ich antwortete, dass es schade sei, da ihn auch schon jemand anderes empfohlen habe, er aber laut dem Reservierungsteam wegen eines familiären Notfalls verschwunden sei.

Oh, ja, hatte Nancy geantwortet. *Er hat Familie in Chicago, glaube ich. Ich hoffe, es ist nichts Schlimmes passiert.*
Wer weiß schon, ob die *Familie in Chicago* fiktiv oder real ist? Wir vier – ich, Lucy, Phin und seine Schwester Clemency –, wir alle mussten im Verborgenen und unehrlich leben, wir alle mussten unter dem Radar fliegen, unsere Namen ändern, uns ein falsches Leben und eine falsche Geschichte zurechtlegen. Ich hatte bis vor zehn Jahren keinen Pass. Ich habe immer so getan, als litte ich unter einer Flugangst, um Einladungen zu Auslandsreisen mit Freunden zu entgehen, die ich dann zu einer Tunnelphobie ausweiten musste, als jemand vorschlug, mit dem Eurostar nach Frankreich zu fahren. Es ist also gut möglich, dass Phin eine Standard-Erzählung hat, mit der er sich Fremden gegenüber erklärt. Aber ich weiß nicht, ich habe das starke Gefühl, dass dieses andere Leben in Chicago wahr sein könnte. Und so oder so, ich nehme an, dass ich das bald herausfinden werde.

KAPITEL 10

November 2016

Rachel drehte sich um und schnupperte leise an Michaels Scheitel. Wenn man den Geruch von jemandes Kopfhaut mochte, so ihre Theorie, dann war man wahrscheinlich sexuell kompatibel. Und sie mochte den Geruch von Michaels Kopfhaut wirklich. Es war der Geruch von jemandem, der sich täglich pedantisch rasierte, der nie auf schmutzigen Kissenbezügen schlief oder eine verschwitzte Baseballkappe aufsetzte oder einen billigen Burger aß und sich dann mit den Fingern durchs Haar fuhr. Es hatte blitzsaubere Töne von Sandelholz und Zitrusfrüchten, aber gerade genug moschusartigen hormonellen Beigeschmack, um es von einem Sprühstoß billigen Zimmerparfums zu unterscheiden.

Sie betrachtete Michaels Gesicht. Es war interessant, das Gesicht eines Mannes zu betrachten, der seine erste Jugendröte hinter sich hatte. Einige offene Poren in den Falten seiner Nasenlöcher, tiefe Falten auf der Stirn und eine scharfe Linie auf jeder Seite seines Mundes, aber seine Haut war noch weich und prall.

Sie fragte sich, ob er irgendwelche Produkte benutzte und vermutete stark, dass er vielleicht professionelle Gesichtsbehandlungen in Anspruch nahm. Sie hatte kein Problem damit.

Die Nacht war insofern ein Erfolg gewesen, als sie gute Gespräche, gutes Essen und guten Sex gehabt hatten. Und jetzt war es fast acht.

Sie schnupperte an seiner Kopfhaut, untersuchte seine Poren und fand ihn sogar im Schlaf attraktiv. Rachel konnte

an einer Hand abzählen, wie viele Verabredungen sie gehabt hatte, die sie mit solch glühenden Worten beschreiben konnte.
Die Details der vergangenen Nacht kamen ihr in Bruchstücken wieder in den Sinn. Sie erinnerte sich an das Gerede über sein Haus in Martha's Vineyard (*kein Pool, aber ein Whirlpool mit einer Aussicht, für die man sterben muss*). Sie erinnerte sich an das Gespräch über ein Boot, das im Hafen von Antibes lag. Das Boot hatte einen Namen. Hatte es etwas mit Diamanten zu tun? Oder mit Silber? Es war die Rede von einem Chalet in einem Skigebiet. »Nun, es ist eher eine Eigentumswohnung, würde ich sagen, aber es fühlt sich größer an als das.« Rachel war noch nie Ski gefahren, aber der Name des Skigebiets kam ihr bekannt vor, also nahm sie an, dass es sich um eines der teureren Skigebiete handelte.
»Fährst du gern Ski?«
»Nein«, hatte sie trocken geantwortet. »Aber ich trinke gerne und ich esse gerne.«
»Na, dann würdest du Skiurlaub wohl mögen.«
»Das dachte ich mir.«
Nach zwei Cocktails und einer gemeinsamen Charcuterie-Platte gingen sie zurück in ihre Wohnung, wo sie den Champagner öffneten und eine Weile auf dem Balkon mit Blick auf den Kanal standen und über den Gestank lachten, wobei jeder immer ausgefallenere Worte fand, um ihn zu beschreiben: »Billige Schweinswurst mit einem Hauch von ranziger Makrele und einem Unterton von Wichse der letzten Nacht.«
Dann sagte er, als ihr Lachen verklungen war: »Ich möchte dich küssen. Lass uns ins Haus gehen.«
Sie hatte erwartet, dass es härter sein würde, drängender,

mehr auf allen Vieren, weniger in seine Augen starren. Sie war angenehm überrascht von der emotionalen Intensität, die er ausstrahlte.
Überrascht, aber auch entnervt.
Michael Rimmer sollte ihr *letztes Hurra* sein. Nicht ihr erster Ehemann.

Später am Tag traf Rachel ihren Vater zum Mittagessen. Er wollte alles über ihr Date mit *dem Amerikaner* wissen. Sie spielte es herunter. »Er war nett«, sagte sie und lehnte sich aus dem Weg, damit der Kellner ihr den Prosecco vorsetzen konnte. »Du würdest ihn mögen.«
»Ich?« Ihr Vater hob eine Augenbraue.
»Ja, ich denke schon. Er ist klug, charmant, erfolgreich.«
»Alt.«
»Altmodisch.«
»Wie alt genau?«
»Sechsundvierzig.«
»Hm.«
»Hm, was?«
»Warum ist er nicht verheiratet?«
»Ich weiß es nicht, Papa. Warum bin ich nicht verheiratet?«
Er lachte laut, riss ein Brötchen in zwei Hälften und rieb dann seine mehligen Fingerspitzen an der Leinenserviette auf seinem Schoß. »Na, pass bloß auf. Ein Mann in seinem Alter, der noch nie verheiratet war...«
»Er war verheiratet.«
»Was? Aber du hast doch gerade gesagt...«
»Ich sagte, er ist nicht verheiratet. Er war verheiratet. Er ist geschieden. Er hat einen Sohn.«
»Ballast.«
»Na ja, irgendwie schon. Aber nicht wirklich. Er sieht den

Sohn nicht. Die Ex erlaubt es ihm nicht.«

Ihr Vater ließ sich theatralisch in seinen Stuhl zurückfallen. »Oh, Rachel.«

»Hör mal«, warf Rachel ein. »Es ist nichts Ernstes. Okay? Er ist nur für sechs Monate hier. Es ist nur ein bisschen Spaß. Denk nicht zu viel darüber nach.«

»Jemand muss über die Dinge nachdenken, Rachel. Jemand muss über Dinge nachdenken, Punkt.«

Das Gespräch ging dann, wie immer, zum Geschäftlichen über.

Diese Gespräche waren einst auf- und anregend gewesen, als sie eine junge Frau in den Zwanzigern war, deren Vater ihr *auf die Sprünge half*. Jetzt, wo er sie im Grunde finanziell am Leben hielt, fühlte sie sich unzulänglich und nervös. Auf ihrem Handy öffnete sie die App, über die sie ihr Geschäft abwickelte, um ihrem Vater die letzten Bestellungen zu zeigen. Aber irgendetwas sah an den Zahlenreihen in den Spalten falsch aus, unproportional. Sie klickte auf die neueste Bestellung und starrte sie einen Moment lang wie betäubt an. Jemand hatte Schmuck im Wert von 54.000 Pfund bestellt. In einer einzigen Bestellung.

Darunter der Ewigkeitsring aus Weißgold mit gelben Diamanten, der mit einer Bewertung von fast 10.000 Pfund das teuerste Schmuckstück auf ihrer Website war.

»Alles in Ordnung, mein Schatz?«, fragte ihr Vater.

»Äh, ja. Ich hatte gerade einen großen Auftrag. Eine wirklich große Bestellung.« Sie drehte das Handy, um es ihm zu zeigen. Sie sah, wie sein Gesicht aufleuchtete und seine Hände zusammenklatschten.

»Da. Siehst du? Die ganze Zeit über. Was habe ich gesagt? Du brauchst nur einen großen Auftrag, dann fliegst du.«

Sie hörte ihm nur halb zu. Im Geiste rechnete sie aus, wie

lange sie brauchen würde, um den Auftrag zu erfüllen, wie schnell sie die Edelsteine beschaffen konnte – sie hatte nur eine kleine Menge auf Lager – und ihr Herz klopfte leicht vor Stress.

»Ich bin mir nicht sicher«, sagte sie und blätterte durch die Artikel der großen Bestellung. Ich bin mir nicht sicher, ob ich das alles schaffen kann, nicht in sechs Wochen. Nicht allein.«

»Nun«, antwortete ihr Vater, »du musst jemanden einstellen. Vielleicht jemanden von der Uni? Oder gibt es sonst jemanden in deinem Studiokomplex? Das nette Mädchen von nebenan?«

»Paige?«

»Ja. Paige. Du machst Folgendes. Schreib dem Kunden. Weis ihn darauf hin, dass die Lieferung aufgrund des Umfangs der Bestellung eher acht als sechs Wochen dauern wird. Sag ihm, dass du eine fünfzigprozentige Anzahlung im Voraus benötigst. Hol Paige auf einer Zehn-Prozent-Basis ins Haus. Arbeite jede Stunde an jedem Tag. Erfülle den Auftrag. Ganz einfach. Ja?«

Rachel nickte, aber ihr Herz war nicht überzeugt, und ihr Bauchgefühl auch nicht. Sie drückte auf die Zurück-Taste ihres Handys und dann auf die Registerkarte *Kundendaten*. Und dann atmete sie scharf ein.

Michael Rimmer
Wohnung 4, Moynihan Mansions
Radcliffe Gardens
London
SW6 2AS

»Rachel?«

Sie blickte zu ihrem Vater auf.
»Es wird alles gut werden, weißt du. Du kannst das schaffen. Du kannst das auf jeden Fall schaffen.«
Schnell schloss sie die Seite *Kundendaten* auf ihrem Handy und lächelte ihren Vater an. »Ja«, sagte sie. »Ja, ich glaube, ich kann das.«

KAPITEL 11
Juni 2019

Lucys Handy trillert und sie schaut darauf, wie es vor ihr aufleuchtend auf dem Esstisch liegt. Es ist nicht der Immobilienmakler und auch nicht Henry. Es ist eine SMS von Stellas Schule. Es hat etwas mit einem Kuchenverkauf zu tun. Sie ignoriert sie, kann nicht über den Kuchenverkauf nachdenken, wenn ihr Kopf voll von Häusern und Henry ist. Sie nimmt ihren leeren Teller und räumt ihn in den Geschirrspüler, wobei sie darauf achtet, ihn in der Reihenfolge der Größe der bereits vorhandenen Teller einzusortieren: der größte nach hinten, der kleinste nach vorne. Manchmal, wenn sie das nicht tut, kann sie hören, wie Henry die Teller umräumt, einmal um drei Uhr morgens, als er gerade von einem nächtlichen Ausflug nach Hause gekommen war. Dann erinnert sie sich daran, dass Henry wahrscheinlich am anderen Ende der Welt ist und dass sie den Geschirrspüler bestücken kann, wie sie will, also nimmt sie den Teller heraus und stellt ihn zu den kleinen Tellern nach vorne.
Ihr Handy trillert erneut. Wieder ist es die Schule von Stella. Ein PS zur vorherigen SMS über den Kuchenverkauf.

Wir bitten alle Freiwilligen, durch das Hintertor zu kommen, das um 15:20 Uhr für Sie geöffnet wird.

Lucy ist immer noch verwirrt von den englischen Schulen. In Frankreich wollen die Lehrer nichts mit den Eltern zu tun haben. Es wäre ihnen lieber, wenn die Kinder gar keine Eltern hätten, hatte sie manchmal gedacht. Hier leben die Eltern praktisch in der Schule: Lesestunden im

Klassenzimmer, spezielle Versammlungen für die Eltern, Kuchenverkauf alle fünf Minuten, so scheint es manchmal. Es ist zwei Uhr. Lucy hat nichts anderes zu tun, als sich Sorgen zu machen, bis sie Stella abholen muss. Also holt sie ein Rezeptbuch aus Henrys kleiner Sammlung auf einem kleinen Regal in der Küche und blättert es durch, um sich inspirieren zu lassen. Die Kinder der Havering Primary School in W1, so vermutet sie, werden sich nicht für eine Zitronen-Granatapfel-Rolle oder einen Rote-Bete-Frischkäse-Haferkuchen interessieren, also googelt sie auf ihrem Handy *Feenkuchen*, findet ein Rezept mit dem Titel *World's easiest fairy cakes* und beginnt, die Zutaten zusammenzusuchen.

Um zehn nach drei verabschiedet sie sich von Fitz und trägt eine Tupperware-Box um die Ecke zur Schule. Sie lächelt höflich einigen anderen Müttern zu, die sich am hinteren Tor versammelt haben, alle mit Einkaufstüten und ihren eigenen Tupperware-Behältern, während sie darauf warten, dass das Tor geöffnet wird. Sie hat sich zurückgehalten, die Eltern an Stellas Schule kennen zu lernen. Sie hält sich morgens nicht an den Toren oder auf dem Spielplatz auf. Es wird Fragen geben, die sie nicht beantworten will. Außerdem neigt sich ihre Zeit in dieser Gegend dem Ende zu. Aber sie weiß, wie glücklich Stella sein wird, wenn sie heute Nachmittag aus ihrem Klassenzimmer kommt und ihre Mutter mit all den anderen Müttern hinter den Tapeziertischen sieht.

Der Hausmeister erscheint am Tor, und sie gehen auf den winzigen, städtischen Spielplatz der Schule. Eine Mutter in Seidenmantel und Kopftuch lächelt sie an und fragt: »In welchem Jahr ist Ihr Kind?«

Lucy muss innehalten und nachdenken, so sehr ist sie an das französische System gewöhnt.
Dann sagt sie: »Jahr eins.«
»Ja, meins auch. Das ist unser Tisch.« Sie laden ihre Kuchen aus. Die andere Mutter hat drei Tabletts mit Muffins von Tesco mitgebracht. Während sie die Verpackungen auspackt, sagt sie leicht abwehrend: »Wir haben keinen Ofen in unserem Zimmer, nur eine Mikrowelle.«
Lucy nickt. Sie will sagen: »Bitte entschuldigen Sie sich nicht, ich habe auch einmal mit meinen Kindern in einem Einzelzimmer gelebt, ohne Ofen. Ich habe einmal mit meinen Kindern auf der Straße gelebt.« Aber das ist ein Gespräch, das sie nicht führen will. Sie blickt auf die Turnschuhe, die Henry ihr bei Whistles gekauft hat, und denkt an die zwei Millionen Pfund, die auf ihrem Bankkonto liegen, und spürt, wie eine Welle des Entsetzens und des Ekels über ihr eigenes Glück sie überrollt. Sie möchte ihr Geld dieser Frau geben, damit ihr Leben verändert und umgestaltet werden kann. Sie möchte ihr Geld allen schenken, die so leben wie sie selbst vor kurzem noch.
Sie nimmt ihre Torten aus der Schachtel und legt sie auf ein Tablett. Jede ist entweder rosa oder blau glasiert, mit einem Schokoladendeckel. Sie denkt an das Chaos, das sie in der Küche hinterlassen hat, an die Spüle, in der sich Schüsseln, Pfannenwender und Backbleche türmen. Sie denkt wieder an Henry, wo immer er auch sein mag, und spürt, wie eine seltsame Welle des Unbehagens ihr Bewusstsein durchströmt. Weitere Mütter treffen ein und fügen ihre Kuchen der Auslage hinzu. Sie alle unterhalten sich über Lucys Kopf hinweg.
Dann verlassen die ersten Klassen das Schulgebäude und Lucy sucht auf dem Schulhof nach den goldenen Locken

ihrer Tochter. Und da ist sie, ihre Tochter, deren Gesicht beim Anblick ihrer Mutter aufleuchtet. Sie rennt von ihren Freundinnen, den Freyas, weg und nach vorne an den Tapeziertisch. »Hast du Kuchen gebacken?«, fragt sie atemlos.
»Ja«, sagt Lucy. »Die hier.«
Stella erschrickt leicht beim Anblick der rosa und blauen Farben. »Kann ich einen haben?«
»Ja, aber wir müssen dafür bezahlen.«
»Wie viel?«
Lucy wendet sich an die Frau mit dem Kopftuch. »Wie viel verlangen wir?«, fragt sie.
»Für die? Sie gestikuliert auf Lucys Torten. Fünfzig Pence?«
Es sind zwölf Kuchen. Das sind sechs Pfund. Sie denkt darüber nach, wie viel sechs Pfund in einer Schule wie dieser bringen würden, in der 90 Prozent der Kinder eine Schülerprämie erhalten, und sie öffnet ihre Brieftasche, zieht einen Zwanzig-Pfund-Schein heraus und schiebt ihn heimlich in die Spardose, bevor sie Stella einen Feenkuchen reicht.
Der Kuchenverkauf vergeht wie im Flug, mit ausgestreckten Fingern und klebrigen Münzen, und plötzlich gibt es keinen Kuchen mehr, und es ist fast 16 Uhr. Der Hausmeister hilft beim Abräumen der Tische. Lucy hält eine schwarze Mülltüte in der Hand und Stella füllt sie mit Abfall und gebrauchten Papierservietten. Es herrscht ein Gefühl der Kameradschaft, als die Mütter den Spielplatz verlassen und sich auf den Bürgersteig begeben. Lucy unterhält sich auf Französisch mit einer Frau von der Elfenbeinküste über die Mathehausaufgaben, die in der Woche zuvor gestellt wurden und bei denen eine Zahl zu fehlen schien. Sie schafft es, so zu klingen, als würde es sie interessieren, aber das tut es nicht.
Die Mütter verteilen sich in alle Richtungen und Lucy

nimmt Stellas Hand.
Die beiden wollen sich gerade auf den Heimweg machen, als sie das Summen ihres Handys in der Handtasche spürt und ein sechster Sinn sie dazu bringt, es herauszuholen.
Und da ist sie, wie sie es erwartet hatte. Eine Nachricht von Henry.
Es ist ein Foto, das ihn in einem Flugzeug zeigt, mit einem kleinen Glas Champagner in der Hand und den Worten:

Sayonara, kleine Schwester. Ich bin auf dem Weg nach Phinland!

Lucy spürt, wie ein kalter Schauer des Grauens sie durchfährt. Henrys Tonfall ist unbeschwert, aber seine Absicht, das weiß sie mit schrecklicher Gewissheit, könnte alles andere als das sein.

KAPITEL 12

Ich habe mir ein Doppelzimmer im besten Hotel im Stadtteil Northalsted in Chicago gebucht. Hauptsächlich habe ich es zufällig ausgewählt, aber auch mit einer Prise Logik. Northalsted war früher unter dem Namen Boystown bekannt und ist das inklusivste LGBT-Viertel in den gesamten USA. Ich habe keine Ahnung, ob Phin tatsächlich schwul ist. Er hat nie gesagt, dass er es ist. Aber ich bin immer davon ausgegangen, dass er es ist, und obwohl er vielleicht nicht in dieser Gegend wohnt, kann es sein, dass er oder Leute, die ihn kennen, schwul sind.
Ich lege mich auf mein schönes Hotelbett und schaue auf mein Handy. Da ist eine Nachricht von Lucy. Es sind sogar mehrere Nachrichten von Lucy, und ich stelle mit einem Anflug von Angst fest, dass ich ihr irgendwann während des neunstündigen Fluges betrunken eine SMS geschickt hatte, in der ich ihr mitteilte, was ich vorhabe, und die sich automatisch versendet haben muss, als ich mein Handy in O'Hare eingeschaltet hatte.

Wohin gehst du?
Weißt du, wo er ist?
Henry? Wo steckst du? Bitte rede mit mir, bevor du mit Phin redest.
Henry. Was hast du vor????

Ich seufze. Der nüchterne Henry hätte nicht zugelassen, dass der betrunkene Henry diese Nachricht sendet, und zwar aus genau diesem Grund. Diese leichte Hysterie. Diese Vorstellung, dass ich nichts Gutes im Schilde führe. Ich kann mich jetzt unmöglich mit Lucy befassen. Das hat nichts mit ihr und ausschließlich mit mir zu tun. Ich blockiere ihre Nummer mit einer schwungvollen Handbewegung und gehe stattdessen zu meiner Fotogalerie, wo ich auf das einzige Foto klicke, das ich von Phin habe, das Foto, das ich von der Safari-Website heruntergeladen habe.

Ich war ziemlich erstaunt, als ich dieses Foto letzte Woche zum ersten Mal sah. Phin war so makellos gewesen, als wir zusammenlebten. Das glatte blonde Haar, das immer genau so über einem Auge hing. Die klare, porenlose Haut. Die klar definierten Wangenknochen, die glatte Kieferlinie, die sanft geschwungenen Lippen. Das war das Gesicht, dem ich mein ganzes Leben lang hinterhergejagt habe. Mit jedem Besuch bei einem Schönheitschirurgen, mit jeder Schönheitsbehandlung hatte ich gehofft, es nachzubilden. Aber Phin war nicht mehr dieser Mensch. Phin ist nicht wie ich ein gruseliger Junge geblieben, der kurz vor dem Erwachsenwerden steht, er hat sein Erwachsensein, seine Männlichkeit angenommen, hat zugelassen, dass seine weiche Haut in der afrikanischen Sonne knusprig wird, hat zugelassen, dass sich Falten in seine Gesichtszüge eingravieren, und hat mehr als die Hälfte seiner Schönheit mit einem großen sandfarbenen Bart versteckt.

Ich dusche und ziehe mich um, damit ich gut rieche und ansprechbar aussehe. Ich verlasse das Foyer des Hotels und schlendere in Richtung einer Reihe von trendigen Bars mit nackten Ziegeln, tealfarbenen Samtbrasserien und schicken Restaurants mit einsilbigen Namen. Es ist 18 Uhr und die warme Nachtluft ist voller Vorfreude, Möglichkeiten und Sex.

Ich folge hier ganz meinem Instinkt. Ich habe keinen Spielplan. Ich habe eigentlich gar keinen Plan. Ich stoße die

Tür einer Bar namens *The Gray Area* auf, gehe zur Bar und bestelle einen Mezcal-Shot, für meine Nerven, und ein Glas Pinot Gris, um mich an etwas festzuhalten. Dann trete ich an eine Gruppe von Männern heran, die zwischen Ende dreißig und Anfang vierzig zu sein scheinen, treibe meinen englischen Akzent auf die Spitze und sage: »Tut mir leid, dass ich so unhöflich bin. Mein Name ist Joshua Harris und ich bin auf der Suche nach einem alten Freund, der vielleicht verschwunden ist. Sein Name ist Phin. Phin Thomsen.« Ihre Köpfe neigen sich gemeinsam zu dem Bild auf meinem Handy. Einer von ihnen zieht mit den Fingern das Bild näher heran. Sie schütteln den Kopf und entschuldigen sich.

Ich wiederhole das ein Dutzend Mal, und ein Dutzend Mal ernte ich Kopfschütteln und Entschuldigungen. Ich gehe in die Bar nebenan, die etwas rauer ist und in der ein bärtiger DJ auf einem mit Graffiti beschmierten Podest die Art von Musik spielt, die ich nicht ertragen kann. Ich bestelle mir ein zweites Glas Grauburgunder und frage das Mädchen hinter der Bar, ob sie Phin Thomsen, den Mann auf dem Foto, das ich ihr mit meinem Handydisplay vors Gesicht halte, schon einmal gesehen hat. Sie sagt nein. Ich nehme mein Weinglas und gehe durch die Bar, unterbreche hier und da Gespräche und muss jetzt etwas schreien, um bei der Musik gehört zu werden. Ich sehe einen anderen Barkeeper auftauchen und gehe zurück zur Bar, um ihm das Foto zu zeigen. Ich zeige dem DJ das Foto. Ich verlasse diese Bar und gehe in eine andere Bar. Ich bleibe bis drei Uhr nachts draußen und zeige Phins Foto hundert, vielleicht zweihundert Leuten. Niemand kennt ihn. Keiner hat ihn je zuvor gesehen. Das ist in Ordnung. Ich weiß wirklich nicht, was ich sonst hätte erwarten können. Und morgen ist ein neuer Tag.

KAPITEL 13

November 2016

Rachel drückte ihren Finger fest auf den Messingknopf am Eingang des roten Backsteinhauses in Fulham. Dann blieb sie stehen und wartete. Keine Antwort. Sie drückte erneut. Keine Antwort. Sie holte ihr Handy aus der Handtasche und stocherte mit zitternden Fingern auf dem Bildschirm herum, dann hielt sie sich das Handy ans Ohr und wartete, dass er ihren Anruf entgegennahm.

»Na hallo, wie geht es dir?«

Rachel hielt das Handy an ihr anderes Ohr und sagte: »Nicht gut. Gar nicht gut. Wo bist du?«

»Ich bin gerade auf dem Rückweg vom Einkaufen. Wo bist du?«

»Ich bin vor deinem Block.«

»Oh. Fantastisch. Ich werde mich beeilen. Warte dort.«

Sie fühlte sich ein wenig entwaffnet durch die Leichtigkeit, mit der er auf die Nachricht reagierte, dass sie vor seiner Wohnung stand. Viele der Männer, mit denen sie in den letzten Jahren ausgegangen war, hätten das als Stalking eingestuft und wären deshalb sehr bemüht gewesen, sich von ihr fernzuhalten.

Einen Moment später tauchte er hinter einer Ecke auf. In der einen Hand einen Kaffee in einem To-go-Becher und in der anderen eine Einkaufstasche aus Segeltuch, aus der die Spitze eines in Papier eingewickelten Baguettes herausragte. Er hatte ein Gesicht voller Stoppeln und trug einen sehr schönen Wollmantel. Einen Moment lang hatte sie das Gefühl, dass er ihr bereits irgendwie vertraut war, dass er mehr war als der Typ, mit dem sie gestern Abend zusam-

men gewesen war.
Sein Gesicht verzog sich zu einem Lächeln, als er sie sah, und er kam mit ausgestreckten Armen auf sie zu. Rachel richtete sich auf und erinnerte sich an ihre Wut, ihren Abscheu, ihr Entsetzen.
»Was zum Teufel?«, begann sie. »Was zum Teufel? Was glaubst du, was ich bin?«
»Äh...«
Sie drehte ihr Handy zu ihm hin. »Das hier«, sagte sie und zeigte auf den Bildschirm. »Was ist das? Wie zum Teufel kommst du auf die Idee, dass du mich für Sex bezahlen musst? Was habe ich getan, um dir diesen Eindruck zu vermitteln?«
Michael blinzelte auf das Display ihres Handys und sah sie dann an. »Ich verstehe nicht ganz...«
»Ich fand die letzte Nacht irgendwie schön«, warf sie ein. »Ich dachte, wir hätten eine nette Art von Verbindung zueinander gefunden. Ich meine, ja, natürlich hast du mir die halbe Nacht lang von all deinen Häusern auf der ganzen Welt erzählt, während du in meiner winzigen Wohnung über einem stinkenden Kanal gesessen hast, also ja, vielleicht hätte ich damals die Pretty Woman Schwingungen bemerken sollen. Aber aus irgendeinem Grund habe ich mich wohl mit dir gefühlt. Ich fühlte mich gesehen und respektiert. Also was zum Teufel ist das?« Sie wedelte ihm wieder das Handy ins Gesicht. »Was ist das?«
Michael seufzte und ließ den Kopf schwer auf seine Brust sinken. »Mein Gott«, sagte er. »Rachel. Es tut mir leid. Ich bitte dich. Komm rein. Lass uns drinnen reden.«
Rachel seufzte laut und schob ihr Handy zurück in ihre Handtasche. »Gut«, sagte sie. »Gut.«
Sie fuhren gemeinsam schweigend in einem verspiegelten

Aufzug mit hochglanzpolierten Messingknöpfen in den dritten Stock, dann folgte sie ihm durch einen Flur mit dickem Teppichboden zu seiner Haustür.

In der Küche packte er seine Segeltuchtasche aus und schloss sein Handy zum Aufladen an.

»Tee?«, fragte er. »Kaffee?« Rachel schüttelte den Kopf.

Michael seufzte. »Ich habe es versaut, nicht wahr?«

Rachel nickte. »Jep.«

»Ich habe einfach nicht daran gedacht, dass du es so sehen würdest. Ich fand deinen Schmuck einfach toll und wollte ihn kaufen, um ihn anderen zu schenken...«

»Welchen anderen?«

»Ich weiß es nicht. Freunden.«

»Wozu?«

»Geburtstage.« Er zuckte verlegen mit den Schultern.

»Aber im Wert von 54.000 Pfund? Auf eine Bestellung? Ich meine, das ist verrückt.«

»Ja, ich weiß. Aber in dem Zusammenhang...«

»Ein Millionär zu sein.«

»Nun, ja. Davon. Es schien als... Oh fuck.« Michael schlug sich die Hände auf die Wangen und knurrte leise. »Ich bin ein Arschloch. Ich weiß es nicht. Ich bin heute Morgen nach Hause gekommen und habe mich so euphorisch gefühlt. Ich glaube, ich war vielleicht auch noch ein bisschen betrunken. Wir hatten gerade so eine ... na ja, meiner Meinung nach« – er schlug sich eine geballte Faust auf die Brust – »so eine unglaubliche Nacht gehabt. Ich war ganz aufgeregt. Und ich erinnerte mich daran, was du gesagt hattest, dass du noch dabei bist, mit deinem Geschäft Fuß zu fassen, und ich stellte mir dein Gesicht vor, wenn du deinen Laptop aufklappst und die große Bestellung siehst, und ich habe einfach nicht nachgedacht. Ich habe nicht nachgedacht. Und nein. Ich denke nicht, dass du für Sex bezahlt werden solltest. Ich finde, du bist außergewöhnlich und magisch und schön und ... und ... großartig. Und ich werde die Bestellung sofort stornieren.« Er klappte den Deckel des Laptops auf seinem Küchentisch auf. »Sofort.«

Rachel stand da und beobachtete ihn mit verschränkten Armen.

Er drückte einige Tasten und klappte dann den Laptop wieder zu. »Da«, sagte er. »Sie ist weg. Ich bitte dich. Gib mir eine Chance, es wieder gut zu machen. Wenn du das tust, verspreche ich dir, dass ich nie wieder so etwas Grobes und Unwürdiges tun werde. Ich schwöre dir, Rachel Gold, dass ich nicht der bin, für den du mich hältst. Ich bin ein Feminist.«

Rachel stieß ein kurzes, trockenes Lachen aus.

»Nun, vielleicht kein Feminist. Aber ich bin ein guter Kerl, ich schwöre. Ich habe die Frauen in meinem Leben nie anders als mit dem größten Respekt behandelt. So bin ich nun mal erzogen worden. Ach, komm schon. Bitte, ja? Essen gehen, vielleicht? Heute Abend? Wenn du Zeit hast?«

Rachel spürte, wie sich in ihr eine Lücke auftat, ein Raum. Ein Ort, an dem sie nett zu diesem Kerl sein konnte, an dem sie ihn hereinlassen konnte, diesen *guten Kerl*, der *gut erzogen worden* war. Sie konnte ihm noch eine Chance geben. Und sie hatte heute Abend Zeit, und sie war schon durch die halbe Stadt gereist. Sie schaute sich in seiner Wohnung um, jetzt, wo sich der rote Nebel in ihrem Kopf lichtete, und sah eine hübsche Küche: schwarze Metrofliesen, abgenutzte Kochbücher, unsortierte Utensilien in einer roten Emaillekanne, ein hohes Sprossenfenster am anderen Ende mit Blick auf den Fluss. Sie konnte sich vorstellen, wie sie morgens barfuß hier hereinspazierte und sich einen

Espresso aus der großen, glänzenden Maschine dort drüben machte. Sie stellte sich vor, wie Michael hinter ihr auftauchte und diese starken Arme um sie legte, wie er nach ihr roch, wie seine Kleidung ordentlich auf einem Schlafzimmerstuhl gefaltet war, wie sein süßer Atem an ihr Ohr wehte und seine Welt mit ihrer zusammenkam. Sie dachte kurz über *Lucy* nach, über die Ex-Frau. Sie fragte sich, was sie wohl zu Michaels Behauptung sagen würde, er habe Frauen immer nur mit Respekt behandelt. Warum hatte es geendet? Wer hatte die Schuld daran? Doch dann schüttelte sie die Gedanken aus dem Kopf. Niemand wusste je, was in einer Ehe geschah, außer den beiden Menschen, die sie führten. Es ging sie nichts an. Sie sah zu Michael auf, ließ zu, dass ihr Gesicht weicher wurde, und sagte: »Gut. Na schön. Abendessen heute. Ja. Aber du solltest dich besser gut benehmen.«

Michael legte seine Handfläche auf seine Brust und sagte: »Ich schwöre, ich werde mich jetzt immer gut benehmen.«

KAPITEL 14

Juni 2019

Stella hüpft, um mit Lucy Schritt zu halten, als sie zurück zu Henrys Wohnung gehen. »Warum gehen wir so schnell?«

Lucy hält ihre Schlüsselkarte an die Tafel vor dem Gebäude und führt Stella durch die schweren Chromtüren in das Foyer. »Ich muss nur ein paar Anrufe tätigen, das ist alles.«

»Wen musst du denn anrufen?«

»Clemency.«

Clemency ist die jüngere Schwester von Phin und Lucys beste Freundin.

»Warum ist das so wichtig? Was ist los?«

»Es ist nichts passiert, Baby. Es ist alles in Ordnung.«

Sie verlassen den Aufzug und betreten Henrys Wohnung. Lucy gibt Stella die Schüssel, in der sie den Butterguss gemacht hat, zum Ausschlecken und nimmt ihr Handy mit in ihr Schlafzimmer.

»Clem. Ich bin's. Hör mir zu. Etwas Seltsames geht hier vor. Phin hat das Reservat verlassen und niemand weiß, wohin er gegangen ist.«

Es herrscht eine kurze, brüchige Stille, und Lucy spürt, wie ein Ruck des Verständnisses sie durchfährt.

»Oh mein Gott. Clem! Warst du das? Hast du ihn angerufen?«

»Natürlich habe ich ihn angerufen! Er ist ja schließlich mein Bruder.«

»Aber die Reise sollte eine Überraschung sein. Wir waren uns einig, dass wir ihm nichts sagen würden.«

»Nein. Du hast zugestimmt. Aber ich kenne Phin, und er hätte eine Überraschung gehasst. Er hätte es leidenschaftlich

gehasst. Und der Gedanke, dass Henry auch dabei sein könnte...«
»Du hast ihm gesagt, dass Henry kommt?«
»Natürlich. Er hatte das Recht, es zu erfahren. Ich – es tut mir leid, Lucy, aber ich hielt das Ganze für eine schreckliche Idee. Ich kenne Phin, und ich kann garantieren, dass er von niemandem gefunden werden will, schon gar nicht von Henry.«
»Henry? Warum sagst du das?«, fragt Lucy zaghaft.
»Ach, komm schon. Du weißt, warum. So wie Henry damals zu Phin war. Wie besessen er von ihm war. Und was dann passierte. Am Ende.«
Sie verstummen. Ihre gemeinsame Geschichte ist so groß, dass es manchmal den Anschein hat, als könnten bloße Worte sie nicht fassen und dass sie nur in den Pausen, dem Schweigen und den unvollendeten Sätzen existiert. Sechsundzwanzig Jahre sind lang genug, damit die Erinnerungen spinnwebenverhangen und abstrakt werden. Sechsundzwanzig Jahre sind lang genug, um an der eigenen Erinnerung zu zweifeln und sich zu fragen, ob die Dinge vielleicht wirklich so passiert sind, wie man glaubt, dass sie passiert sind. Und in dem Haus des Schreckens, in dem Lucy, Henry, Clemency und Phin aufwuchsen, wurde die Wahrheit durch die Filter ihrer Eltern ständig verzerrt und verfälscht. Die Menschen, die sich um sie kümmern und sie beschützen sollten, und die Menschen, die stattdessen zuließen, dass sie missbraucht und verdorben wurden.
War Phin damals in Gefahr vor Henry, fragt sich Lucy, und ist er jetzt in Gefahr?
Lucy seufzt. »Weißt du, wohin Phin gegangen ist?«
»Ich habe keine Ahnung. Ich habe nicht einmal mit ihm gesprochen. Er war auf dem Übungsplatz, als ich anrief,

also habe ich ihm nur eine Nachricht hinterlassen.«

»Was hast du gesagt?«

»Die Lambs haben dich aufgespürt. Sie kommen, um dich zu sehen.«

»Und du hast keine Ahnung, wo er hingegangen sein könnte?«

»Keine. Nein. Ich habe ihm meine Nummer gegeben, die Nummer meiner Mutter. Ich habe noch kein Wort von ihm gehört. Und wer weiß, ob ich das jemals werde. Er war immer ein Einzelgänger, mein Bruder. Nie ein Rudeltier. Vielleicht wird das noch sechsundzwanzig Jahre so weitergehen…«

Sie seufzt laut. »Scheiße. Es tut mir leid. Ich hätte nicht gedacht, dass er sich aus dem Staub macht. Ich wollte ihn nur warnen, das ist alles. Ich wollte ihn nur vorwarnen. Ich wollte nicht, dass er verschwindet. Ist Henry wirklich am Arsch?«

Lucy räuspert sich, dann sagt sie: »Henry ist weg.«

Sie hört, wie Clem scharf einatmet. »Wohin? Nach Afrika?«

»Ich denke schon.«

»Aber wozu denn? Wenn er nicht weiß, wo Phin ist?«

»Ich habe keine Ahnung. Ich meine, vielleicht hat er eine Spur? Einen Hinweis? Aber er ist jetzt auf dem Weg dorthin. Er hat mir gerade eine SMS geschickt. Er sitzt in einem Flugzeug. Und ich habe versucht, ihn anzurufen, ihm eine Nachricht zu schicken, aber er hat meine Nummer blockiert.«

»Er hat dich blockiert? Oh mein Gott.«

»Ja.« Sie hält inne. »Was soll ich tun?«

»Ich habe keine Ahnung. Hast du seine Wohnung durchsucht? Nach Hinweisen?«

»Nein. Nein, nicht richtig. Aber selbst wenn ich herausfinden würde, wo er ist, was dann?«

»Nun, vielleicht könntest du ... ich weiß nicht, hingehen?«

Lucy lacht heiser. »Richtig«, sagt sie. »Mit zwei Kindern, einem Hund und einem gefälschten Pass.«

»Ja. Vielleicht nicht. Aber ich werde weiter im Reservat anrufen. Mal sehen, ob jemand etwas mehr weiß. Und hoffentlich, vielleicht, ruft Phin an. Man kann nie wissen. Scheiße, Luce, was für ein verdammtes Chaos. Es tut mir so leid. Es tut mir wirklich leid.«

Sie beenden das Gespräch und Lucy geht zurück ins Wohnzimmer, wo Stella blauen Butterguss am Kinn hat. Sie öffnet Schubladen und Schränke. Sie durchsucht die Taschen von Henrys Kleidung in seinem Schlafzimmer, die Taschen seiner Mäntel im Flur. Sie ruft in seinem Büro an und erfährt, dass er gesagt hat, er käme frühestens in einer Woche zurück, aber sie wüssten nicht, wo er sei. Sie fragt Oscar im Foyer des Wohnhauses, ob er weiß, wohin Henry gegangen sein könnte, doch der verneint. Sie lädt sich eine App herunter, die ihr anzeigt, welche Flüge London gegen 7:45 Uhr verlassen haben, und löscht sie wieder, als sie feststellt, dass mindestens zwanzig Flüge alle fünfzehn Minuten London verlassen. Sie versucht, ihm eine Nachricht zu schreiben, aber die geht nicht durch. Sie denkt an ihre erste Begegnung mit Henry im letzten Jahr, an den fremden, lächelnden Mann, der in der leeren Hülle des Hauses ihrer Kindheit auf sie wartete, mit blondiertem Haar und hübsch geschminktem Gesicht, so dass sie nur raten konnte, ob er Henry oder Phin war, und ein Bild durchflutet ihr Bewusstsein, hell wie ein Blitz: Phin, irgendwo auf dieser Welt, der Henry eine Tür öffnet, Hände, die ihn hart durch den Raum schieben, und ein Schauer durchfährt ihr Innerstes.

KAPITEL 15

Dezember 2016

Weihnachten war Michael offiziell Rachels Freund.

Für Rachel war es überraschend, sowohl in seiner Unerwartbarkeit als auch in seiner Vorhersehbarkeit.

Wenn sie sich und Michael in einem Schaufenster oder an der verspiegelten Wand eines Restaurants erblickte, stellte sie fest, dass sie ein gutes Paar waren. Beide groß, ihr Teint olivfarben, beide mit frisch geweißten Zähnen und dichtem braunen Haar. Ihr Altersunterschied wurde durch ihre körperlichen Ähnlichkeiten ausgeglichen. Michaels Amerikanischsein wurde durch seine Liebe zu Europa gemildert, Rachels Englischsein durch ihre kosmopolitische Erziehung. Trotz des Ozeans und der Jahre, die sie davon abgehalten hatten, gemeinsame, verbindende Erfahrungen zu machen, passten sie erstaunlich gut zusammen.

Eine Woche vor Weihnachten nahm Rachel Michael zu einer Party mit. Es war die Party von Rachels bester Freundin, Dominique. Sie veranstaltete sie jedes Jahr in ihrem umgebauten Loft in Kentish Town. Sie war legendär chaotisch, berauschend, laut und lang. Aber Dominique war gerade mit ihrem ersten Kind schwanger, und die Gäste waren gewarnt worden, dass es dieses Jahr etwas ruhiger zugehen würde. *Ubers um Mitternacht*, hieß es auf der Einladung.

Michael schien ein wenig nervös zu sein, als sie sich an diesem Abend bei ihr zu Hause fertig machten.

Er hatte bereits eine Handvoll ihrer Freunde bei Doppeldates kennengelernt, aber er war nicht gezwungen gewesen, mit Rachels Freunden in größerem Umfang Kontakte zu knüpfen, und hier spürte Rachel eine Diskrepanz, einen Unterschied zwischen ihnen, der über Alter und Nationalität hinausging. In London war Michael ein einsamer Ritter. Er hatte ein paar Geschäftspartner und ein paar Ex-Freundinnen, aber er hatte keinen fest verwurzelten Freundeskreis, mit dem man sich blind versteht, weil man ein ganzes Leben lang in der selben Stadt lebt.

An diesem Abend fühlte sie sich, als müsste sie ihn beschützen. Sie beobachtete ihn, wie er sein Hemd zuknöpfte, seine Zähne kontrollierte und sich die Haare raufte. Sie stellte sich vor, wie er sich Sorgen machte, was die Leute von ihm denken würden, wie er auf sie wirken würde. Im Bad schlich sie sich an ihn heran und küsste ihn auf die Wange.

»Wofür war das denn?«, fragte er und drehte sich zu ihr, um sie anzulächeln.

»Nichts«, antwortete sie. »Ich wollte dich nur auf die Wange küssen.«

Er erwiderte den Kuss auf die Wange und kümmerte sich dann weiter um sein Haar im Spiegel. »Gibt es dort jemanden, vor dem ich mich in Acht nehmen muss? Irgendwelche labilen Ex-Freunde oder notorische Langweiler?«

»Keine labilen Ex-Freunde, möglicherweise mehr als ein paar notorische Langweiler. Ich werde sie dir zeigen.«

»Und sag es mir noch mal, Dominique? Ist das deine Freundin aus der High School?«

»Grundschule und weiterführende Schule. Ich kenne sie, seit ich vier bin.«

»Und sie ist verheiratet mit? Nein, sag's mir nicht. Ich kann mich erinnern. Sie ist mit Jonathan verheiratet. Er ist ein Boulevardjournalist.«

»Richtig. High five.«

»Sie ist im fünften Monat schwanger, Geburtstermin ist im

April?«
»Noch einmal High five.«
»Und sie ist eine ... eine ... Visual Merchandiserin bei Matches, der Boutique für reiche Damen?«
»Wow, du bist gut! Ja. Das ist sie. Und sie wird höchstwahrscheinlich schlechte Laune haben, weil sie nichts trinken darf und weil sie sich in dieser unangenehmen Phase der Schwangerschaft befindet, in der man fett und nicht schwanger aussieht, so dass sie nichts Schönes anziehen kann und ständig müde ist.«
Michael nickte weise. »Oh, ja«, sagte er. »Jep. Ich erinnere mich an diese Phase. Ich erinnere mich sehr gut daran.«
Rachel zuckte bei seinen Worten leicht zusammen. Michael sprach nicht viel über Lucy, über seine Ehe und die Familie, zu der er den Kontakt verloren hatte, aber wann immer er es tat, fühlte sie es wie ein kleines, böses Zwicken in ihrem Inneren. Michael war für sie wie aus dem Ei gepellt: ein wohlriechender, gepflegter Mann ohne Bindungen und ohne Verpflichtungen, die über gelegentliche geschäftliche Anrufe oder Treffen hinausgingen. Doch unter all dem, so musste sie sich immer wieder ins Gedächtnis rufen, lag eine kurze, geheimnisvolle Ehe mit einer Frau, die Geige spielen konnte, die in Gedichten sprach, ebenso fließend Französisch und die sein einziges Kind zur Welt gebracht hatte. Hinter all dem verbarg sich ein Leben, das sie nie verstehen oder erleben durfte, geheime Orte, die sie nie betreten durfte. Sie spürte, wie ihr das Lächeln auf dem Gesicht gefror, und riss sich dann davon los.
»Nun«, sagte sie. »Ich weiß nicht, wie es dir geht, aber ich denke, dass wir vielleicht ein Glas trinken sollten, bevor wir gehen? Nur zur Beruhigung.«
»Hundertprozentig ja. Ich komme gleich zu dir.«

Sie küsste ihn erneut und verließ das Badezimmer, entkorkte eine Flasche Wein und schenkte beiden ein Glas ein. Sie hatte vor, auf Michael zu warten, aber sie ertappte sich dabei, dass sie ihr Glas in die Hand nahm und einen großen Schluck nahm, weil ihre Psyche ihr sagte, dass sie etwas Betäubendes über die heiße Asche der Eifersucht schütten sollte, die in ihr schwelte. Rachel war kein eifersüchtiger Mensch. Sie hatte sich noch nie so gefühlt, wenn es um die Vergangenheit eines anderen Mannes ging. Sie mochte das Gefühl nicht. Es gab ihr das Gefühl, irgendwie minderwertig zu sein. Es gab ihr das Gefühl, dass Michael jetzt irgendwie die Kontrolle über ihr Glück hatte, es mit einer unbedeutenden Bemerkung oder einer weggeworfenen Anekdote an- und abschalten konnte. Sie nahm einen weiteren Schluck Wein und schaltete dann ihr Handy ein. *Dom*, tippte sie, *kannst du Jonathan dazu bringen, Michael heute Abend ein bisschen auszufragen? Um etwas über seine Ex und sein Kind und so herauszufinden? Ich will ihn nicht ständig fragen und er ist sehr verschlossen. DANKE!!! Wir sehen uns in einer Stunde.*

»Er ist verdammt gutaussehend«, zischte Dominique in Rachels Ohr. »Gott, so wie du ihn beschrieben hast, dachte ich, er würde wie dein Vater aussehen. Was ... naja, er ist irgendwie...«

»Nein! Wag es nicht!«

»Nun, nur insofern, als dein Vater ein gutaussehender älterer Mann ist.«

»Mein Vater ist dreiundsechzig, verdammt noch mal, Dom! Er ist alt genug, um Michaels Vater zu sein!«

»Das war ein Scherz, Rachel. Wie auch immer, dieser Kerl ist sehr, sehr gutaussehend.«

»Vielleicht ein bisschen zu gutaussehend? Meinst du?« Dominique hatte ihre Partner immer nach ihren Macken ausgesucht. Je mehr Macken, desto besser. Jonathan war eine wandelnde Litanei von ungewöhnlichen Merkmalen und Eigenheiten. Bei einem Typen wie Michael würde sie nicht zweimal hinschauen.

»Nein! Natürlich nicht. Nun, nicht für dich, offensichtlich. Er ist perfekt für dich. Ihr seht toll zusammen aus. Prost!« Sie stießen mit ihren Gläsern an.

»Was hast du da drin?«, fragte Rachel und betrachtete Dominiques Glas mit etwas Rosa.

»Urgh. Sprudelwasser mit Angosturabitter. Verdammte Scheiße. Es ist so beschissen, dieses Nicht-Trinken-Ding.« Sie blickte auf ihren Bauch hinunter, der sich in einem wallenden goldenen Tunika-Top mit goldenen Kettenträgern befand, und lächelte schwach. »Die Dinge, die ich für dich tue, Kleines. Die Dinge, die ich für dich tue.« Dann blickte sie zu Rachel auf und sagte: »Apropos Kleines, ich habe Jonathan instruiert. Er wird in den vollen Journalistenmodus gehen und die richtigen Fragen stellen. Ich werde morgen einen umfassenden Bericht für dich haben. Worüber genau machst du dir Sorgen? Sieht so aus, als ob er hundertprozentig auf dich steht?«

»Ja. Ja, das tut er. Es ist nur so, dass ich irgendwie auf eine Mauer stoße, wenn ich versuche, mit ihm über seine Ex-Frau und sein Kind zu reden, und ich will ihn nicht weiter unter Druck setzen. Ich habe einfach das Gefühl, dass er mir etwas verschweigt. Das ist alles.«

»Wenn er etwas zu verbergen hat, ist Jonathan der richtige Mann, um es aus ihm herauszuholen. Überlasse das ihm.« Sie zwinkerte und tippte sich an den Nasenflügel. »Gut, ich sollte mich unter die Leute mischen. Wir sehen uns später…« Rachel füllte ihr Weinglas auf und ging aus dem Küchenbereich hinaus und über den Dachboden zu Michael, der sich mit einer Frau namens Ella unterhielt, die Rachel vage aus Dominiques erweitertem Bekanntenkreis kannte. Ella war klein und blond und auf eine Art und Weise aufbrausend, die Rachel, die überhaupt nicht aufbrausend war, gar nicht gefiel und immer als etwas schwierig empfunden hatte.

Sie sah, wie sich Ellas Gesicht ein wenig verdüsterte, als Rachel sich ihr näherte, denn normalerweise würde Rachel sie auf einer Party nie ansprechen, und dann sah sie, wie Ellas Blick zu Michael wanderte und ein Aufblitzen der Erkenntnis über ihre stark geschminkten Augen ging.

»Hi!« meldete sich Rachel fröhlich zu Wort. »Ella! Schön, dich zu sehen! Wie ich sehe, hast du Michael schon kennengelernt.«

»Ja, obwohl ich gar nicht wusste, dass er Michael heißt. So weit waren wir noch gar nicht gekommen.« Sie stieß ein nervöses Lachen aus.

»Nein«, warf Michael ein. »Wir haben mit den Geschichten über die schlimmsten Skiverletzungen aller Zeiten angefangen.«

»Oh!«, sagte Rachel. »Urkomisch!«

»Du bist also…?« Ella winkte mit der Hand undeutlich zwischen Rachel und Michael hin und her.

»Mhm«, sagte Rachel und nickte. »Ja. Wir sind zusammen.«

»Oh, gut!«, sagte Ella. »Wunderbar. Das ist großartig!«

»Ja!«, sagte Rachel. »Das ist es wirklich, wirklich.«

Dann ertappte sie sich dabei, wie sie Michaels Arm ergriff und sich irgendwie an ihn drückte, und für einen kurzen Moment sah sie sich selbst von außen und erkannte, dass sie sich furchtbar benahm. Sie war jemand, den sie nicht ertragen konnte. Anhänglich, eingebildet, unsicher. Sie sah, wie das Lächeln auf Ellas Gesicht erstarrte, und dann sah sie, wie ihr Blick über ihre Schulter zu einem anderen Punkt im Raum ging, bevor sie sagte: »Schön, dich kennenzulernen, Michael. Genieß deine Zeit in London. Und Rachel, es ist so schön, dich zu sehen – du siehst übrigens umwerfend aus. Wie immer.«

Dann ließ sie die beiden zusammen stehen, wobei sich ein seltsames Gefühl zwischen ihnen aufbaute.

»Warst du gerade ein wenig eifersüchtig, Miss Gold?«

»Halt die Klappe.«

»Ach, komm schon. Ich denke, das warst du?«

»Ernsthaft. Halt die Klappe.«

»Ich mag es, glaube ich. Ein kleines bisschen.«

»Hör auf damit.«

»Im Ernst. Es ist niedlich. Ich meine, sieh dich an und sieh mich an. Du bist auf hundert verschiedene Arten eine Nummer zu groß für mich. Ich bin derjenige, der sich unsicher fühlen sollte. Ich mag es, dass du denkst, ich könnte dich für die kleine Miss Wimpern da drüben wegschmeißen.« Er rollte mit den Augen in Richtung Ella, die ein paar Meter weiter laut über die Witze eines anderen Mannes lachte.

»Das habe ich nicht gedacht. Ich war nur überrascht, dass du ihr nicht gesagt hast, dass du mit mir zusammen bist.«

»Mein Gott. Sie hat mir keine Chance gegeben! Das Mädchen ist ein Großmaul. Und außerdem betrunken. Hätte sie auch nur eine Sekunde langsamer gemacht, hätte ich es sofort erwähnt: Ach, übrigens, kleine Frau mit der nervigen Stimme, ich glaube, du wirst feststellen, dass ich mit der schönsten Frau in diesem Raum zusammen bin, sie heißt Rachel Gold, kennst du sie?« Rachel konnte nicht verhindern, dass sich ein Lächeln auf ihren Lippen bildete,

und Michael lächelte ebenfalls, neigte seinen Kopf zu ihr und hielt ihren Blick mit seinem fest. »Du bist die Einzige, Rachel. Die Einzige. Auf der ganzen Welt. OKAY?«
Sie nickte und fügte sich seiner Bewunderung, auch wenn sie spürte, dass sie dadurch irgendwie kleiner wurde.

KAPITEL 16

Juni 2019

Am nächsten Tag wache ich mit starken Kopfschmerzen auf. Nicht wirklich ein Kater, dafür habe ich nicht genug getrunken, sondern eher ein schrilles Kribbeln von Jetlag, Dehydrierung und Stress. Nach dem Frühstück finde ich eine Druckerei um die Ecke meines Hotels und lasse das Foto von Phin auf A4-Größe printen. Ich kann es nicht ertragen, wenn noch ein Fremder mit seinen schmutzigen Griffeln über den Bildschirm meines Handys streicht. Dann setze ich meine Sonnenbrille auf und mache mich auf die Suche. Drei Stunden lang rede ich mit Portiers und Concierges und halte vielbeschäftigte Menschen auf, die versuchen, in ihre Wohnblocks hinein- oder herauszukommen, um ihr Leben fortzusetzen.

Ich mache eine Mittagspause in einem Brunch-Restaurant mit einer gewölbten Decke, die mit seidenen Glyzinienblüten behängt ist, und bestelle eine salvadorianische Quesadilla, einen Masala Chai und eine Kurkuma-Safran-Schorle. Ich stelle fest, dass ich einen gesunden Appetit habe, nachdem mir vorhin ein wenig mulmig war, und kratze meinen Teller sauber. Auf halbem Weg fragt mich ein Junge mit peroxidfarbenen Haaren, wie mein Frühstück schmeckt. Ich sage ihm, dass es sehr gut schmeckt, und er freut sich für mich.

Und dann bin ich wieder auf den Straßen unterwegs, und auf meiner Haut beginnt sich ein Schweißfilm zu bilden. Ich fühle mich so weit weg von zu Hause. Ich war noch nie weiter weg als bis zu den Kanarischen Inseln. Aber Chicago fühlt sich angenehm europäisch an, und ich kann so tun,

als wäre ich in einer coolen Ecke von Paris oder Berlin.
Um vier Uhr nachmittags sagt mir mein Handy, dass ich seit dem Aufwachen fast achtzehntausend Schritte gelaufen bin. Ich setze mich mit einer Flasche Wasser auf eine Bank und ziehe Bilanz. Wie lange kann ich so weitermachen? Wie viele Schritte kann ich noch gehen? Ich sehe langsam erschöpft und leicht beunruhigend aus. Ich sollte wirklich zurück in mein Hotel gehen und duschen. Aber ich habe heute so viel Zeit und Energie in meine Suche investiert, ich kann jetzt nicht aufhören. Also nehme ich mein Handy aus der Tasche, um meine E-Mails zu checken, und sehe, dass ich einen Anruf verpasst habe. Ich verstehe nicht, wie ich einen Anruf verpassen konnte, aber dann fällt mir auf, dass ich mein Handy den ganzen Tag auf lautlos gestellt hatte. Ich rufe die Voicemail-Nachrichten auf.
»Äh, hi. Hier ist Lyle. Wir haben uns letzte Nacht getroffen? Du hast nach einem Typen namens Finn gesucht? Nun, ich weiß nicht, ob dir das etwas sagt, aber ich habe einen Freund namens Joe, der eine Wohnung von einem Typen namens Finn mietet, der in Afrika lebt? Ich habe den Mann auf deinem Foto beschrieben und er sagte, dass es sich nach ihm anhört? Ich kann dir seine Nummer geben? Wenn du willst? Ruf mich an.«
Ich blinzle. Ein breites Lächeln versucht, auf meinem leicht sonnenverbrannten Gesicht auszubrechen, aber ich kann es unterdrücken.
Ich finde Lyles Nummer in meinen verpassten Anrufen und tippe sie an.

KAPITEL 17

Lucys Handy klingelt, während sie am Morgen nach seinem Verschwinden Henrys Küche putzt. Ihr Herz setzt aus und setzt wieder ein bei dem Gedanken, dass es Henry sein könnte. Aber es ist eine Vorwahl aus St. Albans und es ist nicht Libby, also muss es der Immobilienmakler sein. Sie antwortet etwas atemlos. »Hallo?«

»Hallo! Hier ist Max Blackwood von Raymond & Cobb. Haben Sie eine Minute Zeit?«

»Ja«, sagt sie. »Ja, habe ich.«

»Nun, ich habe ein wenig mit den Verkäufern hin- und hergesprochen, und sie haben gesagt, dass sie das Haus für Sie vom Markt nehmen, wenn Sie noch fünfzig Tausend drauflegen können.«

»Also ...« Sie kann die Zahlen in ihrem Kopf nicht zu etwas Sinnvollem zusammensetzen.

»Ja, das sind eine Million und fünfzigtausend.«

»Richtig. OKAY.«

Es erscheint ihr verrückt, wie wenig die zusätzlichen fünfzigtausend im Vergleich zu all den anderen Nullen erscheinen. Sie sollte sich dagegen wehren. Sie sollte Einspruch erheben. Aber sie will dieses Haus, und sie will nichts tun, was den Kauf verzögert, also antwortet sie leise, aber entschlossen: »Ja, okay. Das ist gut so.«

»Sie sind also zufrieden, wenn ich Ihnen sage, dass Sie annehmen werden?«

»Ja. Ich freue mich sehr, dass Sie das sagen. Aber unter der Voraussetzung, dass sie alles in ihrer Macht Stehende tun werden, um die Sache so schnell wie möglich durchzubringen. Bitte.«

»Das werde ich ihnen gegenüber unbedingt erwähnen, Lucy. Auf jeden Fall. Ich kann keinen Grund erkennen, warum sie die Sache hinauszögern sollten.«

Nachdem der Anruf beendet ist, legt Lucy den Kopf in den Nacken und spricht ein stilles Gebet zu den Göttern des Hauskaufs. *Bitte*, denkt sie, *bitte gebt uns nach all den Jahren und Jahren und Jahren ein Haus, in dem wir endlich sicher sein können. Bitte.*

KAPITEL 18

Dezember 2016

Dominique's Party leerte sich, wie befohlen, um Mitternacht. Dominique stand an der Eingangstür – um die Leute in den Aufzug zu begleiten, ihre hohen Schuhe längst ausgezogen – und gähnte theatralisch. Rachel lehnte sich an ihr Ohr und sagte: »Schick mir morgen eine SMS.« Dominique sagte: »Das werde ich bestimmt.« Dann umarmten sie sich und winkten zum Abschied, und Michael und Rachel stiegen in einen Uber und fuhren zurück zu Michaels Wohnung.

Es war eine milde Dezembernacht, und sie baten den Fahrer, sie am Fluss abzusetzen. Die ruhige Oberfläche glänzte mit reflektierten Straßenlaternen. Hinter ihnen glitzerten und leuchteten die hohen Fensterscheiben der großen viktorianischen Häuser mit den beleuchteten Weihnachtsbäumen. Rachel zog ihren Mantel eng um sich und schmiegte sich an Michaels Schulter, während sie gingen. Ihre Gefühle waren verworren und verstreut, als ob sie durchwühlt worden wäre. Sie spürte intensiv, dass sie in Michael verliebt war, so verliebt, wie sie es sich nie hätte vorstellen können, in irgendjemanden verliebt zu sein, schon gar nicht in einen ziemlich eingebildeten älteren Mann mit Ballast und Geheimnissen, der das Land in dreieinhalb Monaten verlassen würde. Alles, was sie wollte, wenn sie mit Michael zusammen war, war, ihn zu berühren, ihn zu riechen, von ihm gehalten zu werden. In gemeinsamen Räumen wünschte sie sich seinen Blick, seine Aufmerksamkeit, seinen Arm um sie, seine Gedanken, die von ihr verzehrt wurden. Bei den seltenen Gelegenheiten, bei denen sie nicht zusammen waren, vermisste sie ihn schmerzlich. Wenn er zu lange brauchte, um einen Anruf entgegenzunehmen oder eine Nachricht zu beantworten, machte sie sich Sorgen, weil sie überzeugt war, dass er Zweifel an ihrer Beziehung hatte, dass ihr Glanz irgendwie nachgelassen hatte, dass ihre Bindung schwand. Die Erleichterung, die sie verspürte, wenn die Antwort auf die SMS kam oder der Anruf beantwortet wurde oder die Blumen ihr mit Schwung überreicht wurden, wenn seine Finger in ihrem Haar lagen, seine Arme um ihre Taille, seine Lippen auf ihren Lippen, war so stark, dass sie manchmal nach Luft schnappte.

Gelegentlich betrachtete sie sich nach einem dieser erbärmlichen, verzweifelten Intermezzi im Spiegel und fragte sich, wer sie war. War sie immer noch Rachel Gold, die Eisprinzessin, die Ballkönigin, die statuenhafte Brünette, die nie einen Mann finden konnte, der ihren hohen Idealen entsprach? Oder war sie jetzt jemand ganz anderes? Hatte es tatsächlich nie eine vollendete Version von ihr gegeben? Hatte sie immer mehrere in sich getragen? War die säuselnde Rachel, die auf Partys die Arme der Männer umklammerte, um einen Konkurrenten um seine Aufmerksamkeit abzuwehren, schon immer da gewesen? *Wie schrecklich*, dachte sie bei sich. *Wie absolut schrecklich.* Aber jetzt brachte sie diese Gefühle in eine gewisse Ordnung.

Natürlich war sie immer noch Rachel Gold. Sie war einfach nur Rachel Gold, die endlich jemanden getroffen hatte, von dem sie eine Verpflichtung brauchte. Das war der einzige Unterschied.

Und als ob er ihre Gedanken hören könnte, blieb Michael stehen und drehte sie zu sich, so dass sie sich gegenüberstanden. »Ich mochte es«, sagte er, »als du vorhin eifersüchtig warst.«

»Ich war nicht eifersüchtig.«
»Du warst eifersüchtig. Ich habe es geliebt. Die Vorstellung, dass du in meiner Gegenwart eifersüchtig bist. Ha! Ich meine – wow. Jeder Mann sollte so glücklich sein. Jeder Mann sollte sich so geehrt fühlen. Und ich weiß nicht, was ich getan habe, um die Eifersucht einer Frau wie dir zu verdienen, aber Mann, ich würde sie gerne behalten. Für immer. Denn ich sage dir was, der Gedanke, dass ein anderer Mann dich eifersüchtig macht, lässt mich eifersüchtig werden.«
Dann lachten sie, und Rachel schaute ihm in die Augen und sagte: »Kein anderer Mann hat mich jemals eifersüchtig gemacht. Niemals. Normalerweise will ich nur, dass sich die Männer aus meinem Gesicht verpissen, um ganz ehrlich zu sein. Aber bei dir … ist es einfach … anders.«
Michael fasste sich theatralisch ans Herz und gab ein genüssliches Stöhnen von sich. »Hör auf«, sagte er. »Ich halte das nicht aus. Du wirst mir ein unkontrollierbares Monster-Ego bescheren und ich werde dich für einen Hollywood-Filmstar verlassen. Rede bitte mit mir, erinnere mich daran, wer das Sagen hat. Ich kann es nicht sein. Lass nicht zu, dass ich es bin.«
Er spielte mit ihr, meinte es nicht ernst, das war ihr klar. Sie lächelte und sagte: »Okay, Loser, zeig mir, dass du es wert bist, in meiner Nähe zu bleiben. Oder ich gehe und suche mir jemanden, der anständig aussieht, etwas Geld hat und eine gute Persönlichkeit.«
Michael lachte und wippte leicht auf seinen Fersen zurück, bevor er sich aufrichtete und sich zu ihr hinunterbeugte. »Du«, sagte er, »oh Gott, du. Du bist einfach, einfach zu, äh, zu schön. Zu alles. Ich bin – verdammt, Rachel, ich bin verdammt wahnsinnig in dich verliebt. Ich will nicht daran

denken, ohne dich zu sein, niemals. Und hör zu. Ich weiß, dass es erst ein paar Wochen her ist. Ich weiß, dass wir gerade erst angefangen haben. Aber ich weiß bereits, dass es das ist. Das bin ich. Und ich will aufhören, jetzt sofort, mit allem aufhören und ... Ich will dich heiraten, Rachel. Willst du das? Willst du mich heiraten?«

Und da, da war es. Das Ding, das schwer fassbare, flatterhafte Ding, der kleine, flatternde Vogel, der all die Jahre in ihr gefangen war und gegen die Mauern ihrer Psyche krachte, ihre Vorstellung davon, wer sie war und was sie sein sollte. Sie wollte Michaels Frau sein. So. Ganz einfach. Das Fenster öffnete sich, der Vogel entkam.

»Ja«, sagte sie und umklammerte Michaels Hände. »Ja! Scheiße! Ja, natürlich. Ja, natürlich. Aber wo sollen wir wohnen?«

»Überall«, sagte Michael. »Wir werden überall wohnen.«

Bei der Arbeit am Montag stürmte Rachel direkt in Paiges Atelier. »Ich habe einen Auftrag für dich«, sagte sie theatralisch.

Paige zog sich ihre schwarz gerahmte Lesebrille von der Nase und schaute durch ihre Wimpern zu Rachel hoch. »Oh. Cool. Was für ein Auftrag?«

»Ein Verlobungsring.«

»Klar. GUT. Nicht mein übliches Ding, aber erzähl mir mehr.«

»Es muss Weißgold sein. Ein Solitär. Ganz einfach.«

»Nun, das klingt eher nach deiner Art von Arbeit als nach meiner. Warum willst du es nicht machen?«

»Weil« – sie konnte ihre Stimme kaum ruhig halten – »er für mich ist«. Paiges Augen wurden groß. »Du meinst ...?«

Rachel nickte und fühlte sich halb ekstatisch, halb lächerlich.

»Michael? Der Amerikaner?«

»Jawohl.«

»Verdammte Scheiße, Rach, das ist ja riesig. Das ist – wie lange war es jetzt? Zwei Monate?«
Rachel nickte erneut.
»Scheiße. Ich meine, das ist erstaunlich. Aber bist du sicher? Ich dachte, es wäre nur eine sechsmonatige Sache?«
»Ja. Nun, ich auch. Aber er scheint der Richtige zu sein.«
»Oh. Gott. Na, dann komm her.« Sie öffnete ihre Arme, und Rachel ging zu ihr und ließ sich von ihrer Freundin fest drücken. »Er hat wirklich Glück mit dir«, sagte sie. »Ich hoffe, er weiß das?«
»Ja, das weiß er, ganz sicher. Darum geht es doch eigentlich. Er hat keine Seite, kein Spiel, keinen Blödsinn. Er denkt einfach, dass ich fantastisch bin. Und ich denke, dass er fantastisch ist. Und-« Sie brach ab, als ihr Handy dreimal kurz hintereinander piepte, und schaltete mit dem Daumen den Bildschirm ein.
Drei Nachrichten von Dominique:
Jonno weiß Bescheid.
Einiges, was du wissen solltest.
Ruf mich an.
»Tut mir leid«, sagte sie zu Paige. »Ich muss einen Anruf tätigen. Ich bin in einer Minute zurück.«
Sie schloss die Tür ihres Studios auf und ließ ihre Tasche auf die Bank fallen. Dann drückte sie auf die Nummer von Dominique und räusperte sich, während sie darauf wartete, dass ihre Freundin abnahm.
Einiges, was du wissen solltest.
Sie räusperte sich erneut und richtete sich auf, als sie Dominique antworten hörte.
»Dom«, sagte sie zur Begrüßung.
»Rach. Hi. Bist du okay?«
»Ja. Alles gut. Und du?«

»Super Trouper. Ich habe gerade zum ersten Mal die Bewegungen des Babys gespürt.«

»Oh. Oh! Wow! Das ist...«

»Seltsam, um ehrlich zu sein. Es fühlte sich seltsam an. Als hätte man einen Goldfisch da drin. Wie auch immer. Hör mal. Ich habe endlich Jonnos vollständigen Bericht bekommen. Über den schönen Michael. Willst du ihn hören?«

»Ja. Nun, ja, ich denke schon. Ich meine – es ist doch nichts Schlimmes, oder?«

»Nein. Gott. Nein, nichts Schlimmes an sich. Nur ein paar kleine Dinge Die man als Red Flags bezeichnen könnte.«

»Red Flags?«

»Ja. Also hat er anscheinend gesagt, dass seine Ex-Frau – Lucy? Ja?«

»Ja.«

»Offenbar hat Michael sie als *Freak* bezeichnet.«

»Ok...«

»Er sagte, dass er sie mit einundzwanzig von der Straße aufgelesen habe.«

»Entschuldigung, er sagte, er habe sie aufgelesen...?«

»Von der Straße. Sie war Straßenmusikerin.«

»Und wie alt war Michael zu der Zeit? Hat Jonno das gesagt?«

»Hat er nicht. Aber nehmen wir einmal an, dass er angesichts des Hauses in Antibes usw. ein ganzes Stück älter als sie gewesen sein muss.«

Rachel hielt das Handy an ihr anderes Ohr. Sie war sich nicht sicher, was sie angesichts der Red Flags, die ihr bisher präsentiert worden waren, fühlen sollte.

»Was noch?«

»Nun, es geht weniger darum, was Michael zu Jonno gesagt hat, als vielmehr darum, was Jonno im Internet ausgegraben hat, offenbar ist sein Unternehmen, MCR International, nicht das, was es zu sein scheint.«

»Ok...«

»Ja, es scheint sich um eine Art Täuschungsmanöver zu sein, für eine Reihe verschiedener Unternehmen, von denen einige laut Jonno etwas ... *zwielichtig* aussehen.«

»Zwielichtig? Inwiefern?«

»Ich weiß es nicht. Er ist nicht wirklich ins Detail gegangen. Er hat nur das gesagt. Zwielichtig.«

»Du meinst so etwas wie Drogen? Geldwäscherei? Was?«

»Er ist sich nicht sicher. Nur seltsame Adressen, Lagerhäuser in Seitenstraßen in Algerien, Lagerhäuser in Industriegebieten in Belfast. Jonno hat mit Google Street View gesucht und gesagt, die Orte sähen verdächtig aus.«

»Du meinst also, dass es sich vielleicht nur um finanziellen Blödsinn handelt? Nichts, was wirklich illegal ist?«

»Ja. Ich denke, das war's. Nur finanzielles Zeug. Nicht so was wie Kindersexhandel. Obwohl, Gott, eigentlich diese ganzen komischen Knäste mitten im Nirgendwo – du weißt schon...«

»Scheiße! Dom! Hör auf!«

»Ich mache nur Spaß!«

»Ich weiß. Aber trotzdem...«

»Du glaubst doch nicht wirklich...?«

»Nein! Natürlich nicht! Mein Gott!«

»Wie auch immer, schau, Rach. Im Endeffekt dachte Jonno, er sei ein anständiger Kerl. Vielleicht kein Heiratskandidat, aber anständig genug.«

Rachel schluckte träge. »Richtig«, sagte sie. »Okay. Gab es sonst noch etwas?«

»Äh, nein, das war alles, was Jonno finden konnte. Die junge Frau, die er von der Straße aufgelesen hat und die er als Freak bezeichnete, und das seltsame Geschäftsgebaren.

Und – oh, ja. Er ist total verrückt nach dir.«

Rachels Magen kribbelte angenehm. *Ja*, dachte sie, *ja. Er ist es. Und ich bin verrückt nach ihm. Und das ist alles, was zählt.*

»Nun«, sagte sie und wollte den Anruf beenden, während ihr der Kopf schwirrte von Kindern in Gefängnissen und Verlobungsringen und Straßenmusikerinnen und der Ungereimtheit, dass alles zusammenkracht wie Möbel auf einem Boot in einem Sturm. »Bitte sag Jonno danke. Sag ihm, dass ich wirklich dankbar bin. Und du, pass auf dich und deinen kleinen Goldfisch auf.« Sie beendete das Telefonat und atmete tief ein, ordnete ihre Gedanken. Bevor sie ihr noch schwindeliger wurden, ordnete sie und überprüfte sie. Lucy war also noch recht jung, als Michael sie kennenlernte. Das bedeutete aber nicht unbedingt, dass sie damals eine Beziehung begonnen hatten. Vielleicht hat er sich nur um sie gekümmert, sie in Sicherheit gebracht, und dann ist etwas Tieferes zwischen ihnen entstanden. Die Sache mit dem Geschäft: Nun, das Geschäft war seltsam. Die Welt war voller seltsamer Vorgänge und Unternehmen, die in seltsame Formen gepresst wurden, um durch Schlupflöcher zu passen, Steuern zu vermeiden und mehr Geld für weniger Leistung zu verdienen. Aber was soll's? Michael hatte ihr erzählt, dass er ein paar Geschäfte beaufsichtigte, hauptsächlich Import/Export. Er war diesbezüglich ehrlich zu ihr gewesen. Er hatte ihr erzählt, dass Lucy eine Straßenmusikerin war, dass er sie von der Straße aufnahm. Er hatte ihr gesagt, sie sei ein Albtraum. Das war nichts Neues.

Es gab keinen Grund zur Sorge.

Rachel ging zurück in Paiges Atelier.

»Also«, begann sie, öffnete ein Skizzenbuch und legte es vor sich hin, »ich habe ein paar grobe Entwürfe gemacht.«

KAPITEL 19

Juni 2019 – Samuel

»Hallo Saffron.«

»Hallo, Sam. Die Ergebnisse sind da. Kannst du reden?«

Ich schneide eine Grimasse. Ich mag es nicht, Sam genannt zu werden. Aber Saffron mag ich sehr, also lasse ich es durchgehen.

»Sicher.« Ich lege mein Sandwich zurück in die Papiertüte und berühre meine Lippen mit einem Tuch. »Und?«

»Sieht so aus, als wäre unser Mädchen zwischen siebenundzwanzig und dreiunddreißig Jahre alt gewesen. 1,70 m groß. Schmale Statur. Das ist der einfache Teil.«

»Ok«, sage ich. »Was ist der schwierige Teil?«

»Zwiespältige Ergebnisse in Bezug auf den Zustand der Knochen. Es sieht so aus, als wären sie nur relativ kurz im Wasser gewesen. Ein paar Monate. Vielleicht ein Jahr. Aber die Knochen selbst sind mindestens zwanzig Jahre alt. Wahrscheinlich eher fünfundzwanzig.«

»Also...« Ich halte inne, da ich die zweite Hälfte der Antwort nicht zuordnen kann, während ich noch über die erste nachdenke.

»Es sieht also so aus, als ob die Knochen sehr lange irgendwo gelagert worden wären. Und dann bewegt wurden. Wir haben Spuren von Laub in der Plastiktüte gefunden. Spuren von Spinnweben. Ein paar Insekten. Das wird jetzt alles separat getestet. Wir sollten die Ergebnisse in etwa einer Stunde haben. Es gab noch ein paar andere Dinge.«

»Ja?«

»Hallux Valgus. Die Frau hatte Ballenzehen. Und Verschleißerscheinungen in den Kniegelenken. Die Art von Abnutzung, die man oft bei intensiv trainierten Tänzern, Ballerinas, sieht. Könnte das etwas sein, das man untersuchen sollte? Und auch einige Stofffasern. Möglicherweise von dem Stoff, in den die Knochen eingewickelt waren, bevor sie in die Plastiktüte gelegt wurden. Man kann nie wissen. Vielleicht ergibt sich daraus etwas Brauchbares. Vor allem, wenn es eine ungewöhnliche Faser ist.«

»Irgendwelche Anzeichen für die Todesursache?«

»Da ist diese leichte Fraktur auf der linken Seite des Schädels, am Schläfenbein.«

»Verursacht durch?«

Sie hält kurz inne und ich höre sie ausatmen. »Trauma durch stumpfe Gewalt.«

Ich schließe die Augen und seufze. »Also – ein Akt der Gewalt?«

»Ja, das würde ich mit neunundneunzigprozentiger Sicherheit sagen.«

Ich spüre die Last dieser Erkenntnis schwer auf meinen Schultern. Wir haben es jetzt offiziell mit einem Mordfall zu tun. Einem Mordfall, für den es kaum Beweise oder Indizien gibt.

Aber das Gute ist, dass die Zeit nicht von entscheidender Bedeutung ist. Wer auch immer diese arme Frau war, sie ist schon seit über zwanzig Jahren tot. Ich kann mir Zeit lassen. Niemand sitzt mir im Nacken. Die Kehrseite ist, dass dies die Art von Fall ist, bei dem ich monatelang Spuren ins Nichts verfolgen könnte. Das ist die Art von Fall, an dem niemand interessiert sein wird. Zumindest nicht, bis ich herausgefunden habe, wer dieses Mädchen sein könnte. Bis ich jemandem sagen kann, nach wem wir suchen.

KAPITEL 20

Die Wohnung befindet sich auf der anderen Seite von Chicago in einer gentrifizierten, gehobenen, sehr konventionellen Gegend, die von wohlhabenden jungen Familien mit SUVs in ihren Einfahrten bewohnt wird. Die Häuser sind hauptsächlich aus viktorianischem rotem Backstein mit Erkerfenstern und grenzen an terrakottageflieste Gehwege. Phins Apartment ist ein Umbau in einem dieser Häuser. Es befindet sich im zweiten Stock, zwei Stockwerke mit polierten Holztreppen hinauf, mit schöner Kunst an den Gemeinschaftswänden und einem Messingkronleuchter, der vom obersten Absatz über der Treppe baumelt. Joe empfängt mich barfuß, in blauen Shorts und einem schwarzen Polohemd. Joe ist sehr jung, zu jung. Ich kann mir nicht erklären, wie er es sich leisten kann, eine so schöne Wohnung zu mieten. Aber es ist ja auch nicht meine Aufgabe, jemanden zu fragen, wie er dort hingekommen ist, wo er ist.
»Hallo«, sagt er und lässt mich eintreten. Seine Stimme ist ein wenig schrill. Wäre er ein Hund, wäre er einer, der zittert und schnappt, oder einer, der in einem Sack sitzt und ab und zu grundlos knurrt.
»Du bist zu freundlich«, sage ich und lasse meine Stimme so tief und honigsüß wie möglich klingen, um ihn darauf aufmerksam zu machen, dass ich ein erwachsener Mann bin, er aber trotzdem und umso mehr bei mir sicher ist. »Ich weiß es wirklich sehr zu schätzen, dass ich mit dir reden darf.«
»Kann ich dir einen Saft bringen?«, sagt Joe und stellt sich an den Küchentisch, wobei er einen nackten Fuß auf den anderen stellt. »Soda? Wasser?«

»Wasser wäre toll, Danke.«
Ich lehne mich an das Polster eines Sofas und schaue mich um. Es ist ein wunderschönes Apartment: viele neutrale Farben, ein bisschen Großwildenthusiasmus – Radierungen von Tigern und Elefanten, Aquarellkarten von Afrika. Es ist absolut nichts im Vergleich zu meiner Wohnung, der Wohnung, die ich für Phin entworfen hatte, und wieder einmal wird mir klar, dass ich all die Jahre einem Geist nachgejagt bin und mein Leben im Windschatten eines jungen Mannes gelebt habe, den es nicht mehr gibt. Doch anstatt mein Bedürfnis, Phin zu finden, zu dämpfen, verstärkt diese Erkenntnis mein Verlangen nur noch mehr. Joe reicht mir ein Glas Wasser und ich frage: »Hast du Phin jemals getroffen?«
»Nein.« Joe schüttelt den Kopf. »Ich habe ihn nie getroffen. Ich habe lediglich mit ihm gesprochen. Er ist Brite, richtig, wie du?«
»Ja. Ja, das ist er.«
»Ich habe auch Fotos von ihm gesehen, es gibt ein paar in der Wohnung. Ich wusste also, wie er aussieht, und er...« Er hält inne, sein Blick wandert zu mir hinauf und wieder hinunter. »Wie gut kennst du ihn? Ich meine, steht ihr euch sehr nahe?«
»Nun, ja und nein. Wir kannten uns als Kinder, und dann wusste ich, dass er nach Afrika gegangen ist, um als Safari-Guide zu arbeiten. Und wir wollten ihn gerade besuchen – *wir*, das sind ich und meine Familie, seine Familie – als er verschwand. Und wir machen uns alle furchtbare Sorgen um ihn.«
»Du hast also schon lange nicht mehr mit ihm gesprochen?«
»Nein. Nein. Leider nicht. Die ganze Familie hat den Kontakt zueinander für lange Zeit verloren. Dies sollte eine

Wiedervereinigung sein. In gewisser Weise.«

Er wirft mir einen nervösen Blick zu und sagt: »Ich hoffe, das klingt nicht seltsam, aber es gibt ein paar Fotos von ihm in der Wohnung und ich und meine Freunde, wir haben diesen Witz über ihn, weil er irgendwie heiß ist, weißt du, und irgendwie geheimnisvoll, und wir erfinden Geschichten über ihn? Über Hot Finn, den Wildhüter. Da hat es bei Lyle wohl geklingelt, nehme ich an. Als du gestern Abend nach ihm gefragt hast. Ich hoffe, das klingt nicht respektlos.«

»Oh Gott. Nein, ganz und gar nicht. Ich verstehe es vollkommen.«

»Es macht einfach Spaß. Du weißt schon.«

»Ja, natürlich.« Ich lächle breit. »Und wie lange lebst du schon hier?«

»Ein paar Jahre. Seit ich meinen Abschluss gemacht habe. Meine Eltern zahlen dafür. Falls du dich wunderst.«

Ich schüttle entschlossen den Kopf, als wäre mir das nie in den Sinn gekommen. »Und du bist allein hier?«

»Ja. Nur ich. Und der gelegentliche Übernachtungsbesuch. Ich meine – nicht diese Art von Übernachtungsbesuch. Ich meine, du weißt schon, wie Freunde.«

Ich lächle beschwichtigend. Meine Güte, wenn man mit zweiundzwanzig noch nicht mit jemandem schlafen kann, der zuckersüß ist und mietfrei in einer wunderschönen Einzimmerwohnung in einem schicken Vorort von Chicago wohnt, wann dann? Ich will ihm sagen, dass er mit den platonischen Übernachtungen aufhören und sich an die Arbeit machen soll. Ich möchte ihm sagen, dass diese Beziehung nicht lange hält, dass sie eine schöne, blühende Rose ist, die so schnell blüht und vergeht, dass man kaum Zeit hat, Luft zu holen. Aber das tue ich natürlich nicht. Ich sage nur:

»Und hast du in letzter Zeit mit ihm gesprochen? Mit Phin? Hat er sich gemeldet?«

»Nein. Nein, ich habe schon seit einigen Wochen nicht mehr mit ihm gesprochen. Ich musste ihm vor einer Weile wegen einiger Arbeiten am Dach schreiben. Irgendein Gerüstbau. Aber seitdem nichts mehr.«

»Und das war seine Wohnung? Ich meine, er hat hier gelebt?«

Joe blinzelt an die Decke und dann wieder zu mir. »Ich nehme an, er muss hier gelebt haben. Irgendwann einmal. Denn einige seiner Sachen sind noch hier.«

»Du meinst, wie die Fotos?«

»Ja, wie die Fotos. Sie waren in einer Schublade des Schreibtisches im Schlafzimmer.«

»Könnte ich sie sehen, was meinst du?«

»Ja. Sicher. Ich meine, ich habe sie schon für dich rausgeholt. Hier.« Er dreht sich um und holt einen kleinen Stapel Fotos aus einem Regal hinter ihm und reicht ihn mir.

Ich blättere sie durch, die Wangen fest gegen die Zähne gepresst, um nicht zu zittern und meine Aufregung und Angst nicht zu verraten. Ich räuspere mich und schaue nach unten.

Da ist er. Da ist Phin. Nicht bärtig und sonnengebräunt wie auf dem Foto, das ich seit der Nacht von Libbys Geburtstag wie besessen anstarre, sondern glatt rasiert, jung. Was – Ende zwanzig, Anfang dreißig? Mit einer Vielzahl von Frisuren, von rasiert bis lang und schlaff. Hier sonnengebräunt, dort blass, in Pullovern und wattierten Mänteln, in Shorts und Unterhemden. Ich sehe, dass er eine Tätowierung hat, nur eine, auf seinem Bizeps – sehr altmodisch, wie ein Seemann – ich kann nicht sagen, was es ist. Phin lächelt, er runzelt die Stirn, er lacht, er isst, er trinkt, er schaut in die Kamera, weg von der Kamera. Er hat seinen Arm um Mädchen, seinen Arm um Jungen. Er trinkt Bier. Er trinkt Champagner. Er sitzt in Restaurants und an Stränden. Er sieht in jedem einzelnen Fall wunderschön aus. Sein Aussehen hat sich durch die ganze Zeit von zwölf Jahren bis über vierzig hinaus gehalten. Das ist entsetzlich ungerecht. Ich suche nach einem Anzeichen dafür, dass einer der Nebendarsteller auf diesen Fotos jemand von intimer Bedeutung sein könnte. Ich suche nach etwas, das mir etwas über seine Sexualität verrät, darüber, auf welchem Weg er nach seinen zweideutigen Anfängen in der Welt gelandet ist. Aber er ist geschlechtslos, makellos, unmöglich zu lesen, wie ein Moderator aus dem Kinderfernsehen.

»Weißt du zufällig, ob er ... na ja, ob er eine Beziehung zu jemandem hatte?«

Joe schüttelt traurig den Kopf. »Nicht, dass ich wüsste. Zumindest hat er nie jemanden erwähnt. Und ich schätze, sein Lebensstil, da draußen in Afrika, ist wahrscheinlich das Leben eines einzelnen Mannes, weißt du?«

»Ja. Ich denke schon. Könnte ich – würde es dir etwas ausmachen? Wenn ich ein paar Fotos davon machen würde?«

»Oh. Ja. Klar. Mach nur.«

Ich hole mein Handy heraus und lege die Fotos auf den Küchentisch. »Und du hast gesagt, du hast eine E-Mail-Adresse von ihn? Ich nehme nicht an, dass du mir die geben könnest?«

Zum ersten Mal sieht Joe unsicher aus. »Ich meine« – er streicht über sein kindlich glattes Kinn – »ich meine, ich könnte. Ich denke schon. Aber ich frage mich, ob er vielleicht versucht, sich zu verstecken? Absichtlich? Wäre es ein Eingriff in seine Privatsphäre?«

»Oh, Joe. Was für eine nette Sache, sich darüber Gedanken

zu machen. Und du hast Recht, darüber nachzudenken. Ja, absolut. Aber nein, er hält sich bestimmt nicht absichtlich bedeckt. Er wollte unbedingt dieses Wiedersehen, er wollte unbedingt, dass wir alle wieder zusammenkommen, nach allem, was wir durchgemacht haben, als eine Familie. Das war alles, was er jemals wollte.«

»Aber du musst sie doch haben, oder? Wenn du mit ihm geredet hast?«

Ich verstand nicht. »Was haben?«

»Finns E-Mail-Adresse?«

»Ah!«

Gute Frage.

»Gute Frage«, sage ich. »Wir, ähm, wir haben eigentlich immer über WhatsApp kommuniziert. Nie per E-Mail. Aber jetzt kommen seine Nachrichten nicht an. Und er geht nicht an sein Handy. Und das ist alles ... ein bisschen beunruhigend.«

Joe sieht immer noch unsicher aus, aber ich kann sehen, dass er zögert. »Sicher«, sagt er und nimmt sein Handy in die Hand. »Sicher. Hier. Sie lautet: finnthomsen@chobelodge.com.«

Ich will ihn fragen, wie Phin seinen Namen geschrieben hat, merke aber, dass das die Alarmglocken läuten lassen würde, also schreibe ich ihn so, wie ich weiß, dass Phin ihn jetzt schreibt, und lächle dankbar. »Fantastisch«, sage ich. »Wirklich fantastisch, danke. Und ich nehme nicht an, dass du weißt, ob es in der Stadt jemanden gibt, der mehr über ihn weiß? Oder wo er sich aufhält? Ich meine, benutzt er einen Makler, um Ihnen die Wohnung zu vermieten? Oder mietest du sie direkt über ihn?«

»Ja. Direkt über ihn. Zumindest tun das meine Eltern.«

Ich merke, dass Joe langsam die Nase voll hat. Ich stelle zu viele Fragen und er ist sich nicht sicher, ob er sie beantworten soll. Jetzt nach den Daten seiner Eltern zu fragen, würde ihn zu weit aus seiner Komfortzone zerren, also klatsche ich in die Hände und sage: »Nun, ich denke, es ist an der Zeit, dich in Ruhe zu lassen. Ich habe deine Zeit ohnehin schon viel zu sehr in Anspruch genommen. Aber ich danke dir. Ich danke dir sehr, Joe. Wenn ich etwas herausfinde, werde ich es dich wissen lassen.«

Ich lächle und neige leicht den Kopf, schlinge meine Tasche über die Brust und sage dann: »Würde es dich arg stören« – ich benutze das Wort *arg* in England nie, aber ich habe das Gefühl, dass es hier eine gewisse Kraft hat – »wenn ich deine Toilette benutze, bevor ich mich auf den Weg mache?«

»Nein. Kein Problem. Das Bad ist gleich am Ende des Flurs.« Er zeigt mir die Richtung. Ich ahme seine Bewegungen nach und er nickt.

Die Toilette befindet sich gegenüber seinem Schlafzimmer. Ich kann nicht anders, als meinen Kopf durch die Tür zu stecken, nur um zu sehen – nur um meinen Blick auf Phins Bett fallen zu lassen, wo er einst schlief, mit Gott weiß wem, vielleicht mit einigen der Leute, von denen ich jetzt Bilder auf meinem Handy habe, die, um die er den Arm gelegt hat, mit denen er trank, aß, lachte, liebte. Das Bett ist ordentlich gemacht: graue Laken mit marokkanisch anmutenden Kissen und einer cremefarbenen Decke mit geknoteten Rändern. Es steht in einem Erkerfenster mit Blick auf die Straße. Ich schließe die Augen und stelle mir vor, wie ich in diesem Bett liege, wie ich mich nach einer Nacht, die ich an Phins festen Rücken gekuschelt verbracht habe, entblättere und mit der Fingerspitze über seine einsame Tätowierung streiche. Ich öffne meine Augen wieder und sehe das leere

Bett. Joe ist die einzige Verbindung, die ich zu Phin habe, wird mir klar. Wenn ich hier rausgehe, stehe ich wieder am Anfang.

Ich gehe ins Bad und kehre dann ins Wohnzimmer zurück, wo Joe gerade mein Wasserglas in die Spülmaschine stellt.

»Ich bin in der Stadt«, sage ich, »für ein paar weitere Nächte. Ich wohne in Northalsted. Wenn du dich vielleicht zum Abendessen treffen möchtest? Oder nur auf einen Drink? Du hast meine Nummer, nehme ich an. In deinem Handy. Ruf mich einfach an. Oder schreib eine Nachricht.«

Ich lese seine Mimik, um seine Reaktion zu erkennen. Ich sehe etwas über sein Gesicht flackern: eine Art dunkles Grauen. Am liebsten würde ich ihn ohrfeigen.

»Oh« sagt er. »Ja. Vielleicht. Aber ich bin ziemlich ausgebucht. Aber wenn mir noch etwas einfällt, was Finn betrifft, werde ich dir eine Nachricht schicken.«

Ich lächle grimmig. Schluss mit dem Hugh Grant. »Ja«, sage ich. »Jedenfalls danke ich dir für deine Zeit.«

Ich lasse Joe barfuß beim Einräumen der Spülmaschine stehen und die Tür laut zuschlagen. Ich stelle mir vor, wie er an seinem Handy sitzt, Lyle anruft und sagt: »Wow, der Typ war heftig. Ich glaube, ich werde ihn blockieren.« Ich spüre ein Pochen der Wut in meinen Schläfen. Ich atme es weg und bestelle ein Uber.

Während ich darauf warte, stehe ich auf der anderen Straßenseite und starre auf den Erker, in dem, wie ich jetzt weiß, Phins Doppelbett steht. Einen Moment später sehe ich Joes Gesicht am Erker erscheinen. Ich hebe eine Hand zu ihm. Nur so zum Spaß.

KAPITEL 21
Februar 2017

Rachel und Michael verbrachten ihre Flitterwochen auf den Seychellen, zwei Monate nach Michaels Antrag. »Ich werde nicht jünger«, war seine Begründung für eine kurze Verlobung. Sie hatten ein kleines Holzhaus auf Stelzen über einem azurblauen Meer voll bunter Korallen und Rippenfische, einen privaten Pool auf dem Deck und eine Badewanne mit Glasboden. Jeden Morgen tranken sie Champagner zum Frühstück mit frischem Obst und Fisch und schliefen die Tage in Hängematten und Liegestühlen aus. Und wie es sich für gute Flitterwöchner gehört – vor allem für solche, die sich erst seit ein paar Monaten kennen – verbrachten sie einen Großteil ihrer Zeit mit Sex. Der Sex mit Michael war immer ruhiger verlaufen, als Rachel es in den wenigen Tagen vor ihrem ersten Date erwartet hatte. Sie hatte das von Anfang an zu schätzen gewusst, denn es hatte ihr geholfen, Vertrauen zu ihm aufzubauen, sich sicher und geborgen zu fühlen bei einem Mann, der wie aus dem Nichts in ihrem Leben aufgetaucht war. Aber jetzt, drei Monate nach Beginn ihrer Beziehung, mit einem Ring an ihrem Finger und dem Paradies vor der Tür, hatte Rachel gehofft, dass sich die Dinge zu etwas Komplexerem entwickeln würden, etwas, das ihren Bedürfnissen mehr entsprach. Denn Rachel hatte im Großen und Ganzen kein Problem mit Blümchen-Sex, aber sie wollte nicht den Rest ihres Lebens damit verbringen, nur auf eine Art Sex zu haben. Und ja, wahrscheinlich hätte sie dieses Gespräch mit Michael fuhren sollen, bevor sie eingewilligt hatte, ihn zu heiraten, aber damals war alles noch so süß gewesen, in diesen ersten Tagen, so kostbar und zart. Und dann hatte sie sich auf die exakte Filigranarbeit ihres antiken Spitzenkleides konzentriert, auf den letzten Zentimeter, den sie von ihren Hüften abschneiden wollte, auf den präzisen Schliff des gelben Diamanten ihres Verlobungsrings und auf die Karatzahl von Michaels Ehering. Sie hatte das Internet nach dem perfekten Ferienort auf den Seychellen durchforstet und versucht, Schuhe in Größe neun zu finden, die Dominiques durch die Schwangerschaft geschwollenen Füßen passten. Sex war ein Nachgedanke gewesen, eine nette Sache, die sie und Michael am Ende eines Tages taten, die sie beide beruhigte und ihnen versicherte, dass sie nichts Dummes taten, als sie so kurz nach ihrem Kennenlernen heirateten.

Aber jetzt gab es nichts mehr, woran man denken konnte, außer an Sex. Sex und Essen. Und sie war jetzt gelangweilt, gelangweilt von den sanften Stößen und zärtlichen Liebkosungen und seinem Gesicht, das er liebevoll in ihrem Haar vergrub. Sie dachte an den Mann, den sie im Internet gesehen hatte, den Mann auf dem Foto, der so aussah, als würde er erwarten, alles unter Kontrolle zu haben, und sie dachte, dass er sicher gerne die Kontrolle über sie haben würde. Manchmal. Nicht die ganze Zeit. Aber manchmal.

Nach dem Abendessen am dritten Tag tastete Rachel den Boden ihres Koffers nach dem Paket ab, das sie aus London mitgebracht hatte.

Die seidenen Seile. Die Rute. Die Unterwäsche, die nicht von Victoria's Secret stammte. Sie nahm die Gegenstände heraus – alle brandneu – und legte sie neben das Bett.

Dann wartete sie auf Michael, der aus der Dusche kam. Sein Blick blieb einige Augenblicke lang auf den Gegenständen haften, und es gab eine unübersichtliche Episode banaler

Unterhaltung, die die Stimmung zu trüben drohte. Doch dann fand sein Blick die Gegenstände wieder und sie beobachtete ihn genau, um seine Reaktion abzuschätzen. Zuerst ein unsicheres Lächeln, dann ein kleiner Lachanfall. Dann ein weit aufgerissener Blick des Erkennens, gefolgt von einem »Whoa!«

Rachel konnte nicht erkennen, was das *Whoa* bedeutete. Sie wartete einen Moment.

»Bist du...?« Er schaute von den Gegenständen zu Rachel und wieder zurück.

»Ist das...?«

»Ich dachte nur... Ich meine... Würdest du es gerne einmal ausprobieren?«

Michael legte eine Hand auf seine Brust. »Ich? Du meinst, du fesselst mich?«

»Nein. Du fesselst mich.«

»Und dann...« Er nahm die Rute in die Hand und strich damit über seine Handfläche. »Mache ich das?« Er ließ sie einmal, dann zweimal über seine Hand gleiten. »Mit dir?«

»Ähm. Ja.«

»Whoa«, sagte er erneut, bevor er ein kehliges Lachen ausstieß. »Meine Güte.«

Rachel hielt den Atem an. Sie konnte nicht sagen, wohin das Ganze führen würde, aber sie wusste, dass es an einem anderen Ort enden würde als an jedem Ort, an dem sie jemals zuvor gewesen waren, und dass es kein Zurück mehr zur Unschuld früherer Tage geben würde.

»Hast du jemals...?«

»Äh, nein. Nein, nein. Niemals. Das habe ich nie.« Er schüttelte entschlossen den Kopf. »Nö.«

»Und wie würdest du dich fühlen? Wenn ich das anziehen würde?« Rachel blickte auf die Unterwäsche. »Und wir könn-

ten es einfach mal ausprobieren? Sehen, ob es dir gefällt?«
Sofort spürte Rachel, wie sich etwas in der Atmosphäre verdichtete und verzerrte. Sie beobachtete, wie Michael die Unterwäsche anhob, sie an seinen Fingerspitzen baumeln ließ und sie vorsichtig betrachtete. »Du trägst das?«, fragte er. Aber es war keine beiläufige Frage.
»Ja, wenn du das möchtest.«
»Und ... hast du? Ich meine, hast du so etwas schon einmal gemacht?«
Die Frage landete zwischen ihnen wie ein geworfener Dolch. Rachel wusste, was sie sagen sollte. Sie sollte sagen, nein, das wäre mein erstes Mal. Denn sie wusste mit jedem Atom emotionaler Energie in diesem Moment, dass Michael nichts davon wissen wollte, dass sie es mit anderen Männern getan hatte. Und dass Michael nicht der war, für den sie ihn gehalten hatte. Aber sie konnte nicht lügen. Rachel war nicht fähig zu lügen. Und so sagte sie: »Nun, ja. Ein oder zwei Mal. Nicht oft. Aber ja.«
»Und es hat dir gefallen? Hat es dir gefallen, gefesselt zu sein? Und... Was? Ich weiß es nicht – versohlt zu werden?«
»Das ist keine Prügel. Es tut nicht weh. Es kitzelt.« Sie versuchte, die Situation etwas aufzulockern, aber sie wusste bereits, dass es zu spät war.
»Wow. Rachel. Scheiße. Ich meine...« Er ließ das Stück Unterwäsche fallen und schritt für ein oder zwei Momente auf den breiten Teakholzdielen hin und her. »Ich fühle mich – Gott. Ich fühle mich, als würde ich dich nicht kennen, Rachel. Ich fühle mich, als hätte ich eine verdammte Fremde geheiratet.«
Es folgte ein Moment, der so düster still und so angespannt war, dass Rachel ihn fast schmecken konnte.
Sie versuchte, ihn zu beruhigen. »Naja. Nur ein Gedanke.

Keine große Sache.«
»Nun, ich würde sagen, es ist eindeutig eine *große Sache*, Rachel. Ich meine« – er deutete auf die Gegenstände – »die sind den ganzen Weg aus Großbritannien gekommen. Zu unseren Flitterwochen. Da musste man schon etwas vorausschauend sein. Etwas Planung.«
»Nein. Wirklich. Es war nichts, ich habe eine Million Dinge mitgebracht, die ich nicht brauche, nur für den Fall. Ich habe sogar eine Strickjacke dabei.« Sie lachte, aber es klang hohl. »Im Ernst. Vergiss es einfach. Vergiss, dass das je passiert ist.« Sie ging durch den Raum und begann, die Gegenstände einzusammeln, die sie nun mit Benzin übergießen und anzünden wollte. Sie hoffte, Michael würde sie im Vorbeigehen berühren, sie am Arm packen, zu sich ziehen und etwas sagen, um die Situation zu verbessern. Aber er stand da, kerzengerade, mit verkniffenem Gesicht, hart. Sie brachte die Gegenstände zu ihrem Koffer in der Umkleidekabine und verstaute sie fest in einer Innentasche. Als sie sich umdrehte, war Michael nicht mehr im Zimmer und die Tür zur Terrasse klapperte leise in den Angeln.

Der Rest der Flitterwochen war verdorben, ruiniert. Sie unterhielten sich noch immer bei Cocktails beim Abendessen, sie hielten sich noch immer an den Händen, um am Strand spazieren zu gehen, sie machten noch immer Fotos voneinander und Selfies vor Sonnenuntergängen. Aber es gab keinen Sex mehr. Überhaupt keinen Sex mehr. Die hellen, aquamarinblauen Tage verblassten dunkel und gingen über in launische Nächte voller Ablehnung und kalter Schultern. Jede Nacht schlief Rachel in sich zusammengesunken auf ihrer Seite des Bettes ein, überschwemmt von Traurigkeit und verärgert über das Geräusch seiner Schnarchgeräusche.

Schnarchgeräusche, die nach dem Geschlechtsverkehr hätten sein sollen, beglückt, das Ergebnis einer verbrauchten Libido, aber stattdessen waren es nur die Schnarchgeräusche eines Mannes mittleren Alters, der ein schweres Abendessen verzehrt und zu viel Bier getrunken hatte.
Sie kamen Ende eines kalten Februar nach Hause und verbrachten die Nacht in Michaels Wohnung in Fulham. Immer noch kein Sex. Der nächste Tag war ein Sonntag. Sie aßen bei einem Italiener zu Mittag, wo der Besitzer ihnen Champagner aufdrängte, als er erfuhr, dass sie gerade aus den Flitterwochen zurückgekehrt waren, und unwillkommene Witze über Babys machte, *die jetzt kommen, ja?*, und als die Dunkelheit über den Nachmittag hereinbrach und ihn in den Abend verwandelte, sagte Rachel zu Michael: »Weißt du, ich habe morgen einen langen Arbeitstag, ich möchte früh da sein. Vielleicht verbringe ich die Nacht einfach bei mir.«
Sie kaute auf der Innenseite ihrer Wange, hielt den Atem an und wartete darauf, dass er auftaute, dass er schmolz, dass er sagte, *nein, nein, bitte bleib, ich will dich. Es tut mir leid.*
Aber er schaute nicht auf, bevor er sagte: »Klar, Baby. Sicher. Macht Sinn.«
Sie rollte ihren Flitterwochenkoffer auf den Bürgersteig und lud ihn in den Kofferraum eines Ubers, warf einen Blick hinauf zum Balkon von Michaels Wohnung und suchte die vertraute, feste Gestalt von ihm, die vielleicht darauf wartete, ihr zuzuwinken oder sie sogar hinterherzurufen. Ihr Blick suchte die Fenster nach einem Hauch von Bewegung ab, einem Hauch von zurückgezogenen Vorhängen, aber nichts. Die Fassade von Michaels Wohnung blieb still und kalt. Sie schnallte sich an und hielt ihre Tränen zurück, bis sie dreißig Minuten später ihre Wohnungstür hinter sich schloss und weinen konnte.

KAPITEL 22

Juni 2019 – Samuel

»Sam.« Es ist Saffron. »Wir haben die Ergebnisse von den Textilfasern bekommen.«

»Sehr gut. Großartig.«

»Frottee, anscheinend. Handtücher aus Baumwolle. Das deutet darauf hin, dass die Leiche nach dem Tod in Handtücher eingewickelt wurde. Aber, was noch wichtiger ist, es gibt Spuren auf den Fasern. Etwas Blut. Und erstaunlicherweise auch Haare.«

»Haare? Ach du meine Güte.«

»Ja. Genau. Und auch ein kleines Fitzelchen einer anderen Faser. Das Labor meint, es könnte künstlich sein. Wahrscheinlich Teil eines Etiketts von einem Handtuch. Spuren von aufgedrucktem Text. Nicht genug, um den ganzen Text zu lesen.

Aber es wird gerade analysiert. Vielleicht können wir daran die Marke erkennen. Wir haben also Haare, Blut und möglicherweise eine Marke vom Handtuch. Und alles in allem bin ich darüber verdammt begeistert.«

Ich mag den Klang von Gefluche nicht. Es stört meine Ohren. Aber in diesem Fall verstehe ich die Notwendigkeit dafür. Das ist mehr, als wir uns jemals erhofft oder erträumt haben.

»Verdammt erstaunlich!«, stimme ich zu.

Saffron lacht. »Ich habe dich noch nie fluchen hören.«

»Ich habe noch nie das Bedürfnis verspürt. Das sind wirklich tolle Neuigkeiten, Saffron. Ganz ehrlich. Halte mich auf dem Laufenden. Wann erwartest du weitere Updates?«

»Innerhalb einer Stunde. Sie machen alles im Eiltempo.

Halte dich bereit.«
»Ich bin bereit, Saffron. Ich bin so bereit wie man nur bereit sein kann.«
Ich beende das Gespräch. Dann wende ich mich ab, um sicherzugehen, dass ich nicht beobachtet werde, und schlage mit der Faust in die Luft, ganz, ganz sanft.

KAPITEL 23

Ich schaue mir die Fotos auf meinem Handy an, die Fotos von Phin, die ich in Joes Wohnung aufgenommen habe. Ich stelle fest, dass mindestens vier der Fotos in derselben Bar aufgenommen wurden. Die Wände mit Nut und Feder sind schwarz gestrichen und mit Schwarz-Weiß-Fotos von Rockstars behängt. Durch die Fenster kann ich eine Reihe von Motorrädern sehen und dahinter einen Supermarkt namens *Organic* und irgendwas, das mit einem *D* beginnt. Ich suche *Organic D* auf Google und finde einen Laden, der *Organic Delightful* heißt. Es gibt vier Filialen in Chicago. Eine davon befindet sich laut Google Street View gegenüber einer Bar namens Magdala mit großen Glasfenstern und einer Reihe von geparkten Motorrädern. Ich bestelle ein Uber.

Das Magdala ist ganz eindeutig keine Schwulenbar. Es ist eine Biker-Bar, ein Pub. Ich fühle mich schrecklich unwohl, als ich eintrete. Ein paar Typen an der Bar drehen sich um und begutachten mich, und ich bin froh, dass ich ein bisschen welk aussehe und nicht mehr so frisch wie heute Morgen, als ich das Hotel verließ. Aus dem Soundsystem ertönt *Take My Breath Away* von Berlin, was ich seltsam beruhigend finde. Ich hole mir ein Bier und trinke es auf genau dem Stuhl, auf dem Phin auf einem der Fotos sitzt. Es fühlt sich seltsam emotional an. Ich versuche, mir vorzustellen, was für ein Leben er geführt hat, als das Foto aufgenommen wurde. Hatte er schon seine schöne Wohnung gekauft? War er Wildhüter geworden? War er glücklich? Wurde er geliebt? War er einsam? War er reich? Arm? Wo lebte

er? Ich frage mich, was er gedacht hat. Was lief in der Musikanlage? Ich versuche, mich in seinen Moment hineinzuversetzen, mich durch irgendeine magische Energie, die er vielleicht in den Ritzen des Leders des Stuhls hinterlassen hat, dorthin zu transportieren. Aber so etwas wie magische Energie gibt es natürlich nicht. Ich trinke mein Bier aus und bestelle noch eins.
Ich spüre ganz stark, dass ich mich heute Abend betrinken werde.

Als sie eine Stunde später hereinkommt, habe ich vier Bier getrunken und die Welt sieht sehr golden und lustig aus. Sie sieht fast genauso aus wie das Mädchen auf dem Foto von Phin. Sie trägt ein schwarzes T-Shirt, das klein und eng genug ist, um zu sehen, dass sie keinen BH trägt. Auf den ersten Blick sieht sie jung aus, aber dann, als sie näherkommt, schwindet dieser Eindruck. Ende dreißig, würde ich sagen. Ihr Haar ist mit einem gemusterten Schal zurückgebunden. Sie hat schöne Beine in einem Jeansminirock und gebräunte Füße in Flip-Flops. In ihrer Hand hält sie einen Helm. Wenn man dunkelhaarige Frauen um die dreißig mag, die Motorrad fahren, ist sie wahrscheinlich eine solide Zehn.
Ich will aufstehen, halte mich aber zurück, als ich sehe, dass sie von einem großen Mann mit volltätowierten Armen und einem kahlgeschorenen Kopf verfolgt wird. Er schlägt mit den beiden Männern, die an der Bar sitzen, die Fäuste zusammen, als er an ihnen vorbeigeht, und dann nehmen er und die Frau so etwas wie ihre *Stammplätze* an der Bar ein und bestellen Getränke.
Sie schaut auf ihr Handy, während er sich mit dem Barkeeper unterhält, und ich schaue von dem Foto auf meinem

Handy zu ihr und wieder zurück, um mich zu vergewissern, dass meine Augen mich nicht getäuscht haben, dass dies die Frau auf Phins Foto ist. Aber meine Augen haben mich nicht getäuscht. Das tun sie natürlich nie. Ich hätte Detektiv werden sollen.

Ich trinke mein Bier aus und bringe mein leeres Glas zur Bar, wo ich mich neben die nach Trockenshampoo riechende Frau stelle und in meinem besten Joshua-aus-Zone-5-London-Akzent sage: »Es tut mir wirklich leid, Sie zu stören. Ich versuche, meinen alten Freund zu finden? Er heißt Phin und ist seit ein paar Tagen verschwunden. Ich habe einige Fotos von ihm, die in dieser Bar aufgenommen wurden, und eines mit einer Frau, die Ihnen sehr ähnlichsieht? Darf ich sie Ihnen zeigen?«

Die Frau sträubt sich. Ich sehe, wie sich eine Spur unangenehmer Energie ihren Weg durch ihre gesamte Physiognomie bahnt, während ich auf ihre Antwort warte. Sie wirft einen abrupten Blick auf den Mann zu ihrer Linken, der sich mit den anderen Männern unterhält, und dann auf mein Handy.

»Sicher.«

Ich öffne die App und zeige ihr das Foto. Ich beobachte sie genau. »Ja«, sagt sie. »Das bin ich. Aber ich habe keine Ahnung, wer der Typ ist. Ich meine« – sie beugt sich vor, um genauer hinzuschauen – »das muss ungefähr sechs, sieben Jahre her sein, wenn man die Länge meiner Haare und die Art, wie ich gekleidet bin, betrachtet.« Sie schiebt mir mein Handy wieder zu und schnieft. »Du weißt, wie das ist. Du hast ein paar Drinks. Du unterhälst dich mit einem Fremden. Jemand macht ein Foto.« Sie schnieft wieder und zuckt mit den Schultern.

»Dieser Typ ist also ein Fremder für dich?«

»Ja. Im Grunde genommen. Sorry.«

Der Typ mit den tätowierten Armen interessiert sich immer mehr für unseren Austausch. Er wendet sich von den anderen Männern ab und sagt: »Hey. Alles in Ordnung?«
Die Frau legt eine Hand auf seinen Unterarm. »Ja. Es ist nichts. Der Kerl versucht nur, seinen Freund ausfindig zu machen. Anscheinend war er früher oft hier. Aber ich erkenne ihn nicht.«
Er sieht mich misstrauisch an. Dann sagt er: »Lass mich mal sehen. Ich komme schon seit Jahren hierher. Vielleicht erkenne ich ihn.«
Ich spüre etwas, das von der Frau ausgeht, etwas, das ich wiedererkenne, etwas, das fast einen Geruch hat, einen hormonellen Moschus. Es ist Angst. Instinktiv gehe ich zu dem Foto von Phin mit dem Mann mit der Baseballmütze, anstatt zu dem Foto mit ihr darauf. Ich halte das Handy fest in der Hand und zeige dem Tätowierten Phin. Er starrt es an. »Nö«, sagt er knapp. »Ich habe den Kerl noch nie gesehen. Aber...« Er zoomt mit den Fingern auf das Gesicht des anderen Mannes auf dem Foto. »Dieser Typ«, er tippt darauf. »Ich habe das Gefühl, diesen Mann zu kennen.« Er sieht die Frau an. »Kennst du diesen Mann?«
Sie schaut schnell nach unten und dann wieder nach oben.
»Ähm ...«
»Das ist er!« Er tippt mit dem Finger fest auf den Bildschirm meines Handys und ich reiße es weg. »Der Typ. Der Typ, mit dem du was hattest, als wir uns kennengelernt haben. Kris. Kris Doll.«
»Ist er das?«
»Ja! Sieh doch!«
Er reißt mir das Handy aus der Hand und hält es der Frau ins Gesicht.
»Da«, sagt er, zoomt wieder in das Gesicht des Mannes und

sticht erneut mit dem Finger hinein. »Sieh doch. Kris Doll. Dein Ex.«

»Oh«, sagt sie wenig überzeugend. »Ja, das ist er. Ich habe ihn nicht erkannt.«

Ich will weg von den beiden, sofort. Ihre Energie ist so toxisch, dass ich fast daran ersticke. Und ich habe genug von diesem Kerl, der ständig mit seinem großen, fleischigen Finger auf mein Handy-Display hämmert.

»Also«, sage ich, »Chris Doll? Ist das D-O-L-L?«

»Ja. Und Kris mit K. K-R-I-S.«

»Und hat einer von euch eine Idee, wo ich ihn finden könnte?« Sie sehen sich gegenseitig an und dann mich.

»Nein«, sagt die Frau. »Nein. Ich habe ihn seit Jahren nicht mehr gesehen. Wir haben uns aus den Augen verloren, nachdem ich mit Rob zusammengekommen bin.« Während sie das sagt, berührt sie beruhigend seinen Arm. »Du weißt nicht, wo er wohnt?«

»Nun, ich weiß, wo er früher gewohnt hat. Aber natürlich kann er seitdem umgezogen sein. Und ich weiß, dass er früher unten am See gearbeitet hat, die Ruderboote für die Touristen reparierte. Aber auch das ist schon lange her.«

»Das ist wirklich sehr hilfreich. Ich danke euch vielmals. Tut mir leid, ich habe eure Namen nicht verstanden?«

»Äh, ja. Entschuldigung. Ich bin Mati. Das ist Rob.«

»Ich danke dir, Mati. Ich danke dir, Rob. Ich bin Josh. Josh Harris. Schau, hier ist meine Handynummer. Nur für den Fall, dass du dich später an etwas erinnerst. Über Phin. Oder Kris.«

»Was ist los?«, sagt Rob. »Du hast jemanden verloren?«

»Ja«, sage ich. »Ja. Ich habe jemanden verloren. Jemanden, der sehr wichtig für mich ist. Aber hoffentlich bin ich jetzt einen Schritt näher dran, ihn zu finden. Nochmals vielen

Dank.«
Ich schüttle ihre Hände, nicke dem Barkeeper zu und gehe. Ich mache mich auf den Weg, um Kris *mit K* Doll zu finden. Den Ruderboot-Typen, den Ex, den Schlüssel zu dem sich seltsam entfaltenden Geheimnis, wo zum Teufel Phin Thomsen sich letztendlich aufhalten könnte.

KAPITEL 24
Samuel

Dank der Bemühungen meiner bemerkenswerten Kollegen in der forensischen Abteilung komme ich jetzt in den Genuss einer Fülle von Fakten über die Knochen, die von Jason Mott am Ufer der Themse gefunden wurden. Ich hänge die Fakten an die Korkwand in meinem Büro und schaue sie mir an.

- Junge Frau, 27-33, möglicherweise Tänzerin, Ballenzehen an beiden Füßen
- Todesdatum etwa 1995
- Blutgruppe A
- Der Körper wurde in ein dunkles Baumwollhandtuch von Yves Delorme eingewickelt. Ein ähnliches Handtuch würde heute etwa 200 Pfund kosten. Das Logo wurde zwischen 1988 und 2001 verwendet
- Blätter hauptsächlich von Londoner Platanen und Götterbäumen (oft entlang von Alleen gepflanzt), aber auch einige tote Sommerblüten des in London seltenen SEIDENBAUMS
- Haarfarbe dunkelblond
- Kleine Fraktur des Schädels im Bereich des linken Schläfenbeins

Derzeit sucht ein Team von fünf Beamten in den Vermisstenregistern der Jahre 1988 bis 1999 nach einer zierlichen jungen Frau, möglicherweise einer Tänzerin, mit dunkelblondem Haar und, laut dem forensischen Gesichtsrekonstrukteur, der derzeit mit den Gesichtsknochen der jungen Frau arbeitet, einem ziemlich schwach ausgebildeten Kinn. In Anbetracht der Qualität des Handtuchs, das einst um ihren Körper gewickelt war, sucht man vor allem nach Vermissten aus wohlhabenden Gegenden oder Familienangehörigen. Obwohl diese arme Frau natürlich auch jemandem über den Weg gelaufen sein könnte, der reich genug ist, 200 Pfund für ein Handtuch auszugeben. Ein anderer Beamter beauftragt einen so genannten *Baumforensiker*, einen Punkt in London zu finden, an dem sich die Londoner Platane und der Seidenbaum treffen könnten. Und ich... Ich warte. Ich warte darauf, dass meine Bürotür aufspringt und einer aus meinem Team mit einem hoffnungsvollen Blick hereinkommt und sagt: *Ich glaube, ich habe sie gefunden.*

Denn es ist nur eine Frage der Zeit. Und das Einzige, was zwischen Erfolg und Misserfolg steht, ist die Möglichkeit – und es schmerzt mich sehr, daran zu denken –, dass niemand diese arme Frau jemals als vermisst gemeldet hat.

KAPITEL 25

März 2017

Rachel wartete drei Tage, bevor sie Michael endlich eine Nachricht schickte. Drei Tage, in denen sie allein einschlief, allein aufwachte und sechsmal pro Minute ihr Handy kontrollierte. Drei Tage lang tat sie so, als wäre alles in Ordnung, wenn sie jemanden sah, den sie kannte. Drei Tage lang *Ja! Die Flitterwochen waren fantastisch. Ja, das Eheleben ist eine Wonne. Ja, wir laden dich bestimmt bald zum Essen ein!* Drei Tage, in denen sie sich fühlte, als hätte Michael ihr auf den Seychellen das Herz aus der Brust gerissen und es noch immer nicht zurückgegeben.

M, begann ihre Nachricht. *Ich weiß nicht, was hier los ist. Ich vermisse dich. Bitte, können wir reden?*

Innerhalb von Sekunden erschien eine Antwort:

Hallo meine Schöne. Ich vermisse dich auch. Es war eine anstrengende Woche. Essen wir heute Abend zusammen? Ich werde kochen.

Rachel zuckte zusammen, als sie es las. Nach drei Tagen der existenziellen Hölle kam er so zu ihr zurück? Eine anstrengende Woche? Während sie innerlich elendig im Sterben lag? Sie drehte ihren Verlobungsring ein paar Mal um den Finger und versuchte, zu entscheiden, was sie fühlte, wie sie antworten sollte. Und dann atmete sie tief ein und tippte:

Sicher. Ich werde um sieben Uhr da sein.

Sie markierte die Nachricht nicht mit einem Kuss oder einem anderen Liebes-Emoji. Sie hoffte, er würde es bemerken und sich entsprechend um sie sorgen.
An diesem Abend packte sie ein paar Sachen in ihre Umhängetasche. Sie wollte nicht mit einer Übernachtungstasche ankommen und Michael den Eindruck vermitteln, dass sie bereit war, so einfach wieder einzuziehen, nachdem was er ihr angetan hatte.
Als sie um sieben Uhr ihren Schlüssel in das Schloss seiner Wohnung steckte, wurde sie nervös, zog ihn wieder heraus und klopfte stattdessen an die Tür. Ihr Herz raste, als sie seine Schritte auf dem Flur hörte. Sie hatte so viele Stunden damit verbracht, an Michael zu denken, ihn sich in verschiedenen Zuständen und Szenarien vorzustellen – mit seiner Ex-Frau, mit anderen Frauen, auf einem Flug zurück in die USA –, dass der Gedanke, ihn im wirklichen Leben zu sehen, ihn in menschlicher Gestalt vor sich stehen zu haben, fast unmöglich zu verarbeiten war. Und doch öffnete sich die Tür, und plötzlich war er da: braungebrannt, in entspannter Pose, fröhlich, in einem hellblauen Hemd und einer marineblauen Anzughose, barfuß, ein Glas Wein in der Hand und ein Lächeln, das sein hübsches Gesicht umspielte.
»Baby.«
Baby.
Nur das. Was? Was bedeutete das? Was bedeutete irgendetwas davon? Bedeutete es, dass es ihm leidtat? Bedeutete es, dass sie ihm verzeihen sollte? Oder dass er ihr verziehen hatte? Wer hatte Recht? Wer lag falsch?

Plötzlich lag sie in seinen Armen, in einer leichten Umarmung. Nicht die Umarmung, nach der sie sich sehnte, nicht die verzweifelte Umarmung eines frisch verheirateten Paares, das noch nicht lange aus den Flitterwochen zurück war und nach dem ersten Ehekrach wieder vereint wurde. Sondern eine ganz normale, ganz durchschnittliche Umarmung zwischen einem Mann und einer Frau.

Dann ging er ebenso schnell von ihr weg und in Richtung Küche, wo Rachel den Geruch von kochendem Essen wahrnahm, und er sagte etwas zu ihr, das sich anhörte wie: »Ich habe einen wirklich guten sizilianischen Weißen. Oder einen gekühlten Wodka? Aber ich habe keine Tonics mehr, also muss es wohl Orangensaft sein.« Aber sie konnte sich nicht sicher sein, weil sie nicht richtig zugehört hatte.

»Rach?«

»Was? Oh, äh, Entschuldigung. Weiß. Bitte. Danke.«

In der Küche nahm sie einen Hocker und dann den Wein, den er ihr anbot, und sie starrte und starrte ihn an, diesen Mann, den sie vor zweieinhalb Wochen an einem der romantischsten und bemerkenswertesten Tage ihres Lebens geheiratet hatte. Diesen Mann, der sie in den Flitterwochen eine *verdammte Fremde* genannt und dann aufgehört hatte, sie zu berühren. Diesen Mann, der sich so verhielt, als hätten sie nicht gerade drei Tage getrennt voneinander verbracht, ohne miteinander zu sprechen. Minutenlang fühlte Rachel eine Art taube Stummheit.

»Wie war deine Woche?«, fragte er.

»Weißt du, es war die schlimmste Woche meines Lebens.«

Sie beobachtete seine Reaktion. Sein Handgelenk hörte auf, den Holzlöffel im Topf zu drehen. Er sah zu ihr auf und sagte: »Oh, Baby. Was ist denn passiert?«

Und dann war die Stummheit vorbei, und die Wut kam.

»Was ist passiert?«, fragte sie mit einer Stimme, die von Unglauben gespannt war. »Ist das dein Ernst?«

Er sah sie mit zusammengekniffenen Augen an und machte ein verwirrtes Gesicht. »Verdammte Scheiße, Michael. Wir sind Samstag aus unseren verdammten Flitterwochen zurückgekommen. Ich bin am Sonntag nach Hause gefahren und es ist jetzt Mittwoch und das ist das erste Mal, dass ich dich sehe oder mit dir spreche. Wir hatten die letzten zehn Tage unseres Urlaubs keinen Sex. Du sagtest, du hättest eine verdammte Fremde geheiratet, und jetzt tust du so, als wäre das alles nie passiert. Du ... du ... bietest mir Wein und ... und rührst Dinge an. Ich verstehe das einfach nicht. Ich verstehe es nicht, was passiert hier?«

Sie hielt inne und sah zu ihm auf. Er legte den Holzlöffel auf eine Ablage und stützte sich mit den Handballen auf den Tresen. Sie sah ihn seufzen. »Du«, sagte er, »hast das alles falsch verstanden.«

»Wie bitte?«

Er seufzte erneut. »Was glaubst du, warum wir für den Rest der Flitterwochen keinen Sex mehr hatten?«

»Weil ich dich mit meinen geschmacklosen Andeutungen angewidert habe.«

Er warf ihr einen ärgerlich herablassenden Blick zu und sagte: »So ist es nicht gewesen.«

»Was dann? Was ist passiert?«

»Nun, du hast einen Vorschlag gemacht. Der Vorschlag gefiel mir nicht. Du hast mich überrumpelt. Was glaubst du, wie ich mich gefühlt habe?« Er stellte diese letzte Frage in einem neutralen Tonfall, fast rhetorisch, als ob er nicht wirklich erwartete, dass sie darüber nachdachte, wie er sich gefühlt hatte.

Rachel öffnete den Mund, um zu antworten, merkte dann aber, dass sie nicht wusste, was sie sagen sollte. Nach einer Sekunde sagte sie: »Ich habe dich nicht überrumpelt. Du hast mich einfach stehen gelassen.«

»Nun, das ist deine Interpretation der Ereignisse. Ich erinnere mich nur daran, dass ich nachts viel von deinem Rücken im Bett gesehen habe.«

»Was! Michael, Gott. NEIN. So war es nicht. Du weißt, dass es nicht so war. Du hast buchstäblich aufgehört, mich zu berühren, seit ich den Vorschlag gemacht habe. Ich habe es versucht, jede Nacht, ich habe es versucht. Ich habe dir Nackenmassagen und Streicheleinheiten angeboten, aber du hast immer gesagt, du wärst zu müde, es wäre zu warm, zu was auch immer.«

»Nun, wie ich schon sagte. Das ist deine Interpretation der Ereignisse. Ich erinnere mich nur an ein Mädchen, das enttäuscht und wütend war, weil sie nicht die Dinge tun konnte, die sie tun wollte, und an einen brandneuen Ehemann, der sich ein wenig unzulänglich fühlte und Angst hatte, dass das Mädchen ihn lieber verlassen und jemanden finden würde, der die Dinge tun wollte, die sie tun wollte.«

Rachel schnappte nach Luft. »Warte. Nein. Nein, das ist absolut nicht wahr. So ist es nicht gewesen. Ich hätte es nicht deutlicher machen können, dass ich immer noch Sex mit dir haben wollte. Ich hätte nicht unverhohlener sein können. Und die Sache, die ich vorgeschlagen habe, war nur Spaß, Michael. Das ist alles. Das ist nicht, wer ich bin. Das ist nicht, was ich bin.« Sie drückte ihre Hand auf ihre Brust. »Es sollte einfach nur Spaß machen. Es war nur...«

Michael seufzte, nahm den Holzlöffel in die Hand und begann wieder zu rühren. »Und dann nimmt das Mädchen ihren Koffer und verschwindet für drei Tage, meldet sich nicht mehr und lässt den frischgebackenen Ehemann in dem Glauben zurück, dass er jetzt vielleicht, nur vielleicht, wieder Single ist. Dass es vorbei ist. Und dann lässt sich das Mädchen herab, eine Nachricht zu schicken, und der frischgebackene Ehemann ist zu verängstigt, um darüber nachzudenken, was das bedeuten könnte, und so geht er in den Supermarkt und kauft Bio-Hühnerbrust und die teuersten Tomaten, die er finden kann, und beschäftigt sich mit der Ablenkung, alles zu zerkleinern und gut schmecken zu lassen, und dann kommt das Mädchen an und sagt dem Ehemann, dass all dies, all diese Traurigkeit und Angst und Sorge, alles eigentlich irgendwie, tatsächlich, seine Schuld ist.«

Er hörte wieder auf, sich zu rühren, und blickte Rachel tief in die Augen. Der Singsang seiner Worte hatte sie in seinen Bann gezogen, aber jetzt waren sie in ihr Bewusstsein gedrungen und sie schüttelte leicht den Kopf, als ob sie versuchte, eine Blockade zu lösen, einen Klumpen von etwas, das allem einen Sinn geben würde. Sie dachte an jeden Moment der Qual zurück, den sie durchlebt hatte, seit sie am Sonntagabend Michaels Wohnung verlassen hatte. Sie dachte zurück an den Raum zwischen ihnen in dem riesigen Bett auf den Seychellen. An ihre abwehrende Berührung. Die Wand aus Eis, die von ihm ausging, jede einzelne Nacht. Sie schüttelte erneut den Kopf. »Nun«, sagte sie schließlich. »So habe ich es nicht in Erinnerung, Michael. Das ist wirklich nicht, wie ich es in Erinnerung habe. Ich dachte, du hasst mich.«

»Und sollte ich?«

»Was? Mich hassen?«

»Ja.«

»Nein! Natürlich solltest du mich nicht hassen. Ich habe nichts falsch gemacht!«

»Ja, nun, ich auch nicht.«

»Nein. Und ich habe nie gesagt, dass du das getan hast.

Ich habe nur…« Sie seufzte. »Und was passiert jetzt?«
»Jetzt«, antwortete er und öffnete ein Päckchen mit frischer Petersilie, »essen wir. Wir trinken. Und dann…«
»Ja? Dann?«
»Na, wollen wir doch mal sehen, oder? Schauen wir einfach mal.«

Die Konversation war zunächst angespannt, aber als der Wein ihre Stimmung aufhellte, wurde sie lebhafter, fast schon sprunghaft in ihren Versuchen sich von allem, was aufrührerisch oder kontrovers ist, fernzuhalten. Sie sprachen über ihre Arbeit und über ihre Pläne für den Sommer. Michael wollte das Haus in Antibes neu streichen und gründlich reinigen lassen, den Pool entleeren und neu befüllen, damit sie den Sommer dort verbringen konnten. Sie sprachen über die Möglichkeit, neue Bettwäsche und Handtücher zu kaufen, damit Rachel als Frau des Hauses einen richtigen Neuanfang machen konnte. Sie wehrte sich dagegen, Fragen über Lucy zu stellen, darüber, welche Art von Bettwäsche sie noch hatte, welche Art von Handtüchern, ob sie den Swimmingpool benutzt hatte, ob sie die Renovierung von Michaels Haus selbst beaufsichtigt hatte. Sie hielt ihre Fragen neutral. Und dann, nachdem sie gegessen hatten, reifte die Atmosphäre und vertiefte sich in der unruhigen Erwartung dessen, was als nächstes geschah.
»Nun, ich denke…« Sie schaute auf die Uhrzeit auf ihrem Handy. »Es ist fast zehn. Wir sollten…?«
»Bett?«
»Ja, ich glaube schon.«
»Großartig. Na dann…«
Michael stand auf und streckte seine Hand nach ihr aus, die sie mit einem unsicheren Lächeln nahm und ihm dann ins

Schlafzimmer folgte.
Hier zog er sie sanft aus, fuhr mit seinen Fingern über ihre Haut und tat all die sanften, zärtlichen Dinge, die Rachel schon als selbstverständlich angesehen hatte und die sich jetzt wie ein reichhaltiges Geschenk anfühlten. Er zog ihr den BH von hinten aus, drehte sie um und küsste sie auf den Mund, ein tiefer, endloser Kuss, der sie von der Kopfhaut bis zu den Fingerspitzen elektrisierte. Sie gingen zum Bett und Michael legte sie hin, dann stellte er sich über sie, während er sich selbst entkleidete, und Rachel sah mit großen Augen zu, vor Verlangen, vor Erleichterung, vor Liebe. Als Michael nackt war, lehnte er sich über sie und küsste sie erneut. Rachel legte ihre Hände auf seine Hüften und zog ihn näher zu sich heran, bereit, so bereit nach all den Tagen und Tagen ohne. Sie drückte ihren Unterleib gegen seinen und zog sich dann wieder zurück bei dem Gefühl von Nichts, wo etwas sein sollte, wo immer etwas war.
Einige Minuten lang ging das so weiter, aber egal, was Rachel tat, es wurde deutlich, dass Michael nicht in der Lage sein würde, das zu tun, was sie so sehr wollte. Michael knurrte vor Frustration und Rachel berührte die Seite seines Gesichts mit ihrer Hand und sagte: »Es ist in Ordnung. Es ist alles in Ordnung. Mach dir keine Sorgen.« Aber als die Worte ihre Lippen verließen, spürte sie, wie sie gewaltsam und grob über das Bett geschoben wurde, so heftig, dass sie aufschrie, und Michael stand vom Bett auf und schritt zu den Bücherregalen, wo er eine Handvoll Bücher packte und sie mit einem Urschrei quer durch den Raum warf. Rachel brachte sich instinktiv in eine Fötusstellung, die Arme um die Knie geschlungen, und dann, als eine weitere Handvoll Bücher quer durch den Raum in ihre Richtung flog, zog sie die Bettdecke so hoch, wie sie es nur konnte.

»Michael«, sagte sie und spähte durch einen Spalt in ihren Armen. »Scheiße. Michael! Stopp! Ich habe es dir gesagt. Es spielt keine Rolle.«

Michael drehte sich um. Sein Gesicht war heiß vor Gewalt. Er sah sie an und sagte: »Es ist verdammt wichtig, Rachel. Es ist wichtig. Das bist ... das bist du. Das ist alles deine Schuld.«

»Was?«

»Du. Du und dein verdammter *Fessel mich*-Scheiß. Du und deine anderen Typen. Kerle, die das mit dir gemacht haben. Jedes Mal, wenn ich meine Augen schließe, sind sie da. Aufgereiht. Und ich kriege sie nicht aus meinem Kopf, Rachel. Du hast sie dorthin gebracht. Ein Haufen verdammter Widerlinge.«

»Aber, Michael, nein! Es gab keine *Reihe von Männern*. Es waren nur ein oder zwei Freunde, das ist alles. Nur ... nichts Ernstes.«

»Das ist nicht der Punkt, Rachel. Um Gottes Willen. Das ist nicht der Punkt.«

»Was ist dann der Punkt?«

»Der Punkt ... bist du. Du bist der Punkt. Ich dachte, ich kenne dich. Ich dachte, ich wüsste, wer du bist. Das goldene Mädchen aus der Apotheke. Das Mädchen mit dem Schimmer, der Klasse, der Eleganz. Das Mädchen, das auf ihren Prinzen gewartet hat.«

»Auf ihren...? Oh, komm schon, Michael. Du weißt, dass das Blödsinn ist. Du weißt, dass es das ist. Du wusstest, dass ich andere Freunde hatte. Jede Menge Freunde. Ich meine, als du mich das erste Mal in der Apotheke gesehen hast, war ich total fertig. Ich hatte einen Kater und wartete auf die Pille danach, um Himmels willen.«

Sie sah, wie ein Muskel in seiner Wange zuckte, als er diese

Erinnerung in seine Neufassung der Geschichte einfließen ließ. »Ja«, sagte er. »Vielleicht hätte ich in diesem Moment erkennen sollen, worauf ich mich einlasse.«

»Worauf du dich eingelassen hast?«

»Ja. Beschädigte Waren.«

Rachel spürte bei diesen Worten einen Schlag in die Magengegend und das Brennen von Galle am Ansatz ihrer Kehle.

»Es tut mir leid«

»Ja. Ich schätze, der englische Akzent hat mich getäuscht. Mir wurde vorgegaukelt, dass er irgendwie mit Klasse gleichzusetzen ist. Schon wieder.«

Schon wieder. Er meinte Lucy.

»Ich habe dir nie gesagt, dass ich Klasse habe. Niemals. Ich habe dich bei unserem ersten Date gefickt. Wie um alles in der Welt kommst du darauf, dass ich Klasse habe?«

Er zuckte bei ihren Worten zusammen. »Das ist eine wirklich gute Frage, Rachel. Eine wirklich gute Frage.«

Während dieses Gesprächs war er im Zimmer auf und ab gegangen, doch dann hielt er inne und blickte Rachel an.

»Bück dich.«

»Bitte, was?«

»Ich sagte, bück dich.« Er machte einen Schritt auf das Bett zu.

Rachel entfernte sich von ihm in Richtung des Kopfteils des Bettes. »Michael-«

»Dreh dich um. Geh auf alle Viere.«

»Aber...«

»Tu es, Rachel. Tu. Es.«

Rachel tat, was ihr gesagt wurde. Vielleicht, dachte sie, vielleicht würde das die Dinge in Ordnung bringen. Wenn sie es ihn auf diese Weise mit ihr machen lassen würde. Nur dieses eine Mal. Er würde seine seltsamen Unsicherheiten überwinden, die er seit jener Nacht auf den Seychellen entwickelt hatte. Vielleicht würde es die *Reihe von Männern* auslöschen, die er in seinem Kopf hatte wohnen lassen. Vielleicht würde es sie wieder auf den richtigen Weg bringen. Denn, so wurde Rachel mit einem erbärmlichen Gefühl der Scham klar, sie wollte nur, dass die Dinge wieder ihren gewohnten Gang gingen. Zurück zur Normalität. Zurück zu morgendlichen Umarmungen und spätabendlichen Essen in Weinbars und Hand-in-Hand-Spaziergängen am Flussufer und zu Michael, der ihr ins Haar hauchte und ihr sagte, dass sie wunderschön sei, dass sie göttlich sei, dass sie in jeder Hinsicht eine Klasse für sich sei.

Langsam und leise drehte sie sich um und stellte sich auf alle Viere.

Was dann geschah, war hart, schnell und brutal. Er zerrte so fest an ihrem Haar, dass sie zusammenzuckte. Er packte ihre Hüften mit Fingern, die scharf genug waren, um noch am nächsten Tag kleine, ovale blaue Flecken zu hinterlassen. Danach, als er fertig war, schob er sie grob zur Seite und schlich ins Bad.

»Nun«, rief er ihr über das Geräusch des Wasserhahns hinweg zu.

»Ich verstehe jetzt, warum du so etwas magst. Harter Sex. Nennt man das nicht so? Vielleicht kannst du das Zeug aus deinem Koffer kramen, Rachel. Fürs nächste Mal. Fürs nächste Mal, ja?«

Sie lauschte auf einen Hauch von Sanftheit in seiner Stimme. Einen Hauch von Verspieltheit. Aber da war nichts.

KAPITEL 26

Juni 2019

In der Nacht zuvor hatte ich etwa dreißig Sekunden gebraucht, um Kris Doll mit Hilfe meines Daumens und einer Suchmaschine zu finden. Er schien eine Art Stadtrundfahrtunternehmen vom Rücken eines riesigen Motorrads aus zu betreiben, des wahrscheinlich größten Motorrads, das ich je gesehen habe. Auf seiner Website war ein Foto von ihm zu sehen, wie er rittlings auf dem riesigen Motorrad saß in Jeans, Lederstiefeln und einem weißen T-Shirt. Auf den Gepäcktaschen auf beiden Seiten des Motorrads standen Champagnerflaschen, die in Eis gekühlt wurden. Der Text über dem Foto verkündete: *Stadtrundfahrt auf die Fünf-Sterne-Art*. Darunter hieß es:

Exklusive, individuelle Touren am See und in der Stadt auf einer voll ausgestatteten Honda Gold Wing in Begleitung eines Stadtführers mit mehr als zwanzig Jahren Erfahrung vom Leben, Arbeiten und Fahren in den Straßen dieser großartigen Stadt. Erstellen Sie Ihre eigene maßgeschneiderte Route oder wählen Sie einen von Kris' Klassikern. Die Tour dauert drei Stunden und kann mit einem abschließenden Sektempfang bei Sonnenuntergang über dem Lake Michigan erweitert werden. Bitte füllen Sie das Formular aus, um Ihre Buchung vorzunehmen, oder rufen Sie die untenstehende Nummer an.

Ja, denke ich, während ich mir sein Bild noch einmal ansehe, *oh, ja bitte. Bitte setz mich auf den Rücken deines riesigen Motorrads, Kris Doll, und fahr mich durch die Stadt und schenk mir bei Sonnenuntergang Champagner ein und erzähl mir Geschichten. Bitte.*

Ich wähle die Nummer, die unten auf der Seite steht, und hinterlasse Kris Doll eine Nachricht auf dem Anrufbeantworter: »Hallo! Kris. Mein Name ist Joshua Harris. Ich weiß nicht, ob das etwas kurzfristig ist, aber ich würde mich gerne für eine deiner Stadtführungen anmelden, vielleicht heute? Aber wenn nicht, dann irgendwann morgen. Ruf mich bitte zurück, wenn du diese Nachricht erhälst.«

Einen Moment später kommt sein Anruf. »Klar«, sagt er (er klingt süß, viel netter als Rob mit seinen tätowierten Armen und seiner aufgedunsenen Wut), »ich habe morgen zufällig eine Absage bekommen. Wie wäre es mit fünf Uhr dreißig?«

»Oh«, antworte ich, »ja, perfekt! Das passt wunderbar!«

Er erklärt mir, was ich tun muss und wann ich es tun muss (»Sonnencreme – selbst mit Helm wirst du erstaunt sein, wie viel Sonne du abbekommst, und morgen soll es den ganzen Tag blau sein. Oh, und trag eine lange Hose. Ich werde dich nicht von meinem Motorrad kippen« – ich lache – »aber wenn ich das tue, dann willst du sicher vermeiden, dass du Hauttransplantationen vornehmen musst. Und da es der Nachmittagsspot ist, hättest du vielleicht Interesse an einem Champagner-Upgrade zum Sonnenuntergang? Das kostet zwanzig Dollar extra?«).

Wir vereinbaren ein Champagner-Upgrade, einen Treffpunkt und einen groben Plan für die Tour, und dann beende ich das Telefonat mit einem Lächeln im Gesicht.

Ich gehe an diesem Abend in eine Bar mit der ausdrücklichen Absicht, jemanden zu finden, den ich in mein wunderschönes Hotelzimmer mitnehmen kann. Es ist Monate her, dass ich mit jemandem geschlafen habe. Eigentlich sogar noch länger. Aber hier bin ich, in einer pulsierenden Stadt, weit weg von zu Hause, weit weg von der Arbeit, weit weg von

Lucy. Ich habe das Gefühl, heute viel erlebt zu haben, und ich finde, ich habe es verdient, mich auszutoben, ein paar Cocktails zu trinken und jemanden zu finden, der mir hilft, mich nach dem Joe-Intermezzo, das mir vierundzwanzig Stunden später immer noch im Kopf herumgeht, besser zu fühlen.

Ich nehme eine lange Dusche und arbeite mich dabei durch fast alle Miniatur-Hotelprodukte. Ich fahre mir mit der Hand über mein stoppelblondes Kinn, beschließe aber, mich nicht zu rasieren. Danach klappe ich meinen Laptop auf und stöbere in den Listen der besten Bars in meiner Nähe. Dann ziehe ich schwarze Levi's und ein schwarzes Muji-T-Shirt an, dazu braune John-Lobb-Lederschuhe und ein weiches Flanellhemd in einem dunklen Blau mit dunkelgrünem Karomuster. Heute Abend werde ich Phin sein, nicht der alte Phin, sondern der neue, robuste. Ich öffne die Minibar und ziehe eine Flasche feines Craftbier heraus, schlage den Deckel ab und trinke es aus dem Flaschenhals. *ICH BIN PHIN*, denke ich mir, und der Gedanke schickt eine Ladung durch mein Innerstes, und ich ertappe mich dabei, wie ich allein in einem Hotelzimmer in Chicago in die Luft stoße und sage: »Los geht's.« Wie ein absoluter Spinner.

Ich komme mit einem jungen Mann namens Nicholas zurück. Nicht Nick. Nicholas. Er ist achtundzwanzig, sieht aber jünger aus. Er ist nicht besonders hübsch anzusehen (ich entschuldige mich bei Nicholas' Mutter), aber nach zwei Stunden, die ich herumstand und versuchte, männlich auszusehen, und von all den heißen Männern ignoriert wurde, nahm ich, was ich kriegen konnte. Er riecht gut, und ehrlich gesagt, ist das oft die Hauptsache. Ich erzähle Nicholas von *meiner* Kindheit, von meinem soziopathischen

Vater, dem Hochstapler David Thomsen, der die Häuser der Leute übernommen hat, der Mädchen im Teenageralter vergewaltigte, naiven Leuten das Geld stahl und Kinder in ihren Schlafzimmern einsperrte. Sein Gesicht erstarrt. »Ach du meine Güte«, sagt er, »ach du meine Güte«, und seine Hand umklammert solidarisch meine Kniescheibe.

Ich finde, wenn es darauf ankommt, bin ich eigentlich nicht so sehr am Sexualakt selbst interessiert. *Was du nicht nutzt, verlierst du*, wie man so schön sagt. Ich habe es eindeutig zu lange aufgeschoben. Er ist oberflächlich, und hinterher scheint mir das Gefühl einer Person neben mir mehr zu bedeuten, der warme Atem in meiner Halsbeuge, das dünne Bein, das sich sanft um meine Hüften legt, die Stimme in meinem Ohr, die sagt: »Phin, ist es okay, wenn ich bei dir schlafe?«

Ich führe Nicholas' Hand über meine Schulter zu meinem Mund, küsse sie und schiebe sie dann unter mein Kinn. »Das wäre schön. Ja. Bitte.«

Wir schlafen eng umschlungen ein, und ich fühle mich fast, aber nicht ganz, in Frieden.

Am nächsten Morgen ist Nicholas verschwunden. Er hat keine Spuren von sich hinterlassen, keine Notiz, keine Visitenkarte. Ich verbringe einige Zeit auf Grindr, um zu sehen, ob ich ihn dort vielleicht finden kann, aber keine Spur von ihm. Ich kenne seinen Nachnamen nicht, also kann ich ihn auch nicht googeln. Und das war's. Wir haben zwar eine ganze Nacht am nackten Körper des anderen verbracht, aber Nicholas, der liebe, schlichte, teiggesichtige Junge, der er war, war offensichtlich nicht daran interessiert, die Dinge weiterzuführen. Und wie immer habe ich keine Ahnung, warum.

Aber ich muss heute an andere Dinge denken. Ich werde meinen Nachmittag auf dem Rücken von Kris Dolls Honda Gold Wing mit Kühlung in den Packtaschen verbringen und einen weiteren großen Schritt bei meiner Suche nach Phin machen. Also schiebe ich Nicholas aus meinen Gedanken und springe aus meinem leeren Bett in den neuen Tag.

KAPITEL 27
Samuel

Dann kommt der Durchbruch.

Bridget Elspeth Veronica Dunlop-Evers. 1996 von ihren Eltern als vermisst gemeldet.

Ihre Eltern hatten jahrelang nichts von ihr gehört und erst Anzeige erstattet, als sie bei der Sterbefeier eines Geschwisters nicht auftauchte. Nach ein paar Monaten hatten sie die Sache auf sich beruhen lassen. Man vermutete, dass Bridget – oder Birdie, wie sie von allen genannt wurde – beschlossen haben musste, ihre Verbindungen abzubrechen und sich ein Leben fernab der Familie aufzubauen, in der sie aufgewachsen war.

Aus den Abschriften der Verhöre mit verschiedenen Mitgliedern von Birdies Familie ging hervor, dass Birdie so etwas wie das schwarze Schaf gewesen war, als wäre sie allein besser dran gewesen. Ich richte den Kragen meines Hemdes, sortiere das Papier auf dem Schreibtisch vor mir, räuspere mich und gebe die letzte bekannte Telefonnummer von Birdies Mutter, Madelyn Dunlop-Evers, ein.

»Hallo?«

Die Stimme ist zerbrechlich, so wie man sich die Stimme einer achtzigjährigen Frau vorstellt.

»Hallo. Ist das Mrs. Dunlop-Evers?«

»Am Apparat.«

»Guten Tag. Mein Name ist Detective Inspector Samuel Owusu.«

»Samuel wer?«

»Owusu. Detective Inspector. Ich rufe von der Sondereinheit für Verbrechen im Polizeirevier Charing Cross in London an.

Ich hatte gehofft, mit Ihnen über Ihre Tochter Bridget sprechen zu können.«

»Bridget. Nein. Hier gibt es keine Bridget. Aber es gibt einen Jungen. Im anderen Zimmer. Soll ich für Sie nachsehen?«

Ich seufze, schließe langsam meine Augen und öffne sie wieder.

»Gibt es dort jemanden, Mrs. Dunlop-Evers? Jemand, der mir vielleicht ein paar Fragen beantworten kann?«

»Über den Jungen?«

»Ja. Über den Jungen.«

Ich höre, wie das Telefon herumgereicht wird, das dumpfe Geräusch von Händen über dem Lautsprecher, verschiedene Stimmen im Hintergrund und dann ein Mann, der sagt: »Wer ist da?«

»Mein Name ist Detective Inspector Samuel Owusu. Ich rufe vom Polizeirevier Charing Cross an. Von der Spezialeinheit für Verbrechen hier. Mit wem spreche ich?«

»Ich bin Philip Dunlop-Evers. Der Sohn von Madelyn.«

»Okay. Das ist großartig. Ich habe mich gefragt, ob ich vielleicht mit Ihnen über Bridget sprechen könnte? Oder Birdie? Ihre – ich nehme an – Schwester?«

»Ja. Äh. Ja. Ja, natürlich.«

»Darf ich Sie fragen, ob Bridget jemals eine Tänzerin war?«

»Ja, das war sie. Sie studierte Ballett, bis sie ziemlich alt war. Mindestens achtzehn Jahre.«

Ich spüre, wie sich mein Magen zusammenzieht und wieder öffnet, und eine Welle betrunkener Erleichterung durchfährt mich.

»Glauben Sie, dass Sie zu uns nach London kommen könnten? Um einige ... Dinge zu besprechen?«

»Dinge?«

»Ja, Dinge, die mit dem Verschwinden Ihrer Schwester zu

tun haben könnten.«

»Das ist ... nun ja ... wow. Nach all dieser Zeit, meine ich. Ja. Ja, natürlich. Natürlich, ich kann kommen. Wann soll ich kommen?«

»So schnell wie möglich, bitte, Mr. Dunlop-Evers.«

»Bitte. Nennen Sie mich Philip.«

»So schnell wie möglich, Philip.«

KAPITEL 28

Marcos Mutter war das ganze Wochenende über schlecht gelaunt. Marcos Mutter hat immer schlechte Laune, aber in letzter Zeit ist sie noch seltsamer als sonst. Onkel Henry ist verschwunden, und sie will ihm nicht sagen, warum und wohin. Marco nahm an, er sei nach Afrika gegangen, um Phin, den Vater von Libby, zu finden, aber anscheinend ist Phin nicht mehr in Afrika und seine Mama will ihm nicht sagen, warum. Seit Freitag läuft sie in der Wohnung herum, schaut zwanghaft alle dreißig Sekunden auf ihr Handy, schnauzt ihn und Stella wegen Kleinigkeiten an, vergisst, mit dem Hund spazieren zu gehen, und lässt Onkel Henrys Wohnung richtig unordentlich werden. Jedes Mal, wenn Marco versucht, sie darauf anzusprechen, tut sie so, als sei sie zu beschäftigt.

Am Sonntagabend bemerkt er, dass Fitz sehnsüchtig auf die Wohnungstür starrt und klopft an die Schlafzimmertür seiner Mutter.

»Mama?«, sagt er. »Ich glaube, Fitz will ausgehen.«

»Oh«, antwortet sie. »Könntest du mit ihn gehen?«

»Ich mache gerade meine Hausaufgaben.«

Er hört, wie sie seufzt. »Okay. Ich gehe gleich mit ihm.«

»Er dreht sich im Kreis, Mama«, sagt er und schaut auf den Hund. »Weißt du? Wenn er gerade kacken muss.«

Sie seufzt noch einmal und dann erscheint sie. »Okay«, sagt sie. »Okay.«

Marco schreit auf, als er sieht, wie Fitz sich in die Hocke begibt. »Nein! Fitz! Nein!«, und der Hund springt zurück in den Stand. Er beobachtet, wie seine Mutter die Leine an seinem Geschirr befestigt. »Warum vergisst du immer, ihn auszuführen?«, fragt er.

»Ich habe viel um die Ohren, Marco.«
»Wegen Henry?«
»Ja. Wegen Henry.«
»Mama. Bitte. Sag mir einfach, was hier los ist.«
»Ich weiß nicht, was los ist.«
»Ja. Aber du musst doch etwas wissen? Ich meine, kannst du ihn nicht einfach anrufen?«
Seine Mutter hält kurz inne, und er sieht, wie ihre Entschlossenheit ein wenig nachlässt.
»Er hat mich blockiert, Marco.«
»Onkel Henry?«
»Ja. Onkel Henry. Er hat mich blockiert.«
Das ist gewaltig, denkt Marco. *Das ist eine wirklich große Sache*. »Warum versuchen wir nicht, ihn von meinem Handy aus anzurufen?«
Ein Schimmer von Verständnis geht über ihre Züge. »Oh«, sagt sie schlicht. »Ja.« Dann schaut sie auf den Hund hinunter und sagt: »Versuchen wir es, wenn ich zurückkomme.«
Marco wartet sehnsüchtig auf ihre Rückkehr, sein Handy in der Hand, die Nummer seines Onkels einsatzbereit. Er reicht es seiner Mutter, als sie zurückkommt, und sie drückt die Anruftaste. Er hört den fremden Klingelton und tauscht einen Blick mit seiner Mutter aus. Das Klingeln verwandelt sich in einen langen Piepton.
Sie legt auf und schickt seinem Onkel stattdessen eine Nachricht. Sie lautet:

VERDAMMT NOCH MAL, HENRY. Was ist hier los???

Dann geht sie auf WhatsApp und ruft ihn von dort aus an. Wieder klingelt es ins Leere. Sie schickt ihm eine weitere Nachricht über die App:

Henry. Ich bin's, Lucy. RUF MICH AN.

Fast sofort hat Henry auch Marco blockiert.
»Haben wir etwas falsch gemacht?«, fragt Marco seine Mutter mit leicht brüchiger Stimme. »Ich versteh nicht.«
Seine Mutter lächelt ihn traurig an und sagt: »Nein, wir haben nichts falsch gemacht. Aber hör zu, Marco. Dein Onkel. Er ist nicht...«
»Was?«
»Er ist kompliziert. Weißt du noch, als wir letztes Jahr nach London kamen? Erinnerst du dich, dass ich mir nicht ganz sicher war, wer Onkel Henry war? Weil er so sehr wie Phin aussah?«
Marco nickt.
»Nun, die Sache ist die, dass Onkel Henry ein wenig von Phin besessen war. Als sie noch jünger waren. Er ist ihm ständig gefolgt und hat ihn angestarrt und dann...«
Marco nickt wieder, aber seine Mutter schüttelt den Kopf. »Nichts«, sagt sie. »Nichts.«
»Nein! Sag es mir. Was wolltest du gerade sagen? Was hat das damit zu tun, dass Onkel Henry uns blockiert? Du musst es mir sagen!«
»Es ist ... urgh. Marco, hör zu. Ich weiß, dass du Henry sehr gern hast. Und es ist wichtig für mich, dass du diese Bindung zu ihm hast. Ich möchte nicht, dass deine Beziehung zu ihm Schaden nimmt. Und ich verspreche dir, dass das, was ich dir jetzt sage, keineswegs bedeutet, dass Henry dich nicht liebt und dass Henry nicht ein erstaunlicher Mensch ist. Denn er ist es. Auf so viele Arten. Aber als wir Kinder waren, als all die schlimmen Dinge mit uns in dem Haus in Chelsea passierten, war Henry manchmal nicht sehr nett zu Phin. Einmal stieß er ihn in den Fluss, als Phin ihn nicht

küssen wollte. Phin hätte ertrinken können. Und dann, in der Nacht, in der wir flohen, fesselte Henry Phin an einen Heizkörper und ... nun, er hätte wieder sterben können. Die Art, wie er mit Phin umging, war ein bisschen verdreht. Und Phin erfuhr von Clemency, dass Henry nach Botswana kommen würde und reiste noch am selben Tag ab. Und jetzt, na ja, ich glaube, Henry hat vielleicht herausgefunden, wo er ist, und ist auf dem Weg...«

»Wozu? Glaubst du, er könnte ihm etwas antun?«

»Nun, nicht wirklich wehtun. Aber er soll sich unwohl fühlen. Du weißt schon, ihn unsicher machen.«

Marcos Gehirn spielte verrückt, als würden Funken sprühen, während er versuchte, diese Informationen zu verarbeiten. Onkel Henry war irgendwie seltsam, aber nicht auf die Art, die seine Mutter beschrieb. Er war seltsam auf eine Art, die cool und bissig war. Er war lustig. Er brachte Marco zum Lachen. Er verstand Dinge, die andere Erwachsene nicht ganz verstanden. Aber dieser ganze Kram mit Phin...

»Wir müssen ihn finden«, sagt er.

»Ja, ich weiß. Genau das habe ich das ganze Wochenende versucht zu tun. Ich meine, ich habe alle seine alten Geräte gefunden. Aber ich habe keine Ahnung, wie ich da rein komme.«

»Gib sie mir.«

Sie seufzt und steht auf, geht in ihr Zimmer und kommt eine Minute später mit zwei alten iPhones, einem alten Apple Mac, einem alten iPad und einer Handvoll Ladegeräte zurück.

»Ich habe alles ausprobiert«, sagt sie. »Jede Kombination von Daten, Geburtstagen und Hausnummern. Ich komme in keins von ihnen hinein.«

Marco klopft mit den Fingerknöcheln auf die Kante des

Esstisches, in seinem Kopf schwirren widersprüchliche Gedanken. »Ich könnte Alf dazu bringen, es zu versuchen.«

»Alf? Was ist er, ein Hacker?«

»Ja. So ähnlich.«

»Hm. Henry ist ziemlich technisch versiert, denk dran. Er ist praktisch selbst ein Hacker. Ich bezweifle sehr, dass er etwas hinterlassen würde, das nicht völlig undurchdringlich ist.«

»Ja. Aber er ist alt. Alf ist jung. Junge Hacker übertrumpfen alte Hacker.«

Er wirft einen Blick auf seine Mutter und sieht, wie sie ihn schief anlächelt. »Du könntest es versuchen, denke ich.«

Marco nickt weise, nimmt sein Handy heraus und schreibt Alf eine Nachricht.

KAPITEL 29

Ich schreite über den Parkplatz auf den Mann zu, der neben dem großen Motorrad steht.

»Hallo!«, sage ich und strecke energisch meine Hand aus, »ich bin Joshua Harris. Du musst Kris sein.«

Kris nimmt meine Hand in seine und drückt sie leicht. Ich versuche, nicht zusammenzuzucken.

»Ja! Kris Doll. Wirklich toll, dich kennenzulernen!«

Er mustert mich von oben bis unten und für einen Moment denke ich, dass er mich vielleicht begutachtet, aber dann erinnere ich mich daran, dass er früher mit der sexy Mati aus dem Magdala ausgegangen ist, also ist das höchst unwahrscheinlich, und ich glaube wirklich, dass er sich nur vergewissert, dass ich vernünftig gekleidet bin, um auf seinem Motorrad mitzufahren. Er nickt zustimmend und holt dann einige Papiere aus einer Umhängetasche.

»Okey dokey«, sagt er und blättert mit seinen Fingerspitzen durch die Papiere. »Ich muss dich nur bitten, ein paar Dinge zu unterschreiben, wenn du nichts dagegen hast. Nur Haftungsausschlüsse. Organisatorisches. AGB. Wenn du dir die Zeit nehmen willst, sie zu lesen, nur zu, wir haben es nicht eilig.«

Er strahlt mich an mit seinem Superlächeln. Er ist sehr attraktiv, könnte aber meiner Meinung nach mehr auf seine Haut achten. Sie ist sehr trocken. Und sein dunkles, zotteliges Haar braucht dringend eine Tiefenpflege und einen guten Schnitt, aber ich nehme an, wenn er den ganzen Tag in einem Sturzhelm verbringt, lohnt sich die Mühe wahrscheinlich nicht. Ich schätze ihn auf etwa achtunddreißig Jahre. Ich nehme die Papiere und setze mich auf eine Bank, blättere sie durch, unterschreibe sie mit *Joshua Harris* und reiche sie ihm zurück.

Er sieht sie sich kurz an. »Fan-tastisch. Super. So. Dann wollen wir dich mal vorbereiten. Bist du schon mal mit einer Gold Wing gefahren?«

»Nö. Nein, niemals.«

»Irgendeine Art von Motorrad?«

»Nun, ja. Ein oder zwei Mal. Ich wurde von Freunden mitgenommen. Aber nie als Hobby oder so.«

»Ich nehme an, du kannst dich nicht an die Namen oder Marken der Motorräder erinnern, mit denen du gefahren bist?«

Ich schüttle entschuldigend den Kopf. Ich habe ihn enttäuscht. »Es tut mir leid«, sage ich.

Er sammelte sich. »Kein Problem. Das ist schon in Ordnung. Auf jeden Fall ist dies die bequemste Fahrt, die du je haben wirst, glaube mir. Du wirst nie wieder auf dem Sozius eines anderen Motorrads mitfahren wollen. Bringen wir dich da rauf.«

Er hilft mir beim Aufsteigen, und ich sitze hoch oben, wie ein kleines Prinzenkind, das auf einer goldenen Sänfte in die Höhe getragen werden soll. Er erklärt mir unsere Route für den Tag, aber ich höre nicht zu. Ich starre auf seinen Hinterkopf, als er vorne auf dem Motorrad Platz nimmt und seinen eigenen Helm aufsetzt. Dann starre ich auf seine Schultern. Sie sind so breit wie es sich für einen Mann gehört, der einst Menschen über Seen ruderte, um seinen Lebensunterhalt zu verdienen. Ich spüre den Grad der Trennung, der zwischen mir, ihm und Phin besteht, und frage mich, ob ich den Moment finden werde, meine Verbindung zu unserem gemeinsamen Freund in den Weg unseres Gesprächs zu streuen. Es muss natürlich wirken. Ein bizarrer Zufall. Er darf sich nicht belästigt fühlen. Ich darf nicht

zu schnell vorpreschen.
Kris fährt uns die so genannte *Magnificent Mile* hinunter, eine schöne Allee von Wolkenkratzern am Ufer des Chicago River.
»Wo lebst du in Großbritannien?«, ruft er mir zu, den Kopf nach hinten gedreht. »London«, rufe ich zurück.
»Cool«, sagt er.
»Warst du schon einmal im Vereinigten Königreich?«
»Ja. Das ist ein paar Jahre her. Ich war mit einer Britin zusammen.«
»Wo hast du gewohnt?«
»Bei ihr zu Hause. Sie wohnte in Milton Keynes.«
»Ah«, sage ich. »Das ist schön.«
Er zeigt mir Dinge, Kirchen und so weiter, aber ich merke, dass es ihn nicht interessiert, und mich auch nicht. Schließlich verfallen wir in eine angenehme Stille, und ich beobachte die sich bewegende Landschaft und atme den Geruch von Benzinstraßen und das leicht muffige Innere eines Sturzhelms ein (Gott weiß, wie man das Innere eines Sturzhelms reinigt – ich versuche, nicht zu sehr darüber nachzudenken), und dann, als die Straßenlaternen aufflackern und die Stadt in den Ufern des Michigansees versinkt, kommt das Motorrad neben einem Sandstrand zum Stehen und wir steigen ab.
Kris nimmt eine Decke aus der Packtasche und breitet sie auf dem Sand aus. Er holt sich ein alkoholfreies Bier aus dem Eisbeutel und eine halbe Flasche Champagner, die er entkorkt und für mich in ein Plastikglas schüttet. Der Himmel auf der anderen Seite des Sees färbt sich zuckerrosa. Die hohen Gebäude der Stadt dahinter sind schwarze Scherenschnitte. Die Luft ist weich und warm, und ich habe einen wunderbaren Nachmittag auf dem Rücken von Kris'

Motorrad verbracht und eine Stadt gesehen, die ich noch nie zuvor gesehen habe. Diese Erfahrung hat eine unerwartete Intimität, als ob wir jetzt irgendwie auf eine fragile Art und Weise verbunden sind, und ich frage mich, ob jeder, der eine seiner Touren mitmacht, genauso fühlt, oder ob es nur einsame, geschädigte Menschen wie ich sind, die so ein seltsames Glück daraus ziehen. Ich habe kaum etwas gegessen, und der billige, nicht ausreichend kalte Champagner geht direkt in den Boden meines Magens und in meinen Blutkreislauf, und ich stelle fest, dass ich weine, als meine Augen die Schönheit der Skyline von Chicago betrachten, die sich im roségoldenen Spiegel des Sees spiegelt.

Ich drehe meinen Kopf ein paar Grad, damit Kris mich nicht sehen kann, und reibe meine Wangen heimlich an meinen Schultern.

»Ist es nicht schön?«, fragt er, und ich nicke, ohne einen Satz zu wagen. Ich werde von Gefühlen überflutet, für die ich keine ausreichende Sprache habe. In meiner Seele brodelt es vor Verlust, Leere, Mangel und Unvollständigkeit. Ich bin unvollständig. Ich habe mich immer unvollständig gefühlt. Und ich habe zu verschiedenen Zeitpunkten in meinem Leben gedacht, dass hinter der nächsten Ecke das sein würde, was mich vervollständigen würde. Ich dachte, Libby zu finden, würde mich vervollständigen, in das Haus meiner Kindheit zurückzukehren, würde mich vervollständigen, reich und erfolgreich zu sein, muskulös und hübsch zu sein, guten Sex mit schlechten Männern zu haben, schlechten Sex mit guten Männern zu haben, Liebesaffären ohne Liebe zu haben, eine atemberaubende Küche mit Soft-Close-Schranktüren zu haben – ich habe gedacht, dass all diese Dinge mich vervollständigen würden, und nichts davon hat es getan. Und jetzt sitze ich hier am Ufer des Lake

Michigan mit einem gutaussehenden Mann namens Kris Doll, der nachdenklich an einem alkoholfreien Bier nippt. Der Himmel brennt und niemand liebt mich und ich liebe niemanden und ich bin allein, ich bin so, so allein und Gott verdammt, ich muss Phin finden. Ich muss Phin finden. Und wenn ich ihn nicht finde, schwöre ich bei Gott, dass ich über diesen See schwimme und mich in diese orange Sonne werfe, um mich zu einem Aschehaufen verbrennen zu lassen.

Ich räuspere mich und richte meinen Rücken auf. »Wie lange machst du das schon?«, frage ich Kris.

»Ach, weißt du. Ein paar Jahre. Ich war vorher auf dem See, habe Bootsfahrten, Ausflüge und so etwas gemacht.«

Ich tue so, als ob ich das nicht schon wüsste. »Du kommst also aus Chicago? Ursprünglich?«

»Jawohl. Geboren und aufgewachsen. Und was ist mit dir? Bist du ein geborener Londoner?«

»Ja. Ja, das bin ich. Ich wurde in einem Krankenhauszimmer mit Blick auf den Westminsterpalast geboren. Ich bin am Ufer der Themse aufgewachsen. Und jetzt lebe ich im Zentrum von London. Ich bin ein geborener und aufgewachsener Londoner.« Ich halte inne, während ich überlege, wie ich das Gespräch auf die Informationen lenken kann, die ich brauche. Und dann habe ich es. »Was ist mit dem Mädchen aus Milton Keynes passiert?«

»Ah, wir haben uns getrennt. Ich konnte diese Fernbeziehungsgeschichte nicht ertragen. Und sie...« Er hält inne. »Nun, sie konnte meine Sexualität nicht ertragen.«

Mir stockt der Atem. Kris Doll ist nicht hetero? »Du meinst, du stehst nicht nur auf Frauen?«

»Richtig.« Er fährt mit den Handflächen an der Seite seiner Bierflasche entlang. »Ja. Ich dachte, die Briten wären so

liberal und tolerant. Zumindest waren das alle, die ich bisher getroffen habe. Aber nicht sie, wie sich herausstellte.«
»Kennst du viele Briten?«
»Ein paar. Ja, ein paar. Hauptsächlich Kerle, weißt du. Wenn ich in Bars unterwegs bin und so weiter.«
»In welche Art von Bars gehst du? Ich meine, gibt es eine bestimmte Szene für schwule Männer, die große Motorräder mögen?«
Er lacht schief. »Nein, nicht wirklich. Es gibt eine Biker-Bar, in die ich vor einiger Zeit mal gegangen bin. Aber dann bin ich dort in eine etwas unangenehme Situation mit einer Frau geraten und jetzt gehe ich eher in normale Bars. Du weißt schon.«
»Eine unangenehme Situation?«
»Ja.« Er lacht wieder. »Ich war wirklich in sie verknallt, aber sie war wirklich in diesen anderen Typen verknallt, und sie hat uns monatelang gegeneinander ausgespielt und dann ... naja. Es stellte sich heraus, dass er auch bi war und er und ich, na ja, du weißt schon...« Er lacht und zieht eine Grimasse. »Sie war nicht erfreut. Also, ja, ich habe irgendwie aufgehört, dorthin zu gehen.«
Ich tue so, als würde ich immer noch zuhören, aber das tue ich nicht. Ich bin damit beschäftigt, den Feuerball des Schocks hinunterzuschlucken, der gerade von meinem Bauch in meine Kehle gesprungen ist, als ich erfuhr, dass Phin bi ist, aktiv bi, und dass Phin, mein Phin, mit Kris Doll geschlafen hat, diesem Mann, von dem ich gerade nur ein paar Zentimeter entfernt sitze, und dass, wenn ich Kris jetzt berühren würde, es fast so wäre, als würde ich Phin berühren. Ich sollte eifersüchtig sein, vielleicht, oder wütend, aber das bin ich nicht. Ich fühle mich nur voller Staunen. In mir pulsiert das Bedürfnis, jemandem nahe zu sein, der

Phin nahe war.
»Wie war er?«
»Der andere Typ?«
»Ja. Der andere Typ.«
»Oh, er war auch Brite, tatsächlich! Ha! Aus London. Irgendwie ... nobel.«
Ich schlucke schwer. »Oh, ja?«
»Ja. Er war so ziemlich der interessanteste Mensch, den ich je in meinem Leben getroffen habe.«
»Inwiefern?«
»Oh, nur in... Er war irgendwie schön, aber nicht eitel. Und er hatte diese Art, die Welt zu sehen, verstehst du? Einfach sehr ... rein. Aber er hatte auch diese verrückte Hintergrundgeschichte.«
»Oh«, sage ich spielerisch. »War er ein Kinderzauberer?«
Kris lacht. »Nein. Ha! Nicht ganz. Aber er wurde von seinem Psycho-Vater in einem Zimmer eingesperrt.«
Er vergewissert sich, dass ich von der Enthüllung angemessen schockiert bin, was ich auch brav vortäusche, bevor er fortfährt. »Er lebte in dieser Villa. Mit Blick auf die Themse. Und sein Vater war eine Art Hochstapler, der irgendeine reiche Familie um all ihre Besitztümer betrogen hat und dann verrückt wurde und anfing, Leute einzusperren. Er floh von dort, als er ein Teenager war, und ist seitdem auf der Flucht.«
»Auf der Flucht vor seinem Vater?«
»Nein, nicht von seinem Vater. Ich glaube, der ist gestorben, irgendwie. Aber es waren noch andere Leute im Haus, während das alles passierte, Leute, die er nicht mehr kennen wollte. So ein Typ, der ihn mit Handschellen an einen Heizkörper gefesselt hat oder so.«
Ich schlucke wieder schwer. »Klingt grausig.«

»Ja. Sehr grausig. Aber irgendwie hat es dieser Typ – Finn, sein Name war Finn – geschafft, sich davon zu distanzieren. Das Gute auszustrahlen, weißt du. Andere Leute hätten sich vielleicht von dem Schaden anstecken lassen. Aber das tat er nicht. Er hat einfach seine eigene Furche gepflügt. Hat sein eigenes Ding gemacht.«

»Klingt inspirierend.«

»Ja, das ist er.«

Ich werde hellhörig, als Kris plötzlich das Präsens benutzt.

»Was ist mit ihm passiert?«

»Er bekam einen Job in einem Wildreservat irgendwo in Afrika. Das war schon immer seine Leidenschaft. Tiere. Naturschutz. All diese Dinge.« Er dreht seine Bierflasche langsam zwischen den Handflächen und sagt: »Anscheinend ist er wieder da.«

»Er ist…« Ich halte inne und reiße mich zusammen, um nicht zu aufgeregt zu wirken.

»Ja. Er ist erst vor ein paar Tagen angekommen.«

»Hier? Chicago?«

»Jep. Ich bin gestern einem gemeinsamen Freund begegnet, der sagte, er habe ihn hier gesehen. Er wollte anscheinend gerade in ein Airbnb einchecken. Vielleicht kann ich mich ja mit ihm treffen. Er ist immer wie Balsam für die Seele, weißt du.« Er seufzt und kippt den Rest seines Bieres in den Strand. »Wie auch immer. Ich glaube, es wird langsam Zeit…«

»Ja«, stimme ich sofort zu. »Ja, das wird es wahrscheinlich.«

Der Himmel ist jetzt dunkelblau, die schwarzen Rechtecke der Wolkenkratzer auf der anderen Seite des Sees leuchten golden durch ihre beleuchteten Fenster.

Schnell trinke ich den Rest des billigen warmen Sekts aus und bringe die leere Flasche in einen Mülleimer. Mein

Gehirn dreht sich im Kreis, während ich auf die Gold Wing steige und den Helm wieder aufsetze. Es ist eine fünfzehnminütige Fahrt zurück zu meinem Hotel. Als wir vor dem Hotel halten, schnalle ich meine Armbanduhr ab und lege sie in die Gepäcktasche seines Motorrads.
Dann gebe ich Kris den Helm zurück und winke ihm zum Abschied. Er denkt, dass er mich nie wieder sehen wird. Aber da irrt er sich.

KAPITEL 30
Samuel

Philip Dunlop-Evers ist ein kleiner Mann mit schütterem Haar und einem schwach ausgeprägten Kinn. Er trägt ein weißes Poloshirt, blaue Jeans und billige Halbschuhe. Ich knöpfe meine Anzugjacke zu und stehe auf, um ihn mit entgegengestreckter Hand zu begrüßen.

»Danke, Philip, dass Sie so kurzfristig gekommen sind«, sage ich.

»Das ist überhaupt kein Problem. Ich meine, es ist ja schließlich meine Schwester. Ich kann mir keinen besseren Grund vorstellen, um ein paar Pläne zu streichen und in einen Zug zu steigen.«

»Setzen Sie sich. Bitte.«

Er setzt sich und schaut mich an. Er sieht aus, als würde ihm der Kopf vor lauter Gedanken schwirren. Das überrascht mich nicht.

»Philip. Wir haben vor kurzem einen Anruf von einem Mudlark erhalten. Wissen Sie, was ein Mudlark ist?«

Er nickt.

»Er hatte einige angeschwemmte Knochen gefunden. Einen kompletten Satz menschlicher Knochen. Wir glauben, Philip, dass dies die Knochen Ihrer Schwester sind.«

»Birdie.« Er sagt dies im Flüsterton.

»Ja. Birdie. Natürlich. Also, wenn es Ihnen nichts ausmacht, wenn Sie okay sind, wollte ich ein paar Details mit Ihnen durchgehen. Nur zur Bestätigung. Sagen Sie mir, Philip, was ist passiert, als Sie Birdie das letzte Mal gesehen haben? Können Sie sich daran erinnern?«

»Ja. Ganz klar. Sie war zu der Zeit ziemlich berühmt.«

»Ich habe gehört, dass sie mal in einer Popband war.«

»Das ist richtig. Sie hatten einen großen Hit. Er war wochenlang Nummer eins. Sie jettete durch die ganze Welt. Es war... Wir sind eine musikalische Familie, aber es war nicht ganz das Richtige, so ... sichtbar zu sein. Wir waren alle etwas verblüfft von der ganzen Sache. Sie hatte mit der Band einen Auftritt im Corn Exchange, also verbrachte sie die Nacht bei Mama und Papa, anstatt mit der Band in einem Hotel. Ich war, wie alt, vierzehn? Fünfzehn? Ich erinnere mich genau. Es gab einen großen Streit zwischen Birdie und meiner Mutter. Es gab immer einen großen Streit zwischen Birdie und meiner Mutter. Meine Mutter mag keine Mädchen, wissen Sie. Sie hatte sechs Jungen und zwei Mädchen und kam mit keinem von ihnen zurecht. Danach ist Birdie nicht mehr nach Hause gekommen. Nicht ein einziges Mal. Ich weiß, dass meine andere Schwester sie von Zeit zu Zeit gesehen hat – sie würde mehr über diese Zeit in Birdies Leben wissen –, aber sie ist schon vor langer Zeit gestorben.«

»Ah. War es vielleicht der Wunsch der Schwester am Sterbebett, der Ihre Eltern auf Birdies Verschwinden aufmerksam gemacht hat?«

»Ja. Jennys Tod. Wir haben alles versucht, um Birdie aufzuspüren, aber niemand schien etwas zu wissen. Keins der Bandmitglieder. Sie hatte einen Freund, Justin. Keine Spur von ihm, und offensichtlich war das Mitte der neunziger Jahre. Niemand hatte soziale Medien. Niemand hatte Handys. Kein Internet. Wir sind einfach gegen eine Wand gefahren. Wir wussten nicht, was wir sonst tun sollten. Wir saßen alle bei Jenny, bis sie starb, und dann, nach der Beerdigung, hat einer von uns – mein Bruder Dicky, glaube ich – Birdie bei der Polizei als vermisst gemeldet. Und, na ja, den Rest kennen Sie ja.«

»Und Justin. Der Freund. Woran können Sie sich bei ihm erinnern?«
Philip zuckt mit den Schultern, als wäre es das erste Mal, dass er über den Freund seiner Schwester nachdenkt.
»Haben Sie nie daran gedacht, dass vielleicht...?«
»Was? Dass er etwas mit dem Verschwinden von Birdie zu tun hat? Nun, ja, natürlich. Natürlich dachten wir das alle. Aber als die Polizei ihn auch nicht finden konnte, schien es wahrscheinlicher, dass sie entweder zusammen untergetaucht oder zusammen gestorben waren. Und Justin war ein Softie. Ein Schoßhündchen. Er war kein Mörder. Zumindest war das mein Eindruck.«
»Was hat Justin gemacht? Als Job, meine ich?«
»Er war ein ... nun ja, er behauptete, Musiker zu sein. Ein Perkussionist. Er spielte das Tamburin in Birdies Band. Das ist natürlich nicht gerade eine Karriere im eigentlichen Sinne. Ich nehme an, er hatte andere Fähigkeiten. Er war ein bisschen wie ein Hippie. Ungepflegt. Naturverbunden. Ein bisschen zu entspannt.«
»Also, Birdie und Ihre Mutter hatten einen Streit. Birdie ist gegangen. Und wissen Sie, wo sie zu diesem Zeitpunkt wohnte?«
»In London. Das ist alles, was wir wissen. Mit Justin. Und einer Katze.«
»Sie hatte eine Katze?« Ich mache eine Notiz.
»Ja. Ich glaube, mich zu erinnern, dass sie die Katze ohne Absprache mit ihrem Vermieter angeschafft hat. Er wollte sie rausschmeißen, deshalb waren sie auf Wohnungssuche.«
»Und Sie wissen nicht, wo sie gelandet ist?«
Philip seufzt. »Sie hatte einen Plan, sagte sie. Sie kannte jemanden mit einem großen Haus, der sie vielleicht für

eine kurze Zeit unterbringen konnte.«
Ich spüre einen Muskel in meiner Wange zucken. »Ein großes Haus?«
»Ja.«
»Sie wissen nicht zufällig, wo dieses große Haus stand?«
»Nein. Tut mir leid. Sie hat nur gesagt, dass sie einen neuen Freund gefunden hat, der in einem großen Haus wohnt, und der Freund hat ihnen vorübergehend ein Zimmer angeboten.«
»Und in welchem Jahr war das?«
»In dem Jahr, in dem sie und meine Mutter aufhörten zu reden, war ich vierzehn Jahre alt. Es war also 1988. Das Jahr, in dem sie und ihre Band am berühmtesten waren.«
»Und die Band hat sich 1990 aufgelöst?«
»Ja. Ungefähr zu dieser Zeit.«
Ich seufze und ziehe meine Schultern leicht auseinander. »Das Skelett, das unser Forensikteam zusammengesetzt hat, ist also etwa fünfundzwanzig Jahre alt. Das heißt, wir befinden uns auf der Zeitachse ungefähr im Jahr 1995. Und Ihre andere Schwester, Jenny, ist gestorben in...«
»19–96.«
Ich ändere die Position in meinem Stuhl, um den Schmerz in meinem Rücken zu lindern. »Also. Philip. Wir haben Fasern gefunden, die an diesen Knochen befestigt waren. Fetzen des Etiketts eines Badetuches. Eine sehr teure Marke. Wenn sie selbst nicht wohlhabend genug war, um sich ein 200 Pfund teures Badetuch zu leisten, dann muss sie mit jemandem zusammen gewesen sein, der das konnte. Das bringt mich zum Nachdenken über dieses große Haus und den neuen Freund. Gibt es sonst nichts, an das Sie sich über diese Einladung erinnern können?«
»Nein. Keiner von uns kann sich daran erinnern. Wir wurden

alle bei der ursprünglichen Untersuchung danach gefragt. Aber niemand wusste mehr als das. Wir wissen nicht einmal, ob sie und Justin jemals das Angebot des Freundes, ein Zimmer zu nehmen, angenommen haben.« Er zuckt mit den Schultern, dann sieht er plötzlich zu mir auf, und ich sehe, dass seine Augen tränenfeucht sind. »Wie ist sie gestorben? Meine Schwester? Es ist doch meine Schwester, nicht wahr?«

Ich starre Philip an und nicke. »Wir glauben, dass sie es ist. Ja.«

Ich bin entsetzt über mich selbst, weil ich zulasse, dass mein Bedürfnis, herauszufinden, warum sie gestorben ist, mich von meiner Verantwortung ablenkt, ihrem Bruder diese Nachricht zu überbringen. Ich räuspere mich und setze mich ein wenig aufrechter hin.

»Es scheint einen Schlag auf den Kopf gegeben zu haben«, sage ich. »Dann hat man sie anscheinend in einem Kokon aus Stoff und Handtüchern im Freien verwesen lassen. Die Knochen wurden aus den Handtüchern entnommen und in einen schwarzen Beutel gefüllt, der verknotet und in die Themse geworfen wurde, vermutlich irgendwann in den letzten Monaten.«

»Sie meinen, der Mörder kam zurück, um sie zu holen?«

»Ja, es sieht so aus.«

Philipps Kopf sinkt. Als er ihn wieder hebt, sind Tränen auf seinen Wangen zu sehen.

»Warum sollte jemand sie töten wollen?«

»Es könnte ein Unfall gewesen sein.«

Philip schüttelt den Kopf. »Nein. Das klingt nicht danach, oder? Sie in einem Leichentuch zurückzulassen. Und sie dann fünfundzwanzig Jahre später zurückzuholen. Um sie zu entsorgen. Das klingt nicht nach einem Unfall.«

»Nein«, stimme ich zu. »Nein, tut es nicht.«
Ich sehe, wie ihm die Erkenntnis ins Gesicht geschrieben steht.
»Jemand hat meine Schwester getötet«, sagt er. »Und er ist immer noch da draußen. Bis zum heutigen Tag.«
»Ja. Ich fürchte, es sieht so aus.«
Philip blickt mich an. Seine Augen sind groß. »Sie werden herausfinden wer es getan hat, nicht wahr? Werden Sie ihn fangen? Und ihn bezahlen lassen?«
Ich möchte *ja* sagen, aber ich kann es nicht, denn ich weiß, dass ein Fall wie dieser nur bis zu einem bestimmten Punkt verfolgt werden kann, dass der Lauf der Zeit alles vernebelt und verkompliziert, dass die Geschichte die Beweise in ihrem Kielwasser verschlingt. Aber ich weiß, dass ich mein Bestes geben werde und dass mein Bestes alles ist, was ich zu geben habe, und so sage ich: »Philip, ich gebe Ihnen mein Wort, ich werde alles tun, was ich kann.«

KAPITEL 31

April 2017

»Baby. Du siehst müde aus. Hast du genug Schlaf bekommen?«

Rachel blickte von ihrem Schreibtisch, an dem sie Zahlen in ihre Buchhaltungssoftware eintippte, zu ihrem Vater auf. Ihr Vater erschien ihr durch einen Schleier aus trüben Augen, trüben Gedanken, einer dunkel verschobenen Wahrnehmung der Welt.

»Mir geht es gut«, sagte sie. »Absolut gut. Es war nur eine lange Woche.«

»Nun, du musst deinen Mann dazu bringen, dich irgendwohin zu entführen. In eines seiner vielen Häuser. Ich kann nicht glauben, dass er dich immer noch nicht nach Antibes mitgenommen hat, obwohl ihr schon seit zwei Monaten verheiratet seid. Ich kann nicht glauben, dass er nicht...« Er seufzte, und sie spürte das Gewicht der ungesagten Worte und der ungestellten Fragen in der Luft zwischen ihnen. »Aber es ist doch alles in Ordnung, oder? Zwischen euch beiden?« Rachel nickte. »Natürlich«, sagte sie. »Alles ist in Ordnung.«

Sie war zu Hause. Nicht ihr Zuhause, sondern das Haus ihrer Eltern, das Haus, in dem sie aufgewachsen war, das Haus, in dem sie einst mit einer Mutter und einem Vater und einer Reihe von kleinen Hunden gelebt hatte, die ihre Mutter jedes Mal, wenn sie für mehr als einen Monat weggehen musste, in ein neues Zuhause brachte. Es war ein wunderschönes Haus mit hohen Fenstern und einer Toreinfahrt, mit Jasmin, der über die Hauswand wuchs, und dem gerade geparkten Range Rover ihres Vaters. Ihr Vater lebte allein, seit Rachels Mutter fünf Jahre zuvor gestorben war. Fünf Jahre lang waren Rachel und ihr Vater ein winziges Zweiergespann gewesen, hatten sich zum Frühstück im Wolseley getroffen, zu Tee und Kuchen in seiner Lieblingskonditorei in Soho, zu Einkaufstouren, um Rachels Meinung zu seiner Kleiderwahl einzuholen, was unweigerlich damit endete, dass Rachel die seidenen Einkaufstüten aus den überteuerten Boutiquen nach Hause trug. Rachel und ihr Vater hatten sich immer gut verstanden, besser als Rachel es jemals mit ihrer Mutter getan hatte, die sie als ärgerlich und unberechenbar empfand. Der Tod ihrer Mutter hatte Rachel und ihren Vater noch näher zusammengebracht, aber seit Rachel Michael kennengelernt hatte, spürte sie, wie ihr Vater sich von ihr entfernte, vager und kleiner wurde, ein Umriss, eine Skizze. Selbst hier, wie er über ihr stand, eine Tasse Kaffee in den Händen, die Füße in Socken in den dicken cremefarbenen Teppichboden versunken, den ihre Mutter bevorzugte und der einmal im Jahr professionell shampooniert werden musste, selbst jetzt, nur wenige Zentimeter von ihr entfernt, konnte sie ihn nicht ausfindig machen. Als ob das Signal schlecht wäre. Die Verbindung brach ab.

Ihr Vater drückte ihre Schulter und sagte: »Du würdest es mir sagen, oder nicht? Wenn dich etwas beunruhigen würde?« Rachel nickte knapp. »Natürlich würde ich das.«

»Ich denke nur, dass deine Mutter vielleicht mehr Fragen gestellt hätte, du weißt schon. Sie wäre vielleicht ein bisschen vorsichtiger gewesen. Möglicherweise. Ich meine, drei Monate. Selbst mit einem Fang wie Michael. Ziemlich schnell. Wenn man darüber nachdenkt.«

Rachel tippte geräuschvoll. »Alles ist in Ordnung. Ganz ehrlich. Mach dir nicht zu viele Gedanken. Du bist wie Mama.«

So zu sein wie Mama. Das war immer das Ärgerlichste, was Rachel zu ihm sagen konnte.
»Entschuldigung.« Ihr Vater nahm seine Hand von ihrer Schulter. »Entschuldigung.«
Sie hörte seine Schritte, die sich gedämpft auf dem Samtteppich von ihr entfernten, und den Geruch seines Kaffees, der ihm nachhing. Sie atmete tief ein, um die Tränen zu unterdrücken, blätterte in ihren Unterlagen und begann, eine weitere Reihe von Zahlen einzutippen.

Eine Stunde später verließ sie das Haus ihres Vaters, als es zu regnen begann. »Warte«, sagte ihr Vater entschlossen von der Türschwelle aus. »Warte, ich fahre dich, ich hole nur meine Jacke...«
»Nein. Es ist in Ordnung. Ich bin froh, wenn ich laufen kann. Ich habe einen Regenschirm.« »Ich kann dich fahren.«
»Nein, ich gehe lieber zu Fuß.«
Sie schaute ihn an. Brian Gold. In seinem marineblauen Lammfell, Sockfuß, mit Haar, das selbst in seinen Sechzigern noch dicht und dunkel war, sein sanftes Gesicht voller Sorge. Sie spürte, wie etwas Heißes und Flüssiges durch sie hindurchströmte, ein unangenehmer Schock aus Liebe und Traurigkeit. »Auf Wiedersehen, Papa.«

Sie nahm die lange, verchromte Rolltreppe vom Bürgersteig der U-Bahn-Station St. John's Wood hinunter und starrte in die erschreckende Tiefe, stellte sich vor, wie sie von oben nach unten sauste, als ein Haufen zerbrochener, zersplitterter Knochen landete, die Münder der Menschen vor Schreien weit aufgerissen, während sie frei sein würde. Ihr Handy piepte, kurz bevor sie keinen Empfang mehr hatte. Es war Michael.

Hallo, meine Schöne. Was willst du zu Abend essen? Ich gehe nur kurz einkaufen.

Sie tippte schnell, bevor sie das Signal verlor.

Nudeln wären gut. Mit Krabben?

Sie drückte auf *Senden* und starrte auf das Handy, in der Hoffnung, dass es Michaels Handy erreichen würde, und atmete erleichtert auf, als es gesendet war. Wenn er nichts von ihr hörte, bevor er zum Einkaufen ging, würde der Abend einen schlechten Anfang nehmen. Er würde mit etwas zurückkommen, das ihr nicht gefiel, absichtlich, und sagen: *Nun, ich habe nichts von dir gehört, also, weißt du?* Er wäre genervt. Er würde ihr seine Freundlichkeit vorenthalten. Und wenn es eine Sache gab, die Rachel immer aufrechterhalten wollte, dann war es Michaels Freundlichkeit. Die Dunkelheit, die jenseits von Michaels Bonhomie existierte, war unermesslich, und sie dachte, wie so oft, an eine Parallelwelt, in der sie das Sexspielzeug nicht mit in die Flitterwochen gebracht, Michaels Frage, ob sie es schon einmal mit anderen Männern benutzt hatte, nicht beantwortet und sich noch fünfzig Jahre lang mit ihrem vollkommen guten Blümchensex begnügt hätte, und sie ärgerte sich über sich selbst, weil sie die Weichen ihrer Ehe für etwas, das ihr jetzt so unwichtig erschien, so völlig umgestellt hatte.

Sie saß in der U-Bahn und ließ ihren Verlobungsring ausdruckslos um ihren Ringfinger kreisen. Sie sah zu dem schemenhaften Abbild ihrer selbst im Fenster gegenüber auf und seufzte.

Als sie an der Haltestelle Fulham Broadway ausstieg, hatte es aufgehört zu regnen, die Bürgersteige waren petrolgrau, der Verkehr zischte durch dunkle Pfützen. Sie schaute auf ihr Handy und sah einen Smiley von Michael in ihren SMS-Antworten. Sie spürte, wie sich ihre Stimmung änderte und ihr Gang sich lockerte.

Er packte gerade in der Küche die Einkäufe aus, als sie die Wohnung betrat. Er strahlte sie an. »Hey, Süße. Wie geht's deinem Vater?«

»Meinem Vater geht es super.« Sie ging zu ihm, hob ihr Gesicht zu seinem und ließ sich von ihm auf beide Wangen küssen, spürte die Andeutung von Abendstoppeln auf ihrer Haut. Sie entfernte sich von ihm. »Er sendet Grüße.«

»Und wie sieht die Bilanz aus?«

»Die Bilanz sieht rosig aus.«

Er strahlte sie wieder an. Die untergehende Sonne brach durch die dicke Wolke draußen und schien auf ihn. Er war aus Gold. »Das ist großartig. Das ist es wirklich. Denn, weißt du, ich werde diesen Monat etwas Hilfe brauchen.«

Rachel spürte, wie ihr ein eiskalter Schauer über den Rücken lief. »Oh«, begann sie vorsichtig. »Ich dachte, du hättest jetzt ein Einkommen? Von dem Haus in Antibes?«

»Nun, ja. Irgendwie schon. Aber es ist Nebensaison. Die Buchungen werden sporadisch sein. Und ich muss immer noch die Reinigungskraft bezahlen. Und den Poolboy. Nächsten Monat wird es wieder besser laufen. Aber diesen Monat ist es noch eng.«

Er schob ein Tablett mit Krabben in den Kühlschrank. Sie bemerkte, dass es die kleinen, rosafarbenen, gekochten Garnelen waren und nicht die großen, rohen, perlmuttartigen, die er sonst immer kaufte. Sie bemerkte auch, dass er bei Tesco eingekauft hatte und nicht bei Whole Foods, wie er es sonst tat.

Die Sonne versank hinter der Wolke, und Michael war wieder aus Fleisch und Blut.

»Was kann ich für dich tun?«, fragte sie.

»Nun, ich denke, wir könnten damit anfangen, mir den Einkauf zu bezahlen«, und er deutete auf die Lebensmittel auf dem Küchentisch.

»Sicher«, antwortete sie und versuchte, sich ihre Besorgnis nicht anmerken zu lassen. »Wie viel war es?«

Er zog eine Quittung aus der Einkaufstasche und schaute sie an. »26 Pfund.«

»Sicher«, sagte sie wieder, holte einen Zwanziger und einen Zehner aus ihrer Handtasche und schob sie ihm über den Tresen zu.

Er nahm die Scheine und steckte sie in seine Gesäßtasche. »Danke, Schatz. Das wird nicht mehr lange so weitergehen, das verspreche ich dir.« Es hatte etwas mit einer fehlenden Lieferung von Teilen zu tun. Sie waren, so Michael, »keine Million wert. Aber nicht weit davon entfernt.«

Und er musste die fehlende Lieferung aus eigener Tasche bezahlen. »Meine gesamten Ersparnisse, Rachel. Alles.«

Er hatte geweint und sein nasses Gesicht in ihrer Schulter vergraben und ihr gesagt, dass er nicht würdig sei, dass sie ihn verlassen könne, dass er ihr keine Schuld gäbe, dass dies nicht das sei, wofür sie unterschrieben habe, weniger als sie verdiene. Sie hatte sein Haar gestreichelt und ihn beruhigt und ihm gesagt, dass sie nicht wegen seines Geldes mit ihm zusammen war, sondern weil sie ihn liebte. Sie liebte ihn. Sie liebte ihn.

Seitdem war er wie besessen davon, sie jeden einzelnen Impuls seines Selbsthasses spüren zu lassen. Er hatte sein Haus in Antibes zur Ferienvermietung angemeldet und spielte mit dem Gedanken, seine Wohnung in Fulham zu verkaufen und in Rachels Wohnung in Camden zu ziehen. »Dazu wird es nicht kommen, da bin ich mir sicher«, hatte er gesagt. »Das wird es nicht. Aber wenn doch...«

Sie hatte genickt. »Oh. Gott. Ja. Ja, natürlich. Ja, natürlich.«

Die Abende, an denen man früher entschied, wohin man zum Abendessen ging, verbrachte man jetzt zu Hause mit der Entscheidung, was man im Fernsehen sehen wollte. Selbst das war jetzt mit Spannungen verbunden, als Michael genau erklärte, wie viel ihn jedes Streaming-Paket pro Monat kostete.

»Wann willst du essen?«

Sie warf einen Blick auf die Uhr. Es war sechs Uhr. »Vielleicht um sieben?«

»Alles klar.« Er schlug sich ein Geschirrtuch über die Schulter, holte einen Topf aus dem Schrank und füllte ihn mit Wasser aus dem Wasserhahn.

Später am Abend im Bett drückte Michael die Bettdecke mit den Fäusten an seine Brust und starrte an die Decke. Sie waren gerade am Ende eines sehr unbefriedigenden sexuellen Zwischenspiels angelangt, bei dem Michaels Penis etwa jede Minute schlaff wurde und entweder von Rachel oder von seiner eigenen Hand wieder zum Leben erweckt werden musste, was damit endete, dass Rachel auf allen Vieren lag und Michael über zehn Minuten lang seelenlos stieß, bevor er ohne jeden Anflug von Vergnügen ejakulierte.

»Es ist die Sache mit dem Geld«, sagte er nach einem kurzen, düsteren Moment der postkoitalen Stille. »Es ist... Ich bin das nicht gewöhnt. Ich bin es nicht gewohnt, arm zu sein. Ich bin es nicht gewohnt, Geld von der Frau zu nehmen, die ich liebe. Ich bin einfach... Ich fühle mich entmannt, Rachel. Ich bin verdammt entmannt.«

Rachel sah ihn nachdenklich an. Sie wollte ihn daran erinnern, dass er schon lange bevor er sein ganzes Geld verloren hatte, Probleme hatte, eine Erektion zu bekommen. Er hatte schon seit ihren Flitterwochen Probleme, eine Erektion zu bekommen, seit sie dummerweise vorgeschlagen hatte, ihr sexuelles Repertoire zu erweitern. »Das ist einfach nur dumm«, sagte sie und wusste, als die Worte ihre Lippen verließen, dass es die falschen waren.

Er drehte sich abrupt um. »Dumm?«

»Nein.« Sie zuckte zurück. »Nicht dumm. Nur...«

»Scheiße, Rachel. Scheiße. Siehst du nicht, was hier passiert? Das ist nicht dumm. Ich bin total pleite. Vielleicht muss ich die Wohnung verkaufen. Ich habe Leute – Gott, Rachel, du weißt nicht, was für Leute – die mir im Nacken sitzen. Und du – du kannst dich jeden Tag in dein kleines Studio verziehen und deine hübschen kleinen Halsketten basteln mit deinem reizenden Papi als Gönner, der dir jedes Mal aus der Patsche hilft, wenn du in die roten Zahlen kommst, und deine reizende kleine Wohnung ohne Hypothek und – und deine Jugend und du hast keine Ahnung, du hast buchstäblich keine Ahnung von nichts, Rachel. Du bist ein verdammtes Kind.« Michael riss sich die Bettdecke vom Leib und stakste ins Bad.

Rachel blinzelte langsam, um sich zu beruhigen. Sie sah auf seinen weißen nackten Hintern, der sich wütend von ihr wegbewegte. Eine Stimme in ihrem Kopf schrie Michael an. Sie benutzte unflätige Ausdrücke und sagte Michael, dass er ein Idiot sei, dass er ein Arschloch sei, dass er scheiße im Bett und arm und alt sei und dass sie ihn hasse, dass sie wünschte, sie hätte ihn nie geheiratet, dass sie ihr altes

Leben zurückhaben wollte, das, in dem es nicht darum ging, auf Zehenspitzen um die zerbrechliche Männlichkeit eines Mannes mittleren Alters herumzuschleichen und seinen schlaffen Penis jede Nacht wie ein Sanitäter wiederzubeleben.

Aber sie saugte alles wieder in sich hinein, legte sich still auf den Rücken und wartete auf seine Rückkehr. Als er zurückkam, legte sie zärtlich einen Arm um ihn und sagte: »Ich liebe dich.«

Aber selbst als sie diese Worte aussprach, fragte sie sich, ob sie wahr waren, denn sie war sich ziemlich sicher, dass Liebe sich nicht so anfühlen sollte.

»Ich werde das wieder hinbiegen, Rachel. Ich verspreche es. Ich werde das Blatt wenden.«

Sie nickte, sagte aber nichts. So war es sicherer.

KAPITEL 32
Juni 2019

Ich gebe mir eine Stunde Zeit, nachdem ich in mein Hotel zurückgekehrt bin, und rufe ihn dann an. »Kris. Ich bin's. Joshua. Von vorhin. Es tut mir sehr, sehr leid, aber ich glaube. Vielleicht habe ich meine Uhr an deinem Motorrad vergessen.«

»Deine...?«

»Meine Uhr. Das ist eine alte Cartier. Gehörte meinem Vater. Ich habe sie abgenommen und in eine deiner Taschen gelegt und dummerweise vergessen, sie am Ende der Reise wieder mitzunehmen.«

»Ah. Okay. Alles gut. Die Gold Wing ist über Nacht in der Garage, die ich gemietet habe, zwei Blocks weiter. Ich komme jetzt nicht ran, aber ich kann später nachsehen. Wenn es dir nichts ausmacht, eine Weile zu warten?«

»Nein. Nein. Auf keinen Fall. Keine Eile. Ich bin noch ein paar Tage hier. Ich kann dich irgendwo treffen. Irgendwo. Ganz wie du willst.«

»Oder ich könnte sie einfach in deiner Hotellobby abgeben?«

»Nein, ich möchte dir keine Unannehmlichkeiten bereiten. Sag mir einfach, wo du sein wirst, und ich kann dich dort treffen.«

»Ja, sicher. Wie auch immer. Ja, natürlich. Ich sage dir Bescheid, wenn ich sie gefunden habe.«

»Großartig. Ich danke dir vielmals, Kris. Es tut mir so leid, dass ich dich belästigt habe.«

»Überhaupt nicht, Joshua. Keine Ursache.«

Es ist zehn Uhr und ich sollte meinen Laptop aufklappen und meine E-Mails abarbeiten. Ich habe die Arbeit völlig vernachlässigt. Ich habe dem Team gesagt, dass ich mir einen Virus eingefangen habe und in meinem Hotelzimmer liege und ab und zu meine E-Mails checken werde, aber ich habe sie nicht ein einziges Mal angeschaut. Nicht ein einziges Mal, seit ich hier bin. Und jetzt habe ich ein paar Stunden für mich, aber ich kann einfach nicht. Ich schwelge innerlich in dem Wissen, dass er hier ist, in derselben Stadt wie ich.

Phin ist in Chicago. Phin hat eine Wohnung in Chicago, wohnt aber nicht darin. Phin ist bisexuell. Ich habe den Nachmittag mit einem Mann verbracht, der mit ihm Sex hatte, der aber nicht weiß, wo er ist. Aber es gibt eine andere Freundin, die wissen könnte, wo er ist. Sexy Mati aus der Biker-Bar.

Ich dusche und ziehe mich um, und eine halbe Stunde später bin ich wieder im Magdala.

»Das Mädchen, Mati, war Samstagnacht mit einem großen Kerl hier, der...« Ich fahre mit den Händen über meine Unterarme, um die tätowierten Arme zu beschreiben.

Der Barkeeper wirft mir einen Blick zu und nickt. »War sie heute Abend schon da?«

Er schüttelt den Kopf. »Unter der Woche hat sie die Kinder.«

»Sie hat Kinder?«

»Ja. Zwei. Sie wird nicht vor Freitag zurück sein.«

»Ah. Ach so. Das ist aber schade. Bis dahin werde ich wahrscheinlich wieder in London sein.«

»Was willst du von ihr?«

»Wir haben einen gemeinsamen Freund. Ein Freund von mir aus London. Ich habe gehört, dass er wieder in der Stadt ist, aber niemand scheint zu wissen, wo er ist. Ich dachte nur, sie hätte vielleicht einen Hinweis.«

»Dieser Finn-Typ?«

Ich sehe ihn überrascht an. »Oh«, sage ich. »Ja, das stimmt, Finn.«

»Er war vor etwa einer halben Stunde hier. Du hast ihn gerade verpasst.«

Meine Sicht verschwimmt. Meine Finger umklammern den Tresen. Ich spüre, wie eine eisige Kugel meinen Bauch durchbohrt.

»Bist du sicher?«

»Ja. Finn. Der britische Typ. Mit dem Bart. Ja.«

»Hat er, ähm ...« Ich trete von einem Fuß auf den anderen, fahre mir mit der Handfläche über Mund und Kinn. »Hat er gesagt, wo er hinwollte?«

»Nö.«

»War er mit jemandem zusammen?«

»Nein.«

»Hat er, ich meine, war er...?« Ich weiß nicht, was ich fragen soll.

»Geht es dir gut?«

»Ja. Mir geht es gut. Ich bin nur – verärgert, dass ich ihn verpasst habe. Ich wollte ihn einfach sehen, er ist mir sehr ... wichtig, und jetzt fühle ich mich...« Ich breche zusammen und sehe, dass der Barkeeper zunehmend besorgt wird. Ich richte mich wieder auf und lächle. »Macht nichts«, sage ich. »Macht nichts. Ich werde ein anderes Mal wiederkommen. Ich bin sicher, unsere Wege werden sich irgendwann kreuzen.«

»Willst du, dass ich etwas zu ihm sage? Wenn er zurückkommt?«

»Nein. Sag nichts. Es würde ihn nur...«

Es würde ihn nur verängstigen, will ich sagen. Denn das ist genau das, was es tun wird. Es wird ihn in Panik versetzen und er wird abermals die Flucht ergreifen. Ich verstärke mein Lächeln. »Danke. Wie auch immer. Ich bin übrigens Joshua.«

»Joshua. Toll. Kann ich dir etwas bringen?«

»Nein, danke. Ich denke, ich werde nach Hause gehen.«

»Klar. Schönen Abend, Joshua.«

Auf der Straße starre ich nach links und rechts. Und dann starre ich geradeaus. Ein Mann verlässt den Bio-Supermarkt gegenüber. Ein großer Mann. Mit sandblondem Haar und einem gestutzten goldbraunen Bart. Er ist braun gebrannt. Er trägt ein khakifarbenes T-Shirt, schwarze Shorts und eine Hornbrille. Zwei große Einkaufstüten hängen an seinen Händen. Als er den Laden verlässt, bleibt er stehen und wirft einen Blick auf die andere Straßenseite.

Ich sehe, dass er durch die Fenster des Magdala späht.

Er sucht jemanden.

Und erst dann, mit einem Tritt in den Bauch, der so hart ist, dass ich fast in die Tür der Bar zurückfalle, wird mir klar, dass ich ihn gefunden habe.

TEIL ZWEI

KAPITEL 33

Samuel – The Times – Montag, 24. Juni 2019

Die Metropolitan Police untersucht den Fund menschlicher Überreste, die vor knapp einer Woche von einem Mudlarker an den Ufern der Themse gefunden wurden. Es handelt sich um die Überreste von Bridget Dunlop-Evers, auch bekannt als Birdie, die 1996 im Alter von 32 Jahren von ihrer Familie als vermisst gemeldet wurde. Sie war Mitglied der Band Original Version, die in den späten 1980er Jahren eine Handvoll Pophits hatte. Sie verließ die Band kurz nach deren letztem Hit und wurde seitdem nicht mehr gesehen. Nach Angaben der Familie von Miss Dunlop-Evers war sie zusammen mit ihrem Freund Justin Redding, der in derselben Band Schlagzeug spielte, kurzzeitig obdachlos, aber sie könnten bei einem neuen Freund untergekommen sein, der nach Angaben von Miss Dunlop-Evers »in einem großen Haus« wohnte. Versuche, Miss Dunlop-Evers und Mr. Redding ausfindig zu machen, als sie als vermisst gemeldet wurden, blieben erfolglos, und ihr Schicksal ist seit fast drei Jahrzehnten ein Rätsel geblieben. Jeder, der Informationen über den Verbleib von Dunlop-Evers und Redding zum Zeitpunkt ihres Verschwindens hat, wird gebeten, sich schnellstmöglich mit der Metropolitan Police in Verbindung zu setzen. Darüber hinaus werden alle Personen, die Informationen über den Standort des Hauses haben, in dem das Paar gelebt haben könnte, ebenfalls gebeten, sich zu melden.

Dem Artikel ist ein Foto von Birdie beigefügt, das während ihrer Zeit in der Band aufgenommen wurde. Sie trägt ein geblümtes Tuch um den Hals und hält eine Fiedel auf ihrer

Schulter. Ihr Haar ist hellbraun, fein und sehr lang, mit einem nach hinten gekämmten Pony. Ihre Augen sind klein und verengen sich in Richtung Kamera. Ihr Mund ist hart und rosa geschminkt, und wie von der Gesichtsrekonstruktionskünstlerin vorhergesagt, ist ihr Kinn schwach. Der Text darunter lautet: *Birdie Dunlop-Evers, deren Überreste am Ufer der Themse gefunden wurden.*

Ich klicke auf den Abschnitt mit den Leserkommentaren unter dem Artikel.

Sie sind voll von leicht herben Erinnerungen an den Sommer, in dem ihr Hit zu lange eine Nummer eins war, als anscheinend jeder das Lied zu oft gehört hatte.

Einige schlagen einen respektvolleren Ton an. Einige erinnern sich an die Geschichte, dass sie Mitte der neunziger Jahre vermisst wurde. Einige erinnern sich daran, wie sie die Band in den 1980er Jahren live spielen sahen. Einer erinnert sich an die Begegnung mit Birdie: *Sie war winzig. Irgendwie cool. Sie gab mir ein Handzeichen. Sie roch wie dieser weiße Moschus aus dem Body Shop, den früher jeder trug. Sie war eigentlich eine sehr talentierte Geigerin, wisst ihr, klassisch ausgebildet. So eine Schande. Ihre arme Familie.*

Ich komme bis zum Ende der Kommentare. Es wird nicht als große Neuigkeit begrüßt. Es ist eine Fußnote. Eine Kuriosität. Nur eine große Nachricht davon entfernt, aus den Top Ten der meistgelesenen BBC-Nachrichten zu verschwinden. Es ist jetzt oder nie, dass es die richtigen Leute erreicht. Die Leute, die wissen könnten, was mit Birdie passiert ist.

Ich starre auf mein Handy und will, dass es klingelt. Das tut es nicht. Ich gehe zurück zu meinem Browser und setze meine Nachforschungen über Birdie Dunlop-Evers und ihre Band, *Original Version*, fort. Ich habe die transkribierten Verhöre mit ihren ehemaligen Bandmitgliedern aus der Zeit nach ihrer Vermisstenmeldung gelesen. Ich hatte den Eindruck, dass sie nur wegen ihres musikalischen Könnens in die Band aufgenommen worden war, nicht wegen Kameradschaft oder Freundschaft. Keiner ihrer Bandkollegen schien damals, '96, eine Ahnung zu haben, wo sie in den vorangegangenen zwei Jahren gewesen sein könnte. Es schien keinen von ihnen zu interessieren. Sie beschrieben sie als kalt und verschlossen, schwierig und anspruchsvoll. Sie beschrieben Justin als Hippie, außerhalb von Zeit und Raum, als zu nett für Birdie.

Ich blättere durch die wenigen Bilder von Birdie, die im Internet zu finden sind. Sie ist verschwunden, kurz bevor das Internet geboren wurde, also gibt es nicht viele Spuren von ihr, die man recherchieren könnte. Ein Foto taucht jedoch immer wieder auf. Birdie, mit einem Samthut und einer riesigen Satin-Bohèmeschleife.

Sie hat das Kinn auf die Lehne ihrer Geige gestützt, ihre Augen blitzen in die Kamera, ihre Lippen sind geschürzt. Ich habe dieses Foto genau studiert und im Hintergrund einen großen roten Stuhl, der wie ein Thron aussieht, eine holzgetäfelte Wand mit schattierten Samtlichtern und den Anschein eines ausgestopften Tieres wahrgenommen.

Mir kommt ein Gedanke, und ich mache eine umgekehrte Google-Suche nach dem Bild, um zu sehen, wo es sonst noch gepostet wurde. Es gibt achtzehn Treffer und ich gehe sie der Reihe nach durch. Sie sind hauptsächlich auf Nostalgie-Seiten zu finden. Die *Whatever Happened To*-Seiten. Aber dann klicke ich auf das neunte Bild und gelange auf eine Seite, die einen Link zu einem Video auf YouTube enthält. Es scheint, dass das Foto von Birdie, die vor einem Thron Geige spielt, in Wirklichkeit ein Standbild aus einem ihrer Videos ist. Das Video zu dem Song, der ein Riesenhit war. Ich war 1988 nicht hier. Ich war 1988 fünf Jahre alt und noch in Ghana. Ich war mir der Popmusik nicht besonders bewusst. Erst als wir in London ankamen. Ich war dreizehn Jahre alt und da war *Original Version* schon wieder verschwunden und ich hatte noch nie das Video zu diesem Song gesehen, der in jenem Sommer vor langer, langer Zeit wohl jeden im Vereinigten Königreich in den Wahnsinn getrieben hat. Ich mache den Bildschirm groß und drücke auf Play. Alle sind gleich gekleidet, mit Volants, Umhängen, Samt und Make-up. Sie stolzieren eine Mahagonitreppe hinunter, die sich zu einem großen Flur schlängelt. In der Halle stehen zwei rote Samtthrone. Eines der Bandmitglieder springt auf den Thron und schlägt mit seinen Stöcken auf eine Trommel, die um seinen Hals gebunden ist. Die Kamera schwenkt um den Flur herum und folgt zwei weiteren Bandmitgliedern, die in einen Raum stapfen, der wie eine Privatbar aussieht. Eine Frau hinter der Bar reicht ihnen Becher mit einer Art bernsteinfarbenem Alkohol. Einer von ihnen springt auf den Tresen und ich sehe, dass sie kniehohe Stiefel mit Schnürsenkeln tragen. Der Song ist ziemlich schmissig und macht gute Laune. Ich kann verstehen, warum er so beliebt war, und das Video ist hochmodern und aufregend. Die Kamera folgt den beiden Männern aus der Bar in einen Raum mit Ölgemälden an den Wänden und einem riesigen Kronleuchter aus Messing, mit Glühbirnen in Form von Kerzen. Dann sind wir wieder draußen und zurück auf dem Flur, und da ist Birdie in ihren Samtschichten und ihrem Hut und ihren roten Lippen und ihrer Geige und da ... Ich halte das Video an. Da ist genau der Moment, der auf dem Foto festgehalten wurde.

Ich wundere mich über dieses Gebäude, während ich auf

Play drücke und mir das Video weiter ansehe. Die private Bar vermittelt den Eindruck, dass es sich um eine Art Club handelt. Ich frage mich, wo das ist. Und dann schwingt plötzlich die Eingangstür auf und wir befinden uns in einem gepflegten Garten mit kleinen Labyrinthen, die in niedrige Hecken gemeißelt sind, und einem Paar Kanonen auf Steinsockeln. Die Band geht diesen Weg hinunter, dabei immer noch ihre Instrumente spielend. Der Leadsänger hat die meiste Zeit sein Gesicht vor der Kamera und beugt sich in sie hinein, als ob sie von einer sehr kleinen Person gehalten wird. Und dann dreht sich die Kamera und wir sind, wie ich sehe, an der Themse – in Chelsea, würde ich vermuten, vielleicht am Uferdamm.

Die Kamera dreht sich, und ich sehe das Gebäude in seiner Gesamtheit: ein Doppelhaus mit drei Fensterreihen, vier unten, sechs in der Mitte und sechs oben.

Irgendetwas in meinem Inneren stößt gegen meine Wirbelsäule, hart. Ich drücke wieder auf die Pausentaste und starre das Haus an. Dieses Video wurde 1988 gedreht. Das Jahr, in dem Philip Dunlop-Evers behauptet, seine Familie habe sich mit seiner Schwester zerstritten. Das Jahr, in dem seine Familie sie angeblich zum letzten Mal gesehen hat. Das Jahr, in dem sie kurz davorstand, aus ihrer Wohnung geworfen zu werden, weil sie sich unerlaubt eine Katze angeschafft hatte. Das Jahr, in dem ein Freund mit einem großen Haus vorgeschlagen hatte, dass sie eine Weile bei ihm wohnen könnte.

Ich mache ein Foto von dem Bild des Hauses, das auf meinem Bildschirm pausiert, und verlasse mein Büro, wobei ich meinen Kollegen Donal auf dem Weg abhole.

»Wohin gehen wir, Chef?«

»Wir fahren nach Chelsea, Donal. Wir fahren nach Chelsea.«

KAPITEL 34

Es ist fünf Uhr am Montagnachmittag, und Alf ist gerade nach einem Mittagsklub in Henrys Wohnung angekommen. Sie geben sich an der Haustür die Faust und Alf folgt Marco hinein.

»Jo. Was ist denn hier los?«

»Bro. Das kann ich dir nicht sagen. Aber das Wichtigste ist: Henry ist weg und er will uns nicht sagen, wohin und er hat mich und meine Mutter blockiert und wir müssen ihn finden. Und zwar ganz, ganz dringend. Kannst du irgendetwas tun?« Marco breitet seinen Arm über Henrys auf dem Esstisch ausgelegte Technik aus.

Alf löst seine Schultasche von seinem Oberkörper und legt sie auf die Lehne eines Stuhls, den er herauszieht und sich daraufsetzt. Er sieht sich in der Wohnung um. »Wo ist deine Mutter?«

»Raus mit Stella.«

Er zuckt mit den Schultern und richtet seine Aufmerksamkeit auf die Geräte. »Sind das alles seine?«

»Ja.«

Alf versucht, sie nacheinander einzuschalten. Zwei von ihnen sind leer, und er schickt Marco, die Ladegeräte zu holen. Die anderen beiden erwachen zum Leben und er beginnt, auf ihre Bildschirme zu tippen.

»Willst du etwas zu essen?« Marco öffnet den Kühlschrank und sieht sich all die Lebensmittel an, die vor Henrys Verschwinden darin waren und die nicht wieder aufgefüllt wurden, weil seine Mutter nicht einkaufen gegangen war, weshalb die Auswahl nach vier Tagen langsam ein wenig traurig aussieht. Aber es gibt ungeöffneten Schinken und eine Tüte geriebenen Käse ohne grüne Stellen und ein paar Eier. Marco macht für jeden ein Omelett, während Alf an Henrys Geräten herumdoktert.

»Ich bin drin«, sagt er. »Sein Passwort ist *0000*. Kannst du das überhaupt glauben? Ich meine, das ist doch psychopathisch.«

Alf tippt und wischt und Marco bringt die Omeletts, eine Packung Tortilla-Chips und zwei Dosen Cola an den Tisch. Alf hat Henrys E-Mail abgerufen und blättert sie durch.

»Wonach genau suchst du?«

»Ich weiß es nicht. Nach Flügen, denke ich. Hotelbuchungen. So etwas in der Art.«

»Warte mal.« Er macht einen Doppelklick auf etwas und dreht den Bildschirm zu Marco. »Schau mal. Er hat mit jemandem auf Tripadvisor gechattet. Jemandem namens Nancy.«

Sie stecken die Köpfe zusammen, um die Nachricht zu lesen. Es scheint eine freundliche Unterhaltung über die Erfahrungen der Frau in dem Wildreservat zu sein, in dem Libbys Vater Phin gearbeitet hat. Aber als sie die Nachricht lesen, stellt Marco fest, dass Henry ihr wichtige Fragen über Phin – oder Finn, wie die Frau ihn buchstabiert – gestellt hat und dass sie Henry gesagt hat, dass Phin möglicherweise nach Chicago zurückgegangen ist, wo er Familie hat. Marco und Alf werfen sich einen Blick zu. Marcos Herz klopft wie wild.

»Er ist nach Chicago gegangen, stimmt's?«, fragt Marco. Alf nickt.

»Chicago ist groß.«

Alf nickt noch einmal, dann scrollt er in Henrys Posteingang auf und ab, aber es gibt keine Bestätigungsmails von Hotels oder Buchungsmaschinen.

»Scheiße«, sagt Marco. »Wo können wir noch suchen?«

»Ich weiß es nicht. Ich weiß es nicht.«
Marco wendet seine Aufmerksamkeit wieder seinem Omelett zu, und Alf greift in die Tortillatüte und holt eine Handvoll heraus, die er sich in den Mund steckt und laut knuspert.
»Ähm, ähm, ähm«, sagt Marco. »Lass uns nachdenken.«
»Browserverlauf? Wir könnten sehen, welche Hotels er sich angeschaut hat?«
»Ja. Aber er hätte auf seinem normalen Laptop gesurft. Nicht auf diesem iPad.«
Alf schüttelt den Kopf. »Das macht nichts, wenn er auf beiden Geräten eingeloggt ist. Und das ist er anscheinend. Also, schauen wir mal nach.«
Und da ist er. Henrys Browserverlauf. Brandaktuell. Das letzte, was er gegoogelt hat, war eine Firma, die Motorradtouren über die Magnificent Mile und den Lake Michigan anbietet. Alf klickt auf den Kontakt-Link, wo sich die Telefonnummer eines Mannes namens Kris Doll befindet.
»Sollen wir ihn anrufen?«
Marco schüttelt den Kopf. »Nein. Scheiße. Nein. Nicht.«
»Warum nicht?«
»Ich weiß es nicht. Wird er das nicht komisch finden? Und was würden wir überhaupt sagen?«
»Wir würden einfach sagen: Haben Sie schon mal von einem Typen namens Henry Lamb gehört? Wissen Sie, wo er ist?«
»Aber warum sollten wir nach Henry fragen? Wir müssen einen Grund haben.«
»Ähm. Kranke Verwandte? Vielleicht? Sein Vater ist wirklich krank oder so?«
»Aber warum sollten wir ihn nicht einfach anrufen?«
»Er geht nicht ans Telefon? Dann sagen wir, dass es ein Notfall ist. Sein Vater hat nur noch ein paar Tage zu leben.«

»Wir wissen nicht einmal, ob Henry diesen Kerl getroffen hat.«
»Nein, das tun wir nicht. Aber es ist der letzte Eintrag in seinem Google-Verlauf. Es könnte also wichtig sein.«
Marco seufzt. »Also gut. Aber du machst es.«
Alf stöhnt und schiebt das letzte Stück Omelett auf seine Gabel, führt es zu Mund und spült es mit etwas Cola herunter. Dann rülpst er und räuspert sich, bevor er den Anruf tätigt.
»Anrufbeantworter«, flüstert er und hält die Hand über das Mikrofon. »Oh, ja, hallo. Ich versuche, einen Mann namens Henry Lamb zu finden. Er ist Brite. Er ist in Chicago. Sein Vater ist sehr krank – er liegt im Sterben. Er muss nach Hause kommen, aber er geht nicht an sein Handy. Wir haben Ihre Website in seinem Browserverlauf gefunden. Haben Sie ihn zufällig getroffen? Bitte rufen Sie mich an. Ich bin…« Er fuchtelt mit den Händen vor Marco herum. Marco zuckt mit den Schultern. »Ich bin Phin.«
»Was!«, schreit Marco. »Was zum Teufel!«
»Entschuldigung. Nicht Phin. Mike. Ich bin Mike.« Alf zuckt hilflos mit den Schultern. »Rufen Sie mich bitte unter dieser Nummer an. Ich danke Ihnen. Entschuldigung.«
»Verdammte Scheiße, Alf.«
»Fuck. Oh, Gott. Es tut mir leid, okay. Ich wollte nur…«
»Wie auch immer. Das ist schon in Ordnung. Er wird nicht wissen, wer Phin ist.« Er lehnt sich wieder zum Bildschirm und sagt: »Was kommt als Nächstes?«
Alf klickt auf den nächsten Suchbegriff. »Hier haben wir eine Suche nach einem Geschäft namens Organic Delightful. Und sieh mal, da ist es auf einer Karte.

Also, ja. Ich vermute, dass er irgendwo in der Nähe dieses

Ortes wohnen muss. Wir sind nah dran, Marco. Wir kommen näher.«

Das letzte Hotel in Henrys Suchverlauf ist das Dayville. »Ruf dort an«, drängt Marco.

Alf stöhnt wieder, wählt aber die Nummer und sagt: »Ich suche einen Gast namens Henry Lamb. Wissen Sie, ob er dort wohnt?«

»Bleiben Sie dran, Sir.«

»Sir.« Marco unterdrückt ein Lachen.

»Ich fürchte, wir haben keinen Gast mit diesem Namen hier, Sir.«

»Oh. OK. Macht nichts. Er ist Brite. Haben Sie einen britischen Mann dort?«

»Wir haben viele britische Männer hier, Sir.«

»OK. Nun. Trotzdem danke.«

»Kein Problem, Sir. Ich wünsche Ihnen einen schönen Tag.«

Marco und Alf sehen sich gegenseitig an. Sie sind so weit gegangen, wie sie gehen können. Sie müssen warten, bis der Mann mit dem großen Motorrad sie zurückruft.

Er ruft eine Stunde später an, als sie gerade eine Partie FIFA und einen von Henrys teuren Schokoriegeln hinter sich haben.

»Hallo«, sagt er, »hier ist Kris Doll. Spreche ich mit Mike?«

»Ja«, sagt Alf. »Hier ist Mike.«

»Sie haben mir eine Nachricht hinterlassen. Sie war etwas verworren. Aber irgendetwas über einen Briten namens Henry?«

»Ja.«

»Nun, sehen Sie. Ich weiß es nicht. Ich gehe heute Nachmittag mit einem Typen aus.

Er ist Brite. Aber sein Name ist nicht Henry. Er heißt Joshua.«

»Und Sie haben noch nie von einem Henry Lamb gehört?«
»Nein, tut mir leid. Habe ich nicht.«
»Oh. Nun. Wie auch immer. Ich danke Ihnen. Und wenn Sie von jemandem mit diesem Namen hören, würden Sie mich dann anrufen?«
»Ja. Sicher. Natürlich werde ich das.«
»Ähm, nur schnell«, sagt Alf. »Dieser britische Typ. Joshua. Er wohnt nicht zufällig im Dayville, oder?«
»Äh, ja doch. Das tut er tatsächlich.«
Alf und Marco schauen sich mit großen Augen an.
»Oh«, sagt Alf. »Richtig. Okay. Also, keine Sorge. Aber trotzdem danke.«
»Sicher. Kein Problem.«
Marco und Alf drehen sich lächelnd zueinander und geben sich ein High Five.

KAPITEL 35

April 2017

Rachel legte den Hörer auf und unterdrückte den Drang, laut aufzulachen. Sie schlug die Hände vor den Mund und zog sie dann wieder weg. Sie grinste wie ein Honigkuchenpferd. Sie nahm das Telefon wieder in die Hand und tippte die Nummer ihres Vaters ein. Keine Antwort. Ihr Finger fuhr kurz über Michaels Nummer in ihren Kontakten, aber sie nahm ihn wieder weg. Nein, dachte sie. Nein. Dieser Moment war so kostbar, dass sie nicht riskieren wollte, dass Michael ihn in irgendeiner Weise verdarb, indem er ihn zu seinem Thema machte. Stattdessen rief sie Paige an.

»Was hast du vor?«

»Warum?«

»Ich habe gerade eine tolle Nachricht erhalten und möchte mit jemandem Champagner trinken.«

»Da bist du bei mir genau an der richtigen Adresse.«

»Gib mir eine halbe Stunde.«

»Ich werde hier auf dich warten!«

Rachel schloss ihr Atelier hinter sich ab und ging die Straße hinauf zu Marks & Spencer, wo sie eine Flasche Champagner und ein Sechserpack Colin the Caterpillar Cupcakes kaufte. In Paiges Atelier ließ sie den Korken knallen, schüttete den Champagner in Wassergläser und reichte ihr eines.

»Also, was feiern wir?«

»Wir feiern, dass...« Rachel mimte einen Trommelwirbel in der Luft. »...Liberty gerade angerufen hat, um zu bestätigen, dass sie ab dem siebzehnten Oktober eine maßgeschneiderte Rachel-Gold-Juwelen-Kollektion in ihrer Schmuck-Lounge zwischen Dinny Hall und Annoushka anbieten werden.

»Nein!«

»Ja!«

»Oh mein Gott. Oh mein Gott, Prost!« Paige stieß mit Rachel an und beugte sich dann vor, um sie zu umarmen. »Das ist das Unglaublichste, was es gibt. Ich meine, einfach wow! Was hat Michael gesagt?«

»Oh. Ich habe es ihm noch nicht gesagt. Ich wollte damit warten, bis ich zu Hause bin.«

»Er wird so glücklich sein. Ach du meine Güte! Es ist einfach fantastisch! Du wirst ein größeres Studio mieten müssen«

»Ja. Ich denke, das werde ich. Ich meine, es wird sich viel ändern müssen. Ich werde einen Bankkredit brauchen. Eine Assistentin. Mehr Lagerbestände. Mehr Platz. Ja. Aber scheiß drauf, darüber mache ich mir jetzt keine Gedanken. Prost!« Sie stießen erneut an und Rachel trank ihr Glas in drei großen Schlucken aus.

Dann vibrierte ihr Handy, und sie sah den Namen ihres Vaters auf dem Display und hielt den Hörer vom Ohr weg, als seine aufgeregten Schreie durch die Leitung pfiffen. Sie nahm seine Aufregung, seinen Stolz in sich auf, seine absolute Gewissheit, dass dies passieren würde, dass er es die ganze Zeit gewusst hatte.

»Warum haben sie so lange gebraucht?«, fragte er. »Warum haben sie so lange gebraucht?« Durch die Fenster von Paiges Atelier sah sie, wie der Tag dunkelte. Es war schon nach sechs. Um diese Zeit ließ sie Michael normalerweise wissen, wann sie nach Hause kommen würde. Es hatte als eine Form von Bindungsverhalten begonnen, verbunden mit der Neuheit, jemanden zu haben, zu dem man nach Hause gehen konnte, aber jetzt war es mit der Logistik der Planung von

Mahlzeiten verbunden, was alles war, womit Michael sich in letzter Zeit zu befassen schien. Aber heute konnte sie es nicht ertragen. Sie hatte ihr zweites Glas Champagner zur Hälfte ausgetrunken, und die Freude über den Erfolg war so rein und so golden, dass sie sich nicht vorstellen konnte, wie Michael verärgert in die Geschäfte stapfte, ohne sich auf ein Abendessen zu einigen. Sie wollte Michael nicht sagen, wann sie zu Hause sein würde. Sie wollte zu Hause sein, wenn das Schicksal sie nach Hause führte. Wenn sie Lust hatte, nach Hause zu gehen. Wenn sie bereit war, nach Hause zu gehen, und nicht, wenn Michael das Essen auf den Tisch stellte, ein Essen, das sie, ehrlich gesagt, nicht einmal wirklich essen wollte.
Während sie darüber nachdachte, vibrierte ihr Handy, und da war es.

Wann bist du zurück? Was willst du essen?

Sie seufzte. Sie hatte keine Lust zu essen. Sie wollte Champagner trinken und Colin the Caterpillar Cupcakes essen und dann mit Paige in eine Bar gehen und über Jungs reden und vielleicht später ein paar Pommes bestellen, um den Wein aufzusaugen, und dann nach Hause rollen und ihre Schuhe ausziehen und sich an Michael kuscheln und ihm ihre Neuigkeiten erzählen und etwas fernsehen und mit ihm ins Bett gehen und richtigen Sex haben, die Art von Sex, die sie nicht bis ins kleinste Detail kontrollieren musste, die einfach passierte und albern und sinnlich und herrlich war.
Sie starrte einige Sekunden lang auf die Nachricht, dann schaltete sie den Bildschirm aus, füllte ihr Glas mit Champagner auf und sagte zu Paige: »Hast du Lust, irgendwo hinzugehen?«

Rachel kam um zehn Uhr nach Hause. Gegen halb neun hatte sie schließlich auf Michaels SMS geantwortet:

Sorry, hab das gerade erst gesehen, bin mit Paige unterwegs, werde nicht essen. Wir sehen uns später!

Er hatte nicht geantwortet, was sie seltsam fand. Im Flur zog sie ihre Schuhe aus und stellte sie neben der Tür ab. In der Wohnung herrschte Dunkelheit. Sie ging bis zum Ende des Flurs und in die Küche. Sofort spürte sie, dass etwas nicht stimmte. Ein Gefühl, dass die Dinge nicht dort waren, wo sie sein sollten. Sie tastete nach dem Lichtschalter und schaltete die Halogenlampen ein, und da war hinter ihr, wie ein seltsames abstraktes Gemälde, ein hässlicher Essensfleck, der langsam die Wand hinunter zur Fußleiste kroch. Auf dem Boden darunter lagen sechs zerklüftete Scherben von weißem Porzellan. Bei näherer Betrachtung entpuppte sich das Essen als eine Art Risotto. Vielleicht mit Kürbis. Der Rest der Küche war absolut makellos. Der Geschirrspüler brummte leise im Hintergrund. Der verchromte Wasserhahn glänzte. Das Geschirrtuch hing fein säuberlich gefaltet an der Ofentür.

Einen Moment lang stand Rachel da und schwankte leicht, sowohl von den Auswirkungen der vier Stunden Alkoholkonsum als auch von der schockierenden Hässlichkeit des Bildes, das sich ihr bot. Und dann lachte sie unerwartet. Sie lachte, weil sie sich Michael vorstellte, wie er dasaß, grübelte, sich Risotto in den Mund schaufelte, ihren Teller gegen die Wand knallte und sich dann vorsichtig um die Hinterlassenschaften kümmerte, während er seine Küche aufräumte, wobei er darauf achtete, dass sie es sehen konnte, und sie fand es seltsam und schmerzhaft lächerlich, sich das vorzustellen, fast so, als würde sie einen Comedy-Clip auf YouTube ansehen: *Der Ehemann dreht durch, wenn die Ehefrau das Abendessen verpasst.*

Sie beschloss, auf dem Sofa zu schlafen. Sie konnte es nicht ertragen, Michael zu begegnen. Sie zog Pullover und Jeans aus. Ihr Schlafanzug lag im Schlafzimmer, aber sie wollte nicht in ihr Schlafzimmer gehen, also beschloss sie, in ihrer Unterwäsche zu schlafen. Sie putzte sich im Bad in aller Ruhe die Zähne und nahm sich eine Decke von der Rückseite des Sofas. Sie steckte ihr Handy zum Aufladen ein und schob ein Kissen unter ihren Kopf. Die Vorhänge im Wohnzimmer waren nicht ganz dicht, und eine Weile starrte sie auf den Streifen marineblau schimmernder Nacht, der durch den Spalt fiel. Ihre Gedanken flirrten im Rhythmus, ein leicht ekelerregender Tanz zwischen der Aufregung über die gute Nachricht, dem Wein in ihrem Blutkreislauf, dem Bild in ihrem Kopf von dem an der Küchenwand zerschmetterten Essen, dem chromglänzenden Wasserhahn, dem brummenden Geschirrspüler, der ekelerregenden, wütenden Stille, die gegen die Schlafzimmertür hämmerte.

Irgendwann später in der Nacht wachte sie mit einem Schreck auf, spürte dickes Fleisch an ihrem Mund, ihre Nasenlöcher waren schmerzhaft in ihrem Gesicht eingeklemmt. Sie spürte Gewicht auf ihren Hüftknochen, auf ihren Oberschenkeln, auf ihren Rippen. Und dann noch mehr Fleisch und Sehnen an ihrer Kehle.

Sie bewegte sich, aber es war, als würde sie gegen einen Metallträger stoßen. Für einen kurzen Moment dachte sie, es sei ein Eindringling, etwas, das durch ein Abflussrohr in die Wohnung im dritten Stock gekommen war, über den Balkon, durch den Schlitz in den Vorhängen, flüssig, schimmernd, sich in Fleisch und Knochen verwandelnd, gegen ihr eigenes Fleisch und ihre Knochen drückend. Aber der Geruch war zu vertraut. Der Geruch ihres Mannes. Sie riss seine Hand von ihrem Mund und sagte: »Was zum Teufel, Mi-«

Aber die Hand kam wieder zu ihrem Mund, diesmal fester, und die andere Hand war an ihrer Unterwäsche und zerrte an ihrem Bund.

Rachel versuchte, ihre Zähne in das Fleisch von Michaels Hand zu versenken, aber sie konnte ihren Mund gegen den Druck nicht weit genug öffnen. Und dann war er in ihr, und seine Hände lagen um ihre Kehle, sein Kopf war nach oben gerichtet, sein Blick irgendwo an der Decke, und er drückte ihren Kopf mit jedem Stoß weiter und weiter in die Kissen des Sofas, und Rachel zählte die Stöße, um ihre aufgewühlten Gefühle zu beruhigen, und es waren vierzehn. Vierzehn Stöße. Seine Hände um ihren Hals. Ihre Augen pulsierten und tränten. Ihre Beine stemmten sich gegen seine Kraft. Und dann war er fertig. Er war raus aus ihr. Weg von ihr. Seine Hände waren weg von ihrem Hals. Er stand über ihr, sein Haar lächerlich, seine Brust pumpte, seine Augen brannten dunkel.

Rachel stand auf und stand Auge in Auge mit Michael. Ihr Atem kam unregelmäßig durch die Tränen, die in ihrer Kehle brannten. »Du hast mich vergewaltigt.« Ihre Stimme klang nicht wie ihre eigene. Sie war gebrochen und rau. »Michael. Du hast mich vergewaltigt.«

Michaels Lippen kräuselten sich. »Dein Atem stinkt.«

Sie spürte, wie es zwischen ihren Beinen zu laufen begann, und drängte sich an ihm vorbei, um zur Toilette zu gelangen. »Es hat dir gefallen«, hörte sie ihn hinter sich rufen. »Ich weiß, dass es dir gefallen hat. Tu nicht so, als hättest du es dir nicht gefallen. Ich habe gespürt, wie du gekommen bist, Rachel. Ich habe gespürt, wie du verdammt noch mal gekommen bist.«

Sie setzte sich auf die Toilette und befreite sich von allem, was in ihr war. Ihr nacktes Fleisch kräuselte sich vor Gänsehaut. Sie wischte sich ab und wischte sich ab und wischte sich wieder ab. Sie tränkte einen Waschlappen in heißem Wasser und reinigte sich damit. Sie wusch ihre Hände, ihren Hals, ihren Mund, ihr Gesicht. Sie betrachtete ihr Spiegelbild und dachte an all die Male, all die Male, in denen sie sich an die Regeln gehalten hatte: das Taxi bezahlt hatte, statt zu Fuß zu gehen, das Getränk in einen Blumentopf gekippt hatte, statt das Risiko einzugehen, dass es gestreckt war. All die Männer, denen sie sagen wollte, dass sie sich verpissen sollen, die sie aber höflich anlächelte, weil sie befürchtete, sie würden aggressiv werden. Sie dachte an all die ausgeklügelten Pläne, die längeren Heimwege, die gefälschten Anrufe, die SMS, um mitzuteilen, dass sie sicher nach Hause gekommen war, all die Verabredungen, von denen sie ihren Freunden erzählt hatte, damit sie wussten, wo sie war, wenn sie nicht heimkam. Sie dachte daran, wie sie sich selbst, ihre Gewohnheiten und ihr Verhalten zwanzig Jahre lang verbogen hatte, um eine Person zu sein, die nicht vergewaltigt werden würde, und nun war sie an dem Ort vergewaltigt worden, an dem sie sicher sein sollte, von der Person, die sie schützen sollte. Sie spürte die Arglist der letzten zwanzig Jahre ihres Lebens, die Sinnlosigkeit und Vergeblichkeit davon. Sie hätte genauso gut die Abkürzung nehmen, das schicke Top tragen und mit dem zwielichtigen Typen flirten können. Sie hätte genauso gut ihr Leben frei leben können.

Schwarze Wut kroch durch ihre Psyche. Sie stürmte ins Schlafzimmer und holte ihren Schlafanzug unter dem Kopfkissen hervor. Michael stand da und sah ihr zu, wie sie sich wütend die Hose anzog. »Es gibt kein Zurück mehr, Michael. Das weißt du doch, oder? Wir sind hier fertig.«

Michael lachte dröhnend. »Richtig.«

»Richtig?«

»Ja. Wie auch immer, Rachel. Du kannst dich als Opfer darstellen.«

»Wie bitte?«

»Du.« Er streckte ihr einen Finger entgegen, einen harten, zeigenden Finger. »Du schleichst dich hier rein, stinkst nach Alkohol und ich weiß nicht, wo du warst. Du hast mich hier gelassen, ohne ein Wort...«

»Ich habe dir eine Nachricht geschickt.«

»Oh, ja. Irgendwann. Ja. Als ich schon für dich gekocht hatte. Wo ich doch meinen ganzen Abend um dich herum geplant hatte.«

»Geh ins Bett, Michael. Bitte.«

»Auf der Suche danach. Zweifellos. Na, da haben wir es doch ...« Er schwang seinen Arm über das Sofa. »Du hast es. Du hast es hart und du hast es gut und tu niemals so, als ob es nicht das wäre, was du willst. Denn das ist es verdammt noch mal. Ich habe es gespürt, Rachel. Und jetzt wissen wir beide, was du bist und was du willst. Nicht wahr?«

Sie verließ das Schlafzimmer und ließ die Tür hinter sich zuschlagen. Einen Moment lang hatte sie keine Ahnung, was sie tun sollte. Sie stand da und schaute sich um, als ob sich ihr aus einer der dunklen Ecken des Zimmers eine Antwort zeigen würde. Dann riss sie sich los. Sie warf sich einen Mantel über ihren Schlafanzug, zog ihre Turnschuhe an, schnappte sich ihre Handtasche und verließ die Wohnung, wobei sie die Tür leise zuschlagen ließ.

KAPITEL 36

Juni 2019 – Samuel

Nach dem verregneten Vormittag war der Mittag mit Sonne entlohnt worden, und der Straßenbelag glänzt uns entgegen, während wir den Deich hinunterfahren. Das Blaulicht schaltet sich träge und lautlos ein, nicht weil ein Notfall vorliegt, sondern damit die anderen Fahrer wissen, dass es einen Grund gibt, warum das Auto vor ihnen mit 20 Kilometer pro Stunde fährt.

Und dann sehe ich es, zurückgesetzt von der Hauptstraße, hinter einem schmalen Streifen umzäunter Gärten, eine Reihe imposanter Häuser mit flachen Fassaden in verschiedenen Größen und Farben. Ich halte mein Handy in der Hand und schaue mir das Foto des Hauses aus dem Musikvideo an.

»Kannst du da reinfahren, Donal? Kannst du da abbiegen? Ja, dort. Vielen Dank.«

Wir fahren den Platz zwischen den großen Häusern und dem eingezäunten Garten hinauf und Donal parkt ein. Auf einem Schild, das an einer niedrigen Mauer angebracht ist, steht der Name der Straße: *Cheyne Walk*.

»Welches ist es?«

Ich zeige ihm das Foto auf meinem Handy und zeige auf das Haus weiter oben in der Straße.

Das Haus sieht ganz anders aus als das in dem Pop-Video. Es ist von Schlingpflanzen überwuchert, der Garten ist voller Schutt und die Fenster sind schmutzig und mit Schmutz bedeckt.

Donal und ich steigen aus dem Auto, und ich richte mein Jackett und meine Manschetten. Donal trägt weder ein

richtiges Jackett noch Manschetten, sondern eine Bomberjacke und eine Hose, die meiner bescheidenen Meinung nach etwas zu eng für seine Figur ist.
Wir nähern uns der Haustür über einen Weg, der mit Müll übersät und mit Gras und Moos bewachsen ist. Ein Hund bellt und ein Mann kommt an die Tür. Er trägt schwarzgraue Sportkleidung. Der Hund ist groß, scheint aber ruhig zu sein, worüber ich sehr erleichtert bin.
»Guten Tag, mein Name ist Detective Inspector Samuel Owusu, das ist Detective Sergeant Donal Muir. Wir sind von der Sondereinheit für Verbrechen in Charing Cross, die einen historischen Mordfall untersucht, und wir haben Grund zu der Annahme, dass dieses Anwesen bei den Ereignissen, die zum Tod des Opfers führten, eine Rolle gespielt haben könnte. Sind Sie der Eigentümer, Mr. ...?«
»Mr. Wolfensberger. Oliver. Und ja, das ist mein Haus.«
Er hat einen Akzent. Für mich klingt er leicht afrikanisch. Ich gehe davon aus, dass er Südafrikaner ist, denn er ist weiß.
»Wollen Sie reinkommen?«, fragt er arglos.
Ich sehe sofort, dass Oliver Wolfensberger nichts weiß, über irgendetwas, sondern unbedingt mehr herausfinden will. Wer einen so einfach in sein Haus lässt, hat entweder nichts zu verbergen oder alles. Ich vermute stark, dass hier Ersteres der Fall ist.
Innen sieht das Haus ganz anders aus als damals im Musikvideo von Birdies Popgruppe. Es sind keine toten Tierköpfe an den Wänden angebracht. Keine glänzenden goldenen Kronleuchter, kein gemusterter Teppich, der die zentrale Treppe hinaufführt, und keine roten Samtthrone. Der Raum ist kahl, die Luft ist dick von Staub und Milben, die im Sonnenschein herumschwirren. Seidentapeten hängen in

Fetzen von den Wänden, kaputte Dielen knarren unter den Füßen.
»Es ist seit über zwanzig Jahren praktisch verfallen. Wir haben erst vor ein paar Wochen die Schlüssel bekommen und sind dabei, mit einer umfassenden Renovierung zu beginnen. Ich treffe mich hier jeden Moment mit dem Architekten. Aber ja, so hat es in den letzten fünfundzwanzig Jahren ausgesehen. Irgendwie traurig, nicht wahr?«
Oliver Wolfensberger führt uns in die Küche, den einzigen Raum mit Möbeln: ein abgenutzter Tisch und zwei lange Bänke. Wir setzen uns und er lächelt uns an.
»Also«, sagt er und legt seine Hand auf den Kopf seines Hundes. »Ich bin gespannt. Was genau wollen Sie wissen?«
»Wir untersuchen den möglichen Mord an einer jungen Frau namens Bridget Dunlop-Evers vor etwa fünfundzwanzig Jahren. Ihre sterblichen Überreste wurden vor einer Woche am Strand der Themse gefunden, aber sie war schon viel länger tot. Ihre Familie weiß nichts über ihr Verschwinden. Sie hatten sich zum Zeitpunkt ihres Verschwindens entfremdet. Aber sie wussten, dass sie zu einem neuen Freund eingeladen worden war, der ein sehr großes Haus besaß. Miss Dunlop-Evers war eine Popmusikerin, und es scheint, als hätte ihre Band in diesem Haus, ein paar Jahre bevor sie verschwand, ein Musikvideo aufgenommen. Sehen Sie.«
Ich drehe mein Handy zu Mr. Wolfensberger und starte das Video, das ich auf YouTube aufgerufen habe.
Er sprüht vor Aufregung. »Ach du meine Güte. Ja. Das ist mein Haus. Ja! Oh mein Gott!«
»Erinnern Sie sich an dieses Lied?«
»Nein. Nein, das kann ich nicht behaupten. Aber meine Frau vielleicht. Kate. Sie arbeitet in der Musikindustrie. Sie

ist sehr sachkundig. Ich kann es kaum erwarten, es ihr zu zeigen. Sie wird so begeistert sein!« Er zeigt auf mein Handy. »Welche ist es?«

Ich halte es an, als Birdie wieder ins Bild kommt. »Das ist Bridget. Sie spielt Geige.«

»Wow. Das ist erstaunlich! Aber jetzt...?«

»Ja. Leider wissen wir jetzt, dass sie tot ist. Und wir untersuchen die Möglichkeit, dass dies das Haus sein könnte, von dem sie ihrer Familie sagte, dass sie dort einziehen würde. Und wir haben uns gefragt, ob Sie etwas über die Geschichte dieses Hauses wissen. Zum Beispiel, von wem haben Sie es gekauft?«

»Es war eine junge Frau. Eine sehr junge Frau. Erst fünfundzwanzig. Ihre Eltern hatten es ihr in einem Treuhandvermögen hinterlassen, als sie noch ein Baby war, und sie – oh mein Gott, ja. Sie sind gestorben. Und zwar hier. In diesem Haus. Und sie wurde oben gefunden, ganz allein. Ein winziges Baby.«

Ich sehe Oliver Wolfensberger leicht zittern.

»Die traurigste Geschichte«, fuhr er fort. »Sie wurde adoptiert und erfuhr von diesem Haus erst an ihrem fünfundzwanzigsten Geburtstag. Es war schon seit einiger Zeit auf dem Markt, weil es in einem so schlechten Zustand war. Und vielleicht auch wegen seiner Assoziationen. Verstehen Sie?«

Ich nicke, denn ich beginne zu verstehen. »Was wissen Sie über den Tod ihrer Eltern?«

»Nicht viel. Ich glaube, sie haben Selbstmord begangen. Ein Pakt? Schrecklich. Einfach nur schrecklich. Und ich weiß, dass einige Leute denken, dass eine Art Fluch auf dem Haus liegt. Aber ich glaube nicht an so etwas. Ich habe eine sehr positive Einstellung, wissen Sie. Ich bin hierhergekommen, um diese schlechte Geschichte zu überschreiben. Alles zu überschreiben. Aber ich denke immer noch darüber nach. An die Traurigkeit, die es mit sich bringt. Dieses süße kleine Mädchen, ganz allein gelassen. Jemand hat einen Artikel darübergeschrieben, wissen Sie? Eine lange Reportage. Ich habe sie nicht gelesen, weil ich nicht wollte, dass sie mein Bewusstsein befleckt, aber ich glaube, er war im Guardian, vor ein paar Jahren. Wir haben damals nicht in Großbritannien gelebt, also weiß ich nicht mehr als das, aber ich bin sicher, dass Sie ihn finden können.«

»Guardian«, schreibe ich in mein Notizbuch.

»Danke«, sage ich. »Und der Name der jungen Frau, die Ihnen dieses Haus verkauft hat? Könnten Sie mir den sagen?«

»Ja, natürlich. Ihr Name war Libby Jones.«

»Libby Jones«, schreibe ich in mein Notizbuch.

»Haben Sie eine Kontaktadresse von ihr?«

»Leider nein, das weiß ich nicht. Aber ich glaube nicht, dass sie in London gelebt hat. Vielleicht irgendwo außerhalb?«

»Außerhalb von London«, schreibe ich in mein Notizbuch.

»Darf ich mich mal umsehen?«, frage ich. »Im Haus? Nur für mich selbst« – ich tippe mir an den Kopf – »für mein eigenes Ortsgefühl?«

»Natürlich. Ja.«

Donal und ich folgen ihm in den Korridor.

»Bitte, schauen Sie sich einfach um. Gehen Sie, wohin Sie wollen. Öffnen Sie alles, was Sie wollen. Ich bin hier unten, wenn Sie mich brauchen.«

Der grau-weiße Hund folgt uns eifrig. Es ist fast so, als ob er uns das Haus selbst zeigen würde. Donal streichelt den Hund, aber ich finde ein bisschen groß für meinen Geschmack. Wenn er 30 Zentimeter kleiner wäre, würde ich mich wohler fühlen.

Das Haus hat eine poetische Symmetrie. Alles spiegelt alles wider, so dass man sich leicht von Raum zu Raum und Stockwerk zu Stockwerk bewegen kann. Im ersten Stock gibt es vier Schlafzimmer und vier Bäder. Von den hinteren Fenstern aus blicke ich auf den Garten. Ich schaue zu den Bäumen hinauf und mache ein paar Fotos, für den Baumforensiker, denn natürlich weiß ich nicht, wie eine Londoner Platane oder ein Götterbaum aussehen könnten. Eine kleinere Treppe führt uns in das oberste Stockwerk. Hier sind die Decken niedriger und die Türen öffnen sich von einem schmalen Treppenabsatz, der von einer Seite des Hauses zur anderen führt. Jede Tür führt zu einem kleinen Schlafzimmer mit einer schrägen Decke und Fenstern, die entweder auf den Garten oder die Straße blicken. Donal ruft mir aus einem der anderen Schlafzimmer zu.

»Sieh mal, Chef«, sagt er, als ich eintrete, und zeigt auf eine Stelle an der Fußleiste.

»Hier ist etwas in das Holz geritzt«. Ich bücke mich, um nachzusehen, und sehe die Worte: *ICH BIN PHIN*. Ich mache ein Foto.

In dem langen Flur vor dem Haus führt eine kleine Metallleiter zu einer Luke in der Decke hinauf. Ich folge Donals großem Hintern die Leiter hinauf und wir kommen auf einer kleinen Dachterrasse heraus. Ich mache weitere Fotos von Bäumen und dem Dach selbst.

Hier oben gibt es ein paar Rinnen, die zwischen den Dachschrägen verlaufen. Obwohl es Sommer ist, sind sie mit abgestorbenen Blättern gefüllt, die ich vorsichtig mit der Schuhspitze auseinanderschiebe. Darunter liegt Mulch. Ich gehe durch den Mulch zu einem Schornsteintopf und spähe dahinter. Eine weitere Rinne, gefüllt mit noch mehr abgestorbenen Blättern und Mulch, aber hier scheint der

Mulch verlagert worden zu sein.
Ich mache noch mehr Fotos und dann machen wir uns auf den Weg zurück durch das Haus und in den Flur.
Oliver Wolfensberger empfängt uns an der Tür und erklärt sich bereit, uns in jeder Hinsicht zu helfen. Er nennt uns den Namen der Anwaltskanzlei, die den von Libby Jones geerbten Treuhandfonds verwaltet hat, und erlaubt mir dann, weitere Fotos von der Fassade des Hauses und den Bäumen im gegenüberliegenden Gartenstreifen zu machen. Dann kehren wir zum Auto zurück.
Donal zieht seinen Sicherheitsgurt auf dem Fahrersitz des Wagens an. »Hilfreich?«, fragt er.
Ich mache ein unverbindliches Geräusch und sage: »Nun, ich bin mir zu neunzig Prozent sicher, dass dies das Haus ist, in dem Bridget Dunlop-Evers ihr Ende gefunden hat.«
»Ach ja?«
»Ja. Was denkst du?«
»Es hatte den Anschein. Das ist definitiv eine Möglichkeit.«
Ich nicke. »Ich möchte, dass du mich an der Anwaltskanzelei absetzt, Donal. Es ist gleich drüben in Pimlico, nicht weit. Und wenn du danach zurück zum Bahnhof fahren könntest, um ein paar Nachforschungen zu diesem Guardian-Artikel anzustellen, wäre das großartig. Ich werde jetzt diese Fotos an den Baumforensiker weiterleiten, und dann werden wir hoffentlich bis zum Ende des Tages unsere Ermittlungen gewaltig beschleunigt haben.«

KAPITEL 37

Ich habe Phin volle dreißig Sekunden lang im Blick, bevor er von einer Gruppe junger Männer verschluckt wird, die vor einem Musiklokal herumlungern. Als ich auf der anderen Seite der Gruppe ankomme, ist Phin verschwunden. Ich schaue nach rechts, nach links und nach oben. Rechts vom Musiklokal befindet sich ein Paar Holztüren mit Jugendstilschnörkeln aus Messing und einem Oberlicht aus Buntglas. Durch die Glaskunst erkenne ich gerade noch den Schatten einer Gestalt, die eine Treppe hinaufgeht. Ich trete vom Gebäude weg, um den Blickwinkel zu verbessern, und erkenne, dass ich auf einen großen Wohnblock schaue, der sich in beide Richtungen über die Bars und Geschäfte darunter erstreckt, alle mit bleiverglasten, gewölbten Fenstern, die von geschwungenen Bändern aus salbeigrünem Portlandstein gekrönt werden.

Ich sehe eine Gestalt durch die Glaskunst des zentralen Fensters im ersten Stock gehen. Ich beobachte die Fenster in den Wohnungen auf dieser Etage, bis eins aufleuchtet. Ich sehe die Andeutung von Bewegung, aber ich sehe keine Figur.

Auf der anderen Straßenseite gibt es eine Bar mit einer überdachten Terrasse. Dort setze ich mich und bestelle ein Glas Champagner und starre und starre, aber ich sehe nichts und wer weiß schon, was ich da beobachte. Aber mein Gefühl sagt mir, dass es Phin da oben ist. Er packt seine Bio-Lebensmittel aus, schraubt den Verschluss einer Flasche Bio-Wein ab, hält Smalltalk mit einer in meiner Vorstellung schemenhaften Person, die ein Freund oder ein Airbnb-Gastgeber sein könnte, schnippelt Gemüse, würfelt Tofu (ich nehme an, dass Phin Vegetarier ist, da er Tiere liebt. Und natürlich waren wir in unserem Horrorhaus alle zwangsvegetarisch. Bis heute habe ich eine Phobie vor Dhal.)

Als der Champagner kommt, lächle ich die Kellnerin an und bedanke mich.

»Wie war Ihr Tag?«, fragt sie, als sie das Glas vor mir abstellt.

»Oh«, sage ich, »er war ... schön.«

»Toll«, sagt sie. »Sind Sie nur zu Besuch in Chicago?«

»Ja, das bin ich. Ich versuche, einen alten Freund ausfindig zu machen.«

»Wow.« Ihre Augen werden groß. »Hatten Sie Glück?«

»Nein, noch nicht.«

»Na ja, suchen Sie weiter. Ich bin mir sicher, dass er sich freut, wenn er gefunden wird.« »Ja«, sage ich, den Blick immer noch auf die Wohnung im ersten Stock auf der anderen Straßenseite gerichtet. »Ich bin sicher, das wird er.«

Dann vibriert mein Handy, und ich sehe einen Anruf, lächle die nette Kellnerin entschuldigend an und hebe ab. Es ist Kris Doll.

»Hey«, beginnt er. »Joshua!«

»Ja. Hey. Am Apparat.«

»Joshua. Ich habe deine Uhr und fahre morgen früh in die Stadt. Ich kann sie in deinem Hotel abgeben, wenn du noch da bist.«

»Oh, das ist großartig. Danke, Kris. Ich bin dir sehr dankbar! Was glaubst du, um wie viel Uhr das sein wird?«

»Oh, so gegen acht Uhr, schätze ich?«

»Acht Uhr. Gut. Wir sehen uns dann.«

»Du brauchst nicht extra aufzustehen. Ich gebe sie einfach am Empfang ab.«

»Ich bin ein Frühaufsteher, Kris, ich werde längst auf sein. Wir sehen uns morgen!«

Ich kann hören, wie sich das Timbre seiner Stimme leicht verändert. »Und oh! Joshua! Ich wollte es dir sagen, aber es ist mir völlig entfallen. Ich hatte einen seltsamen Anruf, bevor ich gestern mit dir ausgefahren bin. Von jemandem namens Mike? Ein britischer Akzent. Kennst du einen Mike?«

»Oh, wahrscheinlich. Tut das nicht jeder?«

»Ja. Das habe ich mir auch gedacht. Es klang irgendwie gefälscht. Aber sie sagten, sie suchten nach einem Typen namens Henry Lamb? Sagt dir das etwas?«

Mein Griff um den Stiel meines Sektglases wird fester. Ich lasse eineinhalb Sekunden verstreichen. Dann sage ich zu schnell, mit zu viel Nachdruck: »Nein. Nein, tut es nicht.«

»Ja. Ich dachte, dass es wahrscheinlich nichts mit dir zu tun hat. Sie haben nur etwas über einen Finn gesagt haben? Kurz bevor er sagte, sein Name sei Mike. Er sagte, er heiße Finn, und dann korrigierte er sich, und ich dachte mir zunächst nicht viel dabei, aber dann sprachen wir vorhin über meinen britischen Freund Finn, und das kam mir einfach ... seltsam vor. Du weißt schon. Irgendwie ein krasser Zufall. Ich meine, erst habe ich monatelang nichts von Finn gehört, und dann innerhalb von kaum achtundvierzig Stunden höre ich, dass er wieder in der Stadt ist, dann bekomme ich den Anruf von dem Typen aus Großbritannien und dann kommst du auf ihn zu sprechen, und das war, ich weiß nicht, seltsam.«

»Ja«, sage ich. »Das ist sehr seltsam. Was hat er gewollt? Dieser Mike?«

»Oh, er sagte, er wolle diesem Henry Lamb sagen, dass sein Vater im Sterben liege und dass sie ihn nicht erreichen könnten und dass sie eine Suche nach meiner Motorradtour im Suchverlauf dieses Mannes gefunden hätten und sich fragten, ob er mich jemals angerufen habe.«

Mein Suchverlauf.

Ich erbleiche. Mein Suchverlauf. Ich habe mich nicht bei Google abgemeldet. Das bedeutet, dass jeder, der Zugriff auf eines meiner anderen Geräte hat, sehen kann, was ich gegoogelt habe. Möglicherweise auch, obwohl ich mich nicht genau erinnern kann, das Hotel, in dem ich wohne.

»Aber wie auch immer«, fährt Kris fort, »es ist eindeutig etwas völlig Unzusammenhängendes, nur das Universum, das uns verarscht, schätze ich. Also ja, wir sehen uns morgen!«

»Eigentlich, Kris, denke ich, dass ich heute Abend aus meinem Hotel auschecken könnte. Mir ist gerade eingefallen, dass es schön wäre, etwas Abwechslung zu haben, weißt du? Ein Gefühl für eine andere Gegend zu bekommen. Also, gib mir eine Minute, und ich schicke dir den Namen des nächsten Ortes, an dem ich sein werde, sobald ich eingecheckt habe. Ist das okay?«

»Sicher! Klar, das ist in Ordnung. Schreib mir einfach eine Nachricht und wir sehen uns, wo immer du auch sein magst. Schlaf gut, Joshua!«

»Du auch, Kris. Du auch.«

Ich bleibe in der Bar gegenüber dem Wohnblock, bis alle Lichter ausgehen, eines nach dem anderen, und das Gebäude fast völlig dunkel ist. Dann gehe ich zurück in mein Hotel, werfe meine Sachen in meinen Koffer (nun, das ist eine Lüge, ich falte sie sehr ordentlich, weil ich sie wirklich nicht bügeln möchte; ich habe im Moment genug um die Ohren, ehrlich gesagt, ohne T-Shirts zu bügeln) und checke aus. Ich steige in einen Uber, der mich zum nächsten Hotel bringt, das ich telefonisch gebucht habe, denn andernfalls man kann sich ja nicht darauf verlassen, dass ich nicht eine stinkende Spur von Internet-Hinweisen hinterlasse. Das neue Hotel ist nur ein paar Türen von der Magdala-Bar entfernt und ich glaube, dass es Phins Bleibe ist. Um ein Uhr nachts schicke ich Kris per WhatsApp den Namen des Hotels vom Rücksitz des Wagens aus zu. In meinem Zimmer packe ich aus, dann öffne ich ein Bier und trinke es unter der Dusche. Nach dem Abtrocknen bin ich zu müde, um etwas anderes zu tun, als meinen Kopf auf das Kissen zu legen und zu schlafen.

Am nächsten Morgen weckt mich der Wecker um sieben Uhr. Ich ziehe mich an und gehe in den Frühstücksraum. Im Eiltempo verschlinge ich zwei Croissants, denn nach fast einem Tag ohne Essen habe ich plötzlich Heißhunger. Ich schlürfe zwei schaumige Cappuccinos und mache mir ein Speckbrot, das ich in eine Papierserviette einwickele und für später in meine Umhängetasche stecke. Dann, genau um acht Uhr morgens, gehe ich lässig durch das Foyer, den Blick auf die Glasscheibe zur Straße gerichtet, aber ich höre ihn, bevor ich ihn sehe: das animalische Dröhnen seines riesigen Motorrads, als es vor der Tür hält. Ich beobachte, wie er seinen Helm abnimmt, ihn unter den Arm klemmt und dann in Richtung Hotel geht. Ich gehe zur Rezeption und frage nach dem Wi-Fi-Code, obwohl ich ihn schon habe, und dann wende ich mich von der Concierge ab und strahle Kris an, als er durch das Foyer schreitet, und sage: »Oh, hallo! Kris! Einen Moment, ich bin gleich da.«

Ich tue so, als würde ich den Wi-Fi-Code in mein Handy eingeben, und dann gehe ich hinüber zu Kris. Auf den zweiten Blick sieht er noch besser aus, und ich fühle mich seltsam schüchtern. Eine jugendliche Röte steigt von meiner Brust in die untere Hälfte meines Gesichts und ich atme ein, um sie zu unterdrücken. »Wie geht es dir?«

»Mir geht es großartig«, sagt er. »Ich bin gerade dabei, einen Kunden am anderen Ende der Stadt abzuholen. Aber das hier ist ein schöner Ort.« Er sieht sich im Hotel um. »Ich meine, das andere Hotel war nett, aber das hier ist ein bisschen ... gemütlicher. Und es ist eine tolle Gegend. Lustigerweise bist du gleich um die Ecke von der Biker-Bar, von der ich dir gestern erzählt habe. Wie auch immer. Hier ist deine Uhr.«

Ich nehme sie aus seiner ausgestreckten Hand. »Danke.«

»Und wenn du sonst noch etwas brauchst, während du in der Stadt bist, kannst du mir eine Nachricht schicken. Ja?«

»Danke«, sage ich erneut. »Danke. Du bist zu freundlich.« Und dann komme ich zum Wesentlichen, meine Stimme ist genau auf den richtigen Ton abgestimmt. »Oh, übrigens, hast du schon von dem Freund gehört, von dem du mir erzählt hast, als wir am See waren? Der Brite namens Finn?«

»Nein, noch nicht. Ich versuche noch, ihn aufzuspüren. Aber mein Freund glaubt, dass sein Airbnb hier irgendwo in der Nähe sein könnte.«

»Wirklich?«

»Ja. Glaubst du es? Ihr könntet euch sogar über den Weg laufen! Ihr seid Briten! Ihr neigt dazu, euch gegenseitig anzuziehen, habe ich bemerkt.«

»Ja«, sage ich. »Ja, das tun wir.«

Ich starre mein Gesicht im Spiegel auf dem Schminktisch in meinem Zimmer an. Ich versuche, das Gesicht des alten Henry darüber zu legen. Der Henry vor der kleinen Kieferknochenabschleifung, den Wangenimplantaten, dem Augenlifting, der Haartransplantation, den zwei Stunden am Tag im Fitnessstudio. Nicht der Henry, der sein teuer gesträhntes Haar zu einer dummen Welle über der Stirn stylte und perfekt ausgewählte Designerkleidung trug, bei der Kragenwinkel und Hosenlänge, Knöpfe und Futter penibel beachtet wurden, sondern der Henry, der Plimsolls und anständige Kordhosen trug, dessen Haare nie richtig saßen, dessen Knie wie Kartoffeln herausstanden und der nicht wusste, was er mit sich anfangen sollte. Aber ich kann diese Person nicht dazu bringen, die Person im Spiegel zu überschreiben. Der neue, verbesserte Henry ist einfach zu stark. Würde Phin – frage ich mich – würde er mich überhaupt erkennen? Wenn ich ihm zum Beispiel im Gang für vegane Lebensmittel im Bio-Supermarkt um die Ecke gegenüberstünde und sagen würde: »Hast du schon mal diese pflanzlichen Hähnchenfleischimitate probiert? Sind sie gut?«, ihn anlächele und mich bedanke, während ich sie in meinen Korb lege und ihm einen schönen Tag wünsche. Würde er wissen, dass ich es war? Oder würde er mich nur für einen etwas seltsam aussehenden, leicht tuntigen Mann mittleren Alters mit britischem Akzent halten, dessen Zähne zu weiß waren, dessen Highlights zu auffällig waren und dessen Kleidung viel zu einfach war? Und die Antwort traf mich wie ein Laster.

Natürlich würde er das.

Er würde mich sofort erkennen. Er würde mich als Pantomimenclown verkleidet erkennen, denn ich vermute stark, dass ich ihn seit sechsundzwanzig Jahren in seinen Träumen verfolge, seit wir alle aus dem Haus des Schreckens entkommen sind, seit ich ihm das angetan habe, was ich ihm angetan habe. Ich bin Phins lebender, atmender Albtraum, und er hasst mich. Und Hass auf jemanden hinterlässt tiefere Narben in der Psyche, als es die Liebe für

jemanden jemals kann.
Aber ich denke, ich sollte mich trotzdem anstrengen. Vielleicht würde ein Hut helfen. Ich setze eine Baseballmütze auf und betrachte mich im Spiegel. Dann eine Sonnenbrille. Das wird reichen müssen. Ich habe vergessen, einen falschen Schnurrbart einzupacken.

Die nette Kellnerin an der Bar gegenüber von Phins Wohnblock ist wieder da. Ich sage etwas von »Gehen Sie eigentlich jemals nach Hause?« und sie lacht zuvorkommend. Ich bestelle einen Kaffee, meinen dritten heute und wahrscheinlich eine schlechte Idee in Anbetracht der Umstände. Aber da alles, was ich gerade tue, in Anbetracht der Umstände eine schlechte Idee ist, kann ich mich nicht wirklich über einen zusätzlichen Schuss Koffein aufregen. Ich werfe einen Blick hinauf zu Phins Gebäude, in dem rege Betriebsamkeit herrscht. Die Eingangstür öffnet sich und ich sehe, wie ein junges männliches Paar mit einem französischen Bulldoggenwelpen hinausgeht. Einen Moment später kommt ein älteres Ehepaar heraus. Ihre Tasche rutscht ihr von der Schulter, er schiebt sie ihr wieder hoch, und sie wirft ihm einen bösen Blick zu. Eine Mutter und ihr jugendlicher Sohn sind die nächsten, die das Gebäude verlassen, dann ein älterer Vater und zwei kleine Mädchen. Mein Kaffee kommt und ich bedanke mich herzlich bei der Kellnerin. Während ich warte, gehe ich auf die Airbnb-App und suche nach Unterkünften in meiner Nähe. Ich finde eine Einzimmerwohnung mit bleiverglasten Erkerfenstern. Sie befindet sich im selben Gebäude und ist für die nächsten zehn Tage ausgebucht. Jetzt kann ich mir Phin noch besser vorstellen, mit Kissen, auf die das Gesicht von Frida Kahlo gestickt ist, einem zwei Meter hohen Kaktus, einem aus Bast geflochtenen Lampenschirm an der Decke, einem weiß gefliesten Bad mit schwarzen Armaturen und Griffen, einer grauen Küche, schrillen Geschirrtüchern, einem Stück lindgrüner Seife auf einer alten Teeuntertasse, an dem mit einer Schnur ein Lavendelzweig befestigt ist.

Auf den Fotos suche ich nach Hinweisen darauf, wo im Gebäude sich die Wohnung befinden könnte, und mir fallen die Umrisse von Bäumen im Schlafzimmerfenster auf. Vor dem Gebäude stehen nur zwei Bäume. Es gibt nur vier Fenster, die einen Blick auf sie bieten könnten. Ich gehe zurück zu den Suchergebnissen und finde eine weitere Wohnung im selben Block. Im Gegensatz zu der von Phin ist diese Wohnung derzeit frei. Sie ist nicht so schön wie die von Phin, aber sie ist durchaus angenehm. Ich schicke eine Buchungsanfrage ab.

Fünfundzwanzig Minuten später habe ich bezahlt und die Zugangsanweisungen erhalten. Kein Schlüssel, aber ein Code. Nach dem Mittag kann ich mir jederzeit Zutritt verschaffen. Es ist jetzt 9:10 Uhr.

Ich bin jetzt ganz nah dran, so nah, dass ich es riechen kann.

KAPITEL 38

»Warum hat Papa uns so blöde Namen gegeben?«, meckert Marco und starrt verächtlich auf seinen Pass.

»Er hat die Namen nicht ausgesucht. Wir haben bekommen, was uns gegeben wurde.«

»So ein Mist. Antoine. Ich meine, sehe ich aus wie ein verdammter Antoine?«

Am Abend zuvor hatten Marco und Alf Lucy erzählt, dass sie Henry ausfindig gemacht hatten. Offenbar hatte jemand in einem Tripadvisor-Chatroom Henry erzählt, dass Phin in Chicago sein könnte. Und ein Reiseveranstalter sagte, er wolle einen Briten in einem Hotel namens Dayville abholen. Sie hatte einen letzten Versuch unternommen, Henry zu kontaktieren, diesmal über Alfs Handy, aber als Henry zwei Minuten später Alfs Nummer blockierte, wusste sie sofort, was sie zu tun hatte.

Libby hatte ihren Adoptivvater verloren, als sie noch ein Kind war, und der Gedanke, dass ihrem leiblichen Vater nun etwas zustoßen könnte, bevor Libby überhaupt die Chance hatte, ihn kennenzulernen, war zu viel für Lucy.

Also fuhr sie Fitz zu Libby, bat Oscar, den Hausmeister, Henrys Katzen zu füttern, schrieb eine E-Mail an Stellas und Marcos Schulen, dass sie ein paar Tage lang nicht kommen würden, und buchte dann drei einfache Flüge nach Chicago.

Jetzt ist es acht Uhr morgens, und sie und ihre Kinder stehen in der Check-in-Schlange in Heathrow, in der Hand kleine, hastig gepackte Taschen und gefälschte Pässe. Als Henry die Pässe, die Lucys Ex-Mann für sie hatte anfertigen lassen, zum ersten Mal sah, hatte er gesagt, sie gehörten zu den besten, die er je gesehen hatte. Aber Lucys Vertrauen in die Pässe wankt jetzt kurzzeitig. Die Frau am Check-in scheint sich die Pässe der Familie vor ihnen sehr genau anzusehen, und Lucys Herz rast beängstigend in ihrer Brust. Ihre Handflächen schwitzen leicht.

Endlich sind sie an der Reihe und sie schiebt die Pässe über den Tresen zu der Frau, die sie nacheinander öffnet und herzlich lächelt, als ihr Blick das Gesicht des jeweiligen Kindes trifft. Sie fragt: »Antoine?«, und Marco nickt heftig. Dann fragt sie: »Céline?«, und Stella nickt schüchtern. Die Frau öffnet den Pass von Lucy, sieht sie an, sagt aber nichts. Lucy hält den Atem schwer in ihrer Lunge. Dann klappt die Frau den Pass zu und lächelt. »Danke«, sagt sie und schiebt Lucy die Pässe wieder zu. »Ich wünsche Ihnen eine gute Reise«, und Lucy lächelt sie an und sagt: »Danke! Ihnen auch!«, und merkt einen Takt zu spät, dass sie Unsinn geredet hat.

In der Abflughalle wuseln sie unruhig herum. Sie sind peinlich früh dran: Ihr Flug geht erst in über zwei Stunden. Sie frühstücken und Lucy kauft Marco einen Designerrucksack aus einem Sportbekleidungsgeschäft und Stella eine mit Pailletten besetzte Umhängetasche von Accessorize, die sie mit Snacks und Schmuck, Malbüchern, Stickerbüchern, Zeitschriften, kabellosen Kopfhörern und Handyzubehör füllen lässt.

Und dann beginnt das Boarding, und Lucy muss noch einmal die Pässe vorzeigen, und ihr Frühstück dreht sich im Magen, und in ihrem Kopf brummt das Blut, und ihr Mund ist trocken, und ihr Herz klopft wie wild, aber diesmal schaut die Frau nicht einmal auf die Pässe, sondern schiebt nur die Bordkarten unter den Scanner und winkt sie durch. Sie gehen den mit Teppich ausgelegten Tunnel hinunter, und Lucy verspürt ein Gefühl von ekelerregender Leichtigkeit, das von Unglauben durchsetzt ist. Fünf Minuten später sitzen sie auf ihren Plätzen. Sie blättert in einem Bordmagazin und reicht Stella und Marco Gegenstände. Ein Mann auf der anderen Seite des Ganges lächelt Stella liebevoll an und sagt, er habe zu Hause ein kleines Mädchen, das genauso aussehe wie sie. Vierzig Minuten später sind sie in der Luft, und durch das Fenster wird London winzig, unmöglich, und dann ist es weg, hinter einer beruhigenden Wolkendecke.

Lucy ist erstaunt, sich in Chicago wiederzufinden. Sie ist noch nie in Amerika gewesen. Als Kind fuhren sie jeden Sommer nach Deutschland in den Schwarzwald zu ihrer Großmutter. Ein oder zwei Mal fuhren sie nach Istanbul, um an Familienhochzeiten ihres Großvaters teilzunehmen. In einem Jahr nahm ihr Vater sie mit nach Bali. Es war die Idee ihrer Mutter. Sie hatte einen Artikel über ein Luxusresort gesehen, in dem es Rosenblätter auf den Betten und Bäder mit warmer Milch gab, und Champagner zum Frühstück und tägliche Massagen durch gelenkige junge Mädchen mit Begonien hinter den Ohren. Sie hatte Henry Sr. irgendwie überredet, sie alle dorthin zu bringen, obwohl er eine große Abneigung gegen Fernreisen und ausländisches Essen hatte. Und dann hatte das Reisen natürlich für viele Jahre aufgehört, bis Lucy im Alter von fünfzehn Jahren nach Frankreich kam. Und jetzt ist sie in Amerika, der Mann an der Grenzkontrolle drückte beim Anblick ihrer Pässe nicht auf einen großen roten Knopf, sondern winkte sie schroff durch. Sie sitzen auf dem Rücksitz eines Taxis, nur wenige Augenblicke vom Dayville Hotel und Henry entfernt.
»Ich vermisse Fitz«, sagt Stella, und Lucy drückt ihren Arm

und sagt: »Ja, ich auch.«
Das tut sie wirklich, wirklich. Fitz war in den letzten fünf Jahren fast ständig an Lucys Seite, seit Stella ein Baby war. Jetzt ist er bei Libby. Sie hatte angeboten, auch auf die Kinder aufzupassen, aber Stella leidet unter starker Trennungsangst, so dass eine Reise ohne sie nicht in Frage kommt, und Marco wäre natürlich auch für alles Geld der Welt nicht zu Hause geblieben.
»Henry glaubt, dass er Phin gefunden hat«, hatte sie so beiläufig wie möglich zu Libby gesagt. »Wir gehen rüber, um Henry zu helfen, ihn zu überreden, zurück nach Großbritannien zu kommen. Wir werden nicht lange weg sein, nur bis wir deinen Vater gefunden haben, das verspreche ich. Und wenn du mit Fitz nicht zurechtkommst, weiß ich, dass deine reizende Freundin Dido sich über ihn freuen würde, sie liebt ihn so sehr.«
Lucy hat keine Ahnung, ob Libby den schrecklichen Hauch von Panik hören konnte, der sich hinter ihren flüchtigen Worten verbarg, aber ehrlich gesagt ist das ihre geringste Sorge, die geringste im Moment.
»Bitte sehr, das Dayville.«
Der Fahrer parkt draußen und Lucy schaut durch das Fenster nach oben.
Henry, denkt sie, *Henry, wir sind da.*

»Es tut mir leid, Miss Caron. Ich fürchte, wir haben keinen Henry Lamb bei uns.«
»Ich glaube, er hat unter einem anderen Namen eingecheckt. Hier.« Lucy zeigt der Frau hinter dem Tresen das Foto von Henry auf dem Bildschirm ihres Handys. »Das ist Henry. Ist er hier?«
»Ich darf eigentlich nicht …«, beginnt sie vorsichtig, bevor

sie zu Stella hinunterblickt und sie nachsichtig anlächelt. »Ist das dein Papi?«, fragt sie.

Stella schüttelt schüchtern den Kopf. »Nein«, sagt sie, »er ist mein Onkel Henry.«

»Dein Onkel?«, sagt sie und lächelt warm. »Ich verstehe. Und ja. Ihr Onkel war tatsächlich hier. Aber unter einem anderen Namen.«

»War hier?«, sagt Lucy.

»Ja, er hat gestern ausgecheckt.«

»Oh.« Lucys Magen krampft sich vor Enttäuschung und vager Panik zusammen. »Hat er – hat er gesagt, wo er hinwill?«

»Ja. Er sagte, er wolle einen anderen Teil der Stadt erkunden. Aber ich fürchte, er hat nicht gesagt, wo genau.«

Lucy atmet langsam aus. »Können Sie mir sagen, welchen Namen er benutzt hat? Für seine Buchung?«

Der Blick der Empfangsdame fällt auf eine Tür hinter ihr und dann wieder auf ihren Bildschirm. Sie senkt ihre Stimme und sagt: »Sicher, das war Joshua Harris.«

Lucy nickt. »Großartig. Ich danke Ihnen. Ich danke Ihnen so sehr. Ich bin Ihnen so dankbar.«

»Joshua«, zischt Marco ihr ins Ohr, als sie zu den Fahrstühlen gehen. »Das ist der Name. Der Name, den der Typ von der Motorradtour gesagt hat. Joshua Harris. Das ist er!«

»Nun«, sagt Lucy, sieht zu, wie sich die Fahrstuhltüren öffnen und schiebt sich hindurch, »wir werden uns bald mit ihm in Verbindung setzen. Aber zuerst sollten wir uns unser schönes Zimmer ansehen.« Sie kann jetzt nicht darüber nachdenken. Sie muss ihn einfach hier haben. Will, dass er jetzt hier ist. Sie will nicht nach ihm suchen, nicht auf ihn warten. Sie braucht ihn einfach nur hier und muss wissen, dass Phin in Sicherheit ist.

Ihr Zimmer ist wunderschön. Sie hat das teuerste Zimmer gebucht, das es gibt. Aurora Suite heißt es. Es ist viermal so groß wie das Zimmer, in dem sie in Giuseppes Haus in Nizza gewohnt haben. Marco bekommt sein eigenes Schlafsofa in einem separaten Teil des Zimmers. Sie haben auch eine Terrasse und eine Küchenzeile. Das Zimmer ist in Aqua- und verwaschenen Ockertönen gehalten, mit gerahmten botanischen Drucken an den Wänden und einer eisblauen Neonröhre über einem Sideboard, das das Wort *Aurora* ausstellt.

Stella läuft im Zimmer umher und genießt das Gefühl von Platz. Marco lädt Henrys iPad und Laptop aus seinem schicken neuen Rucksack aus und klettert mit einer Flasche Cola aus der Minibar und einer Packung Nüsse auf sein Schlafsofa. Lucy sitzt in einem gepolsterten Sessel, die Hände zwischen den Knien, den Kopf schwer im Nacken, und lässt die Strapazen der Reise, der letzten vier Tage, eigentlich jedes Augenblicks, seit sie am Freitagnachmittag die SMS von Henry erhalten hat, durch sich hindurchgehen, vom Bauch in die Lunge und dann in die Extremitäten, und sie seufzt so laut, dass Stella und Marco zu ihr aufschauen.

»Bist du okay?«, fragt Marco.

Sie findet ein Lächeln. »Ja. Mir geht es gut. Ich bin nur wirklich sehr, sehr müde.«

Sie schickt Henry eine Nachricht, obwohl sie weiß, dass es vergeblich ist.

Henry. Wer weiß, ob du das jemals sehen wirst. Aber wir sind hier. Wir sind in Chicago. Wir sind im Dayville. Bitte, bitte ruf an. BITTE.

Sie blickt auf und sieht, wie Marco sie anlächelt. »Was?«

»Willst du wissen, wo Henry ist?«

»Ja«, beginnt sie, »natürlich will ich das. Aber nicht heute, noch nicht, wir werden morgen nach ihm suchen...«

Doch dann hält sie inne. Marco dreht den Bildschirm von Henrys iPad und zeigt ihr ein Hotel in einem anderen Teil Chicagos, das Angel Inn. Er tippt mit einem Finger darauf und lächelt sie unter seinen dichten Locken an. »Etwa zehn Minuten von hier, mit einem Uber.«

»Ich verstehe nicht?«

»Der Typ mit dem Motorrad. Kris Doll. Ich habe ihn gerade per WhatsApp kontaktiert. Ich sagte, dass der Mann, den wir suchen, auch Joshua Harris heißt und wir immer noch versuchen, ihn zu finden, um ihm mitzuteilen, dass sein Vater im Sterben liegt. Und Kris sagte, dass er Joshua komischerweise erst heute Morgen in diesem Hotel gesehen hat. Er tippt wieder auf den Bildschirm des iPads. Kris sagte, dass er dachte, dass etwas mit ihm nicht stimmt. Er fragte ihn nach Henry Lamb, aber der tat so, als hätte er noch nie von ihm gehört. Und hör dir das an, Mama, hör dir das an. Der Typ mit dem Motorrad hat mir erzählt, dass er mit Phin befreundet ist. Unserem Phin. Er kennt ihn tatsächlich. Und nicht nur das, Phin ist in dieser Minute in Chicago.«

Lucy schnappt nach Luft. »Ernsthaft?«

»Oui, maman, im Ernst.« Marcos Gesicht leuchtet vor Triumph. »Sollen wir gehen?«, fragt er. »Sollen wir jetzt gehen?«

»Wohin gehen?«

»Zum Angel Inn?«

»Nein, Marco. Nicht jetzt. Wir sind alle fertig für heute. Lass uns...«

»Nein, Mama. Lass uns jetzt gehen. Was ist, wenn Henry wieder umzieht? Was ist, wenn er herausfindet, dass wir hier sind und beschließt, wegzulaufen? Vielleicht finden

wir ihn nie wieder. Wir finden ihn vielleicht nie wieder. Komm schon. Es ist noch nicht mal fünf. Bitte.«
Lucy seufzt erneut, dann richtet sie ihren Nacken und ihren Rücken auf, schlägt die Hände auf die Oberschenkel und sagt: »Ja. Natürlich. Ja. Los geht's.«

KAPITEL 39

April 2017

Es war fast drei Uhr morgens. Trotz des wärmeren Wetters am Tag war es jetzt kalt, und Rachel konnte ihren Atem sehen. Sie bog um die Ecke zu dem Ort, an dem sie sich mit dem Uber verabredet hatte, und verfolgte die Fahrt des Fahrers ängstlich auf ihrem Handy, bis er endlich ankam, seine Scheinwerfer Löcher in den nächtlichen Nebel schnitten, und sie auf seinen Rücksitz kletterte und sagte, ja, es ginge ihr gut, danke, wie es ihm denn ginge. Dann beobachtete sie London durch das Fenster, die schlafenden Winkel, die zugezogenen Vorhänge, die gelegentlichen Lichtpixel hier und da, die sanften Strecken leerer Straßen, das ruhige Warten an roten Ampeln auf niemanden und nichts, das leise pulsierende Klicken des Blinkers und dann die Lichter, die auf dem schmutzigen, dunklen Wasser des Regent's Canal leuchteten, weiße Lichterketten, die über einen Kahn gespannt waren, die eigentümliche Form des Gebäudes, in dem ihre Wohnung war, der Schein des Nachtlichts in der Eingangshalle, ihr Schlüssel in der Haustür, der Geruch einer vernachlässigten Wohnung, ein Fächer aus Post auf der Fußmatte. Sie ließ ihre Tasche zu ihren Füßen fallen und sackte dann auf die Knie, die Tränen liefen ihr über das Gesicht, den Hals hinunter und in ihr Pyjamaoberteil.

Rachel wachte ein paar Stunden später auf. Sie lag in ihrem eigenen Bett. Die Laken hatten einen dumpfen, muffigen Geruch. Sie hätte ihr Bett mit sauberem Bettzeug verlassen sollen, bevor sie zu Michael gezogen war, aber sie hatte nicht daran gedacht. Und gestern Abend war sie zu kaputt gewesen, um daran zu denken, es zu wechseln. Sie hatte eine halbe Stunde lang unter der Dusche gestanden, den Druck so hoch wie möglich gedreht, und die Tränen hatten sich mit dem Wasser vermischt, das über ihren Kopf lief. Jetzt trug sie einen Schlafanzug, den sie seit vielen, vielen Wochen nicht mehr getragen hatte und der immer noch nach dem Weichspüler roch, den sie hier in ihrem eigenen Haushalt benutzte. Ihr Gesicht fühlte sich straff und rau an, weil sie in der Nacht zuvor eine Stunde lang vor Übelkeit und Wut geweint hatte.

Als sie erwachte, durchlebte sie einen klaren, weißen Moment der Unschuld, so flüchtig wie eine Schneeflocke, bevor sie sich daran erinnerte, dass ihr Mann sie letzte Nacht vergewaltigt hatte. Dann explodierte es vor ihrem geistigen Auge, das Gefühl von ihm auf ihr, seine Hand über ihrem Mund, um ihren Hals, das Blut, das in ihren Augäpfel pulsierte. Im Spiegel konnte sie geplatzte Blutgefäße in ihren Augen sehen, einen leuchtend roten Streifen an ihrem Hals. Zwischen ihren Beinen waren blaue Flecken, die schmerzten, auch ohne dass sie sie berührte. Sie stand noch eine halbe Stunde unter der Dusche, bis das Wasser abkühlte. Sie kochte sich einen Kaffee ohne Milch und trank ihn im Frotteebademantel auf ihrem Balkon. Der Tag war hell und mild. Ein blumengeschmückter Kahn fuhr träge den Kanal hinunter, und auf dem Vorderdeck lagen zwei braune Spaniels mit ausgestreckten Beinen. Sie hatte noch nicht auf ihr Handy geschaut. Sie wollte nie wieder auf ihr Handy schauen. Sie wollte seine Worte nicht sehen. Seine Lügen. Seinen Dreck.

Stattdessen griff sie zu ihrem Laptop, den sie seit zehn Jahren als Backup hatte und der mit jedem Jahr dicker und unhandlicher wurde. Sie öffnete ihr geschäftliches

E-Mail-Konto, das einzige, für das Michael keine Zugangsdaten hatte. Es erwartete sie eine E-Mail von Lilian Blow, der Schmuckeinkäuferin bei Liberty:

Rachel, ich setze Rosie Havers in CC. Rosie ist die Direktorin für Einkauf und Merchandising hier bei Liberty. Das heißt, der große Boss. Ich habe ihr ein Ohr über deine Sachen abgekaut und jetzt ist sie auch ein großer Rachel Gold Fan. Ich dachte, wir könnten uns diese Woche mal zu einem Mittagessen treffen, um die Sache ins Rollen zu bringen, dich ein bisschen besser kennen zu lernen und über langfristige Pläne, Hoffnungen und Träume zu sprechen. Was hälst du davon?

Rachel blinzelte über die Worte auf dem Bildschirm. Es waren Worte, die zu einer anderen Welt gehörten. Einer anderen Person. Einer anderen Version ihres Lebens. Sie ertappte sich im Spiegel auf der anderen Seite des Zimmers. Sie versuchte, sich die Person vorzustellen, die sie in ihrem Spiegelbild sah, wie sie mit Lilian und Rosie von Liberty in einem schicken Sohoer Hinterhofrestaurant saß. Sie stellte sich vor, wie sie über der Cocktailkarte brüteten und sich dann dafür entschieden, stattdessen Wasser oder komplizierte Tees zu bestellen. Sie stellte sich schmucke Eheringe und Kinder im Teenageralter mit interessanten Namen vor und Mähnen mit glänzendem Haar, die noch nie von den Fäusten ihrer Ehemänner festgehalten worden waren, als diese sie vergewaltigten. Sie sah sich selbst zwischen ihnen, zerzaust, nach Opferrolle und abgestandenen Bettlaken stinkend.

Dann schüttelte sie den Kopf. Schüttelte heftig den Kopf. »Nein, nein, nein, nein«, murmelte sie vor sich hin. »Nein,

nein, nein, nein, nein.«
Sie schlug sich selbst auf die Wange, räusperte sich und fuhr sich mit den Händen durch die Haare. »NEIN!«, sagte sie erneut. Dann tippte sie:

Das klingt fantastisch. Das würde mir gefallen! Nenn mir einfach eine Zeit und einen Ort und wir sehen uns dort. Ich freue mich schon sehr darauf.

Sie drückte auf Senden und sah zu, wie die Nachricht von ihrem Bildschirm sprang, und stellte sich vor, wie sie in den vergoldeten Posteingängen von Lilian und Rosie auftauchte. Bis dahin würde es ihr gut gehen, sagte sie sich. Völlig in Ordnung. Sie musste nur den heutigen Tag überstehen. Den heutigen Tag überstehen, eine Minute nach der anderen. Sich anziehen. Zur Arbeit gehen. Essen gehen. Einen Anwalt besorgen. Michael aus ihrem Leben ausschließen.
Sie öffnete eine neue E-Mail und richtete sie an Dominique:

Hey Fettsack. Die Kacke ist am Dampfen. Ich brauche die E-Mail-Adresse deiner Anwaltsfreundin, die mit den roten Haaren, ich weiß ihren Namen nicht mehr. Ich glaube, ich werde mich scheiden lassen. Bitte sag zu niemandem ein verdammtes Wort. Und bitte kontaktiere mich nur über diese E-Mail-Adresse. Ich benutze mein Handy im Moment nicht. Ich liebe dich.

Dann ging sie in ihr Badezimmer, öffnete den Schrank und holte ihre alte Schminktasche heraus. Sie machte sich im Spiegel schön. Sie bedeckte den Fleck an ihrem Hals mit Make-up. Sie kämmte ihr Haar aus und steckte es zu einem Dutt zusammen. Sie legte ein Parfüm auf und ein paar schöne Kleider an und ging dann zum Haus ihres Vaters.

»Meine Liebe! Komm herein! Was für eine wunderbare Überraschung! Mit dir habe ich nicht gerechnet!«
Sie erwiderte seine Umarmung innig und atmete den Geruch ihres Papas ein.
»Du siehst müde aus.«
»Oh, danke, Papa. Und ich habe mich so sehr bemüht, es nicht zu tun!«
»Es tut mir leid, mein Schatz, tut mir sehr leid. Wie spät ist es denn geworden? Eine lange Nacht?
»Eine sehr lange Nacht. Ja. Und ... andere Dinge.«
»Welche anderen Dinge?«
»Mach mir einen Cappuccino und ich erzähl's dir.«
Nichts machte Rachels Vater glücklicher, als seine teure Kaffeemaschine zu benutzen, und sie sah den Schwung in seinen Schritten, als sie ihm in die Küche folgte.
»Halbentrahmt, ja?«
»Ja, bitte, Papa.«
»Mit Sirup?«
»Nein, danke. Nur einen einfachen Cappuccino.«
»Mit Schokolade?«
»Natürlich.«
Sie versuchten gar nicht erst, sich über das Geräusch der Maschine, die die Bohnen mahlte, zu unterhalten. Als das letzte Zischen ertönte und der letzte Tropfen Kaffee auf den Schaum fiel, holte Rachel tief Luft und sagte: »Papa. Ich habe Michael verlassen.«
Er blieb stehen und drehte sich dann zu ihr um. Seine Augen waren weit aufgerissen, und er stieß einen leicht schockierten Atemzug aus. »Du hast...«
»Ja. Gestern Abend. Spät gestern Abend. Wir, äh, wir hatten

einen großen Streit. Die Dinge stehen schon seit Ewigkeiten schlecht. Es läuft schon seit den Flitterwochen schlecht, Papa. Ich meine, wirklich schlecht. Es gibt so viel...« Sie hielt inne und brachte sich wieder auf den Boden der Tatsachen zurück. Dann fing sie wieder an. »Es ist so viel passiert, Papa, was ich dir nicht erzählt habe. Michael hat sein ganzes Geld verloren.«

»Was!«

»Ja, ich weiß. Er hat alles verloren. Ich habe uns finanziell unterstützt. Und er hat – nun ja, er hat mir eine dunklere Seite von sich gezeigt.«

»Oh mein Gott, er hat dir doch nicht wehgetan, oder?«

»Nein, Papa. Nichts dergleichen.« Sie spürte, wie der wunde Punkt in ihrem Nacken durch die Lüge noch heißer brannte. »Nein. Aber ich hatte manchmal das Gefühl, dass er es vielleicht doch tun würde. Und ich bin fertig, Papa. Und es tut mir so, so leid. Es tut mir so leid, dass ich dich dazu gebracht habe, so viel Geld für die Hochzeit auszugeben. Und es tut mir so leid, dass ich so eine Versagerin bin. Dass ich die ganze Zeit so beschissene Entscheidungen treffe, dass ich dreiunddreißig bin und nichts besitze und dass du mich ständig stützen und mir aus der Patsche helfen musst und dass ich nicht einmal eine Ehe länger als zwei Monate halten kann.« Sie schniefte und wischte sich die Tränen von den Wangen. »Und es tut mir leid, dass ich alles bin, was du hast. Du verdienst etwas Besseres als mich, Papa, das tust du wirklich, wirklich. Es tut mir so leid.«

»Oh mein Gott. Rachel. Oh, nein! Nein! Sag das niemals. Ich bitte dich. Du bist das Beste und Bemerkenswerteste in meinem Leben. Du warst es immer und wirst es immer sein, und es gibt nichts, was du tun oder lassen könntest, was mich jemals anders empfinden ließe. Nichts.«

»Aber ich komme mir so dumm vor, Papa. Diese Hochzeit. All das Getue. Das ganze Geld. All die Leute, die dachten, ich wüsste, was ich tue. Aber das wusste ich nicht, Papa. Ich wusste es nicht. Ich habe ein Arschloch geheiratet, ein dummes, arrogantes, narzisstisches Arschloch, und ich bin wie eine Idiotin auf seinen Schwachsinn reingefallen, obwohl die Warnsignale die ganze Zeit da waren. Es ist ja nicht so, dass wir Männer wie ihn nicht kennen würden. Es ist ja nicht so, als gäbe es nicht jeden Tag tausend Fernsehsendungen, tausend Romane, tausend Nachrichtenberichte über Frauen, die von missbräuchlichen Männern aufgestachelt und unter Druck gesetzt werden. Und trotzdem, Papa, trotzdem.«

»Wenn du dich dadurch besser fühlst, mein Schatz, er hat auch mich völlig hinters Licht geführt. Ich fand ihn wunderbar.«

»Nun, er ist nicht wunderbar. Er ist ein Arschloch. Ein rückgratloses, ekelhaftes, erbärmliches kleines Arschloch.«

»Tja, man lernt nie aus, mein Schatz«. Er beugte sich zu ihr und schlang seine Hände um ihre. »Wenigstens hat er dir nicht wehgetan.«

Sie riss ihre Hände zurück. »Ja«, sagte sie, zu schnell.

»Hat er?«

»Nein, Papa, ich habe es dir gesagt. Nein. Aber es fühlte sich so an, als würde er es tun. Und die ganze Sache wurde immer toxischer, und es war Zeit zu gehen.«

»Wirst du die Scheidung einleiten?«

»Ja. Ja, das werde ich. Ich habe Dom gebeten, mir die Daten ihrer Freundin zu schicken. Sie ist eine der besten Scheidungsanwältinnen in London.«

»Ich bezahle, mein Schatz. Das weißt du doch. Was immer nötig ist, um dich aus diesem Schlamassel zu befreien. Dar-

über brauchst du dir keine Sorgen zu machen.«
Sie nahm seine Hände wieder in ihre und streichelte sie. »Danke, Papa. Ich danke dir.«
Und dann sprachen sie eine Weile über Liberty, über den Vertrag, über das Sortiment, das sie für sie entwerfen sollte: zwölf Ringe, zehn Halsketten, zehn Armbänder, zwanzig Ohrringe.
Während sie sprachen, sah ihr Vater sie ernst an. »Rachel«, sagte er. »Was auch immer du tust, lass Michael nichts von diesem neuen Vorhaben wissen. Lass ihn immer noch glauben, dass du dich abmühst. Dass du ihn mehr brauchst, als er dich braucht. Lass diesen Mann nicht in die Nähe deines bevorstehenden Erfolges kommen. Denn das wird dein Fluchtweg sein, mein Schatz, vor diesem schrecklichen Mann: dein Geschäft. Dein Talent. Dein... je ne sais quoi. . .«
Sie starrte ihn einen Moment lang an, dann lächelte sie und aus ihrem Lächeln explodierte ein Lachen, so hart und unerwartet, dass ihr Vater zusammenzuckte.
»Je ne sais quoi!«, wiederholte sie mit einem albernen Akzent. »Ha!«
Und da wusste sie, dass sie nie jemandem erzählen würde, was in der Nacht zuvor auf Michaels Sofa geschehen war. Niemals. Sie würde es mit ins Grab nehmen. Denn sie war Rachel Gold und Rachel Gold wurde nicht vergewaltigt. Sie war nicht vergewaltigt worden. Sie würde dies aus ihrer persönlichen Geschichte streichen: die Ehe, den Mann, die Vergewaltigung, all das. Sie würde es auslöschen und von vorne beginnen.

KAPITEL 40

Juni 2019

Meine Wohnung riecht nach Bleiche und feuchten Handtüchern. Sie liegt im hinteren Teil des Gebäudes, mit Blick auf die Rückseiten der Gebäude dahinter, auf ein kreuz und quer verlaufendes Gitter aus eisernen Feuerleitern und auf riesige Metallmülltonnen, die in den Höfen darunter grimmig zusammengekauert stehen. Der Besitzer hat ein Glas mit so etwas wie selbstgemachten Schokoladentrüffeln auf den Couchtisch gestellt, neben einer einzelnen Tulpe in einer Vase, was natürlich sehr süß ist, aber nicht wirklich viel dazu beiträgt, die unpersönliche Atmosphäre dieses Ortes zu mildern. Ich denke an Phins Wohnung mit den Frida-Kahlo-Kissen und seufze. Natürlich würde er das bessere Airbnb nehmen. Natürlich würde er das tun.

Ich habe herausgefunden, dass Phins Wohnung zwei Stockwerke unter meiner liegt und drei Wohnungen weiter links. Ich gehe das hallende Steintreppenhaus hinunter, das das Gebäude zusammenhält. Ich zähle die Türen bis zur dritten und sehe, dass Phins Wohnung eine Tür hat, die in einem herrlichen dunklen Teal gestrichen ist und einen goldenen Türklopfer in Form eines Fuchskopfes hat. Ich rieche fast den Duft des Neroli- und Granatapfeldiffusors, den ich auf den Fotos gesehen habe, der unter der Tür hindurchweht. Ich lege mein Ohr an die Tür, aber ich kann nichts dahinter hören.

Zurück in meiner Wohnung öffne ich meinen Koffer und hänge meine Kleider in den muffigen Schrank, während ich im Geiste die Bewertung dieses Ortes schreibe, die ich veröffentlichen werde, wenn ich gehe. *Etwas müde*

Einrichtungsgegenstände und Armaturen. Braucht ein wenig Auffrischung.

Und dann werde ich plötzlich, mit voller Wucht und auf schreckliche Weise mit dem Ergebnis all der Entscheidungen konfrontiert, die ich getroffen habe, seit ich London verlassen habe. Ich bin allein in einer tristen Wohnung in Chicago und überwache die Wohnung eines Mannes, den ich nicht mehr gesehen habe, seit ich sechzehn Jahre alt war, eines Mannes, der mich verachtet, und ich habe keine Ahnung, was ich jetzt tun soll. Näher kann ich Phin nicht kommen, ohne in seine Wohnung einzubrechen und dort zu sein, auf den Frida-Kahlo-Kissen, wenn er zurückkommt, von wo auch immer er ist, und das ist – nun, nein, das ist zu viel. Ich habe Angst davor, wohin das führen könnte. Ich habe Angst davor, was ich tun könnte. Ich habe Angst davor, was er tun könnte. Ich fürchte die Macht all dessen, was uns all die Jahre voneinander getrennt hat, und ich fürchte, wozu diese Macht führen könnte, wenn sie in einem Airbnb hinter einer geschlossenen Tür gefangen wäre. Und dann spüre ich, wie sich ein Hauch von Niedergeschlagenheit auf mich legt. Warum bin ich hier? Was mache ich eigentlich? Was zum Teufel will ich? Aber plötzlich habe ich es, und ich setze mich kerzengerade auf, als es mir blitzschnell einfällt.

Ich hole ein Notizbuch aus meiner Laptoptasche und einen Stift. Ich kritzle eine Notiz.

Sehr geehrte Person in Wohnung 12. Ich bin die Person in der Wohnung 35. Die Wohnung, in der ich wohne, gefällt mir nicht und ich habe auf Airbnb gesehen, dass Ihre Buchung in zehn Tagen endet, und ich würde sie gerne übernehmen, wenn Sie weg sind. Wären Sie bereit, mir die Wohnung zu zeigen, bevor ich sie buche? Keine Sorge, wenn nicht, verstehe ich das vollkommen. Aber wenn Sie mir einen Gefallen tun wollen, klopfen Sie einfach an oder schicken Sie mir eine SMS an diese Nummer. Danke!

Ich halte inne. Eigentlich wollte ich mit *Joshua* signieren, aber wenn Kris Phin ausfindig gemacht hat, könnte er etwas über einen seltsamen Briten namens Joshua gesagt haben, der Fragen stellt, also überlege ich einen Moment und unterschreibe dann als *Jeff*.

Ich falte den Zettel zu einem Quadrat, gehe zurück zu Phins Wohnung und klemme den Zettel unter das Kinn des Fuchses an der Tür. Dann mache ich mich auf den Weg zu einer Parfümerie, die mir drei Straßen weiter aufgefallen ist, und gebe siebzig Dollar für Raumsprays und Duftkerzen aus.

Bis zum Abend habe ich keine Nachricht von Phin erhalten. Ich habe Hunger, der Tag wird dunkel, und ich spüre ein schreckliches, pochendes Verlangen nach etwas, von dem ich nicht weiß, was es ist. Ich weiß nicht, ob es Sex ist. Ich weiß nicht, ob es Alkohol ist. Ich weiß nicht, ob es Sport oder Gewalt oder laute Musik oder Junk-Food ist. Aber da ist etwas in meinem Bauch, es ist aufwühlend, und ich habe das Gefühl, dass ich am liebsten gegen die Wand schlagen würde, aber das habe ich schon einmal getan, und es war unglaublich schmerzhaft – die Schrammen und Schnitte brauchten drei Wochen, um vollständig zu heilen – und ehrlich gesagt war es das nicht wert.

Ich gehe durch die Wohnung, die jetzt nach Lilien und Mandarinen und offenbar auch nach Meerschaum riecht. Meine Hände verkrampfen sich und lösen sich wieder. Mein Atem stockt. Ich schaue mir einen Porno auf meinem Handy an, der aber macht mich sauer. Ich beschließe, dass ich raus muss. Ich nehme die hallende Wendeltreppe und gehe den Korridor im ersten Stock entlang. Ich komme an Phins Tür vorbei und sehe, dass der Zettel noch da ist. Ich donnere die letzte Treppe hinunter und stürme durch die Eingangstür auf die Straße, und sofort fühle ich mich als Teil der Energie der lauen Dienstagnacht, als Teil der Straßen voller Büroangestellter, die von ihren Schreibtischen und der Langeweile befreit sind, mit Touristen und Einheimischen und alten und jungen Leuten. Ich gehe, wo sie gehen, in ihrem Windschatten, wie ein unsichtbar gekoppelter Zugwaggon, und ich denke, dass ich wahrscheinlich verrückt aussehe. Ich denke, dass ich wahrscheinlich verrückt bin, und die Lichter funkeln und brechen und machen mich schwindlig und betrunken, obwohl ich völlig nüchtern bin. Irgendwann trenne ich mich von den Menschenmassen und bleibe vor den Türen einer Brasserie stehen, mit meterhohen Salonpalmen vor schweren Samtvorhängen und einem Oberkellner in schwarzem Hemd und schwarzer Hose und einem Lächeln, das sowohl die Vögel auf den Bäumen als auch den verrückten einsamen Mann auf der Straße verzaubert. Ich werde in eine Kabine geführt und bekomme eine Speisekarte. Ich bestelle das Porterhouse-Steak für 90 Dollar und die Zwiebelringe und einen tibetischen Wein namens Shangri-La für unglaubliche 450 Dollar, und ich trinke den Wein, als wäre er ein Fruchtsaft, und rühre das Steak kaum an, weil ich eigentlich gar keinen großen Hunger habe. Mein Blick schweift durch den Raum in Richtung Bürgersteig, und ich sehe die Männer, die vorbeigehen, die Jungs, und ich will sie alle, alle von ihnen. Aber dann füllt sich mein Herz mit Wut, weil sie mich nicht wollen, also bestelle ich eine Flasche Ruinart Champagner für 195 Dollar und esse die Zwiebelringe mit meinen Händen und wische mit meinen fettigen Fingern durch Grindr. Die Qual, Phin so nahe zu sein, ist unerträglich, sie frisst mich von der Mitte an auf wie ein ekelhaftes Stück Obst, und ich kann mit keinem dieser Gefühle etwas anfangen, all die Dinge, die ich jetzt tun möchte, würden mich in eine Zelle bei der Polizei bringen. Also lasse ich mir die Rechnung bringen, bezahle und gebe fünfzig Prozent Trinkgeld.

Ich stehe auf und stelle fest, dass ich das Gleichgewicht nicht halten kann und mich am Tisch festhalten muss, und der Kellner, der das Trinkgeld von 300 Dollar erhalten hat, nimmt mich am Ellbogen und führt mich sanft durch das Restaurant. Er ist nicht einmal süß, aber ich kann nicht anders, als zu sagen: »Sie sind sehr süß, wie heißen Sie?« Und die Art und Weise, wie er mich anlächelt, als hätte er vielleicht ein Kügelchen Übelkeit im Mund, könnte einer der schlimmsten Momente meines Lebens sein, und ich habe wahrlich schon viele erlebt.

Ich laufe auf dem Bürgersteig herum und möchte jemanden küssen, jemanden schlagen, jemanden anschreien, jemanden umbringen, meine Hand in die Hose von jemandem stecken und ihn quetschen, bis er quietscht. Irgendwie wird mir klar, dass ich das bin, dass ich das schon immer war, aber dass ich darauf gesessen habe, es unterdrückt habe, es in einen Käfig gesperrt habe, es sediert habe wie einen Tiger, und in diesem Moment scheint mir, dass die Grenze zwischen jemanden umbringen und jemanden nicht umbringen schon immer so viel schmaler war, als mir je bewusst war, und ich möchte jemandem ins Herz stechen und jemandem ins Gesicht schlagen. Ich will das tun. Ich will das wirklich, wirklich tun.

Aber ich will auch Drogen nehmen. Ich will etwas Koks.

Und etwas Wodka. Ich finde den Weg zurück ins Magdala und mache mich so nüchtern wie möglich, bevor ich den Barkeeper frage, ob er jemanden kennt, und glücklicherweise versteht er die Andeutung sofort und weist mir die Richtung zu einer Frau in der hintersten Ecke der Bar, die wie fünfzig aussieht. Sie trinkt Bier, allein, und ich gehe auf sie zu, und sie deutet mit einer Geste auf den privaten Bereich ganz links in der Ecke und sagt: »Alles in Ordnung? Du siehst ziemlich fertig aus.« Und ich sage: »Ja, ich bin ziemlich aufgedreht.« Ich erzähle ihr, dass ich eine Flasche Wein und eine Flasche Champagner getrunken habe und dass ich das Gefühl habe, den Verstand zu verlieren, und etwas brauche.

Ich brauche einfach etwas, und sie sagt: »Nun, du brauchst kein Koks, das ist sicher.« Und sie gibt mir etwas Ketamin und etwas Valium und ich gebe ihr fünfzig Dollar und sie geht zurück zu ihrem Bier und ich stecke die Pillen und das Pulver ein und gehe.

Sofort ärgere ich mich, dass ich mir von ihr das Koks habe ausreden lassen. Aber ich will nicht zurück, also gehe ich in eine andere Bar, trinke drei Shots Tequila hintereinander und schicke eine SMS an Kris Doll.

Ich bin betrunken und geil. Komm und finde mich auf deinem großen Motorrad.

(Obwohl ich eigentlich schreibe: *Ich bin betunkne und geil Kom find mih auf deinem großen Motorrad* – mit einem Motorrad-Emoji).

Ich versuche, in einen Club zu kommen, aber der Security-Typ lässt mich nicht rein, und ich lege mich mit ihm an, körperlich, schlage ihm die Hände auf die Brust, spüre die Vergeblichkeit, als er mit seinen eigenen steroidgepumpten

Unterarmen zurückstößt und mich wie ein nasses Blatt von ihm wegzieht. Dann laufe ich eine Weile frei herum, schreie Fremden etwas zu, die mich jetzt mit Abscheu und schiefem Amüsement anstarren. Ich übergebe das Ketamin und das Valium an zwei Teenager-Jungs. »Hier. Nehmt ein paar Drogen.« Sie nehmen die Tütchen mit offenen Kinnladen, und dann stehe ich vor meinem Wohnblock, schaue auf und sehe, dass das Licht in Phins Wohnung brennt. Mein Bauch brennt, mein Herz, mein Kopf brennen, Flammen der Wut lodern in mir und drohen, mich ganz zu verschlingen, und ich muss, ich muss, ich muss...

Ich renne in das Gebäude und stürme die Treppe in den ersten Stock, und ich weiß, dass ich warten und planen und es richtig machen sollte, aber ich kann es einfach nicht, und ich hämmere den Fuchskopfklopfer tief in den blaugrünen Lack der Tür, und ich höre eine Stimme sagen: »Äh, hallo?«

»Hallo«, sage ich mit einem amerikanischen Akzent. »Das ist Jeff. Ich komme von oben. Hätten Sie eine Minute Zeit für mich?«

Es gibt eine Pause. Ich wippe von einem Fuß auf den anderen, und dann höre ich, wie die Kette entriegelt wird und die Tür aufgeht, und ich stelle meinen Fuß genau dort hin, in den Spalt, und lasse ihn dort stehen. Ich schaue hoch, und da ist Phin, der auf mich herabschaut, und ich sehe ihn, den Bruchteil der Sekunde, in der er von dem Gedanken, ich sei Jeff von oben, zu dem Wissen gelangt, dass ich Henry aus seinen Albträumen bin, aber es ist zu spät, denn ich bin in seiner Wohnung, und es gibt absolut nichts, was er dagegen tun kann.

TEIL DREI

KAPITEL 41
Samuel

Ich lerne viel aus der Geschichte im Guardian. Aber ich lerne auch nichts. Der Artikel wurde 2015 von einem Journalisten namens Miller Roe geschrieben, und ich finde ihn über Google innerhalb von etwa fünf Minuten. Er geht jedoch nicht ans Telefon, antwortet nicht per E-Mail und hat auch keine Adresse. Während ich also auf seine Antwort warte, fahren Donal und ich aufs Land, um mit Libby Jones zu sprechen.

Sie wohnt in einem schönen Haus etwas außerhalb der Stadt St. Albans. Ich glaube, es ist möglicherweise georgianisch. Die Terrasse verzieren einige Säulen und Stufen, die cremefarben und geschwungen sind, und ein Vorhang aus Efeu, der an den Wänden emporrankt. Die Anwälte in Pimlico sagten mir, das Haus im Cheyne Walk sei für über sieben Millionen Pfund verkauft worden, und dieses hier Haus sieht aus, als habe es nicht einmal die Hälfte oder ein Viertel davon gekostet.

Ich frage mich, was sie mit dem Rest des Geldes gemacht hat. Ich kann nicht anders, als in Gedanken die unzähligen Dinge durchzugehen, die ich mit einer solchen Summe tun würde. Ich bin sechsunddreißig, ich bin unverheiratet und habe keine Kinder. Einen Teil davon würde ich vielleicht für eine Wohnung in Florenz mit Blick auf die Uffizien auf der Piazza della Signoria ausgeben, und vielleicht für ein paar Kunstwerke, mit denen ich sie einrichten würde. Das meiste davon würde ich natürlich meiner Mutter geben, um ein Haus zu kaufen, das nicht leckt und knarrt und in dem es Knöpfe gibt, die alles für sie erledigen, und dann würde ich viel in die Altersvorsorge investieren, denn ich habe nicht die Absicht, so wie meine Mutter von dem zu leben, was die Großbank, für die sie fünfunddreißig Jahre lang gearbeitet hat, als Lebensunterhalt ansieht. Und schließlich würde ich meine Hypothek abbezahlen und mit einem Glas Champagner feiern, der höher beziffert ist als meine monatlichen Raten.

Mit diesen Gedanken im Kopf steige ich aus dem Auto und folge Donal zur Eingangstür des ansehnlichen, aber bescheidenen Hauses von Libby Jones. Und dann bin ich verwirrt, weil es nicht an einer, sondern an vier Türen Klingeln gibt, und mir wird klar, dass es sich um ein umgebautes Haus handelt und dass Libby Jones, die Millionenerbin, in einer Wohnung lebt. Ich drücke mit dem Finger auf die Klingel, auf der ihr Name steht, und einen Moment später erscheint eine Frau an der Haustür, aber ich glaube nicht, dass es Libby Jones ist, denn sie sieht viel älter aus als sechsundzwanzig. Sie hat dunkles, schulterlanges Haar, eine schwarze Brille mit dickem Rahmen, ein kantiges Gesicht und trägt etwas, das wie ein grüner Overall aussieht, aber vielleicht auch ein aktueller Trend ist.

»Guten Morgen«, sage ich. »Ich bin Detective Inspector Samuel Owusu, und das ist Detective Sergeant Donal Muir. Wir sind auf der Suche nach einer Miss Libby Jones.«

»Meine Güte. Ist alles in Ordnung?«

»Ja, alles ist in Ordnung. Darf ich Sie nach Ihrem Namen fragen?«

»Dido Rhodes. Worum geht es hier?«

In diesem Moment taucht ein kleiner Hund hinter ihr auf, ein Hund, den ich mag, ein Hund, den man tragen und führen kann, der einen nicht anspringt und das Gesicht ableckt. Er knurrt leise, als würde er entscheiden, ob er bellen will oder nicht, und dann bleibt er stehen und setzt sich zu Didos Füßen.

»Wir müssen mit Libby Jones sprechen. Ist sie zu Hause?«

Dido Rhodes nimmt den kleinen Hund in ihre Arme. Ich schaue ihm in die Augen. Der Hund erwidert meinen Blick. In diesem Hund scheint Weisheit zu stecken. In seinen Augen sehe ich eine Geschichte. Er hat schon einiges erlebt, und wenn er sprechen könnte, denke ich, würde er mir alles erzählen, was ich wissen muss. »Ja, warten Sie. Libbs! Libby! Es sind ein paar Polizisten hier, um dich zu sehen.«

Während sie ruft, lässt sie meinen Blick nicht los, als ob sie denkt, ich könnte etwas Ungehöriges tun, wenn sie ihn von mir nimmt.

Dann erscheint Libby. Sie ist klein und adrett, hellblond und sehr sauber. Sie trägt schmale graue Jeans mit einer grünen Weste und grünen Flip-Flops. Sie blinzelt mich an.

»Hallo?«

Ich stelle mich und Donal noch einmal vor.

»OK«, sagt sie. »Kann ich...? Wollen Sie reinkommen?«

Der Hund fängt wieder an zu knurren, als wir die Schwelle überschreiten.

Ich lächle ihn beruhigend an, aber es scheint nicht zu funktionieren.

»Entschuldigung. Er ist nicht mein Hund. Er gehört meiner Mutter. Ich passe nur für sie auf ihn auf. Er ist ein bisschen überfürsorglich.«

Ich nicke. »Das ist sein Job. Ein Hund braucht eine Aufgabe, um glücklich zu sein, und wenn er nicht weiß, was seine Aufgabe ist, erfindet er eine.«

Libby Jones stößt ein leises Lachen aus und führt Donal und mich durch eine Tür hinter sich in eine winzige Wohnung im Erdgeschoss.

Die Wohnung ist sehr hübsch, ein Spiegelbild von Libby in ihren sauberen Regalen und geordneten Oberflächen, ihrer biederen Attraktivität. Wir sitzen im Wohnzimmer auf cremefarbenen Leinensofas und bekommen von Dido im Overall Gläser mit Wasser gereicht.

»Also«, beginne ich. »Miss Jones. Ich habe Ihre Daten von den Anwälten Smithkin Rudd & Royle in SW1 erhalten. Sie sagten uns, dass Sie vor etwa einem Jahr eine Immobilie in Nummer sechzehn, Cheyne Walk, geerbt haben.«

»Ja, das ist richtig.«

»Und dass Sie es kürzlich verkauft haben?«

»Ja. Der Verkauf wurde vor etwa zehn Tagen abgeschlossen.«

»An Oliver und Kate Wolfensberger?«

»Ja, das ist richtig.«

»Und ich habe gehört, dass das Haus einst Ihren Eltern gehörte?«

Ich merke, wie Libby schluckt, bevor sie sich räuspert, und ich weiß, dass ihre Antwort auf diese Frage eine Lüge sein wird.

»Meinen leiblichen Eltern. Ja. Das ist richtig.«

»Und Sie haben Ihre leiblichen Eltern nie kennengelernt?«

»Nein, niemals. Sie starben, als ich noch ein sehr kleines Baby war. Darf ich fragen, worum es hier geht?«

Ich fühle mich wie auf einem Drahtseil über einer Kluft. Libby Jones hat mich schon einmal belogen, und ich möchte sie nicht in Verlegenheit bringen und vor allem nicht dazu, noch einmal zu lügen. Ich will nur ehrliche Antworten von ihr.

»Wir untersuchen den möglichen Mord an einer jungen Frau namens Birdie Dunlop-Evers in den späten achtziger bis frühen neunziger Jahren.« Ich sehe, wie ein Flackern der Erkenntnis über ihr Gesicht geht. Aber sie schüttelt den Kopf, was bedeuten soll, dass sie noch nie von Birdie Dunlop-Evers gehört hat.

»Es ist möglich, dass sie zum Zeitpunkt ihres Todes in der Nummer 16 vom Cheyne Walk wohnte«, fahre ich fort. »Ich habe im Guardian einen Artikel über die Geschichte des Hauses und die schreckliche Tragödie gelesen, die deinen Eltern widerfahren ist. Ich habe gelesen, dass man dich allein in einem Kinderbett im Obergeschoss gefunden hat. Ich habe gelesen, dass noch andere Menschen in dem Haus waren. Teenager. In einigen Berichten ist von zwei Teenagern die Rede. In anderen heißt es drei, in wieder anderen vier. In einigen Berichten heißt es, dass in dem Haus nie Kinder gelebt haben. Ein Zusteller meinte, das Haus könnte ein Nonnenkloster sein? Es gibt so viele widersprüchliche Berichte. Haben Sie diesen Artikel auch gelesen?«

»Ja, natürlich. Ja. Er war eines der ersten Dinge, die ich im Internet fand, als ich erfuhr, dass mir das Haus hinterlassen worden war. Davor hatte ich noch nie etwas von dem Haus oder einem Mitglied der Familie gehört. Es ist ein sehr verwirrender Artikel.«

»In der Tat. Viele Fragen. Wenige Antworten. Und so erschien es mir möglich, als ich diesen Artikel las, dass in einem Haus mit einer so chaotischen und tragischen Vorgeschichte vielleicht eine junge Frau in die Struktur dieses Hauses eingegliedert werden könnte, ohne dass es jemand bemerkt. Völliges Verschwinden.«

Es ist keine Frage. Es ist eine Feststellung. Libby Jones kann weder zustimmen noch widersprechen, und ich lasse sie einen Moment in der Stille verharren.

Libby Jones bringt all ihre Gliedmaßen, Arme und Beine, in eine andere Position. »Ich habe wirklich keine Ahnung«, sagt sie. »Ich weiß nur, was in dem Artikel stand. Mehr weiß ich nicht.«

»Sie haben das Haus aber gesehen? Bevor Sie es verkauft haben?«

»Oh, ja. Ja, natürlich. Ich habe eine ganze Weile dort verbracht, nachdem ich es geerbt hatte. Um es zu erkunden. Um ein Gefühl für diesen Ort zu bekommen.«

»Und Sie haben nie etwas gesehen? Etwas gefunden? Irgendetwas, das mehr Aufschluss über die Geschehnisse in der Nacht, in der Ihre Eltern Selbstmord begingen, gegeben haben könnte?«

»Nein. Tut mir leid.«

Während sie dies sagt, fährt sie sich mit der Hand an die Kehle.

Verdammt! Sie hat wieder gelogen. Aber diesmal ist es eine nützliche Lüge, denn sie lässt mich glauben, dass sie tatsächlich etwas herausgefunden hat, das über die Geschichte in dem Zeitungsartikel hinausgeht, dass sie etwas weiß und sich dafür entscheidet, es nicht mit mir zu teilen. Und wenn sie sich dafür entscheidet, es nicht mit mir zu teilen, dann versucht sie, entweder sich selbst oder jemand anderen zu schützen. Und wen könnte sie in diesem bizarren Szenario möglicherweise schützen wollen, wenn nicht eine andere Person, die in die Geschichte dieses Hauses verwickelt ist?

Der Bruder vielleicht oder die Schwester?

Henry und Lucy waren die Namen der anderen Lamb-Kinder, wie es in dem Artikel heißt. Ich frage mich, ob es möglich ist, dass sie vom Fälligkeitsdatum des Trusts wussten und Libby aufgespürt haben, um ihren Anteil einzufordern. Immerhin waren sie beide auch im Trust genannt worden, und keiner von ihnen hatte sich an seinem eigenen fünfundzwanzigsten Geburtstag gemeldet. Könnte es sein, dass sie auf eine *saubere* Person gewartet haben, die das Erbe in ihrem Namen einfordert? Jemand, der im Gegensatz zu ihnen auf dem Radar existierte? Und wenn sie unter dem Radar existieren mussten, warum? Möglicherweise, weil einer von ihnen in irgendeiner Weise für den Tod von Birdie Dunlop-Evers verantwortlich war? Aber warum? Das ist die Frage, von der ich jetzt weiß, dass ich die Antwort darauf finden muss. Warum sollte ein Teenager – oder sogar zwei, drei oder vier Teenager – eine dreißigjährige Frau umbringen?

»Ich habe das Haus gestern gesehen«, erzähle ich Libby. »Mr. Wolfensberger hat es mich besichtigen lassen. Es ist sehr charaktervoll.«

»Beängstigend, meinen Sie?«

»Ja, ich denke schon. Ein bisschen unheimlich. Es ist schwer vorstellbar, dass dort jemals eine normale Familie gelebt hat.«

»Nun, vielleicht waren sie keine normale Familie.« Libby zuckt mit den Schultern. »Ich meine, normale Familien neigen nicht dazu, Selbstmordpakte zu schließen, oder?«

Ich nicke. Das ist wahr.

»Ich hatte Glück«, fährt sie fort. »Ich hatte das Glück, aus diesem Umfeld herausgenommen worden zu sein und in einer normalen Familie aufzuwachsen.«

»Und jetzt sind Sie glücklich, weil Sie viel Geld haben?«

Sie lächelt. Ich kann sehen, dass dieses Geld sie glücklich macht. Und ich frage mich, was sie mit all dem Geld gemacht hat. Hätten der Bruder und die Schwester sie wegen ihres Anteils an dem Geld aufgespürt und versucht, es ihr mit Gewalt abzunehmen oder sie zu erpressen, damit sie es ihnen gibt, dann würde sie nicht so entspannt über ihre Veränderung des Glücks aussehen. Aber sie ist entspannt. Ich denke also, dass sie das Geld vielleicht gerne und gleichmäßig geteilt hat, dass sie mit dem Geld in Frieden lebt, weil sie sich vernünftig und fair verhalten hat.

»Werden Sie jetzt eine größere Immobilie kaufen?«, frage ich.

»Ja. Ich meine, ich werde diese Wohnung behalten. Ich vermiete sie für eine sehr niedrige Miete an ein junges Paar oder eine alleinstehende Person, jemanden, der es schwer hat. Ich werde das Einkommen nicht brauchen, aber ich weiß, wie schwer es für junge Leute ist, über die Runden zu kommen. Alles ist so teuer. Und ich habe mich nach einem Haus weiter draußen auf dem Land umgesehen. Mit ein bisschen Grün drumherum. Irgendwo, wo ich eine Werkstatt für Innenarchitektur betreiben könnte. Vielleicht eine Scheune oder ein Nebengebäude, so etwas in der Art.«

»Sie werden also weiterhin arbeiten?«

»Nun, es ist noch zu früh. Ich habe es noch nicht auf den Weg gebracht. Aber meine Freundin Dido« – sie zeigt auf die Tür – »sie ist die Chefdesignerin und Franchisenehmerin des Küchenausstellungsraums in der Stadt, in dem ich früher gearbeitet habe. Sie wird mir bei der Einrichtung helfen.«

Dido wartet vor der Wohnzimmertür. Sie glaubt, sie sei unsichtbar, aber das ist sie nicht. Ich höre ihr Atmen, höre ihre nackten Füße auf den Holzdielen, ein leichtes Räuspern. Ich frage mich, wie viel Dido über das Geheimnis weiß, in das ihre Freundin verwickelt ist. Vielleicht so viel wie der Hund, der aufgehört hat zu knurren, mich aber immer noch anstarrt.

»Nun. Das klingt nach einem großartigen Plan und einer großartigen Verwendung Ihres Erbes. Und was ist mit dem Rest davon?«

»Der Rest davon?« Sie schaut etwas erschrocken.

»Ja. Ein Haus auf dem Lande. Eine Scheune. Ein Geschäft. Sie werden viel übrig haben?«

»Nun, nicht wirklich. Ich meine, ich werde meiner Mutter etwas geben. Ja, natürlich. Und vielleicht, Sie wissen schon, ein paar Wohltätigkeitsorganisationen. Investitionen. So etwas in der Art.«

Ich nicke. Ich muss irgendwie Einblick in das Bankkonto von Libby Jones bekommen.

Ich werde einen Durchsuchungsbefehl brauchen, aber darum kümmere ich mich später.

»Haben Sie jemals Angst, dass eines Ihrer Geschwister zu Ihnen kommen könnte, wenn es vom Verkauf des Hauses erfährt? Es steht ja im Internet. Bald wird das Grundbuchamt den Verkaufspreis veröffentlichen und die ganze Welt wird davon erfahren. Auch Ihr Bruder und Ihre Schwester, Henry und Lucy. Was würden Sie tun, wenn sie Sie suchen würden?«

Ich höre, wie Dido hinter der Wohnzimmertür in einen starken Hustenanfall ausbricht.

»Das werden sie nicht«, sagt Libby.

Darauf antworte ich nicht mit Worten, sondern mit einer hochgezogenen Augenbraue. »Sie sind wahrscheinlich tot.«

Ich versuche, so auszusehen, als bestünde eine kleine Chance, dass ich glaube, was sie gesagt hat, aber es ist schwer. »Tot?«, frage ich. »Das scheint eine dramatische Schlussfolgerung zu sein.«

»Das ist aber das Einzige, was Sinn macht, nicht wahr? Wie Sie sagen. Teenager-Kinder, in der einen Minute hier. In der nächsten sind sie weg.«

»Ah, nun ja, ja. Das mag man denken. Aber es ist einfacher, einen lebenden Menschen zu verstecken als eine Leiche.

Als Detective weiß ich das nur zu gut. Eine Änderung des Namens. Eine Änderung des Aussehens. Ein anderes Land. Sehr einfach zu vollziehen. Sie sind also vielleicht gar nicht tot, Miss Jones, sondern viel wahrscheinlicher noch am Leben. Haben Sie jemals versucht, sie aufzuspüren?«

Auf meine Frage folgt ein entschlossenes Kopfschütteln.

»Nein. Nein, habe ich nicht.«

»Würden Sie das wollen?«

»Nein.«

»Sind Sie nicht neugierig, was aus ihnen geworden ist? Um sie in Ihrem Leben zu haben?«

»Ich habe einfach angenommen, dass sie tot sind. Es ist mir nie in den Sinn gekommen...«

Ich seufze. Dieses Gespräch ist so weit gegangen, wie es nur gehen kann. Aber als ich aufstehe, fängt der Hund wieder an zu knurren und ich sehe ihn an und merke, dass ich noch eine Frage stellen muss.

»Der Hund Ihrer Mutter, sagten Sie?« Sie nickt.

»Das ist also der Hund Ihrer Adoptivmutter?«

»Meiner...?« Alle Farbe aus ihrem Gesicht verschwindet. »Ja.« Sie erhebt sich. »Ja. Der Hund meiner Adoptivmutter.«

»Und wo ist sie, Ihre Mutter?«

»Sie ist in Spanien. Sie lebt in Spanien, oder zumindest lebt sie manchmal in Spanien. Sie hat eine Wohnung. Manchmal kommt sie zurück. Wir – wir teilen uns den Hund, so ist es am besten gesagt.«

Libby Jones plappert. Sie lügt. Oder vertuscht eine Lüge. Ich denke an das Foto ihrer leiblichen Eltern im Guardian: die dunkelhaarige, halb-türkische Mutter. Der untersetzte, bulldoggengesichtige Vater. Sie sieht keinem von beiden ähnlich. In keiner Weise. Ich verlasse das Haus von Libby Jones mit mehr Fragen als vorher.

KAPITEL 42

Lucy und die Kinder klettern aus dem Uber vor dem Angel Inn. Es ist ein Gebäude aus den 1920er Jahren, an der Grenze zwischen Deco und Nouveau, mit metallgerahmten Fenstern und einer verschnörkelten Chrom-Drehtür. Es ist nicht so schick wie das Dayville, aber es ist charmanter, mehr nach Lucys Geschmack. Weniger, so stellt sie sich vor, nach Henrys Geschmack.

Im Foyer ergreift Lucy Stellas Hand und geht auf den Empfangsbereich zu.

»Hallo«, sagt sie. »Wir suchen meinen Bruder. Er nennt sich entweder Henry Lamb oder Joshua Harris. Das ist er. Ist er hier?«

Sie zeigt ihr Handy der Empfangsdame. Diese lächelt und nickt. »Ja«, sagt sie. »Das ist Mr. Harris. Er war hier. Aber er hat zur Mittagszeit ausgecheckt.«

Lucy spürt einen Schlag der Überraschung in ihrem Bauch. »Heute Mittag?«

»Ja. Tut mir leid, dass Sie ihn verpasst haben!«

»Und Sie wissen nicht, wo er hingegangen ist?«

»Nein. Es tut mir so leid. Das hat er nicht gesagt. Aber er ist zu Fuß gegangen? Falls Ihnen das weiterhilft?«

Lucy wendet sich Marco zu, und Marco nickt. »Ja«, sagt sie. »Das ist hilfreich. Wirklich sehr hilfreich. Ich danke Ihnen vielmals.«

Sie verlassen das Hotel und bleiben eine Weile auf dem Bürgersteig stehen. Es ist noch hell und die Straßen sind belebt. Die ersten Gäste an den Tischen auf dem Bürgersteig bekommen große Gläser Wein serviert, die die langen goldenen Sonnenstrahlen einfangen. Sie schauen sich eine

Weile um, als ob sie jeden Moment Henry sehen könnten, der seinen Koffer hinter sich herzieht.
»Was nun?«, fragt Marco.
Lucy zuckt mit den Schultern. »Weiß Gott. Ich meine, er ist zu Fuß gegangen. Nicht mit dem Taxi. Also muss er noch irgendwo hier sein.« Sie schaut sich noch einmal um, ihre Augen suchen nach einer Strähne blond gefärbten Haares, der Kurve seiner Schultern, dem unverwechselbaren Auftreten seiner Füße in Designersneakers oder teuren Lederschuhen. Aber natürlich ist er nicht da. Natürlich ist er es nicht. »Sollen wir vielleicht etwas essen gehen?« Sie lässt ihren Blick wieder über die Cafés und die Tische auf den Bürgersteigen schweifen, über die Gläser mit kaltem Weißwein, die in der Abendsonne glitzern.
Aber Stella gähnt schon. Es ist schon nach Mitternacht in London. Sie ist schon seit fast einem Tag wach. Sie nehmen einen Uber zurück zum Dayville und bestellen den Zimmerservice, und um 20 Uhr schlafen alle drei fest. Sogar Lucy.

Am nächsten Morgen erwacht Lucy in der dunklen Hitze eines Angsttraums, und für einen Moment, als sie die Augen öffnet, weiß sie nicht, wo sie sich befindet, fühlt sich fast so, als stünde sie auf dem Kopf, als sei die Decke der Boden und der Boden die Decke, und als würden die Wände auf sie zurutschen. Sie setzt sich kerzengerade auf und schnappt nach Luft. Sie sieht Stellas Locken auf dem Kissen neben sich und hört Marco im Wohnbereich leise schnarchen. Sie greift nach ihrem Handy, um nach der Uhrzeit zu schauen. Es ist kurz vor acht Uhr morgens. Sie hat zwölf Stunden geschlafen und fühlt sich trotzdem erschöpft.
Sie reibt sich das Gesicht ab und duscht. Eine dieser Duschen, bei denen sie sich nicht sauberer fühlt, trotz des warmen

Wassers und des Grapefruitextrakts im Duschgel. Sie sitzt auf der Bettkante in einem Hotelbademantel, die Haare in einen Handtuchturban gewickelt, und nimmt ihr Handy in die Hand.
Ihr Herz setzt einen Schlag aus und rast dann. Eine Flut von Nachrichten von Libby auf WhatsApp. *Der Hund*, denkt sie im ersten Moment, *dem Hund ist etwas zugestoßen*. Aber nein. Es ist nicht der Hund. Es ist etwas viel, viel Schlimmeres.

Mutti. Ich will dich nicht erschrecken und ich bin sicher, es ist nichts, aber gestern war die Polizei bei mir.
Sie stellten Fragen über dich und über Henry. Sie fragten, ob du noch lebst, ob du dich jemals mit mir wegen des Erbes in Verbindung gesetzt hattest.
Ich habe gelogen, so gut ich konnte.
Aber ich habe es ein bisschen vermasselt. Ich habe gesagt, dass Fitz der Hund meiner Mutter ist. Dann musste ich so tun, als wäre es der Hund meiner anderen Mutter, aber ich merkte, dass er wusste, dass das falsch war. Ich habe gemerkt, dass er wusste, dass ich bei allem gelogen habe.

Aber es ist Libbys letzte Nachricht, die ihr einen Stich in die Magengrube versetzt.

Sie sagten, sie würden den Mord an Birdie Dunlop-Evers untersuchen. Ich tat so, als hätte ich nie von ihr gehört. Ich denke, das haben sie mir geglaubt. Ich bin sicher, es wird alles gut werden.

Lucy lässt das Handy auf das Bett fallen. Birdie Dunlop-Evers. Der Anblick ihres Namens in Libbys SMS reicht aus, um ihr

Gänsehaut zu bereiten. Ihre Sicht wird schwarz, ihr Kopf füllt sich mit dunklem Nebel, ihre Nasenlöcher füllen sich mit dem Geruch von Birdies Kopfhaut, der abgestandenen Hitze ihres Atems an ihrer Wange, während sie ihre Fingerspitzen streng die Saiten der abgenutzten Geige auf und ab bewegt, auf der sie Lucy das Spielen beigebracht hat.

Sie erinnert sich an die Spielchen, die Birdie gegen Ende mit Lucys Kopf gespielt hat, an die Art und Weise, wie sie Lucy in ihre Beziehung zu David einbezog, wie sie Lucy mit Haargummis und Nagellack das Gefühl gab, etwas Besonderes zu sein, und wie sie Zeit mit unerlaubten Aktivitäten abseits der Blicke der anderen verbrachte. Sie erinnert sich daran, wie sie auf Birdies Matratze saß und Maltesers aus einer Familienpackung aß, während Birdie sie mit gierigen Augen beobachtete. Sie erinnert sich an eine Ausgabe von Smash Hits. Ein Päckchen Kaugummi mit Fruchtgeschmack. Einen Spritzer Designer-Parfüm aus einem Flakon mit einer goldenen Schleife darauf. Ein Paar weinrote Wildlederschuhe mit Pfennigabsatz, die sie für David Thomsen vorführte, während Birdie sich über sie hermachte. Sie erinnerte sich daran, wie David jedes Mal, wenn sie zusammen waren, ein wenig näher in den Raum eingedrungen war, den sie und Birdie bewohnten. Erst ein distanzierter Beobachter, dann ein aktiver Beobachter, dann ein Teil ihres und Birdies Teams, bis Birdie eines Tages weg war und sie mit David allein war. Damals hatte sie sich geehrt gefühlt und sich gefreut, dass David ohne Birdie Zeit mit ihr verbringen wollte. Sie hatte es wie eine kribbelnde Eiskette um ihren Hals gespürt, ein Prickeln im Bauch, ein dunkles Glühen in ihrem Körper, etwas, das sie wollte, obwohl sie nicht wusste, was es war: Aufmerksamkeit vielleicht, aber mehr als das. Sie wollte Liebe. Sie wollte Liebe, so sehr, dass es ihr weh tat.

Und so nannte es David Thomsen. Er nannte es Liebe.

Und obwohl sie in all den Jahren oft an David gedacht hat, hat sie nur selten an Birdie gedacht – sie ist schon vor langer Zeit aus Lucys innerer Geschichte verschwunden. Eine Fußnote. Ein Geruch. Ein Fetzen von etwas. Aber jetzt füllt Birdie ihren ganzen Kopf aus, jedes Atom ihres Seins, jeden Faden ihrer Psyche. Birdie mit ihrem hüftlangen Haar und ihren hübschen Händen, ihren kleinen Zähnen und den abgehackten englischen Vokalen. Birdie mit ihren toten blauen Augen. Und jetzt, wo Lucy eine Frau ist, eine dreifache Mutter, jetzt, wo sie älter ist, als Birdie je sein wird, weiß sie, dass die kostbaren kleinen Geschenke, das heimliche Geflüster und die Parfümspritzer nur dazu dienten, dass sie sich wohl genug, besonders genug und wichtig genug fühlte, um zu glauben, dass es eine gute Sache war, mit einem sechsundvierzigjährigen Mann Sex zu haben, als sie erst dreizehn war. Lucy weiß jetzt, dass Birdie sie im Auftrag von David zurechtgemacht hat, sie weiß, dass Birdie ein Monster war. Und sie weiß, dass Birdie an einem Schlag auf den Kopf starb, und sie weiß, dass das alles mit Henry zu tun hatte. Die drei Leichen in der Küche. Birdie tot im Schlafzimmer. Phin an den Heizkörper gefesselt. Die tote Katze. Das Baby, das ihre Mutter im fünften Monat verlor. Dass das alles mit Henry zusammenhängt, alles, aber sie hat nie ganz herausgefunden, wie. Sie erinnert sich nur an den Schock, als sie Birdie leblos sah, eine schlaffe Marionette, ein Nichts, an das weltfremde Gewicht ihres Körpers, als sie Henry half, ihn auf das Dach des Hauses im Cheyne Walk zu tragen...

Und jetzt, irgendwie, Lucy hat keine Ahnung wie, hat ein Polizist in London herausgefunden, dass Birdie tot ist, und hat beschlossen, dass es etwas mit den Leuten zu tun haben

muss, mit denen sie einst zusammenwohnte.
Sie hat keine Ahnung, wie dieser Polizist in London diese Verbindung hergestellt hat und wie es dazu kommen konnte, dass dieser Polizist vor der Haustür ihrer Tochter in St. Albans steht und ihr unangenehme Fragen über ihre Familienverhältnisse stellt. Aber sie weiß, dass diese Fragen nicht aufhören werden, wenn sie erst einmal begonnen haben, dass weitere Fragen folgen werden, wie Schritte in einem Tanz. Bis sie zu dem Punkt in Lucys Leben kommen, an dem sie vor fast einem Jahr etwas Schockierendes, etwas Schreckliches getan hat, und sie spürt, wie sich die Schlinge um ihren Hals immer enger zieht, bis sie kaum noch atmen kann.

KAPITEL 43

April 2017

Eine Woche nachdem sie Michael verlassen hatte, schaltete Rachel endlich wieder ihr Handy ein. Es war nichts von ihm zu hören. Keine verpassten Anrufe, keine Nachrichten. Sie war überrascht und erleichtert zugleich. Jeden Tag wachte sie in ihrer Wohnung in Camden Town auf, öffnete die Augen und fragte sich eine Sekunde lang, wo sie sich in ihrem Leben befand. Ihre Träume waren jede Nacht lebhaft und verwirrend. In ihren Träumen heiratete sie Michael wieder, sie schlief wieder mit Michael. In ihren Träumen sagte sie Michael, dass sie ihn liebte, dass sie ihn vermisste, dass sie ihn wollte. Sie küsste ihn und hielt ihn in ihren Träumen, und dann wachte sie auf und erinnerte sich bald an die Realität und fühlte sich froh und unbelastet, kletterte aus ihrem Bett und begrüßte den Tag in der sanften Umarmung einer wohlwollenden Einsamkeit. Die Tage wurden wärmer, länger, freundlicher. Sie ließ die Türen zu ihrem Balkon offen, solange die Sonne hindurchschien.

Sie trank dort ihren Morgenkaffee und kam wieder in Kontakt mit all den seltsamen und wunderbaren Menschen in ihrer Grachtengemeinschaft, von denen einige ihre Abwesenheit kaum bemerkt hatten, während andere voller Neugierde darüber waren.

Am Montag, nachdem sie ihn verlassen hatte (so hatte sie es in ihrem Kopf formuliert: Sie hatte ihn verlassen – das war alles, nichts weiter), traf sie sich mit Doms Freundin Thea, der heißen Scheidungsanwältin. Thea wohnte in Primrose Hill, also trafen sie sich auf halbem Weg zwischen ihnen in einem Feinkostladen in der Gloucester Avenue, die an den Kanal grenzt. Dom erzählte Rachel, dass es umsonst wäre, ein Gefallen, ein Fünfzehn-Minuten-Termin, also verschwendete Rachel keine Zeit mit Smalltalk. Sie sagte: »Ich habe diesen Kerl im August kennen gelernt, wir hatten unser erstes Date im November, haben uns im Dezember verlobt, im Februar geheiratet und seit dem vierten Tag der Flitterwochen ist es eine absolute Katastrophe.«

»Katastrophe«, sagte Thea und löste ein Stückchen Teig von einer Zimtrolle.

»Was für eine Katastrophe?«

»Gefühlsmäßig missbräuchlich.«

Thea kniff die Augen zusammen und schob sich das Gebäck zwischen den rosigen Lippen in den Mund. »Inwiefern?«

»Nun, wir hatten in unseren Flitterwochen einen Moment der – sexuellen Inkompatinilität. Ich schlug vor, etwas Neues auszuprobieren. Er war entsetzt. Seitdem benutzt er es, um mich zu bestrafen. Er hat Probleme mit – nun ja, mit der Aufrechterhaltung einer Erektion. Er hat sein ganzes Geld verloren...«

»Wie viel Geld?«

»Oh. Ich weiß es nicht. Er ist sehr zurückhaltend, was seine Finanzen angeht, aber über eine Million. Ja, definitiv über eine Million. Also, habe ich für alles bezahlt.«

»Du hast ihn also geheiratet, weil du dachtest, er sei wohlhabend?«

»Ja. Ja, das habe ich. Es stellte sich heraus, dass die Wohnung im Skigebiet ein Time-Share war, das Haus in Martha's Vineyard war ein Sommerpachtvertrag und er vermietet sein Haus in Antibes, um die Hypothekenzahlungen für seine Wohnung in London zu decken. Alles andere, was er hatte, war Bargeld, und er hat alles verloren.«

»Seit ihr geheiratet habt, hat er also sowohl sein Geld als

auch seine Erektionsfähigkeit verloren?«

»Im Wesentlichen. Ja.«

Thea atmete schwer durch ihre kleinen Nasenlöcher ein und lehnte sich in ihrem Stuhl zurück. Ihre Fingerspitzen fuhren über die Teigflöckchen am Rand ihres Tellers. »Man könnte versucht sein, dich auf dein Ehegelübde zu verweisen, Rachel. In guten Zeiten, in schlechten Zeiten usw.« Sie warf Rachel eine Augenbraue zu, und Rachel spürte, wie sich ihre Fäuste unter dem Tisch ballten.

»Aber es ist mehr als das. Er wurde kontrollierend.«

»Inwiefern?«

»Dass er mich nach der Arbeit immer gleich zum Abendessen zuhause haben will, sowas.«

Die Augenbraue hob sich wieder. »Und was tat er, wenn du nach der Arbeit nicht zum Abendessen nach Hause kamst?«

»Er ... na ja, ich weiß nicht so recht, denn ich war es immer. Und einmal, letzte Woche, war ich es nicht, und er warf einen Teller Risotto an die Wand.«

»Hat er damit auf dich gezielt?«

»Nein. Ich meine. Ich war nicht wirklich dort. Ich war gerade nach Hause gekommen und habe es dort gefunden.«

»Und was noch? Was hat er noch gemacht, als du nicht zum Abendessen nach Hause kamst?«

Rachel spürte, wohin dieses Gespräch führen würde. Sie konnte sehen, wie fadenscheinig ihr Fall war, ohne den Schrecken dessen, was Michael in der Woche zuvor mit ihr auf dem Sofa gemacht hatte. Sie blickte schnell zu Thea auf, nahm die beiden perfekt getuschten Wimpernfächer in sich auf, den frisch aus der Reinigung kommenden Kaschmir-Rollkragenpulli, die gefeilten Fingernägel, den schlichten goldenen Ehering und die Michael-Kors-Sonnenbrille, die auf dem unwahrscheinlich glänzenden roten

Haar saß, und sie dachte: *Diese Frau würde so etwas nicht zulassen. Diese Frau wurde nie auf diese Weise vergewaltigt. Ihr Körper wurde nie als ein Stück Fleisch benutzt.* Und sie wusste, dass die einzige Möglichkeit, diese Frau davon zu überzeugen, dass sie gute Gründe hatte, sich von diesem Mann scheiden zu lassen, darin bestand, die Vergewaltigung auf den Tisch zu legen. Aber das konnte sie nicht. Sie konnte es einfach nicht. Also seufzte sie und sagte: »Nichts. Nur das. Nur das geworfene Risotto.«

»Und du bist gegangen?«

»Ja. Ich bin in dieser Nacht gegangen.«

»Und hat er sich gemeldet?«

»Nein. Kein Wort.«

»Ist es das, was du vielleicht erwartet hast?«

»Nein. Eigentlich. Nicht wirklich. Ich dachte, er würde wütend sein. Dass er mich stalken würde.«

»Dich stalken?«

»Ja, er verfolgte mich. Weißt du?«

»Wolltest du das?«

»Nein! Oh Gott, nein! Ich bin froh, dass er es nicht getan hat. Ich bin froh, dass ich nicht mit ihm zusammen bin. Ich bin froh, dass er weg ist. Ich bin wirklich glücklich. Ich will ihn nie wieder sehen!«

Und da war es. Der bockige Ton in ihrer Stimme. Eine überstürzte Heirat mit einem reichen Mann, der, wie sich herausstellte, nicht reich war, mit einem verliebten, anbetenden Mann, der, wie sich herausstellte, einen Scheißdreck wert war.

Der glücklich war, sie aus seinem Leben gehen zu lassen, ein männlicher Mann, der sie im Bett im Stich ließ, und Rachel sah, wie es wirkte. Sie sah es klar und deutlich. Sie war eine Prinzessin, und ihr Prinz hatte sich als ein Frosch entpuppt, und sie war enttäuscht, dass sich ihr Märchen als so betäubend langweilig herausgestellt hatte, und jetzt wollte sie raus, und ihr reicher Vater war glücklich, den 500 Pfund pro Stunde teuren Scheidungsanwalt zu bezahlen, damit das geschah.

»Du könntest also einfach mit ihm reden und die Sache unter euch klären«, sagte Thea. »Ich meine, es gibt doch keine gemeinsamen Finanzen? Hypotheken?«

»Nein. Wir besitzen unsere eigenen Immobilien.«

»Keine Kinder? Schulden?«

»Nein.«

»Hat er etwas von deinem Eigentum?«

»Nein. Nun, nur Kleidung und Hygieneartikel. Nichts Großes.«

»Und du hast nichts von ihm?«

»Nein.«

»Ist noch jemand beteiligt?«

»Nein.«

»Ich denke, um es ganz offen zu sagen, Rachel, dass du versuchen solltest, die Sache so zivilisiert und einfach wie möglich zu halten. Kauf dir ein DIY-Scheidungsset und bring den Ball ins Rollen.«

»Aber was ist, wenn er sich weigert?«

»Dann musst du vor Gericht beweisen, dass die Ehe unwiderruflich und unwiederbringlich zerbrochen ist. Oder du kannst warten.«

»Worauf warten?«

»Warte auf eine zweijährige Trennung.«

»Du meinst, noch zwei Jahre verheiratet bleiben?«

»Ja, aber getrennt leben.«

»Und dann muss ich nichts mehr beweisen?«

»Genau.«

»Oder etwas erklären?«
»Richtig.«
Rachel nickte mit einem leichten Kopfschütteln, als sich diese Option ergab. Es hatte sie fast dreiunddreißig Jahre gekostet, einen Mann zum Heiraten zu finden. Sie war sich ziemlich sicher, dass sie in nächster Zeit keinen anderen finden würde. Sie war sich sogar ziemlich sicher, dass sie nicht die Absicht hatte, jemals wieder jemanden zu heiraten. Sie würde sich auf ihr Geschäft konzentrieren. Auf ihre Freundschaften. Sie würde jede Woche zum Yoga gehen. Und Zeit mit ihrem Vater verbringen. Sie würde keine Dating-Apps mehr benutzen und keine Beziehungen mehr anstreben. Sie würde, so beschloss sie, enthaltsam leben. Zwei Jahre lang. Das konnte sie tun. Sie war sich sicher, dass sie das schaffen würde. Sie würde auf der anderen Seite der Trennung von Michael herauskommen, gereinigt von der Beschissenheit der Männer und der Art und Weise, wie sie sich verhielt, wenn sie mit ihnen zusammen war.
»Ich denke«, sagte Rachel, während das Display ihres Handys ihr anzeigte, dass sie bald die Fünfzehn-Minuten-Marke erreicht hatten, »das werde ich tun. Ja. Das werde ich tun.«
Theas Gesicht wurde weicher. Sie hatte eindeutig das Gefühl, dass Rachel die richtige Entscheidung getroffen hatte. »Aber in der Zwischenzeit«, sagte sie, »musst du dafür sorgen, dass du und Michael zivilisiert bleibt. Oder, im Idealfall, entfremdet.«
Entfremdet.
Das Wort erfüllte Rachels Kopf mit einer Art Ruhe. »Ja«, sagte sie. »Das werde ich. Ich werde überhaupt nichts mehr mit ihm zu tun haben.«

Doms Baby wurde am 28. April geboren, genau an ihrem

prognostizierten Termin, ein dreieinhalb Kilo schweres Mädchen, das sie Ava nannten. Der Frühling ging in den Sommer über und Rachel hörte immer noch nichts von Michael. Im Juni fuhr Rachel mit Dom und Jonno und dem Baby und einem anderen schwangeren Paar nach Ibiza.
Sie war die einzige alleinstehende Person dort, aber das machte ihr nichts aus. Die Beziehungen der anderen sahen in ihren Augen jetzt trübe aus. Sie stellte sich vor, wie ihr Leben hinter verschlossenen Türen aussah. Vor ihrem geistigen Auge sah sie, wie ein zertrümmerter Teller Kürbisrisotto an all ihre Wände geschmiert wurde, wenn nicht jetzt, dann vielleicht bald. Sie spürte die Risse der Spannung in der Art und Weise, wie die Paare miteinander sprachen. Insbesondere Dom und Jonno, als sie sanft hin und her rangelten, wer was für das Baby tun sollte und wann.
Eines Nachts, als sich Mitternacht auf ein Uhr zubewegte, waren Dom und das andere Paar bereits zu Bett gegangen, und Rachel fand sich mit Jonno bei Tequila und einem Joint wieder. Jonno, der ihr gegenüber nie ein Wort über ihre Trennung von Michael im April verloren hatte, sah sie mit zusammengekniffenen Augen an und sagte: »Ich habe andere Dinge herausgefunden. Du weißt schon. Über Michael. Aber Dom hat gesagt, ich soll es dir nicht sagen. Als du gesagt hast, dass du mit ihm verlobt bist.«
Rachel blinzelte ihn an. »Ach ja?«
»Ja. Willst du es... Ich meine, soll ich es dir sagen? Oder willst du...?«
»Sag es mir. Bitte. Ich will es wissen.«
Jonno blinzelte in den Rauch, den er gerade ausgeatmet hatte, und reichte den Spliff an Rachel weiter. »Sicher?«
»Ja. Gott. Sag es mir einfach.«
Er atmete ein und legte dann die Hände vor sich auf den

Tisch. »Seine geschäftlichen Unternehmungen. Was hat er dir darüber erzählt?«

»Oh, Transportlogistik? Industrielle Ausrüstung? Zur Herstellung von Booten? So etwas in der Art?«

»Ja, richtig. Also nicht ganz. Es ist eher Industrieausrüstung, die an große Arzneimittelhersteller verkauft wird.«

»Arzneimittel? Du meinst illegale Drogen?«

»Richtig.«

»Und, Entschuldigung, was genau hat Michael gemacht?«

»Er ist im Wesentlichen ein Zwischenhändler. Er beschafft die Ausrüstung von legalen Lieferanten und verkauft sie dann mit großem Gewinn an die Drogenhersteller weiter. Er hat auch eine gewisse Beteiligung an deren Handelssystemen.«

»Er handelt mit Drogen?«

»Nun, so in etwa, ja. Nicht direkt. Eher über Eck. Und all das wäre natürlich sehr schwer zu beweisen.«

»Er ist ein Krimineller.«

»Nee.« Jonno zuckte mit den Schultern und zog eine Grimasse. »Nicht genau. Aber kriminell angrenzend.«

»Er hat sein ganzes Geld verloren.«

»Scheiße. Das hat er dir erzählt?«

»Ja. Er sagte, dass eine Lieferung von Teilen während des Transports verloren gegangen ist. Er hatte sie im Voraus bezahlt, und die Leute, die sie verloren hatten, weigerten sich, die Verantwortung dafür zu übernehmen. Eine Million Pfund, oder mehr.«

Jonno sog den Atem ein und ließ sein Kinn sinken. »Verdammte Scheiße. Und es war sein Geld?«

»Nun, ja. Ich nehme an, ja.«

Er holte erneut tief Luft, diesmal durch die gefletschten Zähne. »Vielleicht aber auch nicht.«

»Was meinst du?«
»Ich meine, es könnte Geld gewesen sein, das flüssig war. Das heißt. Geld, das irgendwann einmal zurückgezahlt werden sollte. Wirkte er besonders gestresst?«
»Nun, Gott, ja. Ich meine, das ist so ziemlich der Grund, warum ich ihn verlassen habe.« Jonno nickte. »Nun«, sagte er, »ich denke, es wird noch mehr zu dieser traurigen Geschichte kommen. Es gibt bestimmt noch mehr zu erzählen.« Dann kippte er die Tequila-Flasche in ihre Richtung und sagte: »Noch einen Schluck?«
Rachel lächelte und sagte: »Klar, warum nicht?«

Im Juli zog Rachel aus ihrem Atelier in Kilburn aus und in ein viel größeres in Holloway, näher an ihrer Wohnung. Paige hatte sich bereit erklärt, in Teilzeit neben ihrem eigenen Schmuckgeschäft für sie zu arbeiten, und die Bank hatte einem Kredit von 150.000 Pfund zugestimmt, um die Materialien für ihre erste exklusive Kollektion für Liberty zu finanzieren. Ihr Vater hatte das Darlehen für sie aufgenommen, aber Rachel wollte es selbst zurückzahlen, jeden Penny. Das war's. Keine Almosen, Rettungsaktionen oder Kredite mehr. Sie verkaufte auf ihrer Website alles um 50 Prozent reduziert und nutzte das Geld, um zwei professionelle Goldschmiede einzustellen, die mit ihr und Paige drei Monate lang zusammenarbeiteten. Ende Juli war das Mustersortiment fertig: ein Stück von jedem Artikel. Sie und Paige verpackten sie in Wildlederbeutel und fuhren damit in einem Uber nach Liberty, um sie Lilian und Rosie in einem holzgetäfelten Raum mit Tee und Macarons auf einem Blumenteller zu präsentieren.
»Sie sind exquisit. Oh mein Gott, Lils, sieh dir diesen Anhänger an.«

»Oh, wow, Rosie, ich werde mir auf jeden Fall so ein rosa Stapelring-Sets zulegen. Einfach umwerfend.«

»Rachel Gold, du bist ein wunderschönes kleines Genie. Das bist du wirklich.«

Zurück im Studio tranken Paige und Rachel Champagner und stießen auf all die Arbeit an, die sie geleistet hatten und die noch vor ihnen lag.

Sie verstauten die Musterpalette in dem besonders sicheren Tresor, den Rachel für das neue Studio gekauft hatte, schalteten dann alle Lichter aus und schlossen das Atelier hinter sich ab. Am Montag würden die beauftragten Goldschmiede ihre Arbeit aufnehmen. Die Tage würden lang sein, die Nächte länger. Fünf Exemplare von jedem Stück waren anzufertigen, um am 17. Oktober bei der großen Eröffnung im Liberty ausgestellt zu werden.

Rachel ging an diesem Abend früh zu Bett, obwohl es ein Freitag war, und schlief mit dem Gedanken an Pläne, an Zahlen, an Geldflüsse, an einen Safe voller Diamanten und Gold ein.

Im September waren Rachel und ihr neues Team in felsenfester Verfassung. Die Beschilderung und das Branding waren entworfen und produziert worden. Und weiterhin hatte Rachel keinen Kontakt zu Michael gehabt. Und dann, an einem düsteren, stürmischen Nachmittag, als ein tyrannischer Wind die ersten gefallenen Blätter um ihre Füße kreisen ließ und sie zum ersten Mal seit dem Vorsommer wieder einen Mantel trug, war Rachel auf halbem Weg zwischen ihrem Studio und einem Treffen mit Lilian und Rosie in der Stadt, als sie vor einem Tartanladen stehen blieb und spürte, wie ihr der Atem in der Brusthöhle stockte. Da stand Michael und ging zügig auf sie zu, die Hand in der Hand einer Frau, die Ella sehr ähnlichsah, der kleinen blonden Frau, mit der er auf Dominiques Weihnachtsfeier im Jahr zuvor gesprochen hatte. Er trug einen grauen Wollmantel und einen burgunder- und marineblau gestreiften Schal, hatte sich einen Bart wachsen lassen und strahlte sie von Ohr zu Ohr an.

»Oh mein Gott. Rachel! Hi!«

Rachels Körper fühlte sich taub an. Ihr Blick wanderte kurz zu der Frau, die wie Ella aussah, und sie sah einen Anflug von Entsetzen über ihr Gesicht huschen und erkannte, dass sie es war, dass es Ella war, und wie, fragte sie sich, wie waren Ella und Michael zusammengekommen? Wann? Und wo? Sie hatten sich nur einmal getroffen, so kurz, und er hatte sie nicht einmal gemocht, und warum hielt Michael Händchen mit ihr und warum lächelte er Rachel an, als wäre sie eine alte Freundin und nicht die Frau, die er vor fünf Monaten auf seinem Sofa vergewaltigt und seitdem nicht mehr gesehen hatte? Sie konnte keine Reaktion finden, die dieser Situation angemessen war. Ihr Gesicht wusste nicht, was sie tun sollte. Ihr Körper wollte weglaufen.

Schließlich sagte sie: »Ähm. Hallo. Ich meine, ich kann nicht wirklich... Ich muss, ich bin spät dran für...«

»Sicher. Keine Sorge. Aber es ist schön, dich zu sehen. Du siehst toll aus.«

»Danke. I-«

Sie machte eine *ich muss los*-Geste und lächelte grimmig.

Er ließ sie mit einem weiteren Lächeln über das ganze Gesicht gehen und sagte dann, gerade als sie an ihm vorbeiging: »Hey! Übrigens! Ella hat mir erzählt, dass du einen großen Vertrag bekommen hast. Mit Liberty. Ich meine, das ist ja riesig! Wirklich!«

Rachels Mund wurde trocken. Sie blieb stehen, drehte sich

um, schaute von Michael zu Ella und sagte: »Woher – woher wusstest du davon?«
Ella senkte ihren Blick auf den Bürgersteig. »Dom hat es mir gesagt.«
»Dom-«
»Ja, ich habe sie letzte Woche gesehen. Sie hat mir davon erzählt.«
»Dom? Ähm, warte mal – weiß sie es? Über euch zwei?« Sie fuchtelte mit dem Arm vor ihnen herum. Ella errötete leicht und sah zu Michael auf. Dann schüttelte sie den Kopf.
»Du bist also mit meiner besten Freundin ausgegangen und hast dir von ihr Dinge erzählen lassen, persönliche, private Dinge über mich, und sie weiß nicht einmal, dass du« – sie fuchtelte wieder mit dem Arm herum – »was auch immer du tust?«
»Ach, komm schon. Das ist doch keine große Sache«, sagte Michael. »Wir behalten das vorerst für uns. Das ist alles. Es gibt keine große Verschwörung. Ich meine, wäre ich zu dir rübergekommen und hätte dich begrüßt, wenn wir etwas verbergen wollten?«
Rachel antwortete nicht. Michael zog herablassend eine Augenbraue hoch. »Wie auch immer, Rachel, es ist schön zu sehen, dass du so gut aussiehst. Und Glückwunsch zu der Liberty-Sache. Ganz im Ernst. Du hast es absolut verdient.«
Und dann waren sie weg, und Rachel blieb auf dem Bürgersteig zurück, die Füße wie angewurzelt, die Beine unbeweglich, das Herz eiskalt.

KAPITEL 44

Juni 2019 – **Samuel**

Es dauerte ganze 24 Stunden, bis wir einen Durchsuchungsbefehl für die Bankdaten von Libby Jones erhielten. Während dieser vierundzwanzig Stunden erhielten wir den Bericht des Baumforensikers. Er bestätigte, dass es sich bei den Bäumen, die das Haus im Cheyne Walk überragten, tatsächlich um Londoner Platanen, Götterbäume und persische Seidenbäume handelte, also genau um die Bäume, die die Grundlage für den Mulch bildeten, der an den Überresten von Birdie Dunlop-Evers gefunden worden war.

Wir hatten, was wir brauchten. Den Beweis, dass Birdies Leiche auf dem Dach vom Cheyne Walk Nummer sechzehn aufbewahrt worden war. Ich fühlte ein warmes Gefühl der Euphorie und saß eine Weile lächelnd an meinem Schreibtisch.

Donal und ich kehren jetzt zum Cheyne Walk zurück, wo wir uns den Tatort-Ermittlern und Saffron Brown, der forensischen Ermittlerin, anschließen.

»Hallo, Sam«, sagt Saffron. »Schön, dich zu sehen.«

»Ich freue mich auch, dich zu sehen«, sage ich und bemerke, wie Donal das Wort »Sam« murmelt und seltsam lächelt, während er die Augenbrauen zusammenzieht. Ich ignoriere ihn und wende mich wieder Saffron zu.

»Es tut mir sehr leid, dass ich Fußspuren auf dem Dach hinterlassen habe. Ich hoffe, das hat deine Untersuchung nicht behindert?«

»Überhaupt nicht, Sam. Das ist kein Problem. Aber komm und schau dir das an.«

Wir folgen ihr bis zum Ende des Gartens, vorbei an einem

Baum, um den eine runde Bank gebaut ist. Hier gibt es eine hohe Mauer, die vollständig mit einer dicken, seilartigen Glyzinie bewachsen ist. Ein anderer Gerichtsmediziner hockt über einem Blumenbeet und zieht Gegenstände aus dem Boden auf eine Plastikfolie. Mein Magen krampft sich vor Schreck zusammen und ich höre Donal aufstöhnen.

Knochen.

Kleine weiße Knochen.

»Nicht was du denkst, Sam, keine Sorge«, sagt Saffron. »Das sind Katzenknochen. Seht mal, hier, der Schädel?« Sie hebt ihn auf und zeigt ihn uns. Es ist eindeutig der Schädel eines kleinen Tieres und ich atme erleichtert auf.

»Und sieh mal«, sagt sie und führt uns zu einer Stelle, die näher an der Rückseite des Hauses liegt. »Siehst du das?« Sie zeigt auf ein Rechteck aus Erde. »Hier befand sich früher der Kräutergarten von Justin Redding. Und das« – sie deutet auf zwei große Terrakottatöpfe – »sind die Töpfe, in denen die Atropa bella donna angebaut wurde, mit der sich die Besitzer und der geheimnisvolle Mann 1994 vergiftet haben.« Sie strahlt mich an, und ich merke, dass ihr die sich entfaltende gotische Erzählung fast genauso viel Spaß macht wie mir. Donal und ich lassen Saffron und ihr Team dort weiterarbeiten und kehren zum Polizeirevier zurück und überprüfen die Polizeiberichte aus der Zeit, als die Leichen des *Selbstmordpakts* gefunden wurden.

Die Polizeibeamten Robbin und Shah waren die ersten, die am Tag des anonymen Anrufs das Haus betreten hatten. Ihnen folgten später ein Tatortteam und eine spezielle Verbindungsbeamte für Familien namens Felicity Measures, die sich um das Baby kümmerte, während die beiden älteren Lamb-Kinder, Henry und Lucy, nie aufgespürt wurden.

Den Polizeiberichten zufolge gab es in dem Haus seltsame Andeutungen über eine sektenähnliche Geschichte. Der Abschiedsbrief war von den Toten paraphiert worden: *ML, HL, DT*. Die Vermisstenanzeigen wurden damals ausgiebig durchforstet, um jemanden mit den Initialen *DT* zu finden, der dem ungefähren Alter und Aussehen der mysteriösen Leiche entsprach, aber es wurde nie jemand gefunden, und die Suche wurde drei Jahre später eingestellt.
Miller Roes Artikel im Guardian deutete bei seiner eigenen Untersuchung im Jahr 2015 auf eine ähnliche Sackgasse hin. Allerdings enthielt die letzte Zeile des Artikels einen verlockenden Hoffnungsschimmer:

Und erst letzte Woche habe ich einen möglichen DT gefunden. Ein Familienvater, der 1988 im Alter von zweiundvierzig Jahren mit seiner Frau und zwei Kindern aus Frankreich kam, aber nie wieder etwas von sich hören ließ. Erst als seine Mutter 2006 dem Tod nahe war, wurde eine Vermisstenanzeige aufgegeben, aber die Polizei konnte ihn nicht ausfindig machen, und jetzt im Jahr 2015 kann ich es auch nicht. Also eine weitere Sackgasse, eine weitere unpassierbare Straße, ein weiteres Rätsel, das zu den unendlichen Rätseln im Fall von Serenity Lamb und ihrer Hasenpfote hinzukommt.

Aber Miller Roe hat immer noch nicht auf meine E-Mail geantwortet, und er geht auch nicht ans Telefon. In meiner Verzweiflung bitte ich darum, seine Adresse aus dem System zu holen.
Man sagt mir, er wohne in South Norwood, und ich verschwende eine Stunde meines Lebens mit der Hin- und Rückfahrt, nur um seine Wohnung verschlossen und leer vorzufinden. Der Nachbar von oben erzählt mir, dass Miller

Roe in letzter Zeit nicht mehr viel Zeit zu Hause verbringt und meistens bei seiner Freundin wohnt. Ich frage den Nachbarn, ob er weiß, wo seine Freundin wohnt. Er weiß es nicht, aber er sagt mir, dass er Miller auf jeden Fall sagen wird, dass ich da war, falls er ihn jemals wieder sieht.

Doch vor einer Stunde kam endlich der Finanzbericht, und obwohl ich allein an meinem Schreibtisch hinter einer geschlossenen Tür sitze, als er eintrifft, kann ich nicht anders, als aufzuschreien, in die Luft zu schlagen und mich auf den Zehen meines linken Fußes im Kreis zu drehen, während ich seltsame Geräusche von mir gebe, denn da steht er, in Schwarzweiß auf dem Bildschirm meines Computers. Am selben Tag, an dem Libby Jones die stolze Summe von 7,45 Millionen Pfund auf ihr Girokonto überwiesen wurde, überwies sie zwei separate Zahlungen von jeweils 2,48 Millionen Pfund auf zwei andere Bankkonten.

Der Name auf dem ersten Konto lautet Miss Marie Valerie Caron. Der Name auf dem zweiten Konto ist Mr. Phineas Thomson. Bei dem Namen Phineas klingelt es bei mir. Ich habe das Gefühl, ihn vor kurzem schon einmal gehört zu haben, und ich blättere in meinem Notizbuch, um mich zu erinnern. Und da steht es, in Großbuchstaben und unterstrichen: »ICH BIN PHIN«. Das sind die Worte, die Donal auf einer Fußleiste im Cheyne Walk gefunden hatte, die Worte, die ich fotografiert habe. »ICH BIN PHIN.« Damals bedeuteten die Worte nichts. Aber jetzt bedeuten sie alles.

Ich schreite aus meinem Büro in den Untersuchungsraum zu meiner Kollegin Maura. Ich zeige ihr den Bankbericht auf dem Bildschirm und zeige ihr die Namen.

»Maura«, sage ich. »Du musst für mich alles herausfinden, was es über diese Leute zu wissen gibt. Und zwar absolut alles. Auch in den sozialen Medien.«

Dann steigen Donal und ich wieder ins Auto und machen uns auf den Weg nach St Albans.

Libby ist nicht in ihrer Wohnung. Aber ich erinnere mich, dass sie erwähnte, dass ihre Freundin Dido die Chefdesignerin und Inhaberin des Küchenausstellungsraums im Stadtzentrum ist, also fahren wir dorthin und parken draußen. Nachdem wir den Ausstellungsraum betreten haben, kommt Dido aus ihrem Büro im hinteren Teil des Raums zu uns und sieht mich mit demselben wachsamen Blick an, den sie zwei Tage zuvor hatte.

»Oh. Hallo?«

»Guten Tag, Miss Rhodes. Es tut mir leid, Sie an Ihrem Arbeitsplatz zu stören, aber wir suchen Miss Jones, und sie ist nicht in ihrer Wohnung, und sie geht nicht ans Telefon, und wir müssen wirklich dringend mit ihr sprechen. Wissen Sie zufällig, wo sie sein könnte?«

Die im Ausstellungsraum von Northbone Kitchens ausgestellten Küchen sind sehr schön. Ich ertappe mich dabei, wie ich unbedacht mit der Hand über eine cremefarbene Marmorarbeitsplatte fahre und sie schnell wieder loslasse. Ich denke an meine eigenen Küchenarbeitsplatten, die aus einem Kunststoffmaterial bestehen, das kleinen Holzblöcken ähnelt, und habe plötzlich das Gefühl, dass sie veraltet aussehen und es vielleicht Zeit für ein Upgrade ist. Ich nehme eine Karte aus einer kleinen Schachtel auf der cremefarbenen Marmorplatte und halte sie zwischen Daumen und Mittelfingerspitze.

Dido zuckt mit den Schultern. Tatsächlich zuckt sie nicht nur mit den Schultern, sondern hebt den gesamten Oberkörper zu den Ohren, dreht die Hände mit der Handfläche nach oben und schiebt die Unterlippe vor. »Keine Ahnung.«

»Sie wissen nicht, wo sie ist?«
»Keinen Schimmer. Vielleicht ist sie einkaufen?«
»Ja, vielleicht ist sie das. Wo kauft sie ein?«
»Ich habe keinen blassen Schimmer. Waitrose, wahrscheinlich.«
Ich sehe Dido Rhodes mit zusammengekniffenen Augen an und frage mich, warum sie mich anscheinend nicht mag. Ich frage mich, ob sie vielleicht eine Rassistin ist. Aber ich denke, es ist wahrscheinlicher, dass sie mich nicht mag, weil sie Angst hat, dass ich Libby auf irgendeine Weise verletzen könnte. Was natürlich durchaus möglich ist.
»Also bitte, Misses Rhodes...«
»Miss.«
»Ich bitte um Entschuldigung. Miss Rhodes. Wenn Sie von ihr hören, lassen Sie sie bitte wissen, dass DI Owusu und DS Muir sehr gerne mit ihr sprechen würden, sobald es ihr möglich ist.«
»Worüber genau? Hat sie Ihnen nicht schon alles gesagt, was sie weiß? Was natürlich genau nichts ist.«
Ich atme ein und verziehe mein Gesicht zu einem angenehmen Lächeln. »Ja. Am Dienstag sah es so aus, als wüsste sie nichts, aber weitere Nachforschungen haben ergeben, dass sie vielleicht mehr weiß, als sie dachte, und in der Tat, Miss Rhodes – Sie sind eine sehr enge Freundin von Miss Jones, nicht wahr?«
»Ja, das bin ich.«
»In diesem Fall hätte sie es Ihnen gesagt, wenn sie irgendwie eine Verbindung zu ihren lange verschollenen Geschwistern hergestellt hätte?«
»Ich nehme es an«, antwortet sie, jetzt in einem etwas vorsichtigeren Ton.
»Hat sie Ihnen gegenüber jemals eine Person mit dem

Namen Phineas erwähnt? Phineas Thomson?«

Ich drehe die Visitenkarte zwischen Daumen und Finger um ihre Achse, während ich Didos Reaktion beobachte, und während ich sie beobachte, wird mir schnell klar, dass sie lügen wird. Für eine so coole Person hat sie einige sehr ausgeprägte Ticks. Hier zeigen sie sich in der Art, wie sich ihr Blick schließlich von mir löst und nach der Decke strebt, eine Schulter rollt leicht nach rechts vorne, die Hüfte nach links. Ich sehe eine winzige Einkerbung in ihrer Wange, als sie die Zähne zusammenbeißt, bevor sie spricht.

»Nein. Nie von ihm gehört.«

»OK. Na dann, trotzdem danke.«

Ich schaue mich noch einmal in dem schillernden Ausstellungsraum um, und ein ungeahntes Bedürfnis nach glänzenden neuen Dingen macht sich in mir breit, das dumm und doch ziemlich aufregend ist. Dann nicke ich Dido Rhodes zu und wir gehen.

»Wohin, Chef?«

»Zu Didos Haus«, sage ich. »Ernsthaft?«

»Ja, natürlich. Wo sollte sie sonst sein?«

»Haben wir eine Adresse?«

Ich schenke Donal ein Lächeln. »Haben wir. Sie steht hier auf dieser Visitenkarte.«

Ich nenne Donal die Daten und wir fahren los.

KAPITEL 45

Lucy sitzt in einem Fast-Food-Restaurant namens Quik E Burger und stochert in einer Packung Pommes herum. Marco hatte darauf bestanden, dass sie hier frühstücken. Quik E Burger hat keine Filialen im Vereinigten Königreich, ist aber ständig auf TikTok zu sehen. Die Kette hat eine *geheime Speisekarte*, um den Kultaspekt noch zu verstärken, und er verschlingt einen Burger, der als *The Beast* beschrieben wird, was eine treffende Beschreibung zu sein scheint, denn er fällt in Marcos Händen auseinander und tropft ihm das Kinn herunter.

Marco erhielt am Vortag eine Nachricht von Kris Doll, die besagte, dass er am Dienstagabend eine verunfallte Textnachricht von Henry erhalten hatte, der *unglaublich betrunken* geklungen hatte, dass er aber nicht darauf geantwortet hatte und nicht wusste, von welchem Ort aus sie gesendet worden war, sie aber eine Einladung zu einem Drink enthielt. Daraus konnten sie schließen, dass Henry zumindest am Dienstagabend noch sehr lebendig war und sich in Chicago aufhielt.

So war es jede Minute wert gewesen, die die drei am Vortag damit verbracht hatten, gemeinsam über die sonnenverbrannten Bürgersteige Chicagos zu stapfen, um ihn zu suchen.

»Er könnte sich verkleidet haben«, sagt Marco jetzt. Seine Zunge taucht kurz auf, um einen Klecks roter Soße aus dem Mundwinkel zu lecken.

»Wer?«

»Henry. Er könnte sich verkleidet haben. Wir suchen nach blondem Haar und so weiter. Vielleicht hat er es gefärbt.

Oder er trägt einen Hut.«

»Das bezweifle ich, mein Schatz. Wir haben sein Foto jetzt zwei verschiedenen Leuten gezeigt und beide haben ihn erkannt.«

Marco zuckt mit den Schultern. »Stimmt.«

Stella nuckelt an einem Erdbeermilchshake und mustert die beiden nachdenklich. »Wann können wir nach Hause gehen?«, fragt sie schließlich. Lucy starrt sie an und fragt sich, was Stella meint, wenn sie *nach Hause* sagt. Stella hat in ihrem kurzen Leben schon so viele gekannt: die Wohnung am Stadtrand von Nizza, in der sie geboren wurde und in der sie die ersten zwei Jahre ihres Lebens verbracht hat; dann die Wohnung von Mémé, Stella's Großmutter väterlicherseits, im siebten Stock eines Hochhauses, wo sie alle drei zusammen in einem Abstellraum untergebracht waren und nach zwei Wochen wieder rausgeschmissen wurden, weil es *nicht funktionierte*. Es folgten drei Zimmer in drei Herbergen, drei Tage am Strand, dann ein Jahr in Giuseppes Frühstückspension, eine weitere Woche am Strand, weitere Nächte bei Giuseppe, drei Nächte in dem von Henry gemieteten Airbnb in Battersea, ein Jahr in Henrys Wohnung in Marylebone und jetzt sind sie hier in Chicago und Gott weiß, wo sie als Nächstes sein werden. Aber Lucy ist der festen Überzeugung, dass es nicht Henrys Wohnung in Marylebone sein wird und auch nicht das alte Pfarrhaus in St. Albans und vielleicht nicht einmal mit ihr zusammen.

Lucy ist nur wenige Augenblicke von einer Hand auf ihrer Schulter und einer Stimme in ihrem Ohr entfernt, die ihr sagt, dass sie irgendwo hingehen muss und erklären muss, was letztes Jahr in Antibes und im April 1994 in Chelsea passiert ist. Aber was würde dann mit Stella und Marco geschehen?

Sie hält die Tränen zurück und legt Stellas Hand in ihre. »Bald«, sagt sie. »Wir werden bald nach Hause gehen. Wenn wir Onkel Henry gefunden haben.«

»Warum will Onkel Henry nicht, dass wir ihn finden?«, fragt Stella.

Lucy tauscht einen Blick mit Marco aus und seufzt. »Er muss Dinge klären – in seinem Kopf. Dafür muss er allein sein. Aber er weiß nicht, dass…«

Sie hält inne, als ihr Handy summt. Sie sieht, dass es Libby ist, die anruft, und ihr Herz macht einen Sprung.

»Hallo!«, schreit sie fast in ihr Handy.

»Mama! Sie waren wieder hier. Die Polizei war hier. Sie haben mich bei Dido gefunden und ich habe sie nicht erwartet und sie haben mich durch das Fenster gesehen und ich konnte mich nicht verstecken und sie haben meine Bankkonten gesehen, Mama. Sie haben gesehen, dass ich das Geld auf Henrys und dein Konto überwiesen habe, und weil Henry auf den Namen Phin hört, haben sie eins und eins zusammengezählt, die Einkerbungen, die Henry im Cheyne Walk hinterlassen hat, und sie wissen, dass es eine Verbindung gibt, sie wissen ganz genau, dass es eine Verbindung gibt. Ich bin mir ziemlich sicher, dass sie wissen, dass die Bankkonten dir und Henry gehören und dass ich gelogen und gelogen und gelogen habe, und ich fühle mich krank, Mama! Ich weiß nicht, was ich tun soll! Was sollen wir tun? Was sollen wir alle tun?«

»Warte. Einfach atmen. Sind sie weg?«

»Ja. Sie sind vor etwa zwei Minuten gegangen. Sie sagten, ich solle auf die Wache kommen und noch ein paar Fragen beantworten.«

»Wann?«

»Morgen.«

»Wie spät ist es bei euch?«
»Es ist – warte – es ist kurz nach vier.«
»Richtig. Also. Du brauchst einen Anwalt.«
»Aber – würde mich das nicht schuldig aussehen lassen?«
»Ich weiß es nicht. Nein. Ich meine natürlich nicht. Du bist unschuldig.«
»Aber ich habe gelogen. Ich habe total gelogen. Ich habe gesagt, dass Phin Thomson und Marie Caron alte Freunde waren. Ich meine, wer gibt schon alten Freunden jeweils zweieinhalb Millionen Pfund?«
Lucy hält inne, ihr Kopf sinkt kurz auf ihre Brust. Sie blickt auf und sieht, dass Marco und Stella sie beide mit großen Augen anstarren.
»Was sagt Miller dazu?«
»Ich kann ihn nicht erreichen. Er nimmt den ganzen Tag einen Podcast auf. Er wird nicht vor heute Abend fertig sein.«
»Nun, was sagt Dido dazu?«
»Ich habe noch nicht mit ihr gesprochen. Du bist die erste Person, die ich angerufen habe. Mama, sie kennen jetzt die Namen in euren Pässen, sie wissen, dass du Marie Caron heißt und dass Henry Phineas Thomson heißt, sie werden eure Flüge nach Chicago zurückverfolgen können. Deine Hotelbuchungen. Überall, wo ihr eure Debitkarte benutzt haben. Sie werden dich jetzt holen kommen, Mama. Du musst so schnell wie möglich von dort verschwinden. Du musst vergessen, Phin zu finden. Finde einfach Henry und verschwinde!«
Lucy beendet das Gespräch und schaut von Marco zu Stella. Sie zwingt sich zu einem Lächeln. »OK!«, sagt sie. »Wir müssen heute unbedingt Henry finden.

Eigentlich müssen wir ihn jetzt sofort finden! Also, lasst uns aufessen und zurück auf die Straße gehen.«

Dann schaut Marco mit großen Augen von seinem Handy zu ihr auf und sagt: »Mama. Ich habe gerade wieder eine Nachricht von Kris Doll bekommen. Du weißt schon, der Motorradfahrer? Er sagt, er macht sich Sorgen um seinen Freund Phin. Er kann ihn nicht erreichen und sagt, er will sich mit uns treffen. Was soll ich ihm sagen?«

»Sag ihm ja«, antwortet Lucy. »Sag ihm ja.«

KAPITEL 46

September 2017

Rachel lief auf dem Bürgersteig vor dem schäbigen Tartan-Laden auf und ab, das Handy an ihr Ohr gepresst.

Dominique nahm nach dem dritten Klingeln ab. »Jo.«

»Dom, ich bin's. Ich habe gerade Michael gesehen. Er war mit Ella zusammen.«

»Ella wer?«

»Scheiße. Ich weiß es nicht. Die kleine blonde nervige Frau. Sie war auf deiner Party. Sie ging mit Darcy zur Schule?«

»Oh, ja, richtig, diese Ella. Oh Gott. Er war mit ihr zusammen? Wie?«

»Ja. Händchen haltend. Wie ein Paar. Aber, Dom, sie weiß von meinem Liberty-Vertrag. Sie sagt, du hast es ihr erzählt. Du hast es ihr doch nicht gesagt. Hast du es getan? Ich meine, warum solltest du?«

Es herrscht einen Moment lang Schweigen, gerade lang genug für Rachel zu erkennen, dass Dom es Ella gesagt hat.

»Scheiße. Rach. Ich war auf Darcys Babyparty. Vor etwa drei Wochen. Jemand hat gefragt, wie es dir geht. Ich meine, ich erinnere mich nicht mal daran, dass sie Teil des Gesprächs war. Ich erinnere mich nicht mal daran, dass sie da war. Sie ist so ein verdammtes kleines Nichts. Ich hatte nicht die geringste Ahnung, dass sie sich mit Michael trifft. Gott, wenn ich es gewusst hätte, hätte ich nie etwas gesagt. Natürlich hätte ich das nicht. Es tut mir so leid, Rachel.«

»Hast du – hast du noch etwas über mich gesagt?«

»Nein. Ich meine. Nicht wirklich. Ich habe nur gesagt, dass es dir hervorragend geht. Dass es dir gut geht. Oh, und dass du Michael geghostet hast...«

»Geghostet. Oh, mein Gott! Hast du das wirklich gesagt?«

»Nun, ja. Obwohl, seien wir mal ehrlich, er hat dich auch ignoriert. Es ist ja nicht so, als hätte er sich bemüht, sich zu melden, seit du weg bist, und jetzt vögelt er Ella.«

»Ich weiß, Dom, aber Gott, ich muss einfach so vorsichtig sein. Ich brauche diese Trennungszeit, damit die Scheidung ganz, ganz ruhig verläuft, ohne Drama und ohne ... Dinge.«

»Ich verstehe immer noch nicht, warum du nicht einfach eine schnelle Scheidung durchführst.«

»Nein. Ich weiß, dass du das nicht verstehst, und das ist in Ordnung. Ich habe meine Gründe, glaub mir. Aber hör mal, kannst du Darcy fragen, ob sie weiß, wie Ella und Michael zusammenkamen? Ob sie weiß, wie lange das schon so geht?«

»Gott, ja, absolut. Das werde ich sofort tun. Aber, Rach ...« Sie hält inne. »Ist das für dich in Ordnung? Ich meine, ich weiß, dass du dich mit ihm zerstritten hast und ich weiß, dass du gesagt hast, dass du ihn nicht mehr liebst und all das, aber das bedeutet nicht, dass es nicht weh tut, wenn er weiterzieht.«

»Es tut nicht weh, Dom. Vertrau mir. Es tut wirklich nicht weh.«

»Nun, gut. Da bin ich aber froh. Und, Rach, es tut mir so, so, so leid, dass ich meine Klappe nicht halten konnte. Ich war einfach so stolz auf dich und wollte den Leuten sagen, wie toll du bist und wie gut du dich machst, und ich verspreche, dass ich das nächste Mal, wenn jemand nach dir fragt, auf jeden Fall das Reißverschlussgesicht-Emoji machen werde.«

Rachel lächelte. »Es ist in Ordnung. Ich liebe dich.«

»Ich liebe dich auch.«

Rachel steckte ihr Handy zurück in die Tasche und machte sich auf den Weg zu dem Treffen mit Lilian und Rosie. Sie kam neunzig Sekunden zu spät und mit einem Gefühl der Beunruhigung, das sie nicht ganz erklären konnte.

Ein paar Wochen später wurde die Rachel-Gold-Juwelen-Kollektion an einem stürmischen Dienstagabend bei Liberty vorgestellt. Einige Pressevertreter und Social-Media-Influencer waren eingeladen, es gab Champagner und winzige Portionen Essen auf Tabletts, und Rachel trug eine schwarze Samthose und einen weißen Blazer, ihr Haar war professionell geföhnt, und ihr Vater war in einem schwarzen Rollkragenpullover und Jeans da und sah so stolz und so elegant aus, dass Rachel das Herz weh tat.
Paige umklammerte Rachels Arm und erzählte ihr lautstark von einem Typen auf der anderen Seite des Raumes, der mit ihr auf dem College war, ihr damals nachstellte und sie jetzt fleißig ignorierte, während er Sprachnotizen auf seinem Handy aufzeichnete. »Als ob er über den G7-Gipfel berichten würde, um Himmels willen«, sagte Paige, und Rachel lachte laut auf. Ein paar Minuten später hielt Lilian eine nette Rede, dann durfte der Fotograf sich etwas austoben, und um 19:45 Uhr hatten die Leute begonnen, ihre Mäntel abzuholen, und die Veranstaltung begann, sich aufzulösen. Rachel suchte gerade nach ihrer Handtasche, um mit Lilian, Rosie, Paige und ihrem Vater zum Abendessen zu gehen, als sie eine vertraute Gestalt sah, die den Laden von der Straße aus betrat: ein grauer Wollmantel, ein burgunder- und marineblau gestreifter Schal, ein Bart.

»Ich habe den E-Mail-Newsletter von Liberty abonniert«, sagte Michael, schritt durch den Raum auf sie zu, entledigte sich seines Schals und sein Gesicht wurde von einem breiten Lächeln erwärmt. »Was für eine perfekte Überraschung, als ich sah, dass deine Kollektion heute auf den Markt kommt, am selben Tag, an dem ich in der Stadt war! Ich dachte, ich komme einfach mal vorbei und schau sie mir an. Ich hätte nie gedacht, dass es so viel Trubel geben würde! Und ich hatte auch nicht erwartet, dich zu sehen! Wahnsinn! Du siehst unglaublich aus, Rachel. Wirklich.« Er nahm die Hand von Rachels Vater in seine, drückte sie und sagte: »Schön, dich zu sehen, Brian, du siehst umwerfend aus.« Dann warf er einen Blick auf die Überreste der Party, drehte sich wieder zu Rachel um und strahlte. »Also«, sagte er. »Schauen wir uns diese schönen Dinge an!«

Lilian und Rosie warfen Rachel einen fragenden Blick zu, Rachel schüttelte den Kopf und zuckte mit den Schultern, und sie folgten Michael hinüber zu dem Schrank mit Rachels Schmuck.

»Wow«, sagte er, die Hände tief in den Manteltaschen. Er drehte sich um und sah sie an. »Rachel. Die sind alle einfach exquisit. Sieh sie dir an, wie sie unter diesen Lichtern glitzern. Berauschend! Diese Edelsteine« – er wandte sich an Lilian, die an seiner Schulter stand – »sind sie alle echt?«

Lilian schaute Rachel an und antwortete dann: »Ja, Edelsteine und Halbedelsteine. Alles, von dem orangefarbenen Diamanten in diesem Anhänger bis zu seltenen Steinen wie den schwarzen Opalen in diesem Ring. Ist das nicht exquisit?«

»Mein Gott, ja, das ist es wirklich. Rachel, du hast wirklich einen Gang höher geschaltet. Ich stelle mir vor, dass da eine ordentliche Finanzierung drinsteckt?« Sein Blick ging zu ihrem Vater, als er das sagte. »Brian, du bist wirklich der beste Vater der Welt.«

»Michael«, begann Rachel. Ihre Stimme blieb ihr bei der zweiten Silbe halb im Hals stecken und sie schluckte. »Wir sind hier fertig. Das Personal muss abräumen und abschließen. Danke, dass du gekommen bist, aber…«

»Sicher«, sagte er. »Natürlich. Ich verstehe schon. Ich war nur auf der Durchreise. Ich wollte nur unbedingt deine Arbeit sehen. Weißt du, ich habe immer gedacht, dass du die unglaublichste Person bist, die ich kenne. Und das meine ich ernst. Wahnsinnig talentiert. Und jetzt sieh dich an. Endlich bekommst du die Anerkennung, die du verdienst. Ich bin voller Ehrfurcht. Ehrlich.« Er schlug die Hände zu einem Gebet zusammen, nahm ein Kanapee vom Tablett, steckte es sich in den Mund, verabschiedete sich von allen und ging.

Rachel schnappte sich ihre Handtasche, rannte zur Toilette und übergab sich.

In der Woche vor Weihnachten war das gesamte Sortiment bei Liberty ausverkauft, und es gab eine Warteliste für Bestellungen, die bis zum Frühjahr reichte. Rachel verlängerte die Verträge mit den beiden Goldschmieden und nahm einen weiteren Kredit auf, diesmal auf ihren eigenen Namen, um mehr Waren einzukaufen. Dominique gab ihre jährliche Weihnachtsfeier, dieses Mal mit einem acht Monate alten Baby und ohne zeitliche Begrenzung auf der Einladung. Rachel kam nur, um höflich zu sein. Die Geister und das Echo des vergangenen Jahres, als sie wahnsinnig verliebt war und kurz vor der Verlobung gestanden hatte, als sie am Arm eines Mannes gekommen war, der ihr an Aussehen, Glanz und Zukunftshoffnungen ebenbürtig war und sich als sadistischer Vergewaltiger entpuppt hatte, waren einfach zu viel für sie. Doch bevor sie ging, lauerte sie Jonno auf, der in der Küche Cocktails zubereitete, und bat ihn, ihr einen Negroni zu machen.

»Jonno«, sagte sie, als er ein Low-Ball-Glas aus dem Regal holte und mit Eis füllte. »Erinnerst du dich daran, wie du über Michael nachgeforscht hast? All das Zeug, das du mir über seine Geschäftsangelegenheiten erzählt hast? Woher hast du diese Informationen?«

»Nun. Ich habe seltsame Kontakte, kann man wohl sagen. Ehemalige Polizisten. Ehemalige Kriminelle. Journalisten, die bestimmte Kreise und Subkulturen infiltriert haben. Ich kenne einfach eine Menge Leute und wir schulden uns alle gegenseitig Gefallen.« Jonno zuckte mit den Schultern, schraubte den Deckel der Ginflasche ab und kippte einen Schluck in ihr Glas.

»Kennst du Leute, die vielleicht die Ex-Frau von jemandem ausfindig machen können?«

»Redest du von dem Straßenmädchen, das Michael unter seine vergewaltigenden Fittiche genommen hat?«

Rachel erschauderte leicht und schüttelte den Kopf. »Vergewaltigend? Warum hast du vergewaltigend gesagt?«

»Ich weiß es nicht. Ich hatte nur so ein Gefühl. Die Art, wie er war.«

»So wie er war? Mit dir?«

»Nein! Ha, nein. Mit dir, dachte ich. Ich weiß es nicht. Ich habe mich vielleicht falsch ausgedrückt. Tut mir leid.«

»Nein. Ich meine – nein. Es ist in Ordnung. Ich dachte nur – ich dachte, jeder mag ihn irgendwie?«

»Ja. Ich mochte ihn irgendwie. Aber ich fand auch, dass er irgendwie unheimlich war. Dunkle Unterströmungen. Also, ja. Was weiß ich denn schon? Wie auch immer, das Straßenmädchen?«

»Ja. Lucy. Könntest du etwas über sie herausfinden?«

Jonno warf ihr einen fragenden Blick zu und öffnete die Campari-Flasche. »Wozu?«

»Ich weiß es nicht wirklich. Ich möchte einfach nur mit jemandem reden, mit jemandem, der diese Michael-Sache schon durchgemacht hat. Zum Ende hin wurde es ein bisschen toxisch. Ich möchte herausfinden, wie es für sie war.«
»Nun, anscheinend ist sie mitten in der Nacht mit ihrem Kind verschwunden, und niemand weiß, was dann mit ihr passiert ist. Sie ist wirklich verschwunden.«
»Aber das Kind. Was ist mit dem Kind? Es muss doch irgendwo in der Schule sein oder bei einem Arzt in der Kartei. Oder?«
»Ja, ich denke schon. Aber es ist eine Nadel im Heuhaufen. Der Junge könnte überall sein. Er könnte in einem anderen Land sein. Er könnte in Pflege genommen worden sein. Soweit wir wissen, könnte er mit ihr in einer Höhle leben.«
»Wie ist sein Name? Hast du ihn herausgefunden?«
»Ja. Er heißt Marco. Marco Rimmer. Er ist ungefähr elf, glaube ich.«
»Nun, ich kann mich noch einmal umsehen. Aber es ist unwahrscheinlich, um ehrlich zu sein.« Jonno reichte ihr den Drink und sah sie einen Moment lang an. »Was ist wirklich passiert?«, begann er. »Zwischen dir und Michael? Hat er dich geschlagen?«
Rachel schüttelte den Kopf und sagte: »Nein. Das hat er nie getan.« Und zumindest das war die Wahrheit.

KAPITEL 47

Juni 2019 – Samuel

Ich wohne in Enfield. Ich habe ein sehr schönes Haus. Aber nach den Häusern, die ich in den letzten zwei Tagen gesehen habe, sehe ich das ein bisschen anders. Ich brauche zumindest eine neue Küche.

Seit vier Tagen habe ich zu Hause nichts mehr gegessen, und ich bin glücklich, als ich meine Tesco-Tüte auf meiner (inzwischen unbefriedigenden) Küchenarbeitsplatte auspacke: Nudeln, etwas frischer Brokkoli, Knoblauch, eine sehr große Tomate, die gerade so viel nachgibt, wie sie sollte. Eine vegetarische Mahlzeit. Ich versuche, nur einmal in der Woche Fleisch zu essen. Hauptsächlich für den Planeten. Aber auch für die Tiere. Jedes Tier, das als Baby zu einem nach Hause kommt, würde sich wie ein Haustier verhalten. Ich habe im Internet sehr liebevolle Truthähne gesehen. Ich versuche, an sie zu denken, wenn ich einkaufe, aber manchmal ist alles, was ich will, ist ein Hähnchen-Sandwich mit Salat oder ein frisch gegrillter Burger und ich vergesse die Truthähne, die ihre Besitzer umarmen.

Donal und ich haben heute Nachmittag erneut mit Libby Jones gesprochen. Wir konfrontierten sie mit dem, was wir über ihre Bankgeschäfte wussten, und sie antwortete – mit sehr viel Farbe in den Wangen –, dass Marie Caron und Phineas Thomson ihre Freunde seien. Ich fragte sie, wo ihre Freunde seien, und sie sagte mir, dass sie im Urlaub seien, dass sie nicht wüsste, wo, und dass sie ihre Handys nicht dabeihätten. Ich fragte sie, warum sie zwei Drittel ihres Geldes an Freunde verschenkt habe, die in den Urlaub fahren, ohne ihr zu sagen, wohin sie gehen, und sie sagte, dass es sehr gute Freunde seien und dass sie ihr Glück mit ihnen teilen wolle. Ich fragte sie, ob sie sie eingeladen hätten, mit ihnen in den Urlaub zu fahren (der vermutlich mit dem Erlös von Libbys Wohltätigkeitsaktion bezahlt wurde), und sie sagte, nein, das hätten sie nicht.

Ich fragte sie, ob sie die Verunstaltungen in dem Haus im Cheyne Walk – *ICH BIN PHIN* – bemerkt habe. Sie sagte, sie habe es nicht bemerkt. Ich erwiderte: *Es ist ein ziemlicher Zufall, dass dieser ungewöhnliche Name auf einem Graffiti in einem Haus steht, das Sie geerbt haben, und auch der Name Ihres sehr, sehr guten Freundes ist.* Sie stimmte zu, dass es ein Zufall sei. Ich fragte sie, warum sie hier im Haus ihrer Freundin Dido sei, wenn sie doch eine eigene Wohnung habe. Ich fragte sie, ob sie sich vor mir versteckt habe. Sie antwortete: *Ganz und gar nicht, ich wollte nur den Hund in Didos Garten herumlaufen lassen.*

Es waren alles Lügen. Natürlich waren das alles Lügen. Wir werden sie also morgen für ein paar richtige Fragen an einem harten Tisch auf einem unbequemen Stuhl aufs Revier holen und sehen, ob wir sie dazu bringen können, uns nicht mehr so viele Lügen zu erzählen.

Ich mache meine Nudeln und schaue eine Krimiserie im Fernsehen. Ich mag Krimis, auch wenn sie alles falsch machen.

Gegen 21 Uhr bekomme ich eine Nachricht von Philip Dunlop-Evers auf mein Handy.

Samuel. Tut mir leid, dass ich Sie störe. Gibt es irgendwelche Neuigkeiten?

Ich antworte ihm, dass es keine konkreten Informationen gibt, dass aber morgen viel Neues zu erwarten ist. Wir haben eine mögliche letzte bekannte Adresse, schreibe ich ihm. Wir versuchen, zwei Personen ausfindig zu machen, die zum Zeitpunkt von Birdies Tod in dem Haus gelebt haben könnten. Wir haben eine Menge zu tun. Wir werden morgen miteinander sprechen.

Danke, antwortet er.

Unter der Dusche stelle ich mir den Fall wie eine Kugel vor, eine Welt, die sich dreidimensional in meinem Kopf dreht. Ich suche nach den Löchern darin und versuche, Wege zu finden, die Löcher zu füllen oder etwas von einer Seite der Kugel auf die andere zu ziehen, um dem Loch einen Sinn zu geben. Es geht nur um die Vollendung. Diese Geschichte ist so gut wie vollständig, aber die Löcher sind bizarr und ärgerlich. Ich denke darüber nach, was ich weiß:

In den späten achtziger Jahren lebte eine junge Frau namens Birdie Dunlop-Evers vorübergehend in einem großen Haus, in dem ihre Band ein Popvideo gedreht hatte.

Das große Haus war im Besitz von Henry und Martina Lamb, die drei Kinder hatten: Henry Jr., Lucy und Serenity.

(Nebenbei bemerkt: Es verwirrt mich, dass Eltern, die ihre ersten beiden Kinder so traditionell benennen, für ihr letztes Kind einen so böhmischen Namen wählen. Als ob da andere Einflüsse im Spiel waren. Die namenlose, formlose Sekte, für die sie gestorben sind, vielleicht.)

Irgendwann nach dem Einzug in das Haus wurde Birdie durch einen Schlag auf den Kopf getötet.

Anschließend wurde sie in teuren Handtüchern mumifiziert und viele, viele Jahre lang auf einem Dach hinter einem Schornstein versteckt, bevor ihre Überreste in die Themse geworfen wurden, und zwar in einem Zeitrahmen, der in etwa den Ereignissen entspricht, seit Libby Jones an ihrem fünfundzwanzigsten Geburtstag das Haus übernommen hat.

Etwa zur gleichen Zeit, als Birdie durch einen Schlag auf den Kopf getötet wurde, vergifteten sich Henry und Martina Lamb in ihrer Küche zusammen mit einem mysteriösen Mann, dessen Initialen DT lauteten. Kurz danach (so kurz, dass das Baby Serenity/Libby gerade gefüttert und gewickelt worden war, als die Polizei eintraf) flohen zwei bis sechs Teenager – je nachdem wem man glaubt – aus dem Haus und wurden nie wieder gesehen.

Zwei dieser Jugendlichen waren Henry und Lucy Lamb, so können wir annehmen. Ein weiterer könnte der PHIN aus der Schnitzerei gewesen sein.

Ich höre auf, mich einzuseifen, als ich spüre, wie sich eins der Löcher schließt. Phin Thomson.

DT.

Könnte der geheimnisvolle DT der Vater von Phin Thomson gewesen sein?

Es scheint mir fast sicher, dass dies der Fall ist.

Gehen wir also davon aus, dass Phin Thomson zum Zeitpunkt von Birdies Tod ebenfalls in dem Haus wohnte.

Er hat nun 2,45 Millionen Pfund aus dem Verkauf des Hauses erhalten.

Ich drehe die Kugel in meinem Kopf ein wenig, um sie aus einem anderen Winkel zu sehen. Ich drehe sie zurück zu Birdie.

Birdie kam nicht allein im Cheyne Walk an. Sie kam mit einem Freund. Justin Redding, der Schlagzeuger. Von ihm gab es keine Spur.

Niemand konnte sich daran erinnern, ihn gesehen zu haben. War er in der Nacht, in der Birdie starb, noch da? Oder war er schon vorher gegangen? Niemand, mit dem ich gesprochen habe, scheint zu glauben, dass er etwas mit den drei so genannten Selbstmorden oder dem Tod von Birdie, seiner Freundin, zu tun gehabt haben könnte. Er war anscheinend zu weich. Aber für mich ist er im Moment ein wahrscheinlicher Täter. Wir müssen ihn dort aufspüren, wo er sich in den letzten sechsundzwanzig Jahren versteckt hat, um zu beweisen, dass er so unschuldig ist, wie diejenigen, die ihn kannten, zu glauben scheinen. Justin Redding, das ist mir klar, könnte der Schlüssel zu allem sein.

Ich wende mich wieder Libby Jones mit dem roten Gesicht und ihren Lügen zu. Den Lügen, die sie nicht erzählen will. Doch sie hat keine andere Wahl.

Da fällt mir der Hund ein. Der Hund ihrer Mutter.

Eine weitere Aufgabe für morgen. Ich mache mir eine mentale Notiz. Denn wenn der Hund nicht ihrer Adoptivmutter in Spanien gehört (ganz abgesehen von Libbys lebhaften körperlichen Alternativerzählungen, als sie mir die Situation erläuterte: Wer teilt einen Hund mit einer Mutter in Spanien? Niemand), dann hat Libby eine andere Person, die sie als Mutter betrachtet. Könnte es sich dabei um Marie Caron handeln, die Nutznießerin eines Drittels ihrer Erbschaft, die jetzt *ohne Handy im Urlaub* ist? Und könnte Marie Caron eine weitere der unbestimmten Zahl von Jugendlichen sein, die im April 1994 aus dem Cheyne Walk 16 verschwanden?

Mein Kopf dreht sich immer wieder um die Kugel und versucht, einen anderen Weg zu finden, um sie zu vervollständigen, aber für den Moment ist das genug.

Justin.

Der Hund.

Ein Mann namens D. Thomson.

Ich habe meinen Wecker auf fünf Uhr morgens gestellt, ich habe viel zu tun.

KAPITEL 48

Marco bestellt eine Cola und trinkt sie durch einen Strohhalm, wobei sein Blick ständig von der Straße zu seinem Handy und wieder zurückwandert. Kris Doll ist spät dran. Er hatte gesagt, er würde sie hier in der Hotellounge um halb drei treffen, und jetzt ist es fast drei Uhr nachmittags. Aber schließlich hört Marco das Dröhnen eines Motorrads, und durch das Fenster auf der Straße sieht er einen Mann, der einen Sturzhelm abnimmt und sich mit den Händen durch das strähnige dunkle Haar fährt, bevor er auf die Drehtür zugeht.

Marco spürt, wie er errötet. Der Mann sieht sehr männlich aus und Marco fühlt sich in gewisser Weise für diese Situation verantwortlich. Schließlich ist er es, der Kris in den letzten drei Tagen Nachrichten geschickt hat, er ist es, der dieses Treffen organisiert hat, aber jetzt fühlt er sich verdammt jung und überfordert und er wirft seiner Mutter einen Blick zu, von dem er hofft, dass sie ihn aufnimmt.

»Marco«, sagt der Mann und schreitet auf sie zu. »Und du musst Lucy sein?«

Marco nickt und erhebt sich halb von seinem Platz. Dabei wirft er erneut einen Blick auf seine Mutter und bemerkt, dass sie leicht errötet. Dieser Mann hat etwas seltsam Glamouröses an sich, auch wenn sein Haar durcheinander ist und er ein wenig wettergegerbt aussieht.

»Schön, dich kennenzulernen«, sagt Lucy, steht auf und schüttelt ihm die Hand. »Das ist Stella.«

»Freut mich, dich kennenzulernen, Stella. Kann ich jemandem einen Drink anbieten? Irgendetwas von der Bar?«

Sie lehnen alle ab, und auch Kris sagt, er wolle nichts, dann

setzt er sich links von Marco hin.
»Also.« Kris schaut von Marco zu Lucy und wieder zurück und lächelt schief. »Was zum Teufel geht hier eigentlich vor?«
»Ich weiß nicht, wo ich anfangen soll«, sagt Lucy.
»Sollen wir damit anfangen, wer zum Teufel Mike ist?«
Marco zuckt unter Kris' neugierigem Blick leicht zusammen und sagt: »Er ist niemand. Er ist nur erfunden. Er ist mein Freund, Alf.«
»Und wo ist Alf?«
»Alf ist in London. Da waren wir, als wir dich angerufen haben.«
Kris blickt Marco fragend an, sagt aber nichts, ein Zeichen für ihn, etwas mehr zu erklären. Marco seufzt und rückt sich in seinem Stuhl zurecht. »Meine Mutter ist Henrys – oder Joshuas, wie du ihn nennst – Schwester. Henry ist letzten Donnerstag mitten in der Nacht verschwunden und hat niemandem gesagt, wohin er wollte oder warum. Meine Mutter hat versucht, ihn anzurufen und ihm eine Nachricht zu schicken, aber er hat sie blockiert. Dann habe ich versucht, ihm eine Nachricht zu schicken und ihn anzurufen, aber er hat mich auch blockiert. Also hackten mein Freund Alf und ich Henrys Google-Konto und fanden seinen Browserverlauf und dort haben wir dich gefunden. Und du sagtest, du würdest einen Briten treffen, der im Dayville wohnt, was unser erster Hinweis auf seinen Aufenthaltsort war. Also kamen wir hierher, und seitdem wir hier sind, haben wir herausgefunden, dass er vor drei Tagen aus dem Hotel ausgecheckt hat, und jetzt haben wir keine Ahnung, wo er ist. Aber wir glauben, dass er hierhergekommen ist, um jemanden zu suchen. Jemanden namens Phin.« Kris lächelt Marco an. »Genau. Ja, genau. Und ich kenne jemanden, der Finn

heißt, und das ist es, was mich so wahnsinnig macht. Ich dachte, dieser Typ, dieser Joshua, hätte mich nur zufällig im Netz gefunden und wäre ein gwöhnlicher Kunde. Aber jetzt fange ich an zu glauben, dass er es auf mich abgesehen hat, weil er wusste, dass ich Finn kenne.«

»Ja«, sagt Marco. »Ich auch. Was hast du ihm über Phin erzählt?«

»Na ja, eigentlich nicht so viel. Nur, dass Finn und ich ... na ja, wir hatten ...« Kris' Blick geht zu Lucy. »Wir hatten eine Freundschaft. Ziemlich intensiv. Aber sie war im Sande verlaufen und dann war er nach Afrika gegangen, um mit wilden Tieren zu arbeiten.«

»Was hat er vorher in Chicago gemacht?«, fragt Marco. »Bevor er nach Afrika ging?«

»Er arbeitete im Lincoln Park Zoo. Mit den Großkatzen. Aber er wollte schon immer als Safari-Guide arbeiten, und dann bekam er vor ein paar Jahren die Chance auf einen Job in Botswana und lief einfach weg. Er vermietete seine Wohnung. Hat nicht zurückgeblickt.« Kris reibt sich mit den Fingern über das Kinn und wendet sich an Lucy. »Was hat es mit deinem Bruder und Finn auf sich? Warum ist er so scharf darauf, ihn aufzuspüren?«

Lucy seufzt. »Oh«, sagt sie. »Das ist eine sehr lange Geschichte. Ich denke, vielleicht vermisst er ihn einfach. Wir sind zusammen aufgewachsen und dachten eigentlich, er sei tot, und vor kurzem haben wir herausgefunden, dass er noch lebt, und ja, ich glaube, vielleicht vermisst er ihn einfach.« Sie lächelt breit. »Was hast du meinem Bruder noch erzählt? Über Phin?«

»Ich habe deinem Bruder gesagt – und vergiss nicht, dass ich zu dem Zeitpunkt keine Ahnung hatte, dass er mich absichtlich ausspioniert –, dass Finn in der Stadt ist. Ich habe ihm gesagt, dass ich glaube, dass er vielleicht in einem Airbnb wohnt. Und ich sagte ihm, dass ich hoffe, ihn bald zu treffen.«

»Also ist Phin jetzt hier? Ganz sicher?« Lucy drückt ihre Hand fest gegen ihr Herz.

»Ja. Zumindest dachte ich das. Aber ich habe ihn tausend Mal angerufen und ihm Nachrichten geschickt. Ich habe kein einziges Wort gehört. Und ich habe keine Adresse von ihm.«

»Habt ihr gemeinsame Freunde, die wissen könnten, wo er ist?«, fragt Lucy.

»Ja. Wir haben eine gemeinsame Freundin. Eine Frau namens Mati. Aber ich darf nicht mit ihr reden, sonst schlägt ihr Freund mich wahrscheinlich und dann schlägt er auch sie.«

»War sie die Freundin von Phin?«, fragt Marco.

»Ja. Das war sie. Irgendwie. Jedenfalls für eine kurze Zeit. Und sie war auch meine. Aber sie hat auch einen sehr eifersüchtigen Freund, also halte ich mich jetzt fern.«

»Und was ist mit dem Zoo?«, fragt Marco, in dessen Kopf noch andere Möglichkeiten aufgetaucht sind. »Hatte Phin dort Freunde, die er sehen könnte, wenn er hier ist?«

Kris zuckt mit den Schultern. »Ja, ich denke schon. Er hat dort einige Jahre lang gearbeitet. Ich nehme an, er muss mit einigen von ihnen in Kontakt geblieben sein. Es könnte sich lohnen, dort herumzufragen.«

Marco schiebt mit seinem Strohhalm die angeschmolzenen Eiswürfel am Boden seines Glases im Kreis, während er mit der anderen Hand auf Google Maps nach dem Lincoln Park Zoo sucht. Er dreht das Handy, um es seiner Mutter zu zeigen. »Schau mal«, sagt er. »Er ist nur drei Kilometer von hier entfernt. Acht Minuten mit einem Uber. Wir sollten

jetzt hinfahren.«
Er blickt zu Kris hinüber, sieht aber, dass dieser in Gedanken versunken ist. Nach kurzem Schweigen sieht Kris Lucy an und sagt: »Also, wie sieht es aus? Wenn dein Bruder Finn gefunden hat? Ich meine – was sind seine Absichten? Denn, und bitte verstehe das mit deinem Bruder nicht falsch, ich meine« – Kris berührt sein Herz – »er schien ein aufrichtiger Kerl zu sein, ein total netter Kerl. Aber er hatte etwas sehr Intensives an sich, fand ich, und es gab einen Moment, als wir am See anhielten, um den Sonnenuntergang zu beobachten, da hat er irgendwie geweint? Er dachte, ich hätte es nicht gesehen, aber das habe ich. Und es ist vielleicht seltsam, dass bei Finn zur gleichen Zeit Funkstille herrscht, als dein Bruder nach ihm sucht. Das Timing. Es fühlt sich irgendwie...« Er schweift ab und klopft sich auf die Beine. »Wie auch immer. Ich bin sicher, dass das Rätsel bald gelöst sein wird – und hey! Marco! Wenn du Lust hast, könnte ich dich auf dem Rücksitz meines Motorrads in den Zoo mitnehmen? Wenn das für deine Mama okay ist?«
»Mom, ist das okay für dich?« Marco faltet die Hände zu einem Gebet und sieht seine Mutter mit großen Augen an. Seit Kris angekommen ist, fällt sein Blick auf das Monster von einem Motorrad, das vor dem Hotel auf der Straße geparkt ist. Er hat bemerkt, wie die Passanten es anstarren. Jemand hat sogar ein Foto davon gemacht. Es ist wahrscheinlich das coolste Ding, das Marco je gesehen hat, und er ist schon oft in seinem Leben die Croisette hinuntergelaufen und hat die grellen Paraden der fluoreszierenden Sportwagen und der vergoldeten Bentleys bestaunt.
»Äh, ja«, sagt Lucy. »Sicher. Ich meine, du wirst doch nicht schnell fahren?«
»Nein. Versprochen. Ich verdiene meinen Lebensunterhalt

damit, Touristen herumzufahren, deshalb bin ich sehr umsichtig, wenn ich unterwegs bin. Ich bin nicht in der Branche, um

Menschen zu erschrecken oder sie in Unfälle zu verwickeln.«

Er schenkt Lucy ein sehr überzeugendes Lächeln, und dann gehen sie alle aus dem Hotel und warten auf Lucys Uber. Kris reicht Marco einen Helm, und hilft ihm in den thronartigen Sitz hinten auf dem Motorrad. Marco merkt, wie Leute ihn anschauen, und fühlt sich gleichzeitig unglaublich und beschämt.

Das Gefühl, als sie durch die Stadt fahren, ist gewaltig. Er hält sein Handy in der Hand und macht ein Selfie, kurz bevor Kris sich umdreht und sagt: »Hey, Kumpel, Hände an die Stangen, weißt du noch?« Dann steckt er sein Handy schnell wieder in die Tasche.

Wenige Augenblicke später halten sie vor dem Zoo an. Lucy ist gerade aus ihrem Uber gestiegen und wartet auf sie, Hand in Hand mit Stella, die beim Anblick ihres großen Bruders auf einem Monsterbike mit Helm entsprechend ehrfürchtig dreinschaut.

»Wir bleiben in Kontakt«, sagt Kris, als Marco ihm seinen Helm reicht. »Sag mir Bescheid, wenn du etwas herausfindest. Und in der Zwischenzeit werde ich weiter versuchen, Finn zu kontaktieren. Wir können ein Wettrennen veranstalten«, sagt er, »wer ihn zuerst findet!«

Marco sieht zu, wie Kris Doll auf sein Motorrad steigt und rückwärts auf den Parkplatz fährt, bevor er den Gang einlegt und mit einer Hand zum Abschied winkend abfährt.

»Gut«, sagt Lucy, »wer will zu den Tieren gehen?«

Sie fragen einen Mitarbeiter, wo sie die Löwen finden könnten, und werden auf das Pepper Family Wildlife Centre verwiesen. Der Lincoln Park Zoo ist ein bisschen wie der Londoner Zoo, denkt Marco, modern und stadtnah mit vielen verschnörkelten Wegen und schönen Gehegen. Sie finden die Löwen und sehen sich nach jemandem um, mit dem sie reden können. Hier gibt es nur eine Person in Uniform, die sehr, sehr jung aussieht, aber Marcos Mutter spricht sie trotzdem an.

»Hallo! Seltsame Frage, aber ich versuche, jemanden zu finden, der vor etwa fünf Jahren in diesem Gehege gearbeitet hat. Kennst du jemanden, der damals hier gearbeitet haben könnte?«

»Vor fünf Jahren?«, antwortet das Mädchen. »Nun. Vor fünf Jahren war ich noch auf der High School! Aber lass mich nachdenken. Ich bin mir ziemlich sicher, dass Peter Lilley damals hier gewesen war. Obwohl dieses Gehege ziemlich neu ist. Aber er hat immer mit den Löwen gearbeitet.«

»Ist er heute hier, weißt du das?«

»Ja! Ich habe ihn vor einer Minute gesehen. Wie, sagtest du, war der Name deines Freundes?«

»Phin. Er heißt Phin.«

»Warte mal.« Sie öffnet eine Tür hinter sich, die quasi unsichtbar ist, und verschwindet. Einen Moment später taucht sie wieder auf. »Pete kümmert sich gerade um eine Art Abflussnotfall im Panda-Gehege. Er wird in einer Minute da sein. Du kannst einfach hier warten. Er sagt, er kennt Phin! Du hast also Glück!«

Marco und Lucy werfen sich einen Blick zu, und Stella rennt los, um sich die Löwen anzusehen, drei Weibchen und ein Männchen, die sich in der Sonne räkeln und so aussehen, als ob sie sich um nichts in der Welt kümmern würden.

Dann kommt Pete aus der Geheimtür in der Wand, wischt sich die Hände an einem Handtuch ab und lächelt. Er ist groß und schlank, hat weiches, schütteres blondes Haar, das wie das eines Neugeborenen absteht, und einen ordentlich geformten Spitzbart.

»Hallo«, sagt er. »Pete Lilley. Ich habe gehört, du suchst nach Finn?«

»Ja. Hi. Ich bin Lucy. Eine Freundin von Phin aus London. Von vor Jahren. Er hat uns gesagt, dass er für ein paar Tage in einem Airbnb in Chicago wohnen würde. Wir wollten uns eigentlich treffen und ich habe versucht, ihn zu erreichen, seit wir hier sind, aber er geht nicht ans Telefon. Seine Nachrichten liest er auch nicht und wir machen uns ein bisschen Sorgen. Wir haben uns nur gefragt, ob er sich seit seiner Rückkehr aus Botswana bei dir gemeldet hat?«

»Ja! Ja, das hat er. Ich habe ihn vom Flughafen abgeholt, vor etwas mehr als einer Woche. Vorletzten Dienstag. Ich hole ihn immer ab, wenn er in der Stadt ist, weil ich in der Nähe wohne. Er kam zu uns zum Abendessen und dann habe ich ihn zurück in die Stadt gefahren.«

»In die Stadt? Du meinst also, du hast ihn an seinem Airbnb abgesetzt?«

»Ja, genau.«

»Du weißt also, wo er wohnt?«

»Nun, ich weiß, in welchem Gebäude er wohnt, aber es ist ein ziemlich großes Gebäude. Ich weiß nicht, welche Wohnung es ist. Und es ist witzig, denn ich habe ihm in den letzten Tagen selbst ein oder zwei Nachrichten geschickt und gefragt, ob wir uns noch einmal treffen würden, bevor er zurück nach Afrika geht, aber er hat nicht geantwortet. Ich dachte, dass er vielleicht beschäftigt ist womit auch immer. Er ist ein ziemliches Rätsel, wie du sicher weißt.

Schwer zu durchschauen, außer wenn er sich um Tiere kümmert. Sein Lebensstil hat für mich nie viel Sinn ergeben, also habe ich ihn nicht weiter verfolgt.«

»Könntest du mir sagen, wo der Wohnblock ist? Vielleicht können wir jetzt hingehen und sehen, ob wir ihn aufwecken können. Sicherstellen, dass alles in Ordnung ist?«

Peter Lilley nickt. »Sicher«, sagt er. »Ich kann mich allerdings nicht an die Hausnummer erinnern, nur an den Ort.« Er nennt ihnen einen Straßennamen und sagt ihnen, dass es »gegenüber einer Brasserie mit einem einsilbigen Namen und Tischen auf dem Bürgersteig« liegt und ein paar Türen weiter ein Bio-Supermarkt namens *Organic Delightful* ist.

Marco holt tief Luft, sagt aber nichts. *Organic Delightful*! Derselbe Laden, den er und Alf in Henrys Browserverlauf bemerkt hatten.

Seine Haut errötet vor Aufregung über die Verbindung.

»Sag mir Bescheid, wenn du ihn findest, ja? Jetzt mache ich mir auch ein bisschen Sorgen um ihn!«

»Ja«, sagt Lucy. »Ja, natürlich werde ich das tun.« Peter Lilley gibt ihr einen Zettel mit seiner Telefonnummer und sie steckt ihn in ihre Tasche. Dann holen sie sich ein Eis und sitzen eine Weile in der Sonne, während sie auf einen Uber warten, der sie zu ihrem nächsten Ziel bringt.

Das Gebäude, zu dem Peter Lilley sie geschickt hat, erstreckt sich über vier Ladenfronten. Es hat eine altmodische hölzerne Eingangstür mit Buntglasfenstern und verschnörkelten Messingteilen und eine Tafel links von der Tür mit etwa fünfzig Messingknöpfen darauf, und einen Moment lang stehen sie alle da und starren schweigend auf die Messingplatte.

»Was jetzt?«, sagt Marco.

Lucy wirft einen Blick nach oben in die vier Stockwerke über ihnen.

Doch gerade als sie antworten will, bewegt sich etwas auf der Treppe und eine junge Mutter mit einem Kleinkind auf dem Arm erscheint. Als sie zur Tür kommt, weicht Lucy ihr aus und sagt dann, als sie die Tür öffnet: »Entschuldigen Sie, ich suche jemanden, der in diesem Gebäude wohnt. In einem Airbnb? Sie wissen nicht zufällig, welche Wohnung das sein könnte?«

»Entschuldigung. Ich habe keine Ahnung. Die Hälfte von ihnen ist wahrscheinlich so vermietet, schätze ich. Sie sollten einfach die Website überprüfen.«

Dann schiebt sie sich an ihnen vorbei und steigt mit ihrem Kleinkind in den Uber, der gerade auf der Straße angehalten hat. Lucy hält die Tür auf, und sie schlüpfen hinein. Die Böden sind aus grauem Granit mit glitzernden Elementen und die Treppe ist aus Stein und mit einem Metallgeländer bestückt. Es gibt einen Aufzug mit einem Tor, das sich öffnen lässt, und floralen Mosaikplatten drum herum. Sie steigen die Steintreppe in den ersten Stock hinauf, wo sich der Treppenabsatz links und rechts ausbreitet, mit Reihen identischer Türen auf beiden Seiten. Die Wände sind mit dunklem Holz verkleidet, das so geschnitzt ist, dass es wie Vorhänge aussieht.

»So ein schönes Gebäude«, sagt Lucy und streicht mit den Fingerspitzen über die hölzernen Falten. Marco, der seine Gebäude lieber weiß, modern und gut beleuchtet mag, ist nicht ganz einverstanden.

»Was sollen wir tun?«, fragt er.

»Ich meine, wir könnten auch einfach wahllos an Türen klopfen.«

Stella sieht zu Lucy auf und schüttelt den Kopf. »Nein«, sagt sie. »Ich will das nicht tun. Das ist unheimlich.«

»Warum ist es unheimlich?«, sagt Lucy und beugt sich zu Stella hinunter, um ihr ins Gesicht zu sehen.

»Die Leute könnten wütend werden. Die Leute könnten schreien. Und schau«, sagt Stella und zeigt mit ausgestrecktem Arm in beide Richtungen des Flurs. »Sieh nur, wie viele da sind. Und vielleicht ist er gar nicht hier.«

Lucy atmet ein und richtet sich auf. Sie blickt zu Marco und nickt. »Sie hat Recht. Wir könnten eine Stunde lang an jede Tür klopfen und es könnte sich herausstellen, dass Phin gar nicht hier ist. Wir müssen auf andere Weise herausfinden, in welcher Wohnung er sich aufhält.«

Marco nickt zurück, den Blick fest auf sein Handy gerichtet, während er durch die Airbnb-Vermietungen in dieser Straße scrollt. Und dann hört er auf zu scrollen, dreht sein Handy zu seiner Mutter und sagt: »Schau mal. Es gibt zwei in diesem Gebäude hier. Beide sind im Moment ausgebucht, die eine noch für eine Woche, die andere für zehn Tage.«

Seine Mutter versucht, ihm das Handy aus der Hand zu nehmen, aber er zieht es zurück. »Du brauchst mein Handy nicht anzufassen, Mama!«, sagt er. »Lass es mich einfach halten.«

Er blättert durch die Bilder der ersten Wohnung. Sie ist ziemlich langweilig: cremefarbene Sofas, ein hölzerner Couchtisch, ein Diwanbett mit blasser geblümter Bettwäsche, ein glänzender goldener Kronleuchter. Aus dem Schlafzimmerfenster blickt man auf eine Wand, an der metallene Feuerleitern angebracht sind. Dann klickt er auf die zweite Wohnung. Diese ist viel schöner, mit vielen hellen Farben und hübschen Möbeln und einem Blick aus dem Wohnzimmer auf die andere Straßenseite. Er scrollt und scrollt und sucht nach etwas, um die Wohnung irgendwie zu identifizieren, und dann hält er inne und hält den Atem an. Ein Foto von einer grün-blau gestrichenen Haustür mit einem Türklopfer in Form eines Fuchskopfes.

»Kommt schon«, sagt er. »Lass uns den Fuchs finden.«

KAPITEL 49

Februar 2018

Rachel ließ ihre Sonnenbrille von ihrem Kopf auf die Nase fallen und griff nach ihrem Rollkoffer. Die Wintersonne war hier in Nizza, mit den zusätzlichen paar Grad Nähe zu Afrika, merklich wärmer als in London. Sie hielt ihr Gesicht in die Sonne und schloss für einen Moment die Augen, um sie aufzusaugen. Dann drehte sie sich um und ging in ihr Hotel. Es war zehn Uhr, der Schultag von Michaels Sohn endete um 16:30 Uhr. Sie hatte den ganzen Tag Zeit zum Bummeln, Einkaufen, Essen, Entspannen.

Als sie in ihrem Hotelzimmer auspackte, erinnerte sie sich daran, wo sie letztes Jahr um diese Zeit gewesen war: in dem hölzernen Stelzenhaus auf den Seychellen mit dem Bett, das breiter war, als es lang war. Sie dachte an die albernen kleinen Requisiten, die sie in ihren Koffer gepackt hatte und die ihr damals harmlos erschienen waren, ein bisschen Spaß. Aber sie hatten ihre Ehe zerbrochen.

Aber sie wusste, wenn es das damals nicht gewesen wäre, dann wäre es ein anderes Mal etwas Anderes gewesen, ein anderer Auslöser, ein anderer *Fehler*. Michael Rimmer war eine Zeitbombe, die nur darauf wartete, hochzugehen, und jetzt wollte sie einfach nur wissen, dass sie nicht allein auf dieser Welt war.

Sie wollte wissen, ob er auch Lucy vergewaltigt hatte.

Marcos Schule lag in einem rauen Vorort namens L'Ariane, der so gar nichts mit dem südfranzösischen Teil zu tun hatte, den Rachel gesehen oder sich vorgestellt hatte. Hochhäuser ragten in den Himmel, leere Straßen waren mit Graffiti beschmiert, verlassene Geschäfte waren hinter kalten Metallgittern verschlossen. Sie zog ihren Daunenmantel zusammen und schloss den Reißverschluss, um ihr teuer aussehendes Outfit zu verdecken, dann setzte sie die Kapuze auf, obwohl die Sonne noch warm war.

Die Schule lag hinter einer hohen Backsteinmauer, die Sonne glühte golden zwischen zwei sechsstöckigen Blöcken. Der Campus war riesig und sah eher wie ein Gefängnis als eine Schule aus. Auf einem Schild an einem Eingangstor stand *COLLÈGE* mit einem Pfeil, der nach vorne zeigte. Andere Teile der Schule waren an zwei anderen Eingängen ausgeschildert. Auf dem einen stand *PRIMAIRE*. Auf dem anderen stand *PETITE ÉCOLE*. Rachel wurde klar, dass sie keine Ahnung hatte, in welchem Teil des Gebäudes sie warten sollte. Sie wusste nur, dass Michaels Sohn etwa elf Jahre alt war. Doch sie wusste nicht, in welche Klasse er in Großbritannien gehen würde, geschweige denn in Frankreich. Es war fast vier Uhr dreißig, und Gruppen von Eltern begannen, sich um jeden Eingang zu scharen. Sie schaltete ihr Handy ein und sah sich noch einmal das Foto an, das Jonno ihr geschickt hatte. Es war eine Aufnahme aus dem Online-Newsletter der Schule, der einen Artikel über einen Klassenausflug ins Aquarium begleitete. Er war der Dritte von rechts, zwei Zentimeter größer als seine Mitschüler und hatte einen dichten Schopf aus dunklem, gewelltem Haar und eine etwas abweisende Haltung.

M. Rimmer.

Rachel war davon ausgegangen, dass Michaels Sohn auf eine Privatschule oder eine internationale Schule gehen würde, eine Schule mit Blick auf den Ozean, mit Palmen auf dem Schulgelände und Kindern in Uniformen, die Mappen umklammern. Sie hatte angenommen, dass Lucy so sein würde wie sie: allein, aber beschwerdefrei. Sie hatte sich vorgestellt, wie sie in einem Ensemble Geige spielte, ihr Haar zu einem Dutt hochgesteckt, vor roten Samtvorhängen sitzend. Sie hatte sie sich als Bohème vorgestellt, künstlerisch, schäbig schick. Aber diese Schule sprach nicht von Bohème oder Shabby Chic, sie sprach von Armut, und zum ersten Mal kam Rachel der Gedanke, dass Lucy vielleicht arm war.

Sie sah, wie einige Kinder aus dem nächstgelegenen Tor traten, und beobachtete sie leise unter ihrer Kapuze. Sie sahen ungefähr so aus, als wären sie in der richtigen Altersgruppe, frühe Teenager und kurz davor, also wartete sie, wo sie war, und ließ kein Kind aus den Augen, als sie vorbeikamen. Und dann sah sie ihn. Es war eindeutig er. Größer als seine Freunde. Er sah auch besser aus als sie. Ein Hauch von Michael, aber viel mehr von jemand anderem, mit seinem dichten Haarschopf, dem leicht wilden, ungezähmten Blick. Zu seiner Linken saß ein Junge mit rasiertem Kopf, der einen Minecraft-Rucksack trug. Rechts von ihm stand ein kleiner blonder Junge, der eine dunkle Wollmütze und einen roten Daunenmantel trug. Marco schlug mit beiden abwechselnd die Fäuste zusammen und entfernte sich dann. Er schaute sich nicht nach einem Elternteil um, wie es einige der anderen Kinder taten, sondern ging in Richtung des Eingangs mit der Aufschrift *Petite École*, wo er eine Lehrerin anlächelte, die am Tor stand, und einem kleinen Mädchen mit goldenen Locken seine Hand reichte und ihr einen rosa-goldenen Rucksack mit kleinen Plüschtieren daran abnahm.

Rachel zuckte zusammen. Eine Schwester. Marco hatte eine Schwester. Das war eine weitere Sache, mit der Rachel nicht gerechnet hatte. Aber warum nicht? Warum sollte Lucy nicht noch ein Kind bekommen? Oder vielleicht mehr? Sie fragte sich, ob Michael überhaupt von diesem Mädchen wusste.

Sie stellte sich hinter die beiden und folgte ihnen bis zu einer Bushaltestelle und dann in einen kalten, knarrenden Bus, der über eine halbe Stunde lang fuhr, bis er schließlich von einer Autobahn abbog und in die belebten Seitenstraßen von Nizza fuhr, wo die Kinder ausstiegen. Sie liefen fast zwanzig Minuten durch die Stadt, bis sie am Ende des Schlossbergs ankamen. Sie folgte ihnen zu einem schäbigen blauen Haus, das hoch oben an der gewundenen Küstenstraße stand, mit schmutzigen, vom Meersalz verkrusteten Fenstern, die auf der einen Seite auf das Meer blickten, und schmutzigen, von Autoabgasen beschlagenen Fenstern, die auf der anderen Seite auf die Straße blickten. Marco benutzte einen Schlüssel, um sie durch eine abgewetzte, morsche Tür mit der Aufschrift *Maison de la Mer* einzulassen, und dann waren sie weg.

Rachel wusste nicht, was sie jetzt tun sollte. Die Sonne stand schon tief und neigte sich träge dem Horizont zu. Die Temperatur begann zu sinken. Sie dachte an ihr warmes Hotelzimmer mit dem kuscheligen Bett und den Frotteebademänteln. Sie dachte an ein Essen in einem Bistro oder einer Brasserie bei Kerzenlicht. Hinter den schmutzigen Fenstern sah sie bewegte Schatten, Lichter, die angingen, Vorhänge, die zugezogen wurden. Im untersten Fenster sah sie einen kleinen Mann mit Schnurrbart und struppigem Bart, der in einem schmuddeligen Raum mit abblätternder Farbe an den Wänden vor einem Computer saß, sein Gesicht vom Bildschirm beleuchtet. Auf einem Klingelknopf neben der Tür stand *Concierge*.

Rachel blieb einen Moment stehen, streckte ihre Finger-

spitze dorthin und wog ihre Möglichkeiten ab. Sie könnte den Hausverwalter fragen, welches Lucys Zimmer war.
Und was dann? Ihre Tarnung wäre aufgeflogen, bevor sie sich überhaupt entschieden hatte, was sie tun wollte. Aber sie konnte auch nicht die ganze Nacht hier draußen stehen. Lucy und die Kinder würden jetzt wahrscheinlich nicht mehr rausgehen – es wurde schon dunkel –, aber als sie das dachte, hörte sie Geräusche hinter der Haustür und ging schnell aus dem Weg. Sie stand in der nächsten Tür und schaute auf ihr Handy. Als sie aufblickte, sah sie, wie die Kinder das Hostel verließen, und eine Sekunde später folgte eine zierliche Frau mit langen dunklen Haaren, die sie über eine Schulter gelegt hatte, einem Samtmantel, Lederstiefeln mit Schnürsenkeln und einem Instrumentenkoffer, den sie auf dem Rücken trug. Auf dem Kopf trug sie eine Mütze mit einem pelzigen Bommel. Das Mädchen trug jetzt Ohrenschützer und der Junge hatte einen dicken Schal hoch um den Hals geschlungen und trug ein Paar Skifäustlinge.
Sie folgte ihnen zehn Minuten lang, als sie durch die Stadt in Richtung Zentrum gingen. Bald befanden sie sich auf einem der zentralen Plätze, der abends mit Straßenlaternen und Lichterketten beleuchtet war und an dem Restaurants und Bars auf allen vier Seiten einladend leuchteten. Hier blieben Lucy und ihre Kinder stehen. Rachel nahm auf einer Bank gegenüber Platz und sah zu, wie Lucy hinter ihr eine Yogamatte und dann einen Teppich auslegte. Die beiden Kinder setzten sich auf den Teppich und öffneten die Taschen, die sie mitgenommen hatten. Lucy öffnete ihren Geigenkasten und holte ihr Instrument heraus. Sie zog ihre Wollmütze ab und ordnete ihr Haar. Sie trug etwas Lippenstift auf und zog ihren unförmigen Mantel aus. Zum Vorschein kam ein schwarzes, tailliertes Kleid mit einer

weichen grauen Strickjacke und einem seidigen Halstuch. Rachel starrte sie erwartungsvoll an. Da war sie. Da war Lucy. Die Erscheinung wurde zu Fleisch und Knochen. Doch selbst hier, in drei Dimensionen, hatte sie etwas Durchsichtiges an sich, etwas, das nicht ganz real war. Sie sah aus, als könnte sie in der kalten Nachtluft verschwinden, wie gefrorener Atem. Und sie war wunderschön. So schön, wie Rachel, die sich selbst immer für ziemlich gutaussehend gehalten hatte, nie schön gewesen war.

Es war fünf Uhr dreißig. Der Tag wurde jetzt dunkel. Die Restaurants begannen, sich zu füllen. Die Stadtbewohner und ein paar Touristen, die außerhalb der Saison unterwegs waren, begannen zu flanieren. Sie beobachtete, wie Lucy die Geige zum Kinn neigte, den Bogen auf die Saiten legte und eine mitreißende Version von *Titanium* anstimmte. Das war für Rachel so unerwartet, dass sie fast laut gelacht hätte. Sie hatte sich Beethoven, Vivaldi und nicht David Guetta vorgestellt.

Danach spielte Lucy eine sehr flotte Version von *Valerie* und dann einen Song von Adele, und sie spielte diese poppigen Lieder sehr ernsthaft, mit Herz und Seele. Niemand blieb stehen, niemand warf Geld in den umgedrehten Filzhut zu ihren Füßen. Rachel zog ihr Portemonnaie aus der Handtasche und nahm einen Zwanzig-Euro-Schein heraus. Sie stellte sich vor Lucy und beobachtete sie, bis die letzten Töne des Adele-Songs verklangen, dann klatschte sie in die Hände, lächelte und sagte: »Wow. Du bist unglaublich.«

Lucy lächelte, aber es war ein vorsichtiges Lächeln, die Art von Lächeln, die jemand benutzte, der sich ständig bedroht fühlte. »Danke. Ich weiß das zu schätzen.«

Ihr Akzent war glasklar englisch, wie bei den Mädchen an der Liberty, wie bei allen Mädchen, die nie versucht hatten, sich irgendwo anzupassen, indem sie ihre grundlegende Ausdrucksweise abflachten, verlängerten oder verdrehten, weil es ihnen nie in den Sinn kam, dass sie das müssten.

»Hier.« Sie reichte Lucy den Zwanzig-Euro-Schein.

»Oh«, sagte Lucy und schaute überrascht auf das Geld. »Das ist sehr großzügig.«

»Ganz und gar nicht. Du bist sehr begabt. Und ich schätze, um diese Jahreszeit ist das Geschäft müßig.«

»Sehr.« Lucy starrte einen Moment lang auf den Schein in ihrer Hand, bevor sie ihn in der Mitte faltete und in die Tasche ihres Kleides steckte. »Kann ich dir einen Drink anbieten?«, fragte Rachel. »Etwas Warmes, vielleicht. Einen vin chaud? Etwas für die Kinder?«

»Oh. Eigentlich. Ja. Ein vin chaud wäre fantastisch. Das ist so nett. Vielen Dank.« Sie wandte sich an die Kinder hinter ihr und sagte: »Diese nette Dame hat angeboten, euch etwas zu trinken zu holen. Möchtet ihr eine heiße Schokolade?«

Die Kinder nickten beide, und Rachel lächelte und sagte: »Also gut. Zwei Vins chauds, zwei heiße Schokoladen. Ich bin gleich wieder da.« Während sie auf ihre Bestellung wartete, sah sie zu, wie Lucy ihre Geige wieder an ihr Kinn legte und dann *The Whole of the Moon* so schön spielte, dass Rachel fast weinen musste.

Sie brachte die Getränke zurück zu Lucys Platz und reichte den Kindern die heiße Schokolade, die sich beide mit einem Hauch von Französisch bedankten, und stellte den Wein auf den Bürgersteig neben Lucys Füße, die sie über ihre Geige hinweg anlächelte. Am Ende des Liedes applaudierte Rachel erneut, und Lucy verbeugte sich leicht vor ihr.

»Das war so schön«, sagte Rachel. »Hattest du eine klassische

Ausbildung?«
Lucy lachte schief. »Nein, ganz bestimmt nicht. Ich wurde von jemandem unterrichtet, der eine klassische Ausbildung hatte, aber sie zog es vor, Pop zu spielen, also hat sie mir das beigebracht.«
»Nun, sie war eine ausgezeichnete Lehrerin. Prost.« Rachel berührte ihren Pappbecher mit dem von Lucy. »Woher kommst du?«
»Ursprünglich aus London. Geboren und aufgewachsen. Aber ich lebe in Frankreich, seit ich eine Teenagerin war.«
»Was hat dich hierhergeführt?«
»Oh, du weißt schon, Familie.« Lucy nahm einen Schluck von ihrem Wein und hielt Rachel den Pappbecher entgegen. »Was ist mit dir? Wohnst du hier?«
»Nein. Nein. Ich lebe in London. Ich bin nur...« Sie leckte sich schnell über die Lippen. »Ich mache gerade eine Pause, allein. Letztes Jahr um diese Zeit war ich in den Flitterwochen. Jetzt bin ich getrennt. Ich hatte einfach Lust, der Realität für ein paar Tage zu entfliehen.«
»Komisch«, antwortete Lucy. »Wie die Leute denken, dass das hier nicht real ist.« Sie gestikulierte über den Platz. »Dabei ist jeder Zentimeter davon für mich nichts anderes.«
»Ja. Stimmt. Ich meine, das hier...« Rachel zeigte auf ihre Geige, die in ihrem Kasten ruhte. »Ist das für dich eine Lebenseinstellung? Oder ist es...«
»Notwendigkeit? Ja. Es ist eine Notwendigkeit. Glaube mir. Ich wäre jetzt viel lieber irgendwo gemütlich eingemummelt in einer schönen Wohnung mit einem Fernseher und einem Kamin und Geld auf der Bank. Das hier...« Sie seufzte. »Das war nicht geplant. Nö. Das war kein Plan.«
»Du bist also eine alleinerziehende Mutter?«
»Ja. Ja, das bin ich. Das habe ich nicht vom Leben erwartet.

Aber so ist es.«
»Was ist mit ihren Vätern passiert?«
»Nun, einer ist auf und davon. Hat mich in einer Wohnung in L'Ariane zurückgelassen, mit sechs Monaten unbezahlter Miete. Der andere...«
Rachel beobachtete ihr Gesicht, aufmerksam, schmerzhaft.
»Der andere war – nun ja, er war der schlimmste Mensch der Welt.«
Ein Muskel in Rachels Wange zuckte. »Gott. Wirklich. Inwiefern?«
»Nun, auf die übliche Art und Weise, in der manche Männer die schlimmsten Menschen der Welt sind. Du weißt schon.«
Rachel schaute in Lucys Augen. Sie sah einen Hauch von Angst, einen Hauch von Schmerz.
»Du meinst, er hat dich geschlagen?« Sie dämpfte ihre Stimme, sodass die Kinder es nicht hören konnten.
Lucy nickte, ihr Blick wanderte zu ihren Kindern und wieder zurück. »Wie viele Jahre?«
»Ein paar. Lang genug. Zu lang. Du weißt schon.«
»Ja«, sagte Rachel. »Ja. Ich weiß es. Mein Ex, er hat mich nicht wirklich...« Lautlos sagte sie: »geschlagen. Aber er war gewalttätig. Auf andere Weise. Und wenn ich länger geblieben wäre, wäre es nur eine Frage der Zeit gewesen.« Lucy nickte, ihre Augen weit aufgerissen. Rachel sah Tränen auf ihrer Oberfläche schimmern, und dann ergriff Lucy Rachels Arm und drückte ihn. Rachel sah auf Lucys Hand hinunter und blinzelte. »Gibt es irgendwas ... was ich tun kann?«, sagte sie. »Für dich? Für deine Kinder?«
»Oh, Gott. Nein. Du warst mehr als großzügig. Aber danke.«
Rachel öffnete ihre Handtasche und holte ihr Portemonnaie heraus. Sie holte zwei weitere Zwanzig-Euro-Scheine heraus. »Hier«, sagte sie. »Nimm die. Geh nach Hause. Bestelle

eine Pizza. Bring die Kinder ins Bett. Nimm dir den Abend frei. Es wird kalt.«

Lucy starrte ein paar Sekunden lang auf die beiden Scheine. Rachel erwartete, dass sie sie wegschieben würde, aber das tat sie nicht. Sie nahm sie und steckte sie in ihre Tasche. Dann wischte sie sich mit dem Handrücken ein paar Tränen von der Wange, zog die Schultern zurück, nahm ihre Geige und sagte: »Ich spiele ein Lied für dich. Jedes Lied, das du magst. Nenne es einfach.«

Rachel steckte die Hände in die Hosentaschen und atmete heftig ein, um einen Schwall von Tränen zu unterdrücken. »Für uns?«, fragte sie. »Ja. Für uns.«

Rachel dachte einen Moment nach, schaute zum Himmel, sah Lucy an und sagte: »Wie wäre es mit *Firework*? Katy Perry?«

Lucy nickte. Dann legte sie ihren Bogen an die Saiten und spielte.

Drei Minuten lang stand Rachel da und hörte zu. Tränen liefen ihr über die Wangen, der Liedtext lief lautlos in ihrem Kopf mit, überwältigt von dem Gefühl, dass sie zum ersten Mal seit Monaten nicht allein auf der Welt war.

KAPITEL 50

Juni 2019

Marco stößt den Fuchskopf gegen die glänzende blaugrüne Tür. Er sieht seine Mutter an und sie sieht ihn an. Nach einem Moment klopft er erneut. Dann tritt er vor und legt sein Ohr an die Tür. Es ist nichts zu hören. Keine Atemgeräusche, keine Schritte, kein Fernseher, kein Radio, keine Geräusche aus der Küche, kein Telefonat, nichts. Nur Stille.

»Onkel Henry!«, ruft er in die Stille hinein.

»Onkel Henry. Ich bin's. Marco. Bist du da drin?«

Er klopft noch einmal, zweimal, dreimal. Dann seufzt er.

»Was jetzt?«, fragt er seine Mutter.

Sie schaut auf die Uhrzeit auf ihrem Handy. »Wir könnten einfach gehen und etwas essen?«

Seit dem Quik E Burger zum Frühstück haben sie fast nichts mehr gegessen. Nur das Eis im Zoo. Marco nickt und sie gehen über die Straße zu der Brasserie, von der Peter Lilley ihnen erzählt hatte, die mit dem einsilbigen Namen, der sich als *Blanche* herausstellt.

Sie sitzen draußen auf einer Terrasse auf dem Bürgersteig und bekommen von einem lächelnden Mädchen mit geflochtenen blonden Haaren große Speisekarten gereicht.

»Darf ich euch etwas zu trinken bringen?«

Seine Mutter bestellt ein Glas Wein und das Mädchen antwortet: »Ihr seid aus Großbritannien?«

»Ja.« Marcos Mutter lächelt. »Ja, das sind wir.«

»Was führt euch nach Chicago?«

»Oh, ich versuche nur, einen alten Freund zu finden.«

»Wirklich? Ihr seid schon die zweiten Briten in Folge, die mir sagen, dass sie hier jemanden aufspüren wollen. Ich

frage mich, ob er nach euch gesucht hat!«
Marco wirft seiner Mutter mit großen Augen einen Blick zu.
»Oh«, antwortet sie kühl. »Wie sah der Typ aus?«
»Er war ungefähr in deinem Alter, schätze ich. Aber hell, blondes Haar. Ich würde sagen, gefärbt. Sehr gut gekleidet. Sehr höflich. Kennt ihr ihn?«
»Nun, ja. Ich glaube schon. Ich glaube, er könnte mein Bruder sein.«
»Niemals! Wahnsinn! Und ihr sucht beide nach der gleichen Person?«
»Ja, ich glaube, das tun wir. Aber jetzt habe ich auch meinen Bruder aus den Augen verloren.«
»Ach du meine Güte! Nun, ich werde Ausschau nach ihm halten und ihm sagen, dass du nach ihm suchst, falls ich ihn sehe.«
»Kannst du ihm bitte sagen, dass er mich anrufen soll? Er weiß, dass ich hier bin. Er muss mich nur anrufen.«
Die Kellnerin geht, um die Getränke zu holen, und Marco starrt auf die Fenster des gegenüberliegenden Gebäudes.
»Welches Fenster ist das mit dem Fuchskopf?«, fragt er. »Das da ungefähr.« Lucy zeigt auf ein Fenster im ersten Stock.
»Wir sollten so lange wie möglich hier sitzen bleiben.«
»Ja«, stimmt seine Mutter zu. »Das sollten wir tun. Aber entscheide jetzt erst mal, was du essen willst.«
Er schaut auf die Speisekarte und sieht Schnitzel, und er erinnert sich an etwas: an einen ähnlichen Moment auf einem Bürgersteig in der Sommerhitze. Kurz bevor sie vor einem Jahr Frankreich verließen. »Weißt du noch«, sagt er, »als wir noch in Frankreich waren und deine Fiedel kaputt war und wir kein Geld hatten? Erinnerst du dich an das letzte Abendessen, das wir hatten? Und ich wollte mein Schnitzel nicht essen, weil ich so sauer auf dich war, weil

du mir nicht gesagt hast, warum unser Leben so beschissen ist?«
»Ja«, antwortet Lucy mit einem Hauch von Traurigkeit in ihrer Stimme. »Daran erinnere ich mich. Wir mussten die Duschen im Beach Club benutzen und wir beide haben im Regen unter der Unterführung geschlafen. Erinnerst du dich an das Gewitter?«
»Ja. Es war Wahnsinn.«
»Wo war ich?«, fragt Stella.
»Du warst bei Mémé.«
»Warum war ich bei Mémé und nicht bei dir?«
»Weil sie keinen Platz für uns hatte. Und weil Fitz zu sehr gestunken hat.«
»Ich mochte es nicht, wenn du mich bei Mémé gelassen hast. Ich habe immer geweint.«
»Ich weiß. Ich weiß, dass du geweint hast, Baby. Und ich habe es gehasst, dich dort zu lassen. Aber wir hatten damals keine andere Wahl. Wir waren in der schlimmsten Lage, die man sich vorstellen kann.«
»Schlimmer als jetzt?«, fragt Marco.
Er beobachtet die Reaktion seiner Mutter genau, denn er will verstehen, wie schlimm die Lage ist.
»In gewisser Weise, ja«, antwortet sie. »Wenn man als Elternteil sein Kind nicht ernähren kann, ist das so ziemlich das Schlimmste und Seelenvernichtendste, was man sich vorstellen kann. Und jetzt kann ich euch ernähren. Ich kann euch anziehen. Ich kann euch warme Betten geben, in denen ihr schlafen könnt.«
»Aber es sind nicht unsere Betten.«
Marco sieht, wie seine Mutter tief einatmet. »Nein. Es sind nicht eure Betten.
Eure Betten warten in England auf euch.«

»Aber auch das sind nicht unsere richtigen Betten.«
»Nein. Eure richtigen Betten stehen in einem Möbelgeschäft und warten darauf, dass wir sie kaufen.«
»Aber wir haben kein Haus, in dem wir sie unterbringen können.«
»Nun, das stimmt nicht ganz. Vielleicht gibt es ein Haus, in dem wir sie unterbringen können, wenn wir zurück kommen. Ich habe letzte Woche ein Angebot für ein Haus abgegeben. Es wurde angenommen. Ich warte darauf, dass der Makler sich meldet, damit ich ein Gutachten erstellen lassen kann. So etwas in der Art. Aber wenn alles nach Plan läuft, können wir vielleicht schon Ende des Sommers einziehen. Vielleicht sogar schon früher.«
»Was für ein Haus ist es?«, fragt Stella.
»Es ist ein altes Haus.«
»Bäh«, sagt Marco. »Ich hasse alte Häuser.«
»Ich weiß. Aber ich verspreche dir ein sehr großes Budget für dein Schlafzimmer, damit du es so weiß und modern und ausdruckslos gestalten kannst, wie du willst.«
»Werde ich mein eigenes Badezimmer haben?«
»Ja, du wirst dein eigenes Badezimmer haben.«
Marco erinnert sich an das winzige, schimmelige Duschbad am Ende des Flurs in Giuseppes Haus in Nizza, das sie mit zwei anderen Familien teilen mussten. Er erinnert sich an das Gefühl eines leeren knurrenden Magens in der Nacht. Er erinnert sich an die Füße seiner Schwester in seinem Gesicht, jeden Morgen in dem Bett, das sie einst alle drei geteilt hatten. Er erinnert sich an die Kälte des Bürgersteigs durch die Yogamatte auf den Plätzen der Stadt, auf denen sie jede Nacht verbrachten, während seine Mutter als Straßenmusikerin für die Touristen arbeitete. Und dann denkt er an das letzte Jahr seines Lebens, das so perfekt war, von

dem Moment an, als er seine Schwester Libby und seinen Onkel Henry zum ersten Mal sah, von dem Moment an, als er zum ersten Mal Henrys schöne Wohnung mit ihren seidenen Laken und Marshmallow-Matratzenauflagen betrat. Sicherheitsanlagen und Plasmabildschirme, ein computergesteuerter Kühlschrank mit frischen Lebensmitteln, doppelt verglaste Fenster, die den Raum von den Geräuschen draußen abschirmten, Katzen, die auf Kissen und Betten und nicht an Straßenecken lebten, und dampfende Duschen, die das Wasser wie tropische Regengüsse auf vierzig Grad erhitzten. Ein ganzes Jahr lang hatte Marco ein Zuhause, eine Familie, Freunde, die er mit nach Hause bringen konnte, die Freiheit, auf Entdeckungsreise zu gehen, regelmäßige Mahlzeiten, neue Kleidung, Wärme, Schutz und Sicherheit. Und jetzt, hier, auf dieser Straße in Chicago, merkt Marco, dass sich sein Leben erneut ändern wird, und es fühlt sich wieder wie Drahtseilakt an, hilflos schwankend über dem Abgrund.

KAPITEL 51
Samuel

Es ist sechs Uhr morgens, und der Zug ist voll von Menschen mit toten Augen, die zu dieser gottlosen Stunde von der Arbeit nach Hause fahren, und von Menschen, die zu dieser gottlosen Stunde zur Arbeit fahren, und ich gehöre heute zu ihnen. Aber meine Augen sind nicht tot. In meinen Adern fließt Adrenalin, ich bin voller Tatendrang. Ich fühle mich motiviert.

An meinem Schreibtisch schalte ich meinen Computer ein und nippe an dem schlechten schwarzen Kaffee, für den ich eine seltsame Vorliebe habe. Es gibt keine weiteren Nachrichten über den Verbleib von Marie Caron und Phineas Thomson in Chicago. Ich habe einen Kontakt bei der Polizei in Chicago, mit dem wir vor einigen Jahren bei einem Fall zusammengearbeitet haben. Als Gefallen für mich hat er gesagt, dass er Phineas und Marie zu einer Fernbefragung mitnehmen kann, sobald Interpol ihren genauen Aufenthaltsort kennt. Ich schreibe ihm und informiere ihn über die Situation. Dann verbringe ich einige Zeit mit der Suche nach Justin Redding, dem Tamburin spielenden Mann, der zu weich ist, um jemanden zu töten. Ich habe Datenbankabfragen bei allen Musikhochschulen des Landes beantragt, und nichts kam zurück. Ich habe um Abfragen von Krankenhaus- und Hausarztakten gebeten, doch auch hier habe ich nichts erhalten. Es scheint, dass Justin Redding (a) tot ist, (b) ein Einsiedler ist oder (c), wie alle anderen in diesem Fall, seinen Namen geändert hat. Vielleicht war Redding aber auch nur sein Künstlername. Und wenn das so ist, dann weiß ich nicht, wie wir ihn jemals ausfindig machen können. Ich hatte gehofft, dass die Nachrichten über Birdies Tod etwas Wind gemacht, einige Erinnerungen geweckt und einige Türen zu verstaubten Korridoren geöffnet hätten. Aber nichts. Niemand. Stille. Wer war dieser Mann, der vor über fünfundzwanzig Jahren eine Zeit lang im Cheyne Walk mit einer jungen Frau lebte, die jetzt tot ist?

Als nächstes wende ich mich dem Hund von Libbys Mutter zu. Wie kann ich die Wahrheit darüber erfahren? Ich suche auf Facebook nach Libbys Mutter. Ihr Name ist Alyssa Rutherford Jones. Sie ist leicht zu finden und hat zufälligerweise auch ein öffentliches Profil. Ich gehe durch ihre vielen, vielen Fotos. Ihr Leben ist sehr hell. Sie trägt helle Kleidung, trinkt helle Getränke, isst in hellen Restaurants und sitzt zwischen hellen Kissen unter strahlend blauem Himmel. Sie hat einen Partner, der sehr jung aussieht, meistens ein weißes Hemd trägt und sich zu oft die Zähne hat bleichen lassen. Libbys Mutter lebt ein schönes Leben in Spanien. Aber was Libbys Mutter nicht tut, ist, die Gesellschaft eines Hundes zu genießen. Und vor allem genießt sie nicht die Gesellschaft des kleinen braun-weißen Hundes, auf den Libby aufpasst. Ich glaube, mehr muss ich hier nicht tun, denn mein Verdacht hat sich bewahrheitet. Ich habe jetzt ein größeres Vertrauen in den Weg, den ich beschreite. Bleibt noch der letzte Punkt des gestrigen Abends: D. Thomson.

Ich komme noch einmal auf den Journalisten Miller Roe zurück. Er fand eine vermisste Person mit den Initialen DT, aber es erwies sich als eine Sackgasse. Ich frage mich, ob der Mann, den er gefunden hat, jemals den Namen Thomson getragen hatte. Ich beschließe, dass ich genug davon habe, darauf zu warten, dass Miller Roe auftaucht. Es ist an der Zeit, ihn aus seinem Versteck zu locken. Ich tätige einen

Anruf und bitte darum, sein Handy zu orten. Eine Stunde später haben wir es. Und zu meiner großen Überraschung erfahre ich, dass Miller Roe sich gerade in der Nähe von Dido Rhodes' Haus aufhält.

Ich warte bis acht Uhr morgens, um höflich zu sein, und rufe dann Libby an.
»Guten Morgen, Miss Jones, ich hoffe, ich störe Sie nicht?«
»Nein«, sagt sie und klingt müde. »Ich bin wach. Es ist alles in Ordnung.«
»Gut. Da bin ich aber froh. Ich möchte Sie fragen, ob Sie immer noch im Haus Ihrer Freundin Dido sind.«
»Ja. Ja, ich bin noch da.«
»Ah. Gut. Ich weiß, dass wir Sie später am Tag sehen, Miss Jones, wofür ich sehr dankbar bin. Aber ich habe Grund zur Annahme, dass Sie einen Gast haben? Zurzeit? Ein Mr. Miller Roe?«
Oh, die Stille ist so lang und gespannt. Ich warte darauf, dass sie endet.
»Miller ...?«
»Ja. Miller Roe. Er ist ein Enthüllungsjournalist. Er hat an dem Artikel gearbeitet, über den wir gesprochen haben und der vor vier Jahren im Guardian erschienen ist. Ich habe ihn überall gesucht und ihm Nachrichten und E-Mails geschickt, aber er hat auf keine einzige geantwortet. Ich war bei ihm zu Hause, und sein Nachbar sagte mir, er sei seit Tagen nicht mehr zu Hause gewesen. Dass er sich hauptsächlich bei seiner Freundin aufhält. Und jetzt stellt sich heraus, dass er bei Ihnen in nächster Nähe ist. Das lässt mich vermuten, dass Sie vielleicht diese Freundin sind. Also, bitte, Miss Jones, wenn er da ist, könnten Sie mich mit ihm verbinden? Ich wäre Ihnen sehr dankbar.«

Es herrscht wieder eine schreckliche Stille. Ich stelle mir vor, wie sie von den flehenden Augen von Libby Jones und dem strengen Kopfschütteln von Miller Roe erfüllt ist.
»Nein. Er ist nicht hier«, sagt sie schließlich.
»Nun, sein Handy befindet sich definitiv in unmittelbarer Nähe zu Ihnen. Vielleicht hat er es also zurückgelassen?«
»Nein. Ich meine – ich weiß es nicht.«
Ich schweige weiter und hoffe, dass Libby Jones zur Vernunft kommt und die Sinnlosigkeit ihrer Haltung erkennt, und tatsächlich höre ich einen Moment später, wie das Telefon an jemand anderen weitergegeben wird. Eine Männerstimme ist in der Leitung.
»DI Owusu? Hier ist Miller Roe.«
»Ah. Mr. Roe. Na endlich. Es ist eine Freude, Ihre Stimme zu hören.«
»Was kann ich für Sie tun?«
»So viel, Mr. Miller. So viel. Ich freue mich auf das Vergnügen der Gesellschaft von Miss Jones hier auf der Wache später und wäre Ihnen sehr dankbar, wenn Sie sie begleiten könnten. Halten Sie das für möglich?«
»Worum geht es hier?« Miller Roe klingt unwirsch und aufgeregt.
»Oh, ich bin sicher, Miss Jones hat Ihnen gesagt, worum es geht. Aber kurz gesagt, geht es um den mysteriösen Fall von Serenity Lamb und der Hasenpfote. Ich habe einige Theorien, die sich auf Ihren Zeitungsartikel beziehen, und ich hoffe aufrichtig, dass ich einige der Sackgassen, auf die Sie unterwegs gestoßen sind, auflösen kann.«
Ich höre Miller Roe laut ausatmen. »Gut. Ja, klar. Klar. Wann sollen wir kommen?«
»Oh, danke. Wann könnten Sie denn hier sein?«
»15 Uhr?«

»Ja. Das wäre perfekt. Vielen Dank, Mr. Roe. Ich freue mich schon darauf.«

Als ich den Hörer auflege, wird mir klar, dass Miss Jones und Mr. Roe nun mehr als den halben Tag Zeit haben, sich neue Wege zu überlegen, wie sie mich belügen können.

Aber das ist in Ordnung. Ich werde auf sie vorbereitet sein.

KAPITEL 52

Februar 2018

Nach ihrem Besuch in Nizza wurde Rachel tagelang heimgesucht. Verfolgt von Lucy. Die schöne, ätherische, gebrochene Lucy. Die Kinder, die stoisch in Kälte und Dunkelheit ausharrten. Der leere Filzhut, der zu ihren Füßen auf dem Boden lag. Der Gedanke an die Dinge, die Michael Lucy angetan haben könnte und, dass sie nichts für Lucy tun konnte, verfolgte sie. Dass sie sie nicht retten konnte. Dass sie sie nicht beschützen konnte.

Aber sie kehrte nach London zurück und machte mit ihrem Leben weiter. Es gab eine Sortimentsüberprüfung bei Liberty. Einige Artikel wurden herausgenommen, andere hinzugefügt, Rachel stellte einen neuen Goldschmied ein und verlängerte ihren Bankkredit. Ein Mann lud sie in der Warteschlange ihres örtlichen Cafés zum Abendessen ein, und obwohl er umwerfend aussah und sie mit Charme und Anziehungskraft fragte, sagte sie nein. Sie sagte: »Ich bin verheiratet.«

Er sagte: »Die Guten sind es immer.«

Einen Moment lang verspürte sie danach einen Anflug von Bedauern. Hatte sie gerade ihren Seelenverwandten aus ihrem Leben gehen lassen? Aber dann dachte sie an den Tag, in weniger als einem Jahr, an dem sie sich für immer von Michael befreien würde und ihn nie wieder sehen müsste, und sie füllte ihre Seele mit Entschlossenheit und ging weiter.

Sie besuchte fast alle ihre Yogakurse. Bekam einen dramatischen Haarschnitt und bereute es. Beinahe hätte sie einen Hund adoptiert, merkte dann aber, dass das verrückt war, und zog es nicht durch. Sie begann mit der Arbeit an einem silbernen Armreif für den ersten Geburtstag von Doms Baby. Und dann, Mitte April, spürte sie das Gespenst des Jahrestages, an dem sie Michael verlassen hatte, und versuchte, es zu ignorieren, aber je näher es kam, desto klarer wurde ihr, dass sie das nicht konnte, dass es roh und hässlich war und sie ganz verschlingen würde, wenn sie sich nicht davon ablenkte, also lud sie ihr Team zum Abendessen zu sich nach Hause ein. Paige, die drei Goldschmiede und ihren Vater.

Sie verließ die Arbeit früh und fuhr über drei verschiedene Lebensmittelläden nach Hause. Sie wählte eine flotte Playlist auf Spotify, schenkte sich ein Glas Wein ein und erstickte ihre Gedanken mit der Umsetzung komplizierter Rezepte, dem Singen fröhlicher Lieder und dem süßen Alkohol, der langsam durch ihre Adern lief.

Ihr Vater kam als Erster mit einem Lilienstrauß und einer Flasche Champagner in der Hand.

Sie umarmte ihn und spürte, dass er ihre Umarmung weniger ausfüllte. Dann nahm sie seinen Mantel und fand, dass er dünn aussah, und sagte: »Du hast abgenommen.«

»Nein. Nein, ich glaube nicht.«

Sie schaute ihn an und sah, wie etwas über sein Gesicht huschte. Schmerz. Ihr Blut gefror. »Geht es dir gut, Papa? Bist du krank?«

»Nein. Gott, Liebling, nein. Mir geht es gut. Mir geht es absolut gut. Stell den jetzt in den Kühlschrank, damit wir ihn kühl genießen können.« Er reichte ihr den Champagner, und sie warf einen Blick auf das Etikett und sah, dass es sich nicht um Champagner, sondern um einen spanischen Schaumwein handelte. Und obwohl Rachel Schaumwein aus Spanien sehr mochte, hatte sie in ihren vierunddreißig

Jahren noch nie erlebt, dass ihr Vater etwas anderes als richtigen Champagner zu einer Party oder einem Essen mitbrachte.

»Was ist mit dem Cava?«, fragte sie.

»Oh. Ha!« Er lachte ein wenig nervös. »Eine nette Dame im Supermarkt sagte mir, ich solle ihn kaufen. Sie sagte, er sei besser als Champagner und koste nur die Hälfte. Ich wollte mich nicht mit ihr streiten.«

In der Küche wickelte sie die Lilien aus ihrer Plastikverpackung aus. Normalerweise kaufte ihr Vater alle Blumen in dem Blumenladen in der St John's Wood High Street, der acht Pfund für eine einzige Hortensienblüte verlangte, aber diese waren von Tesco.

»Hat sie dir auch gesagt, dass du deine Blumen dort kaufen sollst?«, fragte sie neckisch.

»Oh, nein, das war ich. Ich dachte nur, sie wären ziemlich hübsch.«

»Nun, sie sind sehr schön. Und ich danke dir vielmals.«

»Ist mir ein Vergnügen, Liebling. Immer. Du siehst so gut aus.«

»Danke.« Sie sah ihn an, während sie die Blumen in der Vase auffächerte. »Ist alles in Ordnung, Papa? Du wirkst ein bisschen...«

»Ich habe es dir gesagt. Mir geht's gut. Vielleicht ein bisschen müde. Das war's dann auch schon. Was gibt es zum Abendessen?«

Sie redete mit ihm über die Speisefolge, und er machte die richtigen Geräusche und tat so, als hätte er Hunger, aber Rachel konnte erkennen, dass er nicht hungrig war. Sie konnte sehen, dass er keinen Appetit hatte. Sie gab ihm Chips, die er in Schalen füllen sollte, und bat ihn, ein paar Weingläser herauszustellen, und sie beobachtete seine

Bewegungen. Sie war sich sicher, ganz sicher, dass es ihrem Vater nicht gut ging, dass er krank war, und bei dem Gedanken, dass ihr Vater krank war, spürte sie einen Stich der Angst in ihrem Bauch. Wenn ihr Vater sterben würde, hätte sie niemanden mehr.

»Oh«, sagte er und drehte sich vom Esstisch zu ihr um. »Übrigens, und ich spreche das nur ungern an, aber Michael, hat er – seit er bei Liberty aufgetaucht ist – dich nochmal belästigt?«

»Nein, eigentlich nicht. Nein, hat er nicht. Ich habe nichts von ihm gehört. Von Dom höre ich ab und zu etwas Klatsch und Tratsch. Er geht immer noch mit Ella aus.«

»Ella?«

»Erinnerst du dich? Das Mädchen, von dem ich dir erzählt habe, das vor zwei Jahren auf Doms Party mit Michael geflirtet hat und ihn sich dann geschnappt hat, als ich weg war?«

»Ja, ich glaube schon.«

»Anscheinend hat er wieder viel Geld ausgegeben. Essen und Trinken. Mayfair-Restaurants. All das.«

Ihr Vater hielt den Atem an. »Oh, Liebling.«

»Jep. Das ist verdammt eklig. Er ist ekelhaft. Alles an ihm ist ekelhaft. Und Gott weiß, woher er das Geld bekommt. Darüber sollte man nicht nachdenken.«

»Es ist ekelhaft, dass er all das Geld für eine andere Frau ausgibt, wenn man bedenkt, wie er dich behandelt hat. Das ist absolut ekelhaft.«

Rachel blickte überrascht zu ihrem Vater auf. Seine Stimme brach, als er sprach, und sie sah jetzt, dass er Tränen in den Augen hatte. »Oh, Papa«, sagte sie, ging zu ihm und legte einen Arm um seine Schultern.

»Bitte weine nicht, du Dummerchen. Es ist nicht so schlimm. Es ist in Ordnung. Was auch immer er für sie ausgibt, ich versichere dir, dass sie dafür bezahlen wird, früher oder später.«

»Ich weiß. Ich weiß, ich weiß. Aber trotzdem. Wenn ich daran denke, wie er dich behandelt hat. Wie schlecht du dich wegen ihm gefühlt hast. Wie er dich über alles angelogen hat. Und jetzt ist er unterwegs und treibt sich mit einer anderen Frau herum. Das macht mich einfach krank, Rachel. Es kotzt mich wirklich an.«

Rachel starrte ihn an. Er wirkte überreizt, seine Augen blinzelten gegen flutende Tränen an. »Papa?«

»Oh. Es ist in Ordnung. Es ist alles in Ordnung. Lass uns über etwas anderes reden. Erzähl mir spannende Dinge. Erzähl mir von deinem Geschäft. Wie läuft es denn so?« Rachel wollte auf das vorherige Gespräch zurückkommen.

Es gab einen Subtext, eine Hintergrundgeschichte, etwas hinter der extremen emotionalen Reaktion ihres Vaters, aber sie wusste, dass es Zeitverschwendung wäre, dem nachzugehen. Also antwortete sie mit Neuigkeiten über die Verkaufszahlen, über einen besonderen Auftrag, der an diesem Morgen über ihre Website für eine Frau eingegangen war, die mit einem oscargekrönten Filmstar verheiratet war, und sie hackte und rührte und trank mehr Wein. Und dann, um 20 Uhr, summte die Sprechanlage und Paige kam mit einer kleinen Flasche Tequila und einem Kaktus. Dann kamen die drei Goldschmiede mit vier Sixpacks Bier und einem kleinen Schokoladenkuchen. Sie beobachtete ihren Vater im Verlauf des Abends, das süße Wohlwollen, das ihn immer erfüllte, wenn er mit jüngeren Leuten zusammen war. Eine Zeit lang konnte Rachel glauben, dass sie sich die ersten Momente des Abends komplett eingebildet hatte, die Traurigkeit hinter seinen Augen, das Zusammengeschrumpfte seiner Gestalt, die spröde Wut, das Gefühl, dass er irgendwie krank war. Eine Zeit lang konnte sie glauben, dass ihr nicht etwas Entscheidendes entgangen war.

*

»Ich denke darüber nach, das Haus auf den Markt zu bringen.«

Es war einen Monat später, Mitte Mai, die schönste Zeit des Jahres. Ihr Vater ging mit ihr zum Mittagessen. Er sagte, er habe von einem neuen Lokal gehört, das er ausprobieren wolle. *Eine nette kleine Pizzeria*. Rachels Vater hatte es nicht so mit netten kleinen Pizzerien. Er hielt es mit Brasserien und Restaurants, in denen das Wasserglas immer nachgefüllt wurde und die Butter in interessanten Formen auf Silbertellern serviert wurde. Hier kam die Butter in öligen Folienverpackungen und die Anlage spielte italienische Popmusik.

Rachel zuckte bei der Ankündigung ihres Vaters zusammen. »Was?«

»Ja. Das Haus. Es ist so groß, nur für mich. Ich glaube, ich habe immer daran festgehalten und mir vorgestellt...« Er brach ab, aber Rachel wusste, worauf er hinauswollte. Er hatte sich vorgestellt, dass es voller Enkelkinder war. »Wie auch immer. Es ist zu groß und ich könnte etwas Kapital freisetzen.«

Rachel schüttelte leicht den Kopf. Soweit sie wusste, hatte ihr Vater eine Menge Geld auf der Bank. »Wofür?«

»Nun, zum Leben. Ich meine, ich habe noch zwanzig gute Jahre. Und danach vielleicht noch zehn schlechte. Die müssen bezahlt werden.«

»Aber...« Sie hielt inne. Sie wollte sagen: *Aber Papa, du hast doch so viel Geld*, aber das hätte zu grob geklungen. Eigentlich hatte sie keine Ahnung, wie es um die Finanzen ihres

Vaters bestellt war. Er sprach nicht über sie. Er zeigte sie nur in der Art und Weise, wie er sein Leben lebte. Und er hatte, wie sie feststellte, in letzter Zeit aufgehört, seine Finanzen auf dieselbe Weise zur Schau zu stellen: der Sekt, die Blumen, die nette kleine Pizzeria. »Nun, was immer du tun musst, Papa. Aber ich glaube, wenn du noch ein paar Monate durchhältst, bekommst du vielleicht einen viel besseren Preis für das Haus. Der Immobilienmarkt ist...«

Ihr Vater unterbrach sie, sein Gesicht war ernst, seine Hände waren gefaltet. »Nein. Ich kann nicht auf den Immobilienmarkt warten. Das ist schon in Ordnung. Wenn ich ein paar Tausend verliere, dann soll es so sein. Ich muss nur... Es ist an der Zeit, Rachel. Es ist an der Zeit, dass ich mich der Tatsache stelle, dass ich bald alt sein werde. Ich werde über Dinge wie Treppen nachdenken müssen.«

»Ach komm schon, Papa. Du bist doch erst vierundsechzig!«

»Ja, jetzt bin ich es. Aber ich muss der Zeit voraus sein. Meine Angelegenheiten in Ordnung bringen. Ich muss mehr Geld auf die Bank bringen und eine Wohnung kaufen, die ich verwalten kann, wenn ich gebrechlich bin. Damit du weniger zu tun hast, dir weniger Sorgen machst und nachdenken musst. Ich muss mich verkleinern. Vereinfachen. Ich muss bereit sein.«

Rachel starrte ihren Vater über den Tisch hinweg an und spürte, wie sich ein unangenehmes Gefühl des Grauens in ihrer Magengegend breitmachte. »Oh mein Gott. Papa. Bist du krank? Ist es das, was es ist? Bist du krank? Hast du deshalb so viel abgenommen? Bitte, Papa, bitte sei ehrlich zu mir.« Ihr Herz klopfte schmerzhaft, als sie auf die Antwort ihres Vaters wartete.

Er schüttelte den Kopf. »Nein. Nein, mein Schatz. Ich verspreche es dir. Ich bin nicht krank. Ich bin vollkommen gesund. Ich muss nur vorbereitet sein. Auf alles vorbereitet sein.«

»Schwörst du?«

»Das tue ich. Ich schwöre es. Bei deinem Leben, Rachel. Bei deinem Leben.«

Das Haus wurde in der darauffolgenden Woche auf den Markt gebracht. Ihr Vater hatte offensichtlich mehr als nur darüber nachgedacht, als er sie zum Pizzaessen ausführte. Die erste Besichtigung fand innerhalb weniger Stunden statt, nachdem das Haus in die Bücher des Maklers aufgenommen worden war, und noch im Mai wurde ein Angebot abgegeben und angenommen. Anfang Juni leistete er eine Anzahlung für eine Ein-Zimmer-Alterswohnung in einem glamourösen Wohnblock in der Nähe des Regent's Park, und in den darauffolgenden Wochen verbrachte Rachel ihre gesamte Freizeit im Haus und half ihrem Vater beim Einpacken.

Das Haus ihres Vaters war riesig, aber sehr ordentlich und organisiert. Seit dem Tod ihrer Mutter hatte ihr Vater eine Frau, die für ihn putzte und den Haushalt führte. So gab es keine bösen Geheimnisse, die sich hinter Schranktüren oder unter Betten versteckten, sondern nur Unmengen ordentlich gefalteter Wäsche, die nach Größe sortiert war und direkt in Kisten gesteckt werden konnte, beschriftete und chronologisch geordnete Aktenordner und bereits verpackte und versiegelte Familienerinnerungen auf dem Dachboden. Der einzige Raum, in dem keine Ordnung herrschte, war das Arbeitszimmer ihres Vaters, ein winziges, gemütliches Zimmer mit Blick auf den Garten, in dem er die meiste Zeit verbrachte, seit er sich von seiner Vollzeitarbeit zurückgezogen hatte. Hier sah er auf seinem Laptop

fern, zündete im Winter den Gaskamin an und aß seine Mahlzeiten. Die Rückenlehne seines Bürostuhls war stets mit Schichten wartender Jacken, Krawatten und Strickjacken bedeckt. Unter dem Schreibtisch standen immer ein paar Paar Schuhe und hier und da ein gebrauchter Kaffeebecher mit den zerknüllten Papierverpackungen seiner Lieblingssüßigkeiten von Marks & Spencer darin. Es war das, was er seine *Alt-Männer-Höhle* nannte. Ein Ort, an dem er sich sicher und glücklich fühlte, wenn er nichts tat. Die Putzfrau hatte hier keinen Zutritt und Rachel eigentlich auch nicht, aber sie hatte kein Paketklebeband mehr und hoffte, dass sie irgendwo noch welches finden würde.
Sie zog Schubladen auf und zu und tastete mit ihren Händen darin herum. Sie schob seine Papiere hin und her und studierte die Bücherregale. Und dann fiel ihr ein Bündel Bankunterlagen ins Auge, das aus einem der Regale ragte und fast ganz heruntergerutscht wäre. Also nahm sie es aus dem Regal und suchte einen Platz auf dem Schreibtisch ihres Vaters, um es dort abzulegen. Auf dem Bankkonto standen Zahlen, die keinen Sinn ergaben. Zwei Einzahlungen auf ein Bankkonto mit einem seltsamen, abgekürzten Namen: *PMX Acc.dx*, eine von vor drei Wochen für 100.000 Pfund und eine weitere vor drei Tagen für 250.000 Pfund. Sie blätterte schnell durch die Papiere, um zum Endsaldo zu gelangen: 12.200 Pfund. Sofort durchwühlte sie wieder die Schubladen ihres Vaters, um nach früheren Kontoauszügen zu suchen. Sie fand einen ungeöffneten Kontoauszug in einem Stapel Postwurfsendungen und riss ihn auf. Zwei weitere Zahlungen, aus dem April. Eine über 150.000 Pfund. Eine weitere über 100.000 Pfund. Sie holte ihr Handy heraus und führte eine Google-Suche nach *PMX Acc.dx* durch, aber sie fand nichts. Dann suchte sie einfach nur nach

PMX, und es gab viele Ergebnisse, von spezialisierten Schulsoftwarefirmen bis hin zu Punkmusik-Websites und Social-Media-Marketingfirmen, dass sie nicht wusste, was sie sich zuerst ansehen sollte.

Ihr Vater war im Gartenschuppen und räumte ihn komplett aus, da er keinen Garten mehr haben würde, wenn er diesen Ort verließ. Sie sammelte die Papiere zusammen und ging hinaus. »Papa?« Sie klopfte leicht an die Wand des Schuppens.

Er drehte sich um und strahlte sie an. »Ja, mein Schatz!«

»Ähm, kann ich mit dir reden? Über etwas Sensibles?«

»Oh.« Ihr Vater stellte eine Schachtel mit Tomatensetzlingen ab, die er in seinen Händen hielt. »Ja, natürlich.«

Er folgte ihr zum Gartentisch und sie setzten sich einander gegenüber.

»Papa«, sagte sie. »Was ist PMX?«

»PMX? Das ist, was Frauen bekommen? Stimmt's?« Er errötete, als er dies sagte, als wäre er acht Jahre alt und würde vor seiner Klasse gefragt.

»Nein. Nein, das ist PMS. PMX. Das steht auf deinen Kontoauszügen. Sieh mal.« Sie breitete die Auszüge auf dem Tisch zwischen ihnen aus.

»Es handelt sich um eine Firma, an die du in den letzten drei Monaten 600.000 Pfund gezahlt hast.«

»Was? Nein. Sicher nicht?« Er setzte seine Lesebrille auf und räusperte sich. Dann überflog er die Kontoauszüge mit leerem Blick, tippte mit zwei Fingern darauf, nahm die Lesebrille ab und sagte: »Ah, ja. Nur ein paar Investitionen. Mein Finanzberater hat mir geraten, mein Geld dort anzulegen. Es soll wachsen.«

»Aber Papa, du hast dein ganzes Geld dort angelegt. Ich meine, du hast doch nur noch zwölf Riesen.«

»Nun, ja. Auf diesem Konto. Aber ich habe noch mehr Geld auf anderen Konten. Und natürlich noch viel mehr, wenn das Haus verkauft ist.«

»Papa, das ist so viel Geld! Wer sind diese Leute? Was ist der Name der Firma? Damit ich sie überprüfen kann?«

»Oh, ich kann mich nicht erinnern.«

»Kannst du mir die Nummer deines Finanzberaters geben, damit ich mit ihm sprechen und mehr darüber herausfinden kann, denn ich mache mir Sorgen, dass es sich um etwas Fragwürdiges handeln könnte. Das sieht nicht nach Investitionen aus, Papa, sondern nach reinen Zahlungen. Und warum solltest du dir selbst so wenig Geld überlassen?«

»Ich habe dir doch gesagt, dass ich noch andere Konten habe.«

»Wo? Bitte, Papa, zeig mir die anderen Konten. Ich will sie sehen. Hast du eine App? Auf deinem Handy?«

»Nun, ja...«

»Kannst du sie bitte öffnen und mir zeigen?«

»Nein, nicht jetzt. Nein, mein Schatz.«

»Bitte, Papa, bitte. Ich will sicher sein, dass es dir gut geht. Ich will sicher sein, dass dich niemand ausnutzt. Lass mich mal sehen.«

Der Kopf ihres Vaters sackte in seine Brust, dann sah er zu ihr auf, seufzte und sagte: »Ich habe noch ein wenig. Ich habe genug. Mach dir keine Sorgen um mich.«

»Ich mache mir Sorgen um dich! Du bist dünn und du bist nicht du selbst. Du tust Dinge, die nicht zu dir passen. Bitte lass mich mit deinem Finanzberater sprechen. Lass mich das mit ihm abklären. Denn ich bin mir ziemlich sicher, dass es keinen Finanzberater auf der Welt gibt, der dir raten würde, praktisch jeden Pfennig, den du hast,

in Investitionen zu stecken. Bitte, Papa, lass mich mit ihm reden.«
»Nein, Liebling, ich will nicht, dass du das tust.« Seine Stimme war hart geworden. »Ich möchte, dass du dich zurückhältst. Das will ich wirklich. Lass mich einfach in Ruhe. Bitte.«
Und dann schob ihr Vater, ihr liebenswerter, sanfter Vater, der in all den vierunddreißig Jahren nie seine Stimme gegen sie erhoben hatte, seinen Stuhl zurück und schritt wütend von ihr weg, ohne einen Blick zurückzuwerfen.

Rachel lief zurück in das Büro ihres Vaters. Sie durchstöberte seinen Schreibtisch, bis sie sein Rolodex fand, und drehte es um, bis sie auf einen Namen stieß, der ihr bekannt vorkam. Fred Kleinberg. Sie erinnerte sich, dass ihr Vater in der Vergangenheit über ihn gesprochen hatte. Sie rief ihn an und fragte ihn nach ihrem Vater, nach einer Firma namens *PMX*, die seit April 600.000 Pfund des Geldes ihres Vaters entgegengenommen hatte, und, wie sie schon vermutet hatte, wusste Fred Kleinberg nichts davon.
»Ich habe seit ein paar Jahren nicht mehr mit Ihrem Vater gesprochen«, sagte er.
»Halten Sie es für möglich, dass er vielleicht einen neuen Berater gefunden hat?«
»Das ist möglich. Ja. Aber es würde mich überraschen. Ihr Vater wollte nie wirklich investieren. Vor allem, als er kein Geld mehr verdiente. Er wollte sein Geld sicher aufbewahren, sagte er, sicher dort, wo er es sehen konnte. Ich habe ihm eine kleine Rente angelegt, aber das war's dann auch schon. Es tut mir wirklich leid, Rachel. Ich hoffe wirklich, dass Sie herausfinden, was hier los ist.«

Rachel dankte ihm und legte auf. Und dann rief sie Jonno an.

KAPITEL 53

Juni 2019 – Samuel

Donals Gesicht erscheint in meiner Tür, die Hand über dem Hörer seines Telefons. »Chef. Ich habe eine Frau in der Leitung. Sie behauptet, sie hätte etwas für Sie in dem Birdie-Fall.«

Mein Bauch füllt sich mit Freude. Das – ich kann es fühlen –, das ist es. Dies ist kein Fall, der den üblichen Ansturm von Verrückten, Fantasten und Zeitverschwendern hervorgerufen hat. Cold Cases ziehen diese Typen nicht an. Die Verrückten und Zeitverschwender tanzen gern im Feuer des Augenblicks, wenn die Dinge frisch und heiß und flüchtig sind, wenn jede Sekunde zählt. Dieser Anruf wird also etwas bedeuten, ich weiß es einfach.

»Stell sie bitte durch.«

Ich räuspere mich und nehme einen Bleistift in die Hand.

»Guten Morgen. Hier ist Detective Inspector Samuel Owusu. Wie kann ich Ihnen helfen?«

»Oh, guten Morgen, mein Name ist Cath Manwaring. Ich rufe aus der Nähe von Cowbridge an. In Wales. Es geht um die Leiche, die Sie gefunden haben. Die junge Frau aus der Popband. Birdie…?« Ich höre das Rascheln von Papier, als sie ihre Notizen durchgeht.

»Birdie Dunlop-Evers?«, biete ich an.

»Ja, das ist sie. Und in diesem Artikel hier im Guardian steht, dass sie zuletzt mit ihrem Freund, einem Justin Redding, zusammen war?«

»Ja.«

»Nun, ich weiß nicht, ob das in irgendeiner Weise hilfreich ist, ich könnte völlig auf dem Holzweg sein und dabei sein, mich komplett lächerlich zu machen. Aber ich bin mir ziemlich sicher, dass der Typ, der für mich gärtnert, der Gesuchte ist. Nur dass sein Nachname nicht Redding lautet. Er heißt Ugley.«

»Wie bitte?«

»Der Mann, der für mich gärtnert, heißt mit Nachnamen Ugley. Mit einem *e*.«

»Justin Ugley?«

»Ja.«

Ich unterdrücke den Drang, etwas Scherzhaftes darüber zu sagen, dass es kein Wunder ist, dass er sich einen Künstlernamen zugelegt hat, und räuspere mich: »Und wie alt ist Mr. Ugley ungefähr?«

»Ich würde sagen, Mitte fünfzig?«

Ich nicke vor mich hin. Das würde passen.

»Und wie lange macht er schon Ihren Garten?«

»Oh, etwa ein oder zwei Jahre.«

»Und wie kommen Sie darauf, dass er es ist?«

»Nun, sein Gesicht, um genau zu sein. Das Foto in dem Artikel. Von der Pop-Gruppe. Ich erinnere mich an die Band, aber eigentlich nur an das Gesicht des Leadsängers. Ich hatte mir die anderen Mitglieder vorher nie richtig angesehen, aber als ich ihn auf dem Foto sah, ging mir ein Licht auf. Verstehen Sie? Es verschlug mir den Atem. Das war er. Es war Justin.«

»Und dieser Justin, wissen Sie, wo er wohnt?«

»Nun, er ist so etwas wie ein Vagabund, würde ich sagen. Ich habe das starke Gefühl, dass er in einem Wohnmobil lebt. Aber ich habe ihn auch gesehen, wie er gelegentlich eine Hütte im Dorf verlassen hat.«

»Und dieses Wohnmobil. Wo können wir es finden?«

»Es befindet sich auf einem der Felder hinter dem Geschäftszentrum.«
»Welches Geschäftszentrum ist das?«
»Cowbridge Business Park. An der A4222. Etwa fünf Autominuten östlich des Dorfzentrums.«
»Und wenn ich jetzt käme, könnte ich ihn dort finden, was meinen Sie?«
»Nun, ich weiß es nicht. Er arbeitet dienstags und donnerstags für mich. Ich habe keine Ahnung, was er freitags macht. Ich habe überhaupt keine Ahnung von ihm. Er ist ein sehr netter Mann. Aber ich glaube, er hat ein paar Probleme.«
»Welche Art von Problemen?«
»Nun, hauptsächlich Trinken. Er ist ein Trinker. Hat im Laufe der Jahre auch einige Zeit im Gefängnis verbracht, glaube ich. Und generell ist er ein Einzelgänger.«
»Und hat er Ihnen gegenüber jemals erwähnt, dass er ein Musiker war? In seiner Jugend?«
»Nein. Nein, das hat er nicht. Aber ich habe ihn ein- oder zweimal in der Dorfkneipe gesehen, wie er bei einer örtlichen Band Tamburin spielte. Es war nicht sein Tamburin, er hat es einfach in die Hand genommen und mitgespielt. Man könnte sagen, er fühlte sich irgendwie dazu hingezogen. Das könnte ein weiteres Anzeichen sein, dass er es ist, meinen Sie nicht auch?«
»Ja, möglich.«
»Und da war noch etwas in dem Artikel, das mir auffiel«, fährt Cath Manwaring fort. »Da stand etwas über das Haus, in dem Birdie gestorben sein könnte, über einen Selbstmordpakt und Leute, die sich mit einer selbstgemachten Tinktur vergifteten. Und Justin hat gelegentlich angeboten, unseren Kräutergarten wieder aufleben zu lassen. Er

sagt, er sei früher Apotheker gewesen. Dass er jahrelang auf einem kleinen Bauernhof gelebt hat, um Kräuter anzubauen und Tränke herzustellen. Ich habe versucht, mehr darüber herauszufinden, aber er wollte anscheinend nicht weiter darauf eingehen.«

Ich mache ein paar Geräusche, um mein Interesse an dem auszudrücken, was Cath Manwaring gerade gesagt hat, und ich mache mir Notizen, die eigentlich keine Notizen sind, sondern lebhafte Bleistiftkritzeleien, die die Erregung ausdrücken, die mich zu verschlingen beginnt. Ich glaube, dass dieser Mann Justin Redding ist. Ich bin felsenfest davon überzeugt.

»Aber hören Sie. Wie ich schon sagte, er ist ein sehr netter Mann. Aber eben sehr angeknackst. Ein Mann am Abgrund, könnte man sagen. Und wenn er es ist, wenn er Justin Redding ist, würde ich nicht wollen, dass er für etwas, das er nicht getan hat, über die Kohlen geschleift wird. Ich würde mich schrecklich fühlen. Ich meine, glauben Sie wirklich, dass er es getan hat?«

»Mrs. Manwaring, das kann ich im Moment wirklich nicht sagen. Aber ich vermute stark, dass er etwas über das Haus weiß, in dem Birdie gestorben ist, und dass er uns zumindest helfen kann, unsere Ermittlungen voranzutreiben.«

»Werden Sie herkommen? Nach Cowbridge?«

»Ja. Ich werde nach Cowbridge kommen.«

Laut Google Maps brauche ich dreieinhalb Stunden für die Fahrt nach Cowbridge. Ein Siebenstündiger Trip. Aber Libby Jones und Miller Roe werden mich hier auf der Wache um 15 Uhr treffen, und selbst wenn ich jetzt gehen würde, bliebe mir in Cowbridge keine Zeit, etwas anderes zu tun, als umzudrehen und sofort zurückzukommen, wenn ich überhaupt eine Chance haben wollte, das Treffen zu vollziehen. Ich rufe Donal an.

»Donal. Ich habe eine große Bitte. Wenn Miss Jones und Mr. Roe heute Nachmittag ankommen, könnte ich dich dann bitten, das Gespräch zu führen? Ich muss nach Wales fahren. Ich komme zurück, sobald ich kann.«

Donal sagt natürlich ja. Er liebt es, Verhöre zu führen. Ich nehme das Auto vor der Wache, gebe den Namen Cowbridge Business Park in mein Navi ein und fahre los.

Die britische Landschaft ist etwas Schönes, besonders im Juni. Die blendenden Rapsfelder. Die Kugelbäume auf den Hügeln. Die wogenden Blumenkörbe vor den Pubs auf dem Land. Ich habe Musik laufen, eine Mischung aus Popsongs und Jazz aus den 1920er Jahren. Man kann das Knistern der Nadel auf dem Vinyl hören. Mein Fenster ist offen, und mein Herz ist voller Vorfreude. Ich habe Cath Manwaring gefragt, ob sie vielleicht eine Telefonnummer von Justin Ugley hat, und sie sagte mir, dass Justin Ugley ihres Wissens nach kein Telefon besitzt. Ich komme also unangekündigt zu ihm und er wird unvorbereitet sein, und das ist wirklich der beste Weg für mich, ihn vorzufinden. Ahnungslos.

Ich fahre ein paar Meter hinter dem Geschäftszentrum von der A-Road ab und nehme einen Feldweg, den mir Cath Manwaring in den letzten Momenten unseres Telefonats beschrieben hat. Nach ein paar Minuten sehe ich, wie sich die Form eines Wohnmobils hinter einer Hecke abzeichnet, und ich weiß, dass ich da bin.

Das Wohnmobil ist schwarz-gold lackiert und hat ein Vordach.

Darunter befinden sich ein Sessel, ein abgewetzter Teppich und ein mit Büchern überfüllter Tisch. Außerdem die Überreste eines Mittagessens: das Kerngehäuse eines Apfels, eine leere Chips-Packung, einige Krümel und eine zerknitterte Serviette.

Ich sehe eine Bewegung hinter den winzigen Briefkastenfenstern am Heck des Fahrzeugs und steige aus meinem Auto. Die Bewegung hört auf, als sich meine Autotür schließt. Ich klappe meine Sonnenbrille zusammen und gehe auf den Lieferwagen zu. Die Seitentür ist offen, also rufe ich ins Innere: »Justin Ugley?«

Es dauert einen langen Moment, bis er auftaucht, und als er dann auftaucht, bin ich etwas erstaunt über sein Aussehen. Ebenso kann ich sehen, dass er von meinem Aussehen sehr überrascht ist, da ich stark vermute, dass es in dieser Ecke der Welt nicht sehr viele PoC gibt. Justins Aussehen ist beunruhigend, weil er sehr schmutzig ist. Nicht schmutzig wie jemand, der sich nicht wäscht, sondern schmutzig wie jemand, der im Dreck gelegen hat. Seine Kleidung, sein Gesicht, sein Haar, seine Hände.

»Hallo?«

»Guten Tag, Mr. Ugley. Ich bin DI Samuel Owusu. Ich arbeite in der Abteilung für Sonderverbrechen in Charing Cross in London. Hätten Sie vielleicht Zeit, mir einige Fragen zu beantworten?«

»Worüber?«

Er wischt sich die Hände an einem feuchten Lappen ab, und ich sehe, seine Tätowierungen zum Vorschein kommen. Ich bemerke Schmuck in seinem Gesicht, der das Licht einfängt. In seinen Augenbrauen, seiner Nase und seinen Ohren. Sein Haar ist lang und mit einem Stück Stoff aus dem Gesicht gebunden. Er sieht aus wie ein Mann aus einer anderen Zeit, einem anderen Zeitalter. Aber selbst unter dem Schmutz, dem Haar und den Piercings kann ich erkennen, dass Cath

Manwaring recht hatte. Dies ist eindeutig der Mann auf den Fotos von Birdies Band *The Original Version*.

»Über eine Frau namens Bridget Dunlop-Evers. Oder Birdie. Ich glaube, Sie hatten einmal eine Beziehung mit ihr«, sage ich.

»Woher zum Teufel wissen Sie das? Ich meine, wie haben Sie mich gefunden? Das verstehe ich nicht. Ich habe Birdie seit etwa zwanzig Jahren nicht mehr gesehen. Länger. Was ist mit ihr passiert? Geht es ihr gut?«

»Nein, ich fürchte nicht, Mr. Ugley. Sie wurde 1996 von ihrer Familie als vermisst gemeldet und nie gefunden. Vor etwa zwei Wochen wurden ihre Überreste am Ufer der Themse gefunden.«

Ich beobachte sein Gesicht. Er sieht aufrichtig schockiert aus. Aber ob das daran liegt, dass seine frühere Liebe tot ist, oder daran, dass ein Verbrechen, das er vor fünfundzwanzig Jahren begangen hat und von dem er dachte, dass er damit durchkommt, wieder zum Vorschein gekommen ist, um ihn zu enttarnen, kann ich nicht sagen.

»Ernsthaft?«

»Ja, ich fürchte schon.«

»Wie ist sie...? Ich meine – was...?«

»Ein Schlag auf den Kopf«, antworte ich.

Er zuckt zurück. »Aber wissen Sie, ich meine, ich habe Birdie so lange nicht gesehen. Das letzte Mal, als ich sie sah, war sie, nun ja ... lebendig. Ich glaube nicht, dass ich Ihnen wirklich etwas *sagen* kann. Oder Ihnen helfen. Nicht wirklich.«

»Ich weiß das zu schätzen. Wirklich. Aber es wäre sehr hilfreich, mit Ihnen darüber zu sprechen, woran Sie sich aus der Zeit erinnern, als Sie zusammen in Chelsea gewohnt haben.«

Er nickt und bestätigt damit meine Theorie, dass Birdie und

Justin in den späten achtziger Jahren in das große Haus im Cheyne Walk gezogen sind.
»Sie wollen jetzt reden?«
»Ja, bitte. Wenn Sie nicht beschäftigt sind.«
»Ich könnte ein paar Minuten gebrauchen. Wenn das in Ordnung ist. Nur um mich zu waschen.«
»Ja, natürlich. Ich kann hier warten. Lassen Sie sich Zeit.«

Fünf Minuten später taucht er in neuer Kleidung auf, einem T-Shirt und einer Jeans, und sein Haar ist gebürstet und ordentlich zurückgebunden. Sein Gesicht ist interessant: eine Hakennase, seine Augen sind von hellem Haselnussbraun und die traurigsten, die ich je gesehen habe, und ich habe schon einige sehr traurige Augen gesehen. Die Tätowierungen an seinen Händen reichen bis zu seinen Armen und in die Ärmel seines T-Shirts. Viele Schlangen, Totenköpfe und Kreuze.
»Entschuldigung«, sagt er. »Wollen Sie eine Tasse Tee oder so?«
»Nein, danke. Ich habe mein Wasser.«
Er deutet auf einen Klapphocker, und ich setze mich darauf.
»Ich werde mir ein paar Notizen machen, ich hoffe, das ist okay?«
»Ja. Klar.«
»Erzählen Sie mir bitte in Ihren eigenen Worten, wie es dazu kam, dass Sie in diesem Haus im Cheyne Walk wohnten, und was geschah, als Sie dort wohnten. Ich glaube, dort wurde ein Musikvideo gedreht?«
»Das ist richtig. Damals, '88, glaube ich. Die verdammte Birdie holte sich eine verdammte Katze und wir wurden aus unserer Wohnung geworfen und diese Frau, Martina, bot uns ein Zimmer an und ich dachte wirklich, es wäre nur für

ein paar Tage. Aber schlussendlich war es für ... Gott, eine Ewigkeit. Und es war wirklich beschissen. Wirklich, wirklich beschissen.«

Hier, denke ich, hier ist es. Hier ist das, worauf ich gewartet habe. »Inwiefern war es ... bescheiden?«, frage ich.

»Oh, Gott. Ich wüsste nicht, wo ich anfangen sollte.«

»Nun, vielleicht einfach am Anfang?«

Und dann erzählt mir dieser Mann mit seinem Metallgesicht und seinen vollgekritzelten Armen und vernarbten Beinen und traurigen, traurigen Augen von einer verwöhnten Familie mit unermesslichem Reichtum, die sich in einem Scheinschloss am Ufer der Themse zu Tode langweilte. Und dann wird der Vater, ein fauler, träger Mann ohne positive Eigenschaften, krank. Eine Frau namens Birdie, die in dem Scheinschloss lebt, bringt einen Heiler ins Haus, um dem faulen Mann zu helfen. Und dieser Heiler bringt eine Frau und zwei Kinder mit, und dann leben zehn Menschen in einem Haus, in dem vorher vier lebten. Und langsam nahm der Heiler, der ins Haus geholt wurde, um den faulen Mann zu behandeln, ihm alles weg: seinen Reichtum, seine Frau, seine Freiheit, seine Würde.

»Ich bin nach zwei Jahren oder so gegangen«, sagt Justin. Ich höre den Schmerz in seiner Stimme, als er diese Worte ausspricht. »Das hätte ich nicht tun sollen. Ich hätte bleiben sollen, wegen der Kinder. Aber ich konnte es nicht ertragen. Keinen Augenblick länger. Es war wahnsinnig. Birdie verwandelte sich in einen Psycho. Sie hat sich an all den verrückten Sachen aufgegeilt, die da vor sich gingen.«

»Welche Art von verrückten Dingen?«

»Oh, hauptsächlich die Kinder. Sie im Haus zu halten. Täglich stundenlange körperliche Betätigung. Stundenlanges Geigenlernen. Sie durften keine normale Kleidung tragen oder normale Dinge tun. Kein Fernsehen. Keine Freunde. Seltsame Bestrafungen. Es war einfach... alles fühlte sich falsch an. Und Birdie war eindeutig besessen von ihm.«

»Von wem?«

»David. Dem Heiler.«

»David - wie war sein Nachname?«

»Thomsen. David Thomsen.«

Ich spüre eine Schweißperle auf meinen Fingerspitzen, wo sie den Bleistift halten, und wische sie an meinem Hosenbein ab. Dann lege ich sie wieder auf den Bleistift und schreibe das Wort »Thomson«.

»Mit einem *e*«, sagt Justin und blickt auf meinen Notizblock.

»Wie bitte?«

»Es war Thomsen mit einem *e*.«

»Oh, danke. Und wie lauteten die Namen seiner Familienmitglieder?«

»Seine Frau hieß Sally. Seine Tochter Clemency. Sein Sohn hieß Phineas.«

Da, ja. Ich spüre, wie die Zahnräder ineinandergreifen. Ich kann fast die Geräusche hören, die sie dabei machen. Diese Namen sind biblisch, sie sind spirituell. Sie haben eine ähnliche Sensibilität wie Serenity, der Geburtsname von Libby Jones. Es gibt da etwas, das alles miteinander verbindet.

»Und wissen Sie, was aus dieser Familie geworden ist?«

»Ich weiß nicht, was mit ihnen passiert ist. Ich wusste nur, dass ich genug hatte, dass ich raus musste. Auf dem Markt, auf dem ich meine Öle und Heilmittel verkaufte, traf ich eine Frau, die gerade einen kleinen Bauernhof in Wales kaufte und mich bat, in ihr Team zu kommen. Ich floh. Ich konnte nicht schnell genug von dort weg. Es war schrecklich, die Kleinen zurückzulassen, wissen Sie. Aber ich brauchte einfach einen klaren Schlussstrich. Von Birdie. Von David. Von

London. Von all dem. Ich hätte zurückkommen sollen, wissen Sie. Ich hätte zurückkommen sollen. Nachsehen, ob es ihnen gut geht. Den Kindern. Aber ich war einfach...«

Er seufzt, und ich sehe, wie ihm die Tränen in die Augen schießen.

»Wissen Sie es?«, fragt er leise. »Wissen Sie, was mit den Kindern passiert ist?«

Ich schüttle den Kopf. »Nein. Noch nicht. Wir versuchen immer noch, sie aufzuspüren.«

»Aber sie leben?«

Ich lächle traurig. »Ich fürchte, Mr. Ugley, dass wir das noch nicht wissen.«

Er nickt und ich sehe, wie ihm eine Träne über die Wange läuft, die er mit dem Rücken seiner tätowierten Hand wegwischt.

»Und Sie und Birdie«, fahre ich fort. »Sind Sie in Kontakt geblieben, nachdem Sie weggegangen sind?«

»Nein. Ich habe nie wieder mit ihr gesprochen. Habe nie von ihr gehört. Habe sie nie gesehen. Ich habe aber oft an sie gedacht. Aber ich hatte keine Ahnung, dass sie verschwunden war, hatte keine Ahnung von ... irgendetwas davon.«

»Sie haben also nichts von den Berichten in der Presse über das Haus und die Selbstmorde mitbekommen?«

»Die Selbstmorde? Gott. Nein. Der kleine Bauernhof war eine Art Kommune, das weiß ich heute. Wir hatten keinen Fernseher. Wir haben keine Zeitungen gelesen. Wir lebten völlig autark.«

»Und wie lange war das?«

»Oh. Ich habe dort...«

Ich sehe, wie Justin trocken schluckt und zweimal blinzelt. Er durchlebt einige heftige Emotionen.

»Etwa zehn Jahre lang gelebt? Ich war, ähm…« Wieder schluckt er trocken. Dann räuspert er sich und wackelt in seinem Sessel. Ich beobachte, wie sich seine Fäuste ballen und lösen, wie seine Unterlippe zuckt. »Es war nicht die Antwort auf meine Probleme. Ich habe irgendwie den Faden verloren, glaube ich. Zu viele Drogen. Zu viel Cider. Ich habe versucht, alles zu verdrängen. Bin ein paar Mal im Gefängnis gelandet. Dann, vor zwei Jahren, als ich das letzte Mal aus dem Gefängnis kam, kaufte ich diesen Van und versuchte, unterzutauchen, verstehen Sie? Ich versuche, mich von Auslösern fernzuhalten. Lebe ein ruhiges Leben. Und ja, ich habe keine Ahnung von den Thomsens oder von Birdie oder von irgendetwas anderem. Alles, was ich kenne, ist das Wetter, die Erde, die Jahreszeiten, was ich zu Mittag esse. Und jetzt…« Er macht eine Geste in meine Richtung.

»Nun«, sage ich, »ein Detective aus London.«

»Ja. Ein Detective aus London. Dem ich wirklich gerne helfen würde. Aber ich glaube wirklich nicht, dass ich das kann. Denn was auch immer damals passiert ist, ich war nicht dabei. Ich hatte mich bereits verpisst.«

Ich nehme meinen Stift in die Hand, als ich spüre, wie die dunklen Wolken seines Kummers und seiner Schuld für eine Weile weiterziehen und der Horizont wieder klar wird.

»Als Sie dort lebten, in Chelsea, haben Sie die Pflanzen im Garten gezüchtet, ja?«

»Ja, das habe ich.«

»Und unter den Dingen, die Sie angebaut haben, war auch Tollkirsche?«

»Nein. Nein, ich hätte so etwas nie angebaut, es gäbe keinen Grund dafür. Schon gar nicht in einem Haus, in dem Kinder leben.«

Ich richte mich auf dem Klapphocker neu auf, während ich meine nächste Frage formuliere.

»In den Überresten des Gartens wurde Tollkirsche gefunden. Und das war, womit die Erwachsenen vergiftet wurden. Haben Sie irgendwelche Theorien darüber, wie sie in Ihren Kräutergarten gekommen sein könnte? Wer könnte das angebaut haben?«

Diese Frage trifft ihn wie ein Schlag ins Gesicht. »Nein. Nein, das weiß ich nicht.«

»Also war niemand sonst im Haus in der Lage, diese Dinge zu pflanzen oder zu züchten?«

Er lässt einen Takt des Schweigens verstreichen, bevor er antwortet. »Nicht, dass ich wüsste. Aber wer weiß? Wenn sie einen Selbstmordpakt geplant haben, hat vielleicht einer von ihnen herausgefunden, wie man sie anbaut? Ich habe ein Buch in meinem Zimmer zurückgelassen. Ein Buch über Zaubersprüche und Tränke. Ich habe meinen Schrank zurückgelassen, der voll mit Samen war. Ich weiß nicht einmal, was die Hälfte davon war. Da hätte Atropa belladonna drin sein können, nehme ich an.«

Mit seiner Antwort auf diese Frage zeigt er mir drei verschiedene Anzeichen dafür, dass er lügt, aber ich bin mir nicht sicher, ob er lügt, um sich selbst zu schützen, oder um jemand anderen zu schützen.

»Es hätte also jeder im Haus sein können?«

»Ja. Abgesehen von den Kindern, natürlich.«

»Ah ja. Die Kinder. Und was ist Ihre Theorie über die Kinder? Sie sind alle verschwunden. Nach dem, was Sie über sie wussten, warum könnten sie geflohen sein, wohin könnten sie gegangen sein?«

»Ich hoffe, sie sind so weit von dem Haus entfernt, wie es nur geht. Wenn sie nur ein bisschen Verstand haben.«

»Aber einige von ihnen waren noch recht jung. Wer könnte ihnen geholfen haben?«

»Ich weiß es wirklich nicht. Vielleicht Phin und Clemencys Mutter, Sally? Ich weiß nicht, was in dem Haus geschah, nachdem ich gegangen bin. Ich weiß nicht, wer kam oder wer ging. Ich wünschte, ich wüsste es. Aber ich weiß es wirklich nicht.«

In diesem Moment summt mein Handy in der Hosentasche. Ich entschuldige mich bei Justin und sehe es mir an. Es ist eine Nachricht von Donal. Interpol hat jetzt Bilder der Personen übermittelt, die unter den Namen Phineas Thomson und Marie Caron in die Vereinigten Staaten eingereist sind. Ich öffne das Bild von Marie und zeige es Justin. »Erkennen Sie diese Frau?«

Er schaut ganz genau hin und vergrößert das Bild mit seinen Fingerspitzen.

»Gott. Ist das...? Ja, das ist sie. Das ist Lucy Lamb. Die Tochter von Henry und Martina. Sie sieht noch genauso aus wie damals, als sie ein Kind war.«

Mein Handy summt wieder und ich nehme es zurück. Es ist eine weitere Datei angehängt. Es handelt sich um Videoaufnahmen, die den Mann beim Verlassen des Flughafens zeigen. Ich spiele sie Justin vor. Er sieht sie sich dreimal an.

»Im Pass dieses Mannes steht, dass sein Name Phineas Thomson ist.«

»Das ist nicht Phin«, sagt Justin. Sein ganzes Auftreten hat sich beim Anblick von Henry Lamb verändert. Ich sehe, wie er sich aufrichtet und lebhaft wird. »Nein. Ganz bestimmt nicht. Das ist Henry. Ich würde die Art und Weise wie er geht erkennen...«

»Die Art, wie er geht?«

»Ja.« Er zeigt auf den Bildschirm. »Seine Füße klatschen

irgendwie auf den Boden. Sehen Sie? Das ist Henry. Aber als ich ihn kannte, hatte er braunes Haar, nicht blond. Also ist sein Haar gefärbt. Und, wissen Sie, es ist fast...« Er schaut wieder genauer hin. »Es ist fast so, als ob er versucht hätte, so auszusehen wie Phin. Denn als er jung war, war er total verknallt in Phin, wissen Sie? Er war vernarrt in ihn. Und jetzt sieht es so aus, als hätte er sich fast in ihn verwandelt.«
Ich spüre, wie mir bei diesem Gedanken ein Schauer über den Rücken läuft. Aber ich weiß noch nicht, was es bedeutet.
Ich muss zurück zur Wache, um mich Donal anzuschließen, der Libby und Miller befragt. Also mache ich mich auf den Weg. Mein Bleistift verschwindet mit meinem Notizbuch in meiner Tasche. Unser Gespräch scheint beendet zu sein, doch dann stellt Justin eine weitere Frage.
»Wissen Sie, ich verstehe das nicht ganz. Suchen Sie nach der Person, die Birdie getötet hat?«
»Ja, das tun wir.«
»Aber es ist doch offensichtlich, wer sie getötet hat?«
»Ist es das?«
»Ja. Es muss David Thomsen gewesen sein. Er war ein gewalttätiger und verquerer Mann. Er hatte ein Motiv – ein verworrenes Liebesleben zwischen seiner Frau, Martina und Birdie. Er muss sie getötet haben und dann sich selbst, oder?«
Ich nicke, während ich mich aufrichte. »Nun, ja. Das wäre natürlich die naheliegendste Schlussfolgerung, wenn Birdies Überreste nicht erst vor einem Jahr von jemandem aus dem Anwesen im Cheyne Walk entfernt worden wären, der wusste, wo die Leiche lag. Und der wusste, dass die neuen Besitzer sie dort finden würden, und – wenn sie nicht entfernt würde – alte Geheimnisse ans Licht kämen.

Jemand, so müssen wir schlussfolgern, der Angst davor hatte, erwischt zu werden.«

Justin braucht einen Moment, um dies zu verarbeiten. Sein Gesicht verrät mir während der Stille nichts. Er nickt. Er atmet ein und aus. »Ja. Ich verstehe. Ja.«

Dann erhebt er sich und legt die Hände fest auf seine Schenkel. »Nun, wenn es sonst nichts gibt?«

»Nein, es gibt nichts anderes. Sie haben mir sehr geholfen. Ich habe so viele neue Spuren.«

»Ist Henry eine von ihnen?«

»Ja, Henry ist eine von ihnen.«

»Armer Henry«, sagt er.

»War er ein armer Henry?«, antworte ich.

»Ja«, sagt Justin mit Gefühl. »Das waren sie alle. Sie waren alle Opfer. Was auch immer in diesem Haus geschehen ist, keiner von ihnen verdient es, dafür bestraft zu werden. Keiner von ihnen.«

KAPITEL 54

Juni 2018

Rachel saß in der Küche ihres Vaters, die Kontoauszüge immer noch in der Hand.

Ihr Handy surrte und sie sah, dass Jonno sie zurückrief.

»Jonno. Hi.«

»Hey. Hör zu«, sagt er. »Ich habe die Informationen über die Firma auf dem Kontoauszug deines Vaters. Bist du bereit dafür?«

»Ja, ich bin bereit.«

»Nun. Es handelt sich in der Tat um eine Vermögensverwaltungsgesellschaft.«

Rachel atmete kurz auf. Ihr Vater hatte immer noch die Kontrolle über sein Geld. Er konnte es zurückbekommen.

»Aber...«

»Oh Gott. Was?«

»Es wurde auf das Kundenkonto einer anderen Person eingezahlt.«

»Wie bitte, was?«

»Ja. In den Investitionstopf einer anderen Person.«

»Woher weißt du das?«

»Ich weiß es einfach. Aber was ich nicht weiß, ist, in wessen Topf es geflossen ist. Und ich habe keine Ahnung, wie man das herausfinden könnte, außer indem man sich direkt an das Unternehmen wendet und es auf emotionaler Ebene erpresst, damit es mit der Sprache herausrückt. Aber das werden sie nicht tun. Weil sie es nicht dürfen. Also, ja. Du bist an der Reihe.«

Rachel beendete das Gespräch und legte ihr Handy auf den Tresen vor sich. Sie stand auf und setzte sich wieder, nahm abermals ihr Handy in die Hand, googelte den Namen der Vermögensverwaltungsfirma und rief die Nummer an.

»Ähm ... hallo.« Sie klang schrill und intensiv, sogar für ihre eigenen Ohren. »Ich wollte fragen, ob ich mit jemandem vom Kundendienst sprechen kann?«

»Darf ich fragen, worum es sich handelt?«

»Ja. Es geht um meinen Vater. Er ist Rentner, und ich habe mir gerade seine Kontoauszüge angesehen und bemerkt, dass er in den letzten Monaten sein gesamtes Geld auf ein Kundenkonto Ihrer Firma überwiesen hat. Aber es läuft nicht auf seinen Namen. Und ich mache mir Sorgen, dass er betrogen oder erpresst wird. Wie kann ich das bitte herausfinden? Ich bin wirklich sehr beunruhigt.«

»Bleiben Sie bitte am Apparat. Ich werde Sie durchstellen.«

Die Leitung verstummte, dann ertönte Musik und eine sehr vornehme automatische Aufzeichnung, die ihr mitteilte, dass ihr Anruf in Kürze beantwortet würde, und sie lief fünf Minuten lang durch den Raum und wurde immer gestresster und ungeduldiger, bis die Musik schließlich verstummte und eine Stimme sagte: »Kundensicherheitsdienst, wie kann ich Ihnen helfen?«

Rachel begann, ihre Leidensgeschichte zu erzählen, und als sie das Wort »Erpressung« aussprach, drehte sie sich um und sah sich ihrem Vater gegenüber, der unbemerkt den Raum betreten hatte. Er starrte sie an und schüttelte den Kopf.

»Entschuldigung, könnten Sie kurz dranbleiben?«, fragte sie die Frau in der Leitung.

Sie nahm den Hörer vom Ohr und starrte ihren Vater an.

Er schaute auf den Boden. »Leg auf«, sagte er. »Leg einfach auf. Ich werde dir alles erzählen. Bitte beende einfach den Anruf.«

Sie beendete das Gespräch und setzte sich auf die Armlehne des Sofas.

»Oh Gott. Ich habe mich wie ein Idiot verhalten«, sagte er. »Ich weiß, dass ich das habe. Aber ich wusste nicht, was ich sonst tun sollte. Ich hatte einfach Panik. Alles lief so gut für dich. Ich konnte nicht zulassen, dass irgendetwas alles kaputt macht.«

»Papa, ich verstehe nicht, was du sagst.«

»Ich will damit sagen ...« Er seufzte und fing wieder an. »Ich will damit sagen, dass jemand irgendwie in den Besitz von – Bildern von dir gekommen ist.«

»Bilder?«

»Ja. Bilder von dir. Aktfotos. Einige Filmaufnahmen. Und sie haben sie mir geschickt und mich gezwungen, ihnen Geld zu zahlen, damit sie sie löschen.«

»Bitte – wer?«

»Ich weiß es nicht. Ein anonymer Mailer. Ich dachte immer, es würde aufhören. Dass er verschwinden würde, wenn ich ihm das Geld gebe. Aber dann war er ein paar Wochen später wieder da, mit einem anderen Bild. Einem anderen Film. Und jetzt, wie du gesehen hast, ist da kein Geld mehr zu geben.«

Rachel kniff die Augen zusammen und schaute an die Decke. Dann sah sie wieder nach unten und atmete aus. »Hast du sie noch? Diese ... Aktfotos?«

Ihr Vater nickte verlegen. »Ich dachte, ich sollte sie für den Fall aufbewahren, dass die Sache an die Polizei geht.«

»Zeig sie mir, bitte.«

»Oh, nein. Du musst nicht...«

»Zeig sie mir einfach.«

Er seufzte und deutete ihr dann an, ihm in sein Arbeitszimmer zu folgen, wo er seinen Laptop aufklappte. »Hier«, sagte er, drehte den Bildschirm zu ihr und ging dann auf die andere Seite des Raumes.

Rachel holte tief Luft und machte sich bereit. Ihr Vater hatte sie in einem Ordner mit dem Namen *Rezepte* abgelegt. Sie klickte auf das erste Bild und musste es sofort wieder schließen. Sie wusste sofort, dass es eines ihrer eigenen Fotos war, von ihrem eigenen Handy. Und sie wusste sofort, dass es aufgenommen worden war, als sie mit einem Mann namens Travis zusammen war, den sie vor etwa drei Jahren online kennengelernt und mit dem sie eine sehr kurze, sehr intensive, sehr sexuelle Liaison gehabt hatte, bevor er sie ohne jede Erklärung abserviert hatte. Ihr erster Gedanke war, dass er es war, dass es Travis war, dass er irgendwie aus heiterem Himmel wieder aufgetaucht war, die E-Mail-Adresse ihres Vaters gefunden und beschlossen hatte, ihn zu erpressen. Aber dann erinnerte sie sich daran, dass es ihr Foto war, aufgenommen mit ihrem Handy, dass Travis keinen Zugang dazu gehabt hätte. Und es war kein schönes Foto. Überhaupt kein schönes Foto. Das konnte sie jetzt sehen. Damals hatte es originell, außergewöhnlich, exquisit, erotisch ausgesehen. Jetzt sah es traurig aus, regressiv, ein bisschen tragisch.

Sie öffnete das nächste. Dies war die Zeit, in der Travis seinen Freund mitgebracht hatte. Rachel konnte sich nicht an seinen Namen erinnern, aber als sie jetzt auf das Bild starrte, sah sie einen Ausdruck auf seinem Gesicht, der ihr den Magen verdarb. Sie erschauderte und öffnete das nächste. Es war eine MP4-Datei und sie schluckte trocken, bevor sie auf Play drückte. Sie, Travis, sein ekelhafter Freund in ihrem Schlafzimmer in Camden Town. Ihr Finger griff sofort nach der Stummschalttaste, als der Ton durchkam. Sie betrachtete sich auf dem Video und sah eine Frau, die sich selbst verloren hatte. Sie fragte sich, was zur Hölle sie gesucht hatte.

Sie öffnete die nächste Datei nicht, klappte den Laptop ihres Vaters zu und warf sich in den Sessel zurück. »Scheiße.«

Dann sah sie ihren Vater an und sagte: »Papa. Es tut mir so leid. Es tut mir so, so leid. Ich will sterben. Der Gedanke, dass du das siehst. Da möchte ich sterben.«

»Bitte nicht, Liebling. Bitte lass es. Es ist nichts. Es ist vergessen. Aber ist er es? Ist es der Mann auf den Fotos? Wer ist er?« Sie schüttelte den Kopf. »Nein. Er ist es nicht. Ich habe ihn seit über drei Jahren nicht mehr gesehen und er wusste nichts über mich, schon gar nicht, dass ich einen reichen Vater habe. Er war einfach nicht der Typ dafür, weißt du. Er war nicht ... clever genug.«

Und als sie das sagte, wusste sie es. Sie wusste es einfach. Ihr Magen drehte sich um, und ihr Blut floss heiß und heftig durch ihre Adern. Sie nahm ihr Handy in die Hand und scrollte durch ihre Fotogalerie, bis ganz zurück ins Jahr 2015, dann scrollte und scrollte sie bis zum Anfang des Jahres, bis zum Februar, kurz nachdem sie Travis kennengelernt hatte, und sie scrollte den ganzen Weg nach oben bis zum Juli und dann wieder nach unten. Und sie wusste, sie wusste, dass es zwischen ihr und Travis im Juli vorbei war, und sie wusste, dass sie sich Ende Februar getroffen hatten und dass die Fotos und Filme dort gewesen wären, aber sie waren nicht da. Sie waren nicht da, und es gab nur eine Person, die in der Lage gewesen wäre, auf ihr Handy zuzugreifen. Nur eine Person, die ihre Fotogalerie hätte durchsehen wollen, nur eine Person, die verzweifelt genug, clever genug, schrecklich genug war, ihr so etwas anzutun.

KAPITEL 55

Juni 2019

Libby hatte mitten in der Nacht angerufen, der Klingelton von Lucys Handy war in ihre Träume eingedrungen.

»Libby«, hatte Lucy laut geflüstert, als sie *2:15 Uhr* auf dem Radiowecker blinken sah. »Was ist los?«

»Mama! Es tut mir so leid, dass ich dich geweckt habe! Es tut mir so leid! Aber die Polizei war wieder am Telefon. Der Kriminalbeamte. Und er wusste, dass Miller hier war. Sie haben sein Handy geortet. Und jetzt müssen wir beide heute Nachmittag auf die Wache, um Fragen zu beantworten.«

»Warte. Ihr werdet doch nicht verhaftet, oder?«

»Nein. Aber sie wissen jetzt so viel. Und sie werden uns so lange Fragen stellen, bis wir keine Möglichkeit mehr haben, die Wahrheit zu vermeiden, und ich kann nicht mehr lügen, aber ich weiß nicht, was ich sagen soll. Was sollen wir sagen, Mama?«

»Wie spät ist es bei euch?«, hatte sie gefragt.

»Es ist kurz nach acht Uhr morgens.«

»Wann musst du auf die Wache?«

»Um 15 Uhr. Miller holt sich bei einem Freund Rechtsbeistand. Aber, Mama, du musst Henry finden und du musst deine Geschichte in Ordnung bringen. Es ist alles am Auseinanderbrechen. Ganz im Ernst. Wir können das nicht mehr lange hinauszögern.«

Jetzt ist es im Vereinigten Königreich 15 Uhr, und Libby und Miller werden bereits auf dem Polizeirevier sein.

Lucy fühlt sich machtlos und krank.

Sie hasst sich selbst dafür, dass sie Libby in diese Lage gebracht hat, dass sie in Libbys unbescholtenes, unkompliziertes Leben eingedrungen ist und es mit Lügen, Täuschung und Dunkelheit befleckt hat. Sie hasst es, dass sie nichts tun kann, um ihrem ältesten Kind zu helfen, dass sie nicht an ihrer Seite sein kann, um ihre Hand zu halten und sie vor all dem zu schützen. Und sie hasst es, dass, selbst wenn sie und Henry irgendwie durch diese widerliche Etappe ihrer Reise navigieren und den Weg auf die andere Seite finden können, selbst wenn sich dieser dichte Schatten auflöst, immer noch ein anderer dunkler Schatten über ihr schwebt. Der Schatten dessen, was letzten Sommer in Antibes geschehen ist. Sie hasst es, dass sie sich nie, nie frei fühlen wird.

Die Tränen steigen ihr in die Kehle, als Marco plötzlich auftaucht.

»Ich habe eine Idee«, sagt er und hüpft auf das Bett neben ihr. »Lass uns Kris bitten, Henry anzurufen. Er wird abheben, wenn es Kris ist. Lass es uns jetzt tun.«

In Lucys Kopf dreht sich alles zu schnell, als dass sie richtig verarbeiten könnte, was Marco vorschlägt. Aber sie zwingt sich zu einem Lächeln und sagt: »Okay.«

Er tippt eine Nachricht, und einen Moment später summt sein Handy mit einer Antwort.

Lucy setzt sich auf und reibt sich mit den Händen das Gesicht. »Was hat Kris gesagt?«

»Er sagte, er würde es tun. Aber er will wissen, was er sagen soll. Ich habe geantwortet, er solle einfach so tun, als wolle er mit ihm ins Bett.«

Lucy schüttelt ein wenig den Kopf. »Wie bitte?«

»Nun, Kris hat gesagt, dass Henry ihm am Dienstagabend, als er sehr betrunken war, eine Nachricht geschickt hat, in der er versucht hat, ihn dazu zu bringen, mit ihm zu

schlafen.«
»Moment, ist Kris schwul?«
Marco zuckt mit den Schultern. »Es spielt doch keine Rolle dafür, ob Henry auf ihn steht, oder? Wir werden ihm eine Falle stellen. Wir tun so, als wolle Kris sich mit ihm treffen und vereinbaren einen Treffpunkt. Wir werden alle auftauchen. Peng!«
Lucy nickt und ein Lächeln durchbricht ihre schwere Stimmung. »Das ist ein kleines bisschen genial. Und wann machen wir das?«
»Sobald Henry ihm antwortet und – oh!« Marco hält inne und schaut auf sein Handy, als es mit einer Nachricht pingt. »Da ist jetzt Kris. Warte mal ...« Er liest die Nachricht und dreht es dann zu Lucy, damit sie es auch lesen kann.

Wir haben uns zum Brunch verabredet, um elf Uhr im Blanche.

»Blanche?«, sagt Lucy. »Das ist das Lokal gegenüber von dem Wohnblock, wo Phin sein könnte?«
Marco nickt. Dann strahlt er und sagt: »Oh mein Gott. Wir gehen zu Henry!«

Lucy ruft Libby sechsmal an, nachdem sie aufwacht und bevor sie zu Blanche fährt. Bei allen sechs Anrufen geht die Mailbox ran. Sie spürt, wie sich ihre Brust bei jedem Mal mehr zusammenzieht, während sie versucht, sich vorzustellen, was Libby und Miller auf der anderen Seite der Welt zu enthüllen gedrängt werden.
Aber jetzt ist ihr Blick fest auf die nächsten Momente gerichtet. Sie hat sich sorgfältig und ordentlich angezogen und sich und Stella die Haare gewaschen. Als sie das Hotel verlassen, fällt ihr auf, dass Marco sich ebenfalls schicker

gemacht hat als sonst. Sein Haar ist ordentlich gekämmt, und er trägt Schuhe, keine Sneakers.
Sie sitzen schweigend im Foyer ihres Hotels und warten darauf, dass Kris ihnen eine Nachricht aus dem Restaurant schickt. Marcos Handy klingelt um acht Minuten nach elf, und sie springen alle auf.

Wir befinden uns in der hinteren linken Ecke, in der Nähe der Bar. Er sieht beschissen aus.

Sie stehen auf und wollen das Foyer verlassen, als zwei dunkel gekleidete Männer durch die Eingangstür stürmen und streng auf die Rezeption zugehen. Instinktiv zieht Lucy sich und die Kinder aus dem Blickfeld und beobachtet, wie einer der Männer einen Ausweis aus der Tasche zieht und die Empfangsdame mit leiser, brummiger Stimme fragt, ob sie einen Gast namens Marie Caron bei sich wohnen haben. Lucy treibt die Kinder schnell aus dem Gebäude, wobei sie ein vor dem Gebäude geparktes, nichtgekennzeichnetes Polizeiauto wahrnimmt, bevor sie sie alle schnell um die Ecke in einen wartenden Geländewagen bugsiert.
Sie will gerade die Tür schließen, als sie spürt, dass von der anderen Seite Kraft ausgeübt wird, und sieht das Gesicht eines Mannes am Fenster, der eine Polizeimarke gegen die Scheibe hält.

KAPITEL 56

Samuel

Ich komme um 18 Uhr zurück nach Charing Cross. Donal hat mich vor einer Stunde angerufen und gesagt, dass das Gespräch nicht vorankommt. Ich sagte ihm, er solle weitermachen. Einfach weitermachen.

Als ich den Verhörraum betrete, kann ich sehen, dass Libby Jones müde ist. Und Miller Roe ist es auch. Donal hat noch etwas Saft in sich, aber auch er, das sehe ich, wird nach drei Stunden ergebnisloser Befragung langsam müde.

Aber ich habe etwas Neues in den Raum zu bringen. Ich setze mich schwer auf den freien Stuhl und schaue von Libby zu Miller. Langsam ziehe ich mein Handy aus der Jackentasche und schalte es ein.

»Hier«, sage ich und drehe es ihnen zu. »Sehen Sie das?« Ich tippe auf den Bildschirm. »Das ist Lucy Lamb, die vor drei Tagen mit ihren Kindern in einem Hotel in Chicago eingecheckt hat. Was macht sie dort?«

Ich erwarte von Libby Jones, dass sie sich Miller unterordnet, aber das tut sie nicht. Ganz plötzlich nimmt sie mir das Handy aus der Hand und starrt auf das Bild auf dem Bildschirm. Ich sehe, dass sie den Tränen nahe ist, und ich halte den Atem an, während ich auf ihre Antwort warte. Doch dann richtet sie sich auf. Sie zieht die Schultern zurück und reicht mir das Handy.

»Ich habe es Ihnen gesagt. Sie ist im Urlaub.«

»Das ist also Lucy Lamb. Ihre Schwester?«

Sie nickt steif.

»Nicht Marie Caron, Ihre Freundin?«

Sie schüttelt den Kopf.

Ich spüre, wie Miller Roe zusammenzuckt. Er ist sehr beschützend gegenüber Libby Jones, dieser große, behaarte Mann. Er kümmert sich mehr um sie als um sich selbst.
»Im Urlaub? Mit ihren Kindern?«
»Genau.«
»Aber ohne Handy?«
»Ja.«
»Sie fährt mit ihren Kindern in den Urlaub nach Chicago, mitten in der Schulzeit, und hat kein Handy dabei?«
»Ich habe Ihnen das alles schon gesagt. Sie wollte, dass es ein richtiger Urlaub ohne Ablenkungen wird.«
Ich seufze so heftig, dass ich ein Blatt Papier auf dem Tisch aufflattern lasse. Es gibt viele Dinge, die ich sagen möchte, aber ich halte mich zurück, weil ich genervt bin, und ich habe jetzt genug, genug von diesem Zeug und Unsinn.
»Libby, bitte, sein Sie einfach ehrlich zu mir. Wir wissen jetzt, wo sich Lucy Lamb aufhält, und während wir sprechen, werden dort bereits lokale Agenten sein. Ich bin sicher, dass Sie in dem Moment, in dem Sie von hier weggehen, als erstes Ihre Schwester oder Ihren Bruder anrufen werden, um sie zu warnen.

Aber es wird zu spät sein. Also bitte. Ersparen Sie uns allen den Stress und die Mühe dieser Scheinheiligkeit. Sagen Sie es mir einfach. Und zwar sofort. Warum ist Ihre Schwester in Chicago und wovor läuft sie weg?«
»Gut. Gut«, sagt sie. »Ich werde es Ihnen sagen. Sie läuft vor nichts davon.«
Miller steht auf und streckt einen großen Arm nach Libby aus, als wolle er sie aus dem Raum geleiten, aber sie stößt ihn weg.
»Es ist jetzt sinnlos, Miller«, sagt sie zu ihm. »Sie wissen, wo sie ist. Es ist sinnlos.« Und bevor er sie wieder unterbrechen

kann, beginnt sie zu reden.
»Lucy ist nicht meine Schwester. Sie ist meine Mutter.«
Ich bin etwas enttäuscht von dieser Äußerung. Es ist eine mörderische Wendung, mit der ich nicht gerechnet habe.
»Sie brachte mich zur Welt, als sie vierzehn war. Und der Grund, warum sie nach Chicago gegangen ist, ist, meinen Vater zu finden.«
»Und wer ist er; Ihr Vater?«
»Mein Vater ist Phineas Thomsen. Der echte Phineas Thomsen. Nicht der, den Henry zu sein vorgibt. Ich habe ihn nie getroffen, und Lucy, meine Mutter, hat ihn nicht mehr gesehen, seit sie achtzehn war. Aber Miller hat es geschafft, ihn für mich ausfindig zu machen, und wir dachten, er sei in Botswana, aber es stellte sich heraus, dass er nicht in Botswana war, sondern in Chicago. Also ging Henry zuerst dorthin, und dann folgte ihm meine Mutter.«
»Nur um Phineas zu sehen?«
»Ja.«
»Und? Haben sie ihn gesehen?«
»Nein. Soweit ich weiß, nicht.«
Ich ändere meine Position. Das ergibt immer noch keinen wirklichen Sinn. »Ich verstehe, dass Ihr Bruder Henry...«
»Er ist nicht mein Bruder, er ist mein Onkel.«
»Ja«, sage ich. »Natürlich. Ihr Onkel. Ich habe gehört, dass er in Phineas vernarrt war. Als sie noch Kinder waren. So sehr, dass er sein Aussehen veränderte, um mehr wie Phineas auszusehen? Und jetzt ändert er seine gesamte Identität?«
»Ich habe keine Ahnung. Ich war nicht dabei.«
»Nein. Nein, natürlich waren Sie das nicht. Wann haben Sie sie zum ersten Mal getroffen? Ihre Mutter und Ihren Onkel?«
»Letztes Jahr. Ungefähr um diese Zeit. Ein paar Wochen

nach meinem Geburtstag.«
»Und davor wussten Sie nichts von ihnen?«
»Nun, nein. Nur das, was ich in Millers Artikel gelesen hatte. Ich meine, ich wusste, dass sie einmal existiert hatten. Aber das war alles, was ich wusste. Und dann, eines Tages, nachdem ich das Haus geerbt hatte, besuchte ich es und Henry war da. Und dann kam Lucy und seitdem – nun, sie gehören jetzt einfach zur Familie. Sie sind einfach ein Teil von mir.«
»Und haben sie jemals mit Ihnen darüber gesprochen, was in diesem Haus passiert ist? Von den Misshandlungen?«
»Nicht wirklich.«
»Nicht wirklich?«
»Ich meine, ich weiß, dass die Dinge schwierig waren. Ich weiß, dass es keine Traumkindheit war, für niemanden von ihnen. Aber sie haben nicht im Detail darüber gesprochen.«
Ich seufze. »Miss Jones, bevor ich Sie gehen lasse, darf ich Sie fragen – warum all die Lügen? Wovor wollen Sie Ihren Onkel und Ihre Mutter schützen?«
»Ich habe nicht versucht, sie zu schützen. Ich wollte nur nicht – ich weiß nicht. Sie haben ihr ganzes Leben lang Angst gehabt. Seit sie Kinder waren. Auf der Flucht.«
Libby Jones weint, und Miller Roe hat seine Arme um sie gelegt und drückt sie an seine große Brust. Er sieht mich wütend an.
»Ich glaube, wir sind hier fertig«, sagt er.
»Ja. Ich stimme zu. Wir sind hier fertig. Es tut mir leid, dass ich Sie emotional so belastet habe, Miss Jones. Aber was wir nicht vergessen dürfen, was auch immer die Wahrheit sein mag, eine junge Frau wurde in diesem Haus getötet. Gewaltsam getötet. Das muss im Mittelpunkt stehen, und ich werde die Menschen so lange zum Weinen bringen, bis wir wissen, wer es getan hat und warum.«

KAPITEL 57

Juli 2018

Michael war nicht im Vereinigten Königreich. Rachel hatte dies festgestellt, indem sie ihr Ego hinten anstellte und Ella anrief.

»Er ist in Antibes«, sagte Ella. »Wo bleibt er dort?«

»Nun, in seinem Haus, nehme ich an.«

»Wie lange wird er dort sein?«

»Den ganzen Sommer. Er schreibt ein Buch, weißt du.«

»Er schreibt…?«

»Ein Roman. Frei nach seinem Leben.«

Rachel hatte den Drang, laut zu lachen, heruntergeschluckt. »Wirklich«, hatte sie gesagt. »Wie bizarr.«

*

Ein paar Tage später stieg Rachel in ein Flugzeug und flog erneut nach Nizza, von wo aus sie ein Taxi nach Antibes nahm, und an einem heißen Julimorgen zog sie ihren Rucksack über die Schultern, setzte ihre Sonnenbrille auf und begann zu laufen.

Sie wusste nicht genau, wo Michaels Haus lag. Sie wusste, dass es nur einen Steinwurf vom Meer entfernt war. Sie wusste, dass es die Farbe von toten Rosen hatte. Sie wusste, dass es nur zwei Minuten Fußweg vom besten Fischrestaurant in Antibes entfernt war und dass es in einer Gasse mit einer eigenen Auffahrt und einem Parkplatz abseits der Straße lag – ein Geschenk des Himmels in Antibes.

Das beste Fischrestaurant in Antibes schien kein allgemeingültiger Status zu sein. Es gab zahlreiche Restaurants mit *dem besten Fisch in Antibes*. Rachel beschloss, sie alle anhand einer Tripadvisor-Liste zu besuchen und mit der Nummer eins zu beginnen. Als sie bei der Nummer fünf auf der Liste angelangt war, war es bereits Nachmittag und sie hatte fast zwanzigtausend Schritte zurückgelegt. Doch als sie sich dem sechstbesten Fischrestaurant näherte, drehte sie sich um und sah hinter sich das glitzernde Meer und eine angedeutete Treppe, die in die Ufermauer gebaut war, und vor sich kleine gepflasterte Gässchen, die von der Hauptstraße abgingen. Sie trank den letzten Schluck aus ihrer Plastikflasche, warf sie in einen Mülleimer und ging die erste Gasse hinunter, wobei ihre Instinkte voll und ganz von einem Gefühl der Richtigkeit erfüllt waren. Und dort, hinter einer kleinen Kurve am oberen Ende der Gasse, bog sie in eine Einfahrt vor einem schönen Haus ein, das die Farbe von abgestorbenen Rosen hatte.

In der Einfahrt stand ein Sportwagen. Kein billiger Sportwagen, sondern etwas, das wie ein Hochleistungssportwagen aussah, ein Maserati. Die Art von Auto, die mehrere zehntausend Pfund kostet. Rachel spürte, wie ihr die Galle hoch und runter lief. Ihre Fäuste drückten sich zu harten Klumpen zusammen. Sie ging an dem hässlichen Auto vorbei und steuerte auf die Haustür zu.

Eine asiatische Frau mittleren Alters öffnete die Tür. »Hallo?«

»Oh, hallo. Ich bin Rachel. Ich bin Michaels Frau, darf ich reinkommen?«

Das Gesicht der Frau erblühte. »Oh! Rachel! Michaels Frau!«

»Ja. Bitte sehr. Kommen Sie herein! Bitte.«

»Ist er hier?«, fragte Rachel und ließ ihren Blick durch das Haus schweifen, diesen mythischen Ort, der einen so großen Teil von Michaels Anziehungskraft ausmachte, als sie ihn zum ersten Mal traf, obwohl er sie noch nie hierhergebracht

hatte. Es war ein wunderschönes Haus mit dem gleichen gemütlichen Charme wie Michaels Londoner Wohnung: Bögen führten vom Flur in ein luftiges, offenes Wohnzimmer und eine Küche, mit hohen, schwarz gerahmten Türen, die in einen üppig aussehenden Garten mit Bananenstauden und Palmen führten.
»Ja, er ist hier. Ich glaube, er macht gerade Siesta. Soll ich nachsehen?«
»Nein. Nein, das ist in Ordnung. Wecken Sie ihn nicht auf. Ich werde einfach hier auf ihn warten, wenn das okay ist?«
»Natürlich ist das in Ordnung. Ich frage ihn ständig, wo Sie sind, wo seine Frau ist, warum Sie nicht hier sind. Er sagt immer, dass Sie sehr beschäftigt sind und in London arbeiten. Die Herstellung von Schmuck. Zu beschäftigt, um zu kommen. Aber jetzt sind Sie hier und er wird sich so freuen, Sie zu sehen! Ich bin Joy. Bitte setzen Sie sich. Ich bringe Ihnen etwas Wasser und Snacks.«
»Kann ich die Toilette benutzen? Wo ist sie?«
»Gleich hier, Mrs. Rimmer.«
»Oh, bitte nenn mich nicht so. Nenn mich Rachel. Bitte.«
Rachel schloss die Tür des Badezimmers ab und setzte sich auf die geschlossene Toilette. Ihr Herz raste, und sie hyperventilierte leicht. Dann stand sie wieder auf und hielt ihre Hände unter den Wasserhahn, drehte sie um und ließ das kalte Wasser über ihre Pulsfläche laufen, bis ihre Handgelenke sich taub anfühlten. Sie spritzte sich Wasser ins Gesicht und redete sich die pure Panik von der Seele, indem sie unter ihrem Atem murmelte: *Bleib cool, bleib cool, bleib cool.*
Mit ihren nassen Händen glättete sie ihr von der Hitze zerzaustes Haar und steckte sich einige lose Strähnen hinter die Ohren. Sie wollte aus der Haustür gehen. Sie wollte

rennen. Aber dann erinnerte sie sich an den schrecklichen Sportwagen, den ihr Vater bezahlt hatte. Dann erinnerte sie sich daran, dass sie keine Angst hatte, dass sie wütend war, dass sie von einem dunklen, brennenden Hass erfüllt war und dass es nichts gab, was dieser Mann ihr antun konnte, was sie mehr verletzen würde als das, was er ihrem Vater angetan hatte.

Sie verließ das Bad und schaute den Flur entlang. Davon gingen zwei weitere Türen ab, von denen eine in ein kleines Arbeitszimmer mit Blick auf die Auffahrt und den Maserati führte. Auf Zehenspitzen schlich sie hinein und blätterte schnell durch die Papiere auf dem Schreibtisch. Sie öffnete die Kamera ihres Handys und fotografierte so viele Dinge wie möglich, wobei ihre Hände leicht zitterten und ihr Herz immer noch raste. Sie öffnete Schubladen und fuhr mit ihren Händen unter den Schreibtisch. Sie öffnete einen Ordner und machte weitere Fotos von Kontoauszügen und Zetteln. Sie wusste nicht, was das alles war. Sie hatte keine Ahnung, ob irgendetwas davon eine Bedeutung hatte, aber Jonno hatte gesagt, sie solle so viele Beweise für seine geschäftlichen Aktivitäten wie möglich sammeln, also war ihr die Quantität wichtiger als die Qualität.

Sie zerrte an einer Schublade im unteren Teil des Schreibtischs, die sich beim dritten Versuch endlich löste. Sie schreckte vor dem zurück, was sie darin sah, ihre Hände umklammerten ihre Brust.

»Oh mein Gott«, murmelte sie vor sich hin. »Oh mein Gott.«

Eine Waffe.

Eine Pistole.

Einfach so.

Sie machte ein paar Fotos davon und schlug dann die Schublade wieder zu.

»Geht es Ihnen gut, Mrs. Rimmer?«
Sie zuckte zusammen, als sie eine Stimme hinter sich hörte. Es war Joy.
»Ja. Gott. Entschuldigung. Du hast mich erschreckt. Ich habe nur nach etwas gesucht.«
»Das ist in Ordnung! Kein Problem! Kommen Sie einfach vorbei, wenn Sie bereit sind.«
»Danke, Joy.«
Sie kehrte zu Michaels Schreibtisch zurück und bewegte die Maus seines Computers. Der Bildschirm erwachte zum Leben: ein Foto von Michael auf dem Deck eines Schnellbootes, eine junge Frau unter jedem Arm, eine Flasche Champagner im Vordergrund der Aufnahme in einem silbernen Eimer. Rachel hatte keine Ahnung, wer die Mädchen auf dem Bild waren oder wann es aufgenommen worden war, aber Michael war darauf glattrasiert, also nahm sie an, dass es entstanden war, bevor er sie kennenlernte. Sie versuchte, sein Geburtsdatum als Passwort, aber es funktionierte nicht. Sie versuchte es rückwärts, aber auch das klappte nicht. Dann fiel ihr Blick auf das blöde Auto, das in der Einfahrt parkte, mit dem blöden personalisierten Nummernschild: MR74.
Sie zählte an ihren Fingern seine Initialen ab und reduzierte sie dann auf einstellige Zahlen. Eine *4* und eine *9*. Dann addierte sie die *7* und die *4* und drückte Enter. Der Bildschirm öffnete sich. Ihr Herz galoppierte.
Sie klickte auf seine E-Mail und überflog den Posteingang mit ihren Augen. Und da war sie, vor vier Tagen, *PMX Wealth Management*, mit dem Titel *Ihr PMX: Update Buchhaltung Juli*. Sie öffnete sie und drückte auf *Weiterleiten*, schickte sie an ihre eigene E-Mail-Adresse und löschte sie dann aus dem Ordner *Gesendet* und aus dem Papierkorb. Sie schloss

die E-Mail und ging zurück zu seinem Posteingang. Viele *Vielen Dank für Ihre Bestellung*-E-Mails. Offensichtlich hatte Michael viel gekauft. Herrenmode. Wein. Bücher. Schmuck. Sie spürte, wie ihre Kehle vor Wut pulsierte. Das Geld ihres Vaters finanzierte den Fünf-Sterne-Lebensstil dieses Monsters.

In seinem E-Mail-Konto gab es Unterordner, und sie wollte gerade einen anklicken, als sie eine Männerstimme hörte. Sie schloss das E-Mail-Konto, steckte ihr Handy zurück in die Tasche und ging schnell zurück ins Wohnzimmer, gerade rechtzeitig, um Michael die letzte Treppe hinuntergehen zu sehen.

»Oh mein Gott. Rachel! Wow! Wie wundervoll! Was machst du denn hier?«

Der Bart war verschwunden, sein Gesicht war glatt vom Nachmittagsschlaf, und er hatte eine sehr schöne Bräune.

»Ich war in der Stadt. Ich dachte, ich schaue mir endlich das legendäre *Haus in Antibes* an! Du vermietest es also diesen Sommer nicht?«

»Äh, nein! Nein. Ich hatte ein paar Buchungen, aber ich habe sie abgesagt. Es ist schön, wieder hier zu sein! Kannst du bleiben? Bist du in Eile?«

»Ich kann natürlich bleiben, ein paar Minuten. Warum nicht?«

Joy hatte Chips, Salamischeiben, Oliven und gesalzene Cracker auf einem Teller drapiert, dazu einen Krug mit Eiswasser und zwei Becher aus geschliffenem Kristall.

»Danke, Joy«, rief Michael in Richtung eines Raumes hinter der Küche.

»Mit Vergnügen, Mr. Rimmer«, kam als körperlose Antwort.

»Ist sie Vollzeit hier? Wie eine Haushälterin?«

»Ja. Aber sie wohnt nicht hier. Von acht bis acht, Montag

bis Samstag.«

»Wow! Mit Personal und allem!« Sie sagte dies in einem bitteren Tonfall, war aber nicht überrascht, als er darauf nicht einging.

»Nun, weißt du, der Lebensstil hier ist anders als in London. Es ist...«

»Teurer?«

Er lachte. »Ja. Das war nicht das, was ich sagen wollte, aber ja.«

»Wie hast du die Wende in deinen Finanzen geschafft? Ich meine, vor anderthalb Jahren musste ich noch unsere gesamten Lebensmitteleinkäufe erledigen, weil du mittellos warst. Und jetzt schau dich an! Und das Auto! Wow!«

»Oh, ich habe die Sache mit der verlorenen Sendung geklärt. Sie wurde gefunden. Gott sei Dank. Also ja, alles läuft wieder.« Er beäugte sie verlegen und neugierig. »Ist das – bist du hier, um über die Scheidung zu reden?«

»Nein. Nein, bin ich nicht. Ich sagte doch, ich wollte nur das Haus sehen. Ella hat mir gesagt, dass du hier bist. Ich wollte sowieso kommen. Ich war nur neugierig.«

»Aber willst du wirklich die Scheidung?«

»Ich weiß nicht. Willst du?«

»Nein. Ich meine, ich habe nicht wirklich darüber nachgedacht. Ich schätze, ja? Aber es hat mir irgendwie gefallen, mit dir verheiratet zu sein, Rachel.«

Er sah sie an, kokett und liebevoll, als ob zwischen ihnen nur eine gescheiterte Romanze stünde, keine Vergewaltigung, keine Erpressung, kein Risotto, das an der Küchenwand herunterkroch.

»Michael. Du hast mich vergewaltigt.«

»Oh, komm schon, Rach. Das stimmt doch so nicht.«

»Ich habe geschlafen. Du hast deine Hand auf meinen Mund

gelegt. Um meine Kehle. Du hast mich vergewaltigt.«

»Rachel. Ich bitte dich. Wir wissen beide, dass du darauf gewartet hast, dass ich die Kontrolle übernehme. Dass ich dich dominiere. Das war es, was du wolltest. Das weißt du.«

Rachel zog den Atem ein gegen die Welle purer Wut, die in ihrem Brustkorb pochte.

»Michael, verstehst du die Subtilität, die Nuancen von BDSM? Sanftes BDSM im Besonderen? Es ist ein Spiel zwischen zwei Menschen, die beide die Regeln verstehen. Und du, Michael, hast die Regeln nicht verstanden, und was du mit mir gemacht hast, war kein Spiel. Es war gewalttätig, frauenfeindlich, brutal und animalisch. Es ging nur um dich, Michael, und hatte nichts mit mir zu tun, und wenn du genossen hast, was du mir in dieser Nacht angetan hast, dann bist du nicht nur ein Vergewaltiger, Michael – du bist ein verdammtes Monster.«

Und dann lächelte er sie an. Es war sein Lächeln der guten alten Zeit, mit dem er die Menschen in seinen Bann zog, mit dem er ihnen das Gefühl der Sicherheit und des Glücks gab.

»Was immer du sagst, Rachel. Was auch immer du sagst. Wir beide kennen die Wahrheit über diese Nacht.«

»Das nennt man Gaslighting, weißt du? Was du da machst? Es ist eine klassische Technik des Missbrauchs.«

Michael schnaubte. »Missbrauch? Verdammt noch mal, Rachel. Ich habe dich auf ein verdammtes Podest gestellt. Ich habe dich angebetet. Ich hätte dir alles gegeben, wenn du mich gelassen hättest. Aber nein, eine Sache läuft nicht so, wie du willst und bumm, warst du weg. Wie die Prinzessin, von der ich insgeheim immer wusste, dass du es bist.«

»Du hattest Glück, Michael, dass ich nicht zur Polizei gegangen bin.«

»Ja, Rachel, warum bist du nicht zur Polizei gegangen?

Wenn du so sicher, dass du *missbraucht* wurdest.« Er machte Anführungszeichen in die Luft.

»Vergewaltigt, Michael. Nicht missbraucht. Vergewaltigt, verdammt. Und ich bin nicht zur Polizei gegangen, weil ich so lange wie möglich so tun wollte, als wäre es nicht passiert, denn wenn es passiert wäre, hätte das bedeutet, dass ich nicht mehr ich selbst wäre, und ich musste mehr als alles andere ich selbst sein. Aber jetzt weiß ich, dass beide Dinge wahr sein können. Es kann wahr sein, dass ich einen Mann geheiratet habe, der mich vergewaltigt hat, und es kann auch wahr sein, dass ich stark und besonders bin. Genauso wie es für Lucy war.«

»Lucy?« Endlich sah sie, wie das selbstgefällige Lächeln aus seinem Gesicht verschwand. »Ja. Ich habe Lucy getroffen. Vor ein paar Monaten. Sie hat mir erzählt, dass du sie auch missbraucht hast. Und doch, wow, sie ist eine tolle Frau. Ist sie das nicht? Einfach wunderschön. Und sie schafft alles allein mit zwei Kindern.«

»Zwei Kinder?«

»Ja. Ihr Leben hat nicht nach dir aufgehört. Und meins wird es auch nicht. Wie auch immer, es war schön, dich zu treffen, Michael. Ich wollte einfach unbedingt dieses Haus sehen. Ich dachte immer, wir beide würden hier Zeit miteinander verbringen, aber dann stellte sich heraus, dass du ein Gauner und Lügner und ein totaler Verlierer bist. Also ja. Vergiss es.«

Rachel stand auf und zog ihren Rucksack auf die Schulter. »Tschüss, Michael. Ich wünsche dir einen schönen Sommer. Und viel Glück mit dem Roman. Vergiss nicht, den Teil über die Vergewaltigung von Frauen hineinzuschreiben, ja? Deine Leser werden davon fasziniert sein.«

Sie lugte um die hintere Ecke der Küche und rief Joy zu:

»Vielen Dank, Joy, hat mich sehr gefreut!« Dann verließ sie Michaels Haus und schlug die Tür hinter sich zu, wobei ihre Füße mit einem befriedigenden Knall auf das sonnengetränkte Kopfsteinpflaster trafen.

KAPITEL 58

Juni 2019

Die Polizei von Chicago gibt den Kindern Getränke aus einem Automaten und setzt sie in einen anderen Raum. In dem Raum, in dem Lucy sitzt, befindet sich ein Computerbildschirm, auf dem zwei britische Polizeibeamte zu sehen sind. Der eine ist schwarz, hat kurzgeschnittenes Haar und trägt ein kurzärmeliges Leinenhemd, der andere ist weiß, hat einen dicken braunen Haarschopf und trägt ein grünes Poloshirt. Sie stellen sich Lucy als Detectives Owusu und Muir vor und teilen ihr mit, dass sie von einem Zimmer auf der Charing Cross Polizeiwache aus mit ihr sprechen. Sie sagen ihr, dass sie gerade mit Libby und Miller gesprochen haben. Der Detective namens Samuel Owusu sagt, er habe heute auch mit einem Mann namens Justin Ugley gesprochen, den Lucy vielleicht unter dem Namen Justin Redding kannte, und er habe ihnen erzählt, dass das Leben in Lucys Elternhaus unangenehm gewesen sei, vielleicht sogar traumatisch.

Er möchte wissen, ob Lucy ihnen etwas über die Zeit erzählen möchte, in der Libby ein Baby war, kurz bevor sie und ihr Bruder Henry verschwanden.

Lucy schluckt träge und nimmt einen Schluck Wasser. Sie ist erstaunt, dass diese Detectives so viel wissen. Sie ist verblüfft, dass sie irgendwie Justin gefunden haben, der ihr wie eine Nebenhandlung in einem düsteren Traum vorkommt. Sie kann sich nicht einmal mehr daran erinnern, wie er aussah. Er war immer mehr Henrys Freund als ihrer. Sie ist verblüfft, dass sie ihren richtigen Namen kennen und wissen, dass sie Libbys Mutter ist.

»Was hat Libby Ihnen erzählt?«, fragt sie jetzt.
»Sie hat mir sehr wenig erzählt. Denn natürlich war sie noch ein Baby, als sich diese Ereignisse abspielten, und war daher nicht daran beteiligt oder Zeuge davon. Alles, was sie wissen könnte, ist das, was Sie und Ihr Bruder ihr erzählt haben könnten. Und was sie in dem Zeitschriftenartikel ihres Freundes gelesen haben könnte. Sie kannte Birdie nicht, sie kannte Justin nicht, sie kannte nicht einmal Sie, ihre eigene Mutter, bis vor einem Jahr. Ihr Einblick war begrenzt. Deshalb müssen wir mit Ihnen reden, Miss Lamb.«
»Ich bin mir nicht sicher, was ich Ihnen sagen kann. Es ist schon so lange her.«
»Nun, vielleicht könnten Sie mir zum Beispiel von David Thomsen erzählen. Darüber, was für ein Mann er war.«
Lucy spürt, wie sich ihr Inneres zusammendrückt, jedes Luftatom aus ihr herausquetscht. Kollaps.
David Thomsen.
Dunkle Interferenzen umschwirren ihre periphere Sicht. Sie hält sich an der Unterseite ihres Stuhls fest und atmet schwer ein.
»Geht es Ihnen gut, Miss Lamb?«
»Mm-hm.« Sie nickt.
»Jap.«
Dann sagt sie: »Sollte ich einen Anwalt dabei haben? Ich meine, bin ich verhaftet? Oder...?«
»Nein, Miss Lamb. Nein. Sie sind nicht verhaftet. Wir versuchen lediglich, einen Weg durch das verworrene Netz von Birdies Geschichte in Ihrem Elternhaus zu finden, um zu erfahren wie sie dort ihr Ende gefunden haben könnte. Es sei denn – vielleicht kennen Sie die Antwort auf diese Frage bereits? Vielleicht könnten Sie es uns sagen, jetzt gleich? Dann können Sie gehen und den Rest Ihrer Zeit in Chicago

mit Ihren Kindern genießen.«

»Ich weiß nicht, was mit Birdie passiert ist.«

Das war fast wahr.

Sie ist sich ziemlich sicher, dass Henry sie mit dem Elefantenstoßzahn geschlagen hatte. Aber dann wiederum hatte sie Libby, das Baby, im Arm gehalten, sie hatte geweint, alles war so schnell passiert, sie weiß es nicht, sie weiß es wirklich nicht.

»Sie war böse«, sagt sie jetzt, und die Worte purzeln aus ihr heraus, ohne dass sie sich beherrschen kann. »Birdie war das pure Böse.«

Sie beobachtet das Gesicht des Detectives auf dem Bildschirm. Nichts bewegt sich, außer einer Augenbraue.

»Inwiefern war sie böse?«

»Sie hat mich dazu gebracht, mit ihrem Liebhaber Sex zu haben, als ich dreizehn war.«

»Ihrem Liebhaber?«

»David Thomsen. Er war sechsundvierzig. Vielleicht älter. Sie wollte, dass ich von ihm schwanger werde, weil sie es nicht konnte. Also bereitete sie mich vor. Sie ließ mich mit ihm allein. Ich tat so, als wäre es romantisch. Ich tat so, als würde ich etwas Edles und Schönes tun. Und dann…«

Tränen bilden sich in ihrer Kehle und drohen, ihre Wangen hinunterzulaufen. Sie unterdrückt sie, weil sie jetzt gezwungen ist, verzweifelt gezwungen ist, jemandem von dieser Sache zu erzählen, die ihr passiert ist, als sie noch ein Kind war, es jemandem an den Kopf zu werfen, es hart zu schleudern, damit es irgendwo landet und jemand es sieht, um diese Sache zu erkennen, von der sie nie jemandem erzählt hat, nicht einmal Libby.

»Sie haben mir mein Baby gestohlen, als es abgestillt war, und sie haben mich nicht an sie herangelassen. Sie behielten sie, Birdie und David, sie behielten sie, sie nannten sie *ihr Baby*. Ich konnte sie weinen hören, aber ich durfte nicht zu ihr gehen. Und es war Birdie, sie war es. Sie hatte diese Art, einen anzuschauen, mit diesen Augen, die so blass waren, dass sie fast nicht mehr blau waren, sie waren beinahe wie Glassplitter. Ihre Hände, sie waren immer kalt. Sie hat einen nie sanft berührt, nur hart. Als sie uns Geigenunterricht gab, legte sie ihre Hände um unsere Handgelenke, wie Metallklammern.«

Während sie spricht, formt sie unbewusst ihre Hände zu Handschellen um ihre eigenen Handgelenke.

»Der Geruch, sie hatte diesen Geruch. Nach Sex. Oft. Nach Haaren. Sie hatte so viele Haare. Sie hat sie nie gewaschen. Sie lächelte nie. Sie nahm mein Baby und tat so, als wäre es ihres. Ich hätte sie töten sollen. Wenn ich sie getötet hätte, wäre ich stolz gewesen.«

Lucys Herz pumpt heftig vor Adrenalin und sie holt tief Luft, um es zu kontrollieren.

Der Detective starrt sie eine Sekunde lang an und sagt dann: »Sie wollen mir also sagen, dass Sie Birdie Dunlop-Evers zwar töten wollten, es aber nicht getan haben.«

»Ja, das sage ich Ihnen.«

»Also, wer hat sie getötet?«

»Ich weiß es nicht. Sie zuckt bei der Lüge zusammen und hofft, dass der Detective in London sie auf dem Bildschirm übersieht.

»Haben Sie sie sterben sehen?«

Lucy schluckt. Ein Bild schießt ihr durch den Kopf. Der Elefantenstoßzahn in Henrys Hand. Birdie auf dem Boden. Aber der Rest dazwischen ist weg, ausradiert. Sie blickt zu dem Detective auf und sagt mit Nachdruck: »Nein.«

»Was geschah in dieser Nacht, Miss Lamb? Was geschah, als

die Erwachsenen starben und Ihr Baby zurückblieb?«
»Ich weiß es nicht. Sie sind gestorben. Sie haben sich selbst umgebracht. Wahrscheinlich, weil sie wussten, dass sie böse waren.«
»Aber Birdie hat sich nicht umgebracht.«
»Nein. Sie haben sie wahrscheinlich getötet. David hat sie wahrscheinlich getötet. Und dann hat er sich selbst umgebracht. Und hat meine armen, dummen Eltern mit sich genommen.«
»Das wäre in der Tat die naheliegendste Erklärung, Miss Lamb. Das sehe ich auch so. Aber es ist viel komplizierter als das, wissen Sie. Denn jemand hat versucht, die Überreste zu entsorgen. Er nahm sie vom Dach des Anwesens und warf sie in die Themse. Und das innerhalb des letzten Jahres. Es kann nicht David Thomsen gewesen sein, der seine Spuren verwischt hat, denn er ist tot. Also ist es jemand anderes. Der seine eigenen Spuren verwischt.«
Lucy zuckt zurück. *Dieser verdammte Henry. Er sagte, er sei sie losgeworden, niemand würde sie je finden. Was hat er sich dabei gedacht, etwas so Belastendes in die verdammte Themse zu werfen? Hat er wirklich geglaubt, dass man sie nie finden würde?* Aber sie kann das nicht so einfach auf sich beruhen lassen. Sie reckt den Hals und sagt: »Wenn Sie die Knochen in der Themse gefunden haben, kann sie überall umgebracht worden sein. Wie kommen Sie darauf, dass sie in unserem Haus getötet wurde?«
»Eine kleine Sache namens Forensik, Miss Lamb.« Der Detective lächelt freundlich, als er das sagt, und Lucy nickt knapp. *Natürlich.*
»Also, die Person, die die Knochen vom Dach des Hauses im Cheyne Walk entfernt hat, diese Person muss in den letzten Monaten oder im letzten Jahr Zugang zu dem Haus gehabt

haben.
Und wir wissen, dass Libby das Haus vor etwa einem Jahr in Besitz genommen hat und dass es daher nur Sie, Henry, Libby Jones, Miller Roe oder die Anwälte gewesen sein können. Libby sagt mir, dass Phineas Thomsen sich derzeit in Chicago aufhält, dass er eigentlich aber als Wildhüter in Botswana arbeitet, und wir haben mit seinen Arbeitgebern gesprochen, die bestätigen, dass er in den letzten zwei Jahren jeden Tag in Botswana war. Sie sehen also, dass – es sei denn, Libby hat die Knochen bewegt, was unwahrscheinlich ist, da sie nicht wusste, dass sie dort waren – hier etwas anderes im Spiel ist. Etwas, das über einen Selbstmordpakt hinausgeht. Dass ein Verbrechen begangen wurde und dass Birdies Knochen mit an Sicherheit grenzender Wahrscheinlichkeit entweder von Ihrem Bruder oder von Ihnen selbst bewegt und entsorgt wurden. Wenn Sie es also nicht waren, Miss Lamb, können Sie mir dann bitte sagen, wo wir Ihren Bruder finden können?«
Lucy blickt zu dem Mann auf dem Bildschirm auf. Er starrt sie an, und wo sie Gleichgültigkeit erwartet, sieht sie großes Mitgefühl. Er hat es nicht auf sie abgesehen. Er ist nur darauf aus, ein Rätsel zu lösen. Aber trotzdem, denkt sie, trotzdem, wenn er, um sein Rätsel zu lösen, zu viel von ihr aufdeckt, ihr zu weit auf diesem Weg folgt, wer weiß, wo das enden wird? Es könnte, so stellt sie mit einem kalten Schauder fest, im Keller von Michaels Haus in Antibes enden, und dann würde sie alles verlieren. Absolut alles.
Sie blickt zu dem Mann auf dem Bildschirm auf und nickt, nur einmal.

TEIL VIER

KAPITEL 59

Ich ziehe die Manschetten des eleganten Reiss Hemdes herunter, das ich auf dem Weg hierher am Flughafen Heathrow gekauft habe. Es fühlt sich an wie hundert Jahre her, war aber erst vor einer Woche. Kris sitzt mir gegenüber, sieht unglaublich gut aus und fummelt an seinem Handy herum. Er wirkt abgelenkt und ich beginne mich zu fragen, ob es vielleicht einen Hintergedanken für seine plötzliche und sehr aufregende Einladung zu einem Brunch heute Morgen gab.

»Alles in Ordnung, Kris?«, frage ich und lasse meinen Blick auf sein Handy schweifen. »Ja. Klar. Tut mir leid, Josh. Ich erwarte ein, äh, etwas von ein paar neuen Kunden. Sie hatten vorläufig eine Rundfahrt um 14 Uhr gebucht, sagten aber, sie würden sich bei mir melden, um das zu bestätigen. Ich will nur wissen, wie lange ich Zeit habe.«

Ich schaue auf mein Handy. Es ist 11:33 Uhr. »Wir haben noch viel Zeit. Vielleicht bestelle ich mir einfach eine Bloody Mary. Was ist mit dir?«

»Oh, nein. Nicht, wenn ich später mit Kunden unterwegs bin. Ich muss nüchtern bleiben.« »Natürlich. Macht es dir etwas aus...?«

»Nein. Natürlich nicht! Mach nur.«

Ich bestelle die Bloody Mary und drehe mich zu Kris um, der mich mit großen Augen ansieht.

»Was hast du so gemacht, seit ich dich das letzte Mal gesehen habe?«, fragt Kris und nimmt einen Schluck aus seinem Wasserglas.

»Oh«, sage ich unbekümmert. »Dies und das. Ich habe eine wirklich ruhige Zeit hier.«

»Wo wohnst du jetzt?« Sein Blick wandert wieder zu seinem Handy. »Ich bin in ein Airbnb gezogen. Gar nicht weit von hier, um genau zu sein.
Ich wollte das Gefühl haben, dass ich mich ein bisschen ausbreiten kann, für mich selbst kochen kann und so weiter.«
»Und wann willst du nach London zurückkehren?«
»Bald, denke ich, aber ich habe noch keinen Flug nach Hause gebucht.«
»Hast du niemanden zu Hause, der auf dich wartet?«
Ich lächle ironisch. »Nur zwei etwas lächerliche Katzen.«
»Du lebst also mit niemandem zusammen?«
»Nein. Nur ich, ganz allein in einer schönen Wohnung.«
»Und die Familie?«
»Ja. Ich habe *Familie*.« Ich lache heiser. Ich bin mir nicht sicher, warum ich das Wort Familie gerade in unsichtbare Anführungszeichen gesetzt habe. Ich verliere das Lächeln und korrigiere meine Haltung. »Ja. Ich habe eine Schwester, zwei Nichten und einen Neffen. Keine Eltern. Bijou.«
»Und was macht sie, deine Schwester?«
»Oh, Gott, eigentlich nichts. Ich meine, sie ist eine Musikerin, nehme ich an, aber sie macht im Moment nicht wirklich viel Musik. Sie kümmert sich um ein paar finanzielle Probleme, sucht ein neues Haus. Es ist alles sehr kompliziert.«
Meine Bloody Mary kommt an und ich halte das Glas in die Höhe. »Prost auf dich. Und vielen Dank, dass du Teil meiner Chicago-Erfahrung bist. Und, apropos, ich wollte mich von ganzem Herzen für die ziemlich grobe Nachricht entschuldigen, die ich dir am Dienstagabend geschickt habe. Ich war ein wenig mitgenommen. Und das ist noch sehr milde ausgedrückt. Ich kann mich nicht einmal daran erinnern, sie abgeschickt zu haben.«
»Ja, ich konnte an den Tippfehlern erkennen, dass du

wahrscheinlich nicht nüchtern warst. Aber das ist in Ordnung. So etwas kommt vor. Ich verstehe das.«

Kris schaut wieder auf sein Handy. Dann geht sein Blick zu den Türen des Restaurants und plötzlich weiß ich es. Ich weiß es. Jemand anderes sollte hier sein. Aber wer? Wen zum Teufel kennt er denn, der mich hier treffen wollte? Sicherlich nicht meine Schwester. Ihr Weg hätte sich auf keinen Fall mit dem von Kris kreuzen können. Aber dann erinnere ich mich ... Marco. Er hatte Zugriff auf meinen Browserverlauf. Er hätte sehen können, wie ich nach Kris' Rundfahrtendienst gesucht habe. Er hätte Zugang zu Kris' Telefonnummer gehabt. Und dann weiß ich es. Ich bin reingelegt worden. Ich wurde komplett und vollständig reingelegt. Ich widerstehe dem Drang, mich umzudrehen, zur Eingangstür zu schauen, und frage stattdessen: »Und, hast du deinen britischen Freund Finn gefunden?«

Er schüttelt den Kopf und fasst sich nervös in den Nacken. »Nein«, sagt er. »Ich versuche immer noch, ihn aufzuspüren. Er ist sehr still geworden. Ich mache mir sogar ein bisschen Sorgen um ihn. Und weißt du, Joshua, neulich ist mir etwas klar geworden. Weißt du noch, als wir uns an dem Tag am See unterhielten und du sagtest, du seist mit Blick auf die Themse aufgewachsen? Damals ist es mir gar nicht aufgefallen, aber ja, komisch, mein Freund Finn auch! Vielleicht bin ich ja auf dem Holzweg, aber es scheint ein ziemlicher Zufall zu sein. Und es hat mich irgendwie dazu gebracht, mich über dich zu wundern, Joshua Harris!« Er sagt das in einem spöttisch-spielerischen Ton, aber ich kann sehen, dass sein Blutkreislauf vor Adrenalin sprudelt.

Ich schaue ihn an und erwidere seine falsche Verspieltheit mit einem käsigen Lächeln. »Und was genau willst du damit sagen, Kris Doll?«

»Ich weiß es nicht. Dass du vielleicht der Typ bist? Der Typ, von dem Finn mir erzählt hat?«

»Erinnere mich daran, welcher Typ das war?«

Ich sehe einen Muskel in Kris' Wange zucken, bevor er spricht: »Der Typ, der von ihm besessen war. Der ihn in einem Zimmer eingesperrt hat.«

»Ihn in einem Zimmer eingesperrt hat?«, frage ich empört. »Das klingt ja schrecklich. Dein armer Freund. Aber ich kann dir versichern, dass ich das nicht war.«

»Bist du sicher?«

Meine Miene erstarrt. »Ja. Ich bin mir ganz sicher. Und weißt du, eigentlich muss ich mich um ein paar Dinge kümmern. Ich glaube, ich sollte jetzt lieber gehen.« Ich werfe ein paar Zehn-Dollar-Scheine auf den Tisch, um mein Rührei auf Toast und meine Bloody Mary zu bezahlen, und ziehe meine Jacke von der Stuhllehne.

Kris steht plötzlich auf und streckt seine Hand nach mir aus. »Nein«, sagt er mit einem Hauch von Panik in seiner Stimme. »Geh nicht. Es tut mir leid. Ich wollte dich nicht in Panik versetzen. Es war nur – es schien, ich weiß nicht – bitte, bleib, trink wenigstens aus.«

Sein Blick geht wieder zur Tür und ich folge ihm. Ich sehe, wie ein dunkles Auto draußen vorfährt und mitten auf der Straße parkt. Ich sehe, wie sich zwei Türen zeitgleich öffnen und zwei dunkel gekleidete Männer aussteigen.

Ich drehe mich um und schaue in den hinteren Teil des Restaurants, sehe einen Gang, der zu den Küchen führt, und renne los.

KAPITEL 60
Samuel

Donal und ich kehren zu unseren Schreibtischen zurück. Eine Minute lang sitzen wir in fassungslosem Schweigen und können nicht glauben, was gerade passiert ist.

Lucy Lamb hat uns gerade ihren Bruder gebracht.

Meine Kontaktperson in Chicago ist mit einem Kollegen auf dem Weg zu dem Restaurant, in dem uns Lucy informierte, dass Henry Lamb mit einem männlichen Freund frühstücken würde. Wir werden sehr bald erfahren, ob wir ihn zu dem, was mit Birdie Dunlop-Evers geschehen ist, befragen können oder nicht. Sehr bald, so hoffe ich, werden wir in der Lage sein, diese Akten und diese Papiere wegzulegen. Die Welt zu verschließen, die der Sack voller Knochen, den Jason, der Mudlarker, vor zwei Wochen am Ufer der Themse gefunden hat, in meinem Kopf errichtet hat. Die Welt, die meine ruhigen Momente und meinen Schlaf und alle Lücken dazwischen ausfüllt. Diese Welt des Missbrauchs und der Dunkelheit und des Reichtums. Diese Welt, die vier schutzbedürftige Kinder auf die Straße gesetzt und sie sich selbst überlassen hat.

Aber zuerst müssen wir von Henry hören, und im Moment können Donal und ich nichts anderes tun, als hier zu sitzen und die Wand anzustarren.

»Irgendwie heiß, findest du nicht?«, verkündet Donal plötzlich. »Wie bitte?«

»Lucy Lamb. Diese dunklen Augen. Die eingefallenen Wangen. Sehr ... heiß.«

Ich verdrehe die Augen. Seine Lebensgefährtin hat ihn vor etwa drei Monaten verlassen. Und er hat sich von einem

Mann, der einem erzählt, wie er am Wochenende Regale aufbaut und das Kätzchen zum Tierarzt bringt, zu einem Mann entwickelt, der nur noch über heiße Frauen spricht. Er braucht eine neue Freundin, sehr bald. Dieses anzügliche Verhalten passt nicht zu ihm.
Ich öffne meinen E-Mail-Account, um etwas anderes zu tun, als mit Donal über die Wangenknochen von Lucy Lamb zu diskutieren. Mich erwartet eine neue Mail von Philip Dunlop-Evers. Er schreibt jeden Tag.

Ich wollte mich nur mal melden. Ich weiß, Sie sind beschäftigt. Ich bin sicher, Sie sagen mir Bescheid, wenn Sie etwas hören.

Ich drücke auf *Antwort* und tippe.

Wir stehen kurz davor, einen Hauptverdächtigen zu befragen, einen Mann, der zum Zeitpunkt von Birdies Verschwinden als Teenager in dem Haus lebte. Wir haben auch Justin Redding ausfindig gemacht, der sehr hilfreich war, aber anscheinend zu der Zeit nicht in London lebte. Ich hoffe, dass ich Ihnen bis zum Ende des Tages etwas mitteilen kann. Ich werde Sie auf dem Laufenden halten, oder Sie können mich gerne anrufen.

Er wird mich nicht anrufen. Er ist zu höflich. Er bildet sich ein, dass ich zu beschäftigt bin, um Anrufe entgegenzunehmen. Er ist ein sehr netter Mann. Netter, so scheint es, als seine Schwester, die sowohl von Lucy Lamb als auch von Justin Ugley in sehr beunruhigenden Farben gemalt wurde. Ich denke an diese winzigen Knochen, die so zierlich sind, dass wir zuerst dachten, sie gehörten zu einem Kind. Aber jetzt stellt sich heraus, dass sie möglicherweise zu einem Monster gehörten.

Donal und ich springen beide auf, als mein Klingelton aufläutet. Ich greife nach meinem Handy und drücke auf *Annehmen*.
»Hallo. DI Owusu. Hier spricht Agent Jacobs aus Chicago. Wir haben Ihre Befragungsperson für Sie bereit. Sind Sie bereit, sich per Video zuzuschalten?«
»Ja. Ja, das sind wir. Geben Sie uns drei Minuten. Ich danke Ihnen vielmals.«
Ich schaue Donal an und nicke. Er nickt zurück und wir begeben uns erneut in den Verhörraum.

KAPITEL 61

Juli 2018

Rachel checkte in ihrem Hotel in Nizza ein, zog sich sofort aus und nahm eine zehnminütige Dusche, um nicht nur den Schweiß des Tages, sondern auch das Gefühl von Michaels Gesellschaft abzuwaschen. Sie hatte nicht vorgehabt, alles von dem zu sagen, was sie gesagt hatte, sie hatte vorgehabt, es ruhiger angehen zu lassen, länger zu bleiben, mehr zu reden, mehr über seine Finanzen herauszufinden. Aber in den fünfzehn Minuten, die sie allein in seinem Büro verbracht hatte, war es ihr gelungen, eine ganze Reihe von Informationen zu sammeln, mehr als sie erwartet hatte, und sie fühlte sich nach dem, was sie gesagt hatte, außerordentlich ausgeglichen. Kein Abschließen. Nicht einmal annähernd. Nicht, solange Michael 600.000 Pfund vom Geld ihres Vaters hatte. Nicht, während dieser rote Maserati obszön auf seiner Auffahrt stand. Nicht, solange Rachel jedes Mal, wenn sie die Augen schloss, den Abdruck dieser abscheulichen Fotos in ihrem Bewusstsein sah und die beschämende Silhouette ihres Vaters, der sich abgewandt hatte, als sie sie auf seinem Laptop in seinem gemütlichen kleinen Arbeitszimmer betrachtete.

Sie zog einen seidigen blauen Rock an, der ihr bis zu den Knöcheln reichte, und ein schwarzes Oberteil mit Weste, warf ihre Tasche über die Brust und ging hinaus in die schwüle Nachtluft. Das Zentrum von Nizza fühlte sich heute Abend wie eine andere Welt an als die, die sie im Februar erlebt hatte. Die Luft war laut von der Musik aus den Restaurants, von den Fahrgeschäften, von den Dutzenden von Straßenmusikern und Künstlern, die jeden Platz säumten. Vor den

Restaurants standen Männer, die mit Speisekarten winkten und versuchten, sie zum Essen in ihr Haus zu locken. Sie ließ sich von einem Mann mit wallenden grauen Locken und einem weißen Hemd, das über einen breiten Bauch spannte, in eines der Restaurants am Hauptplatz lotsen. Sie bestellte ein blutiges Steak mit Pommes und eine Karaffe Weißwein. Die Kellner mittleren Alters schwirrten um sie herum, täuschten einen aufmerksamen Service vor und versprühten paternalistischen Sexualtrieb, aber das war ihr egal. Sie war wie ein glatter Stein auf dem Grund eines Sees, in dem es von Fischen wimmelte. Sie war fest, unbeweglich, mit einem ausgeglichenen Schwerpunkt. Sie schaute auf ihr Handy, als es summte. Eine E-Mail von Jonno. Seine *Kontakte* gingen immer noch alle Informationen durch, die sie vorhin geschickt hatte. Noch nichts zu berichten.
Sie bestellte ein zusätzliches Glas Wein und ein Stück Schokoladentorte, und dann erklang durch das akustische Chaos des Platzes ein vertrauter Klang. Die ersten Töne von *Titanium*, gespielt auf einer Geige. Rachel schob ihren Kuchen beiseite, trank ihren Wein, bezahlte ihre Rechnung und verließ das Restaurant.

Lucy sah schrecklich aus. So dünn. Zerlumpt. Ihre Lippen waren trocken. Auch die Kinder sahen schrecklich aus. Rachel ging ein paar Schritte näher, die Arme um ihre Taille geschlungen. Eine kleine Menschenmenge begann sich um Lucy herum zu versammeln.
Rachel sah, wie Münzen in ihren Filzhut geworfen wurden. Sie ging schnell an ihr vorbei, ohne Blickkontakt aufzunehmen, und warf einen Zwanzig-Euro-Schein in den Hut. Sie hörte, wie Lucy sich bedankte, und dann entfernte sich Rachel wieder. Sie beobachtete sie von der anderen Seite

des Platzes aus, bis sie schließlich, um fast zehn Uhr, ihren Geigenkasten zuklappte, das Geld aus der Melone in ein Portemonnaie kippte, die Geige, die Yogamatte und den Hund ihrem Sohn übergab, ihre schlafende Tochter weckte und sich auf den Weg zurück zu dem blauen Gebäude auf dem Castle Hill machte. Dort beobachtete Rachel, wie sie an die Tür klopfte, wie sich das Gesicht des Portiers im unteren Fenster bei ihrem Anblick aufhellte, wie er die Tür aufriss und sagte: »Mein Mädchen. Meine Kinder. Mein Hund! Kommen Sie herein!«

Rachels Flug am Sonntag ging erst am Abend, also packte sie nach einem späten Frühstück ihre Tasche, stellte sie hinter der Rezeption des Hotels ab und fuhr mit dem Taxi nach Antibes. Jonno hatte sich vor einer Stunde bei ihr gemeldet und ihr bestätigt, dass der Besitzer des PMX-Kontos eng mit einer Firma namens MCR International verbunden war: Michaels Geschäftsbetrieb.

»Also ist er es definitiv?«, fragte sie Jonno.

»Ja, er ist es hundertprozentig. Willst du, dass ich die Polizei rufe?«

Rachel hatte innegehalten. »Nein«, hatte sie gesagt, »noch nicht. Ich bin mir noch nicht sicher, was ich tun will. Ich muss darüber nachdenken.«

Aber jetzt wusste Rachel genau, was sie tun würde. Sie würde zu Michaels Haus gehen, genau jetzt, und sie würde die Pistole aus seiner Schreibtischschublade nehmen und sie ihm so lange an den Kopf halten, bis er jeden einzelnen Penny des Geldes ihres Vaters zurückgezahlt hätte. Bis auf den letzten Penny.

Die Haushälterin, so hatte er ihr gesagt, arbeitete sonntags nicht. Sie würden das Haus für sich allein haben.

Das Taxi setzte sie an der Hauptstraße ab und sie ging die gepflasterte Abzweigung zu Michaels Haus hinunter. Der rote Maserati stand da. Die Fensterläden waren offen. Die Luft roch nach Grillrauch. Rachel spähte durch die Fenster zu beiden Seiten der Tür, sah eine Andeutung von Bewegung und duckte sich.

Fast hätte sie geschrien. Aber sie tat es nicht. Sie wartete ein paar Minuten, dann ging sie zum Tor an der Seite des Hauses und öffnete. Es führte sie in den Garten, wo sie das glitzernde Wasser des Swimmingpools sah, bunte Vögel, die durch die flachen Arme der Bananenbäume flatterten, und winzige Taubenschwänzchen, die um die Lavendelsträucher schwebten. Es war eine perfekte, fantastische Oase in der Stadt, aber die Luft fühlte sich irgendwie schwer und schwarz an.

Sie spähte durch die hohen Glastüren, die in die Küche führten, und einen Moment lang glaubte sie, Joy, das Hausmädchen, beim Putzen der Küche zu beobachten. Eine Frau mit dunklem Haar, die Gummihandschuhe trug, Bleichmittel auf die Oberflächen sprühte und kräftig schrubbte. Sie sah, wie die Frau eine Handvoll von etwas aufhob, das wie roter Stoff aussah. Aber dann sah sie, dass es kein roter Stoff war, sondern etwas, das rot gefärbt worden war, und sie folgte dem roten Fleck auf dem Boden mit ihren Augen und sah, dass er zu etwas führte, das wie ein Fuß aussah. Ein nackter Fuß, gebräunt, mit einer Andeutung von Haar. Rachel wusste, wessen Fuß es war. Sie würde ihn überall erkennen. So schöne Füße hatte er, Michael. Dann drehte sich die Frau leicht um, und Rachel erkannte mit einem harten Ruck, dass es nicht Joy war, sondern Lucy, und sie sah wie gebannt, angewidert und euphorisch zu, wie Lucy Michaels leblosen Körper in ein Laken wickelte, und ihn dann auf zwei nebeneinanderliegende Müllsäcke rollte. Sie sah zu, wie Lucy ihn über die kühlen weißen Granitfliesen aus der Küche in ein Zimmer im hinteren Bereich schleppte, das Zimmer, in das Joy neulich gegangen war, als Rachel hier gewesen war, um mit Michael zu sprechen. Wenige Augenblicke später kehrte Lucy zurück und begann erneut zu schrubben, zu sprühen und zu bleichen, wobei sie endlose, mit Scharlach befleckte Bündel von Küchentüchern in einen offenen Müllsack auf dem Boden warf. Nach einer weiteren halben Stunde etwa zog sie ihre Gummihandschuhe aus, ließ sie in den Sack fallen und machte einen Knoten hinein.

Einen Moment später hörte Rachel, wie die Haustür zugeschlagen wurde. Sie stand schweigend da, der Atem stockte ihr zwischen Bauch und Kehle. Was hatte sie gerade gesehen? War das möglich? Wirklich? Hatte Lucy Michael ermordet? Sicherlich nicht? Ganz sicher nicht?

Schließlich bewegte sie sich, schüttelte ihre eingefrorenen Schultern aus, ging ein paar Schritte auf das Haus zu. Sie nahm ein Taschentuch aus ihrer Handtasche und versuchte damit, den Griff der Gartentür zu betätigen. Sie ließ sich leicht öffnen. Sie entdeckte ein Paar von Michaels Flip-Flops neben der Hintertür und tauschte sie durch ihre Sandalen aus, die sie im Garten ließ.

Langsam und leise schlich sie durch das Haus und versuchte herauszufinden, was gerade passiert sein könnte. Aber es war perfekt, makellos. Die Küche glänzte, der Geschirrspüler brummte leise. Nirgendwo gab es Anzeichen dafür, dass etwas nicht in Ordnung war. Rachels Herz raste mit einer krankhaften Aufregung. Die Dramatik des Geschehens. Das Wunder daran. Die schiere, verdammte Verrücktheit daran. Lucy hatte ihn umgebracht. Sie hatte ihre Zeit abgewartet und dann war sie zu ihm gekommen und hatte ihn getötet, und jetzt – jetzt würde er nie wieder eine andere Frau verletzen können. Rachels Herz klopfte vor Erleichterung, vor Adrenalin, vor Übelkeit, vor Ehrfurcht.

Und während sie darüber nachdachte, wurde ihr klar, dass, wenn Lucy Grund hatte, Michael zu töten, dann hatte sie auch einen, und sie sollte nicht hier sein, sie sollte überhaupt nicht hier sein. Aber sie musste ihn sehen. Sie musste sicher sein, dass er weg war. Also ging sie schnell und heimlich in den Raum hinter der Küche, der sich als eine Art Hauswirtschaftsraum entpuppte, und in dem sich eine schmale Treppe befand, die in einen Keller hinunterführte. Sie knipste ein Licht an und stieg schnell hinunter. Der Keller wurde als Weinlager genutzt. An den Wänden hingen gerahmte Bilder von Trauben und Weinberen. Es gab eine kleine Glastheke mit zwei Holzhockern und einer Reihe von Weingläsern auf einem Regal, hinter dem ein geätzter Spiegel im Vintage-Stil mit einem Jugendstilmotiv hing. Und da war Michael, in einem schwarzen Plastikkokon. Die Tüten waren nicht versiegelt, und Rachel bückte sich, um das schwarze Plastik mit dem Taschentuch zurückzuziehen. Sie sah seine Taille, die weichen Haarsträhnen, die mit Blut verkrustet waren. Sie sah die tödlichen Spitzen seiner Finger. Sie sah sein T-Shirt, das sich um seine Brust gewickelt hatte, die Vertiefung in seinem Hals und den schlaffen Kiefer, seinen zur Seite hängenden Mund, seine Augen, die sie durchbohrten.

Sie zog ihm die Tüte über den Kopf und ließ ihn dort liegen, wobei sie oben auf der Treppe kurz stehenblieb, um ihm nachzusehen. *Erbärmlich*, dachte sie, *erbärmlich*.

In der Küche zog sie Michaels Flip-Flops aus, zog ihre eigenen Schuhe wieder an, zog die Schiebetür mit der abgedeckten Hand wieder zu und ging die gepflasterte Gasse hinunter, in die belebten Straßen, zu einem Taxistand und dann zu ihrem Hotel, wo sie ihre Tasche beim Rezeptionisten abholte und zum Flughafen fuhr.

KAPITEL 62

Juni 2019

Ich starre auf den Bildschirm. Es sind zwei Beamte zu sehen, ein schwarzer und ein weißer. Der schwarze Detective heißt Samuel und scheint der Verantwortliche zu sein. Er stützt seine Ellbogen auf den Tisch in dem Zimmer in London, von dem aus er mit mir spricht, und lächelt mich freundlich an.

»Henry Lamb«, sagt er. »Endlich treffen wir uns.«

»Ich wusste nicht, dass Sie nach mir gesucht haben«, sage ich.

»Nun, das hatte ich auch nicht angenommen. Sie waren etwas inkognito.«

»Ich hatte viel Stress auf der Arbeit. Ich musste einfach mal raus. So richtig.«

»Und außerdem sind Sie natürlich gerade zu einer ziemlich großen Summe Geld gekommen?«

»Ja, obwohl das nichts damit zu tun hatte. Ich hatte bereits eine große Summe Geld, bevor ich diese große Summe Geld erhielt. Ich musste einfach weg. Um etwas Dampf abzulassen. Ich bin seit über einem Jahr mit meiner Schwester, ihren Kindern und ihrem Hund in einer Wohnung zusammengepfercht, und ich brauchte etwas Freiraum.«

»Das erklärt, warum Sie nicht an Ihr Handy gegangen sind und keine Nachrichten beantwortet haben.«

»Genau.«

Ich werfe einen Blick auf den weißen Detective. Ich weiß, dass er mich verachtet, dass ich alles bin, was er hasst. Ich werfe ihm einen leicht koketten Blick zu, nur um zu sehen, wie er sich windet. Und er tut es.

Samuel, der schwarze Detective, legt mir kurz die Ergebnisse seiner Ermittlungen vor. Er ist sehr zufrieden mit sich, das merke ich. Und, um ihm gegenüber fair zu sein, er hat einen guten Grund. Aber eigentlich habe ich es ihm so leicht gemacht.

Immer wieder lasse ich diese Momente in meinem Kopf Revue passieren: Der Tag im Juni letzten Jahres, kurz nachdem ich gesehen hatte, dass Libby Eigentümerin vom Cheyne Walk 16 geworden war. Die warme Abendsonne brannte auf meine Schultern, als ich auf das Dach kletterte, die Plane hinter dem Schornstein zurückzog und das abgestorbene Laub, die abgebrochenen Zweige und die von längst vergangenen Winterstürmen verstreuten Äste wegschob und einen Moment lang blind auf den darunter verborgenen schmutzigen Sarkophag aus alten Handtüchern und Laken blickte.

Ich sehe mich selbst, wie ich die faserigen Schichten abzog und schockiert auf das winzige Skelett starrte, das sich darin befand, und dann schnell die Knochen, einen nach dem anderen, in eine schwarze Plastiktüte fallen ließ.

Ich erinnere mich, wie ich durch das Haus zurückkletterte und dann eine Weile bei einem kalten Bier saß, das ich öffnete und in der Sonne schlürfte, mit Birdies Knochen zu meinen Füßen. Ich erinnere mich, wie ich dann ein kleines Feuer anzündete, um die Handtücher zu verbrennen.

Ich erinnere mich, wie ich darauf wartete, dass der Tag dunkler wurde, und dann meine zwei leeren Bierflaschen nahm und die kleine schwarze Tüte und eine Weile unten an der Themse stand und zusah, wie die Sonne über ihr unterging und die Wasseroberfläche in leuchtende Bänder aus Farben hüllte. Ich wartete auf eine Pause im Flussverkehr und wollte gerade die Tüte öffnen und die Knochen ins

Wasser werfen, als irgendwo außer Sichtweite ein Lastkahn hupte, und ich erschreckte mich, verlor den Halt und die Tüte fiel mir aus den Händen und ins Wasser. Ich streckte mich, um nach ihr zu greifen, aber sie trieb von mir weg. Und dann konnte ich nur noch dastehen und zusehen, wie sie flussabwärts trieb, die ganze Birdie, jedes einzelne Stück von ihr, und all die forensischen Teile, die wahrscheinlich noch an ihr befestigt waren, und weg war sie. Würde sie gefunden werden? Ich hatte keine Ahnung. Ich konnte nur hoffen, dass sie von Fischen oder Vögeln gefunden werden würde, dass sie in zehn, hundert oder tausend Jahren zerpflückt werden würde und dass ich nie wieder etwas von ihr hören würde.

Aber wie sich herausstellt, hielt sie ein Jahr durch, bevor sie sich wieder bemerkbar machte, und das ist ärgerlicherweise meine Schuld und nur meine.

»Also, Mr. Lamb…«

Es ist das erste Mal in meinem Leben, dass ich Mr. Lamb genannt werde, und ich drehe mich fast um, um zu sehen, ob mein Vater irgendwie im Raum erschienen ist. *Mr Lamb*. Denn das bin ich, egal, welche anderen Namen ich mir zugelegt habe. Aber ich hatte es fast vergessen.

Samuel fährt fort: »Jemand kehrte irgendwann im letzten Sommer zu dem Haus im Cheyne Walk zurück und entfernte die Überreste von Miss Dunlop-Evers vom Dach und entsorgte sie in der Themse. Haben Sie eine Ahnung, wer das gewesen sein könnte? Vorausgesetzt natürlich, dass Sie es nicht waren?«

Samuel sieht mich an, und selbst aus Tausenden von Kilometern Entfernung, selbst auf dem Bildschirm, kann ich das heiße Feuer des menschlichen Verständnisses in seinen Augen sehen. Ich weiß, dass er mich lesen könnte, jeden

Zentimeter von mir, jedes Atom, wenn ich ihn ließe. Aber er unterschätzt mich. Ich habe mein ganzes Leben damit verbracht, Wege zu finden, meine Körpersprache zu unterdrücken, die Wahrheit darüber zu verbergen, wer ich bin und was ich bin. Er wird nichts von mir bekommen. Nichts.

»Nun. Ich war's nicht. Und Lucy auch nicht. Haben Sie die Möglichkeit in Betracht gezogen, dass es jemand anderes sein könnte, der zu der Zeit anwesend war?«

»Ah, ja. Sie meinen z.B. die Thomsen-Kinder. Wir haben ihren Verbleib seit Anfang letzten Jahres geklärt. Sie waren nicht in London. Und selbst wenn, hätten sie sich ohne Schlüssel keinen Zugang zum Haus verschaffen können. Und nach allem, was wir gehört haben, hatten wohl nur Sie, Ihre Schwester und Libby Zugang zu den Schlüsseln.«

»Sie irren sich«, sage ich triumphierend.

»In welcher Hinsicht genau liege ich falsch?«

»Sie irren sich dahingehend, dass der einzige Weg in den Garten durch das Haus führe. Es gibt noch ein Tor.«

Ich sehe, wie beide Detective leicht zusammenzucken, als ihre wasserdichte Theorie ins Wanken gerät.

»Ein Tor?«

»Ja. In der hinteren Mauer. Es führt in den Garten des Hauses dahinter. Es ist völlig überwuchert mit Glyzinien. Sie haben es vielleicht nicht bemerkt.«

»Sie sagen also, dass jemand, der in dem Haus dahinter wohnt, dieses Tor benutzt haben könnte, um in den Garten Ihres Hauses zu gelangen, auf das Dach zu klettern und Miss Dunlop-Evers zu beseitigen?«

»Nein, das sage ich nicht. Das Haus ist in Wohnungen umgewandelt worden, und der hintere Garten wurde zu einem kleinen Parkplatz gemacht. Er ist von der Straße aus leicht zugänglich. Da könnte jeder durchkommen.«

Ich genieße die kurze Stille, die nach dieser Äußerung eintritt. »Darf ich jetzt bitte zurück in meinen Urlaub, Detective?«

»Tut mir leid, entschuldigen Sie, Mr. Lamb. Nur noch ein paar Fragen, wenn es Ihnen nichts ausmacht.«

»Ich bin mir ziemlich sicher, dass es nichts mehr zu sagen gibt. Sie wissen alles. Birdie Dunlop-Evers war eine Soziopathin, sie hat mehr als fünf Jahre lang unseren ganzen Haushalt terrorisiert, sie hat meine Schwester für Sex mit einem erwachsenen Mann zurechtgemacht, als sie erst dreizehn war, sie hat das Baby meiner Schwester gestohlen, sie war Teil eines Selbstmordpaktes mit meinen Eltern und David Thomsen und ist am Ende irgendwie an einer Kopfverletzung gestorben, die wahrscheinlich sehr wohl verdient war und die ihr von einer beliebigen Person hätte zugefügt werden können, da sie allgemein verhasst und sehr gefährlich war. Und jetzt haben wir festgestellt, dass absolut jeder in den Garten hätte gelangen können, um, wie Sie sagen, ihre Überreste vom Dach zu holen und in den Fluss zu werfen. Ich denke, Detective, dass Ihr lauwarmer Fall gerade wieder kalt geworden ist. Und wenn man dann noch bedenkt, dass Sie Interpol in diese Sache verwickelt haben – wie peinlich!«

Samuel lässt seinen Blick für ein paar Sekunden auf mir ruhen, bevor er seine Position leicht anpasst und auf seine Papiere schaut. »Nur noch ein paar Fragen. Wenn es Ihnen nichts ausmacht.«

Ich werfe ihm einen starren Blick zu. *Was hat er sonst noch?*

»Sie waren die letzte Person, die Libby Jones – oder Serenity, wie sie damals genannt wurde – gesehen hat, als Sie das Haus verließen. Doch als die Polizei eintraf, lagen die Leichen Ihrer Eltern und von Mr. Thomsen bereits seit drei bis

vier Tagen auf dem Küchenboden. Was geschah bitte in jenen Tagen? Wer war dort und was haben sie gemacht?«
Ich seufze. »Keiner war da. Alle anderen sind abgehauen und haben mich mit der ganzen Scheiße allein gelassen. Lucy hat mich mit ihrem Baby allein gelassen. Es lag alles an mir. Ich bin so lange geblieben, wie ich konnte.« Ich setze mein bestes Märtyrergesicht auf und seufze erneut.
»Aber was ich nicht verstehe, Mr. Lamb – und ich verstehe, dass Sie damals noch ein Kind waren – ist, warum haben Sie nicht die Polizei gerufen? Sie waren, wie ich jetzt weiß, vier junge Teenager, gefangen in einem Haus mit bösen Menschen, sexuellem Missbrauch und Kindesmissbrauch, und schließlich waren Ihre Misshandler alle tot und Sie waren frei. Warum haben Sie damals nicht die Polizei gerufen? Sie angerufen und sich in Sicherheit gebracht?«
Eine gute Frage. Ich richte mich in meinem Stuhl auf und schaue dann direkt in den Bildschirm. »Wir waren traumatisiert«, sage ich. »Wir waren gebrochen. Wir waren zerstört. Ich habe keine andere Erklärung für Sie. Entscheidungen, die ich als Sechzehnjähriger getroffen habe, fühlen sich so weit entfernt an, dass sie mir fast fremd sind. Wenn ich noch einmal die Zeit hätte, würde ich die Polizei rufen. Aber so wie es war ... habe ich es nicht getan.«
Samuel atmet aus und ich sehe, dass ich ihn besiegt habe.
»Nun, ich danke Ihnen für Ihre Zeit, Mr. Lamb. Aber ich muss mit Ihnen in Kontakt bleiben, und es handelt sich immer noch um eine laufende Untersuchung. Ich wäre Ihnen daher dankbar, wenn Sie und Ihre Schwester sofort nach London zurückkehren könnten und nicht wieder verschwinden.« Einen Moment später ist der Bildschirm schwarz, und ich wende mich an den Zuständigen, der mit mir im Zimmer ist. »Es scheint, als ob ich gehen kann?«

»Es scheint so. Ja.«
Zurück auf der Straße schalte ich mein Handy ein. Ich halte für einen Moment inne. Ich spüre, wie mir die Tränen in der Kehle stecken bleiben. Ich spüre eine Unruhe, ein Bedürfnis nach etwas, aber dieses Mal ist es kein Bedürfnis nach Vergessen, sondern das Gegenteil. Es ist ein Bedürfnis nach einer Umarmung von meiner Schwester. Bei meiner Familie zu sein. In Sicherheit zu sein. Ich möchte meine Katzen sehen. Ich möchte meine Kollegen sehen. Ich möchte um den Regent's Park joggen gehen. Ich möchte nach Hause gehen.
Ich drücke ein paar Tasten und hebe die Blockierung der Handynummer meiner Schwester auf. Sofort erscheint eine Reihe von Benachrichtigungen von ihr auf dem Bildschirm. Ich öffne die neueste und lese sie:

Das tut mir leid. Ich wollte nur, dass es aufhört. Ich hoffe, es war okay. Bitte ruf mich an.

Ich rufe sie an. »Nun, hallo.«
»Oh mein Gott, Henry. Bist du okay? Was ist bei der Polizei passiert? Wo bist du?«
Ich sage ihr, dass es mir gut geht, dass ich frei bin. Ich sage ihr, wo ich bin, und sie sagt mir, dass sie in demselben Hotel ist, in dem ich noch vor wenigen Tagen übernachtet habe. Sie wartet mit Marco und Stella in der Lounge auf mich, und zu meiner Überraschung stürzen sich alle drei auf mich, als ich auftauche, und ich werde für einen Moment von Menschen umhüllt, die vertraut riechen, und es ist ein seltsam wunderbares Gefühl. Ich drücke sie sanft zurück.
Und dann bestellen wir etwas zu essen, und ich spüre es, ich spüre, wie es sich hebt, und obwohl ich weiß, dass es noch nicht ganz vorbei ist. Obwohl ich weiß, dass DI Owusu

in diesem Moment in London über neue Wege nachdenkt, neue Fragen zu stellen. Obwohl ich weiß, dass ich noch nicht ganz über den Berg bin, kann ich zum ersten Mal seit jenem Aprilmorgen im Jahr 1994, als ich meine Eltern tot auf dem Boden und Libby schlafend in ihrer Wiege zurückließ und mit tausend Pfund in der Tasche des Savile-Row-Jacketts meines Vaters in die Londoner Innenstadt ging, sehen, was dahinter liegt, und es sieht gut aus, und jetzt will ich einfach dorthin gelangen. Ich fühle mich geheilt, irgendwie, und ich entschuldige mich für den Quatsch, den ich normalerweise nicht so schreiben würde; aber ich fühle mich wirklich wie neu geboren.

Chicago hat mich geheilt. Lucy und ihre Kinder haben mich geheilt. Und jetzt heilt mich auch diese geschmeidige Pasta aglio e olio. Wenn ich nach London zurückkehre, werde ich meine Identität zurückgewinnen. Ich werde Henry Lamb zurückfordern. Ich werde den kleinen Jungen anerkennen, den ich das letzte Mal vor all den Jahren in einem Spiegel in einem Stadthaus in Chelsea gesehen habe. Ich habe keinen Grund mehr, so zu tun, als wäre ich nicht er. Überhaupt keinen Grund.

»Oh«, sagt Lucy und unterbricht mich in meinen Gedanken. »Ich kann nicht glauben, dass ich nicht gefragt habe. Aber Phin? Hast du ihn eigentlich gefunden?«

Ich huste mit einem Mund voll Pasta und halte mir die Serviette vors Gesicht. »Nein«, sage ich. »Nein, leider nicht. Aber nicht, weil ich es nicht versucht habe.«

Dann sehe ich, wie etwas über ihre Züge geht. Ich bin mir nicht sicher, was es ist. Ungläubigkeit? Furcht? Aber es ist verschwunden, bevor ich es analysieren kann, und dann lächelt sie wieder.

»Ah, nun ja«, sagt sie. »Vielleicht war es nicht dazu bestimmt.«

»Vielleicht nicht«, sage ich. »Vielleicht nicht.«

TEIL FÜNF

KAPITEL 63
Samuel

Das Bild auf dem Display verschwindet und mit ihm Henry Lamb. Ich fahre mit den Händen über mein Gesicht.

Donal blickt mich an. »Pub?«

Mein Kopf mahnt: *Nein, geh nach Hause, Samuel, schlaf.*

Aber mein Herz bringt meinen Mund dazu, zu sagen: »Ja, Pub.«

Der Pub ist gut besucht, auf dem Bürgersteig wimmelt es von Freitagabendtrinkern, die Nacht ist warm und fast noch hell. Donal kämpft sich durch die Schlange an der Bar, und ich setze mich auf einen Hocker an einen hohen Tisch, der gerade frei geworden ist. Ich versuche, den Stress des Tages auf eine Zen-ähnliche Weise durch mich hindurchfließen zu lassen, aus meinem Inneren heraus, über meinen Atem. Aber es war ein sehr langer Tag. Ich bin nach Wales und zurück gefahren, bevor ich dann drei Befragungen hintereinander geführt habe. Mein Körper hält seinen Stress fest, und ich weiß, dass nur Alkohol mir helfen wird, ihn loszulassen. Während ich auf Donal warte, schalte ich mein Handy ein. Mich erwartet eine Nachricht von Cath Manwaring. Sie will wissen, wie es mir vorhin mit Justin ergangen ist. Ich nehme an, dass sie bloß neugierig ist, weil sie, *die barmherzige Samariterin,* den Wert ihres Anrufs von heute Morgen erzählt bekommen will. Aber dann sagt sie, dass sie sich Sorgen um ihn mache. Dass er normalerweise freitagabends in die Kneipe käme, dass er aber heute Abend nicht da sei und ob ich denn nichts über seinen Verbleib wisse.

Haben Sie ihn verhaftet?, fragt sie.

Ich antworte schnell: *Nein, er wurde nicht verhaftet. Ich habe ihn gegen 14 Uhr in seinem Wagen verlassen.*

Wirkte er verärgert?

Nein. Es schien ihm gut zu gehen.

Ich denke, ich werde einen Mann dorthin schicken. Ich bin besorgt, fühle mich schuldig.

Bitte, Mrs. Manwaring, fühlen Sie sich nicht schuldig. Sie haben das Richtige getan. Justins Erinnerungen waren sehr, sehr hilfreich.

Ich hoffe, dass Sie Recht haben, Detective, das hoffe ich wirklich.

Donal erscheint mit meinem Pint. Es sieht wie ein Wunder aus, als er es auf die Tischplatte stellt. Ein goldenes, wunderschönes Ding, von dem ich an diesem Tag, der sich endlos anfühlte und zu nichts führte, nicht einmal träumen konnte. Henry Lamb hat mir gezeigt, wie unwahrscheinlich die lückenlose Aufklärung dieses Falles ist. Wir können nichts beweisen. Es ist alles spekulativ. Der Fall ist von einer dicken Staubschicht verschleiert, und ich kann ihn nicht durchdringen, und jetzt, während ich meinen ersten großen Schluck des eiskalten Biers nehme, das ich so sehr verdient habe, spüre ich, wie mein Halt, meine Entschlossenheit zu schwinden beginnt. Wie viel Steuergelder kann ich noch in diese Sache stecken? Eine böse Frau. Eine Frau, die von niemandem geliebt, von niemandem vermisst wird, eine Frau mit Eissplittern in ihrem Herzen. Ein Fall von

Kindesmissbrauch, für den es keine Beweise gibt, bei dem zahlreiche Menschen im Haus waren, bei dem es keinerlei Aufzeichnungen über einen Zeitraum von sechs Jahren gibt, bei dem eine Familie von Normaden einzog und das Haus übernahm, ohne dass jemand davon wusste. Das ist unmöglich. Es ist schrecklich. Es wird mich noch umbringen, wenn ich mich weiter damit beschäftige. Ich denke, vielleicht muss ich es loslassen. Ja, vielleicht. Aber erst werde ich dieses Bier austrinken und mit Donal Unsinn reden, dann gehe ich ins Bett und morgen werde ich entscheiden, ob es hier noch etwas zu tun gibt.

Denn es gibt immer noch etwas, das mich quält, und das ist Henry Lamb. Er ist mehr als nur ein geschädigtes Kind. Da ist noch etwas anderes an ihm, etwas Verdrehtes. Etwas Falsches. Ich habe die US-Behörden nicht darauf aufmerksam gemacht, dass sowohl Henry als auch Lucy mit gefälschten Pässen in das Land eingereist sind. Sie müssen beide zurückkehren. Ich brauche sie hier, in London, ganz in der Nähe, denn an dieser Geschichte ist noch mehr dran, das weiß ich. Ich bin schon halb mit dem zweiten Bier fertig, als mein Handy klingelt. Es ist eine weitere Nachricht von Cath Manwaring. Ich lese sie und mein Herz hört auf zu schlagen.

Ich bitte Sie. Rufen Sie mich an. Es geht um Justin. Es ist etwas Schreckliches passiert.

KAPITEL 64

Juli 2018

Einige Tage später kehrte Rachel nach Antibes zurück. Michaels Leiche war von Joy, seiner Haushälterin, entdeckt worden, und die Polizei wollte natürlich mit ihr sprechen. Ja, sagte sie ihnen, sie habe ihn erst vor einer Woche besucht. Ja, sie hatten sich im Streit getrennt. Ja, sie lebten getrennt. Ja, es gab einige finanzielle Probleme, die sie zu klären versucht hatten. Aber nein, sagte sie, nein, sie hatte wirklich keinen Grund, ihn zu töten. Überhaupt keinen. »Ich verließ sein Haus«, sagte sie, »fest entschlossen, ihn nie wiederzusehen.«

Er war ein Missbrauchstäter, erzählte sie, ein Krimineller, ein Mann, der Ausrüstung an Drogenhersteller verkaufte, der in einer vernetzten Welt der Finsternis und der Täuschung operierte und eine Pistole in seinem Büro zu Hause aufbewahrte. Er war ein schlechter Mensch, und sie war froh, dass er tot war, aber nein, sie hatte ihn nicht umgebracht, und sie hatte keine Ahnung, wer es gewesen sein könnte.

Er schulde vielen Leuten eine Menge Geld, sagte sie ihnen. Er kannte einige sehr schlechte Menschen. Es gäbe viele Menschen auf dieser Welt, sagte sie, die einen Grund hätten, Michael Rimmer tot sehen zu wollen. Eine Menge Leute.

»Was wissen Sie über seine erste Frau?«, fragten sie sie. »Lucy Smith?«

»Nichts«, antwortete sie. »Michael hat nie über sie gesprochen. Ich weiß nur, dass sie sich vor vielen Jahren einvernehmlich getrennt haben und er sie seitdem nicht mehr gesehen hat.«

»Interessant«, sagten sie, »denn laut der Haushälterin von Mr. Rimmer hat er Lucy Smith erst kürzlich gesehen.«
Rachels Herz hatte einen Schlag ausgesetzt. Wie konnte Joy wissen, dass Lucy dort war? Sie ging sonntags nicht zu Michaels Haus. »Anscheinend hat Miss Smith Mr. Rimmer etwa fünf Tage vor seinem Tod besucht. Genau an dem Tag, von dem sie sagte, dass Sie Mr. Rimmer besuchten. Sie kam mit ihren Kindern und ihrem Hund und verbrachte etwa fünfzehn Minuten mit ihm im Garten. Die Haushälterin sagte, es schien alles sehr gesellig zu sein.«
Rachel versuchte, sich ihre Verwirrung nicht anmerken zu lassen, und nickte nachdenklich. »Nun«, sagte sie, »vielleicht hat Michael mich wegen Lucy angelogen. Er hat mich bei allem anderen ja auch angelogen, das würde mich nicht schocken.«
Da es keine Beweise gab, aufgrund derer sie sie hätten festhalten können, ließ die Polizei Rachel ein paar Stunden später wieder frei. Sie setzte ihre Sonnenbrille ab und ging durch die mittlerweile vertraute Stadt in Richtung Strand. Rachel widerstand dem überwältigenden Drang, die Küstenstraße hinauf nach Castle Hill zu laufen, an die Tür des schäbigen blauen Gebäudes zu klopfen und Lucy zu sagen, dass sie ihre Heldin sei und sie sie von hier an bis ans Ende der Zeit mit jeder Faser ihres Seins beschützen werde. Denn das durfte sie nicht, ansonsten hätte sie die Polizei auf ihre Spur gebracht. Stattdessen setzte sie sich an einen Tisch mit Blick auf das Meer und trank einen Aperol Spritz, der ihr von einem jungen Mann serviert wurde, der wie ein Aftershave-Model aussah. Sie erhob das Glas auf Lucy und betete im Stillen für sie beide.

Viele Monate lang wurde Rachel von der französischen Ermittlerin Avril über den neuesten Stand des Falles informiert. Viele Monate lang wusste Rachel, dass sie immer noch als mögliche Verdächtige galt, und sie wusste auch, dass die Polizei die Suche nach Lucy noch nicht aufgegeben hatte. Über die Schule ihrer Kinder hatten sie ihre letzte bekannte Adresse ausfindig gemacht und vom dortigen Hausverwalter erfahren, dass sie in die Ferien nach Malta gefahren waren. Doch weder auf Malta noch anderswo war jemals eine Spur von ihr oder ihrer Familie gefunden worden. Lucy war einfach im Äther verschwunden.

Viele, viele Monate lang schlief Rachel nachts unruhig und wartete darauf, dass das Handy klingelte, dass ihre Anwesenheit in Michaels Haus nach seinem Mord aufgedeckt wurde. Aber auch mit dem kalten Grauen, dass sie Lucy finden würden. Sie dachte an den ernsten Jungen, das engelsgleiche Mädchen, ihre müden Augen, als sie neben ihr auf dem Platz saßen. Sie dachte sogar an den Hund und fürchtete um sie alle, wenn Lucy jemals gefasst werden sollte. Und dann, eines Morgens Anfang Juni, knapp ein Jahr nachdem Joy Michaels Leiche in seinem Keller entdeckt hatte, klingelte Rachels Handy.

Es war Avril, die französische Polizistin.

»Wir haben ein Update zu Michaels Fall, Frau Rimmer«, sagte sie. »Sind Sie in der Lage zu sprechen?«

KAPITEL 65
Juni 2019

Sie kommen am Samstagabend um 19 Uhr in London an, Lucy, die Kinder und Henry. Die streng dreinblickenden Männer an der Passkontrolle winken sie an beiden Enden der Reise desinteressiert durch, genau wie Henry es ihnen gesagt hatte. »Dieser Detective wird niemandem etwas gesagt haben«, hatte er Lucy beruhigt, als sie im Uber auf dem Weg zum O'Hare-Flughafen saßen. »Er will, dass wir in London sind und nicht auf unbestimmte Zeit hier draußen festsitzen.«

Um neun Uhr schälen sie sich aus dem schwarzen Taxi, das sie von der Paddington Station genommen haben, und betreten Henrys Wohnblock. Der Portier, Oscar, ist nicht da – er macht am Wochenende früh Feierabend –, und sie nehmen schweigend mit ihren Koffern den Aufzug in den dritten Stock.

Lucy lässt ihren Rucksack im Flur auf den Boden fallen und blickt sich um. War es wirklich nur vier Tage her, dass sie das letzte Mal hier war?

Nur acht Tage, seit sie Feenkuchen für Stellas Kuchenverkauf gebacken hat? »Wie ist das möglich?«, fragt sie sich. Wie ist das möglich? Es kommt ihr vor, als hätte sie seither tausend Leben gelebt.

Die Katzen erscheinen beim Klang der Menschen wie geisterhafte Schatten, die sich um die Wände der Wohnung schlängeln. Henry hebt sie beide hoch. Die liebe Katze reibt ihr Gesicht an Henrys Gesicht. Die schreckliche Katze jault und kratzt ihn, und Henry lässt sie auf den Boden fallen. Die Putzfrau war schon da und alle Oberflächen sind makellos

und sauber.
An diesem Abend bestellen sie Brathähnchen bei Deliveroo und sehen auf dem Sofa kuschelnd fern. Henry ist irgendwie anders, weicher, als er mit der lieben Katze auf seinem Schoß sitzt, das Brathähnchen in seinen Mund schiebt und bei den Witzen von Lucy und den Kindern mitmacht. Irgendwann nimmt Stella alle Kissen hinter ihrem Rücken weg und legt sie auf den Boden, um sich darauf zu setzen, und Henry merkt es nicht einmal. Sie gehen alle so früh ins Bett, wie es angesichts des Jetlags möglich ist, um kurz nach 2 Uhr morgens. Lucy liegt da und lauscht den Geräuschen des Londoner Verkehrs vor dem Schlafzimmerfenster, und sie spürt es wieder, dieses schreckliche Gefühl, das sie seit über einem Jahr verfolgt, die Enge um ihren Schädel, das dumpfe Grauen, das alles abstumpft, weil es unaufhörlich an ihrem Gefühl der Sicherheit nagt. Wenn die Polizei irgendwie herausfinden kann, dass Henry für den Mord an Birdie Dunlop-Evers mit einem einzigen Schlag auf den Kopf verantwortlich war, und das sechsundzwanzig Jahre nach der Tat, was kann sie dann noch aufdecken? *Ich bin zu Hause*, denkt sie, *ich liege in einem sauberen Pyjama in einem großen, weichen Bett in einem luxuriösen Wohnblock im Zentrum von London.*
Aber ich werde mich niemals sicher fühlen, solange ich nicht weiß, dass die französische Polizei nicht mehr nach mir sucht.

KAPITEL 66

»Willkommen zu Hause, Henry.«

Ich halte die Tür etwas weiter auf und lasse DI Owusu in die Wohnung. Ich kann definitiv sagen, dass es ein ziemlicher Schock für mich war, sein Gesicht auf dem Bildschirm der Gegensprechanlage zu sehen, diesen Mann, den ich zuletzt an einem Laptop in einem Verhörraum in Chicago gesehen hatte. Dieser Mann, von dem ich dachte, ich wäre ihn am Freitag losgeworden. Dieser Mann, der jetzt eigentlich einfach den Laden dichtmachen und sich einen neuen, spannenderen Fall suchen sollte. Einen Fall, in dem er vielleicht so etwas wie Erfolg haben könnte. Aber nein, da ist er wieder, ein übermäßig hartnäckiger Detective, und das ausgerechnet an einem Sonntagmorgen.

»Danke«, sage ich, während er meine Wohnung betritt, entschuldige mich für die Unordnung und werfe die Kissen zurück auf das Sofa, während ich sage: »Was kann ich heute für Sie tun, Detective?«

»Eigentlich, Mr. Lamb, komme ich heute Morgen mit einer traurigen Nachricht zu Ihnen. Ich wollte, dass Sie es als Erster erfahren, bevor es an den Kiosken erscheint, denn, Mr. Lamb, ich fürchte, es wird in großem Stil an den Kiosken erscheinen. Sie sollten sich vielleicht setzen.«

Ich blinzle langsam. Ich habe wirklich keine Ahnung, was Detective Owusu mir sagen will. Alle Menschen, die ich liebe, schießen mir auf einmal durch den Kopf: Lucy, die Kinder, Libby, sogar Miller Roe. Ich setze mich langsam hin und starre den Detective an. »Okay.«

»Am Freitag fuhr ich also nach Wales, um mit Justin Ugley – oder Redding, wie Sie ihn vielleicht als Kind kannten – zu

sprechen.«
Ich nicke und schlucke.
»Nun, leider, Mr Lamb, wurde Justin am Freitagabend von einem seiner Nachbarn tot aufgefunden. Er hat sich, wie ich leider sagen muss, das Leben genommen.«
»Oh mein Gott.« Ich schlage mir die Hände vor den Mund und spüre einen echten Schlag der Traurigkeit in meinem Unterleib.
»Er hat einen Brief hinterlassen, und ich hielt es für richtig, dass Sie ihn sehen, da er Sie betrifft. Wollen Sie ihn lesen?«
»Oh. Ja, ja, ich nehme an, das will ich.«
Der Detective reicht mir eine gedruckte Kopie des Zettels und ich klappe ihn auf. Die Handschrift kommt mir sofort und überwältigend bekannt vor – es ist dieselbe Handschrift, die in all den Notizbüchern stand, die wir einst gemeinsam im Garten durchforstet haben. Die fein säuberlich beschrifteten lateinischen Namen all der Pflanzen, Kräuter und Früchte, die wir gemeinsam angebaut haben, die Pläne für die Bepflanzung des Gartens. Justins schöne Handschrift.
Ich beginne zu lesen:

Wer mich auf diese Weise findet, dem sei gesagt, dass es mir sehr leidtut. Es ist natürlich ein egoistischer Akt, der zu Schmerzen bei demjenigen führen wird, der als erster hier ankommt. Seien Sie versichert, dass ich jetzt glücklich bin, oder zumindest, dass dies kein Akt der violenten Verzweiflung war, sondern einer der geistigen Befreiung. Ich war sehr lange Zeit sehr unglücklich. Ich habe schlechte Entscheidungen getroffen und furchtbare Wege eingeschlagen. Ich habe Menschen verletzt. Ich habe Menschen im Stich gelassen. Ich fühle mich leer, und was ihr jetzt von mir seht, die leere Hülle, die von mir übrig geblieben ist, ist alles, was ich in den letzten zwanzig Jahren gewesen bin. Ich werde nun schon so lange von dem verfolgt, was ich in den späten 80er und frühen 90er Jahren in diesem Haus in Chelsea miterlebt habe, von dem schrecklichen Kindesmissbrauch, den ich von David Thomsen und Birdie Dunlop-Evers miterleben musste. Und nicht nur das, sondern auch von der Veruntreuung des Geldes und des persönlichen Besitzes der Lambs unter dem Vorwand, ‚ihre Seelen zu retten', aber in Wirklichkeit, um die eigenen Taschen zu füllen. Die Dinge, die hinter der verschlossenen Tür dieses Hauses geschahen, waren entsetzlich, und wie ein Feigling machte ich mich aus dem Staub. Ich überließ sie ihrem Schicksal.

Aber die Schuldgefühle überwältigten mich und fraßen an mir. Ich dachte die ganze Zeit an diese Kinder. Vor allem dachte ich an Henry. Henry war das schwarze Schaf in diesem Haus. Die Mädchen hatten einen höheren Status und Phin war der Alpha-Junge, der Sohn des Alpha-Männchens. Henry war das Schlusslicht und suchte verzweifelt nach jeder menschlichen Verbindung, die er finden konnte. So ein interessanter kleiner Junge. Er lernte so schnell. So ein ausgeprägter Sinn für Recht und Unrecht. Mehr als jeder andere in diesem Haus wusste Henry, wo die moralische Überlegenheit liegen sollte, und flehte die Erwachsenen ständig an, sie zu finden. Aber vergeblich.

Eines Tages im Jahr 1994 kam ich zurück nach London. Ich hatte Henry mehrmals geschrieben, aber nie etwas von ihm gehört, und ich wollte mich vergewissern, dass alles in Ordnung war. Ich läutete, aber niemand antwortete. Also kam ich durch das Hintertor vom Haus dahinter herein, und sah Henry durch das Küchenfenster. Er sah so dünn aus. So schwach. So gebrechlich. Ich sah David und Birdie, und sie lachten. Henry sah mich durch das Fenster, und ich winkte ihm, in den Garten

zu kommen. Er erzählte mir schreckliche Dinge. Ich sagte, ich würde es der Polizei sagen. Dass ich sie da rausholen würde. Ich würde sie retten. Das sagte ich Henry, und er hielt sich schluchzend an mir fest. In diesem Moment tauchte Birdie auf, und es begann ein Gerangel, und ich fürchte, dass Birdie im Laufe dieses Gerangels starb.
Wir haben ihre Leiche versteckt, Henry und ich. Das war falsch. Das weiß ich jetzt. Ich wünschte, ich hätte die Polizei angerufen und mein Verbrechen gestanden. Die Kinder wären gerettet worden, und ihr Leben wäre ganz anders verlaufen. Und so vermute ich, dass Henry – wenn er es war, und ich vermute, das werden wir nie erfahren – Birdies Überreste entsorgt hat, um mich zu retten, um mich zu schützen. Also bitte, wenn Sie Henry finden, bedenken Sie, dass er nichts falsch gemacht hat. Bitte sagen Sie ihm, dass er der beste aller Jungs ist und immer war. Und dass es mir sehr leidtut, dass ich ihn im Stich gelassen habe. Vor allem das werde ich mir nie verzeihen. Aber ich hoffe, dass er vielleicht eines Tages die Kraft findet, mir zu vergeben.
Alles Liebe,

Justin L. Ugley

PS: Bitte rufen Sie meine Mutter unter dieser Nummer an, um ihr mitzuteilen, was geschehen ist. Sie ist schon sehr alt und weiß vielleicht nicht mehr, wer ich bin, aber ich denke, jemand sollte sie darüber informieren, was ich getan habe.

Ich lese die letzten beiden Absätze noch einmal, um sicher zu sein, was dort steht. Es ist alles erlogen. Natürlich ist es das. Aber das darf ich dem Detective nicht sagen. Er muss davon ausgehen, dass alles, was ich gerade gelesen habe, eine wahrheitsgetreue Nacherzählung von Ereignissen aus dem wirklichen Leben ist, und so sehe ich ihn mit tränengefüllten Augen an – um ehrlich zu sein, die Tränen sind echt. Justin war ein fröhlicher, netter Mann, ein goldener Fleck in diesen dunklen, dunklen Jahren, ich bin sehr traurig, dass er sich das Leben genommen hat. Ich bin sehr traurig, dass sein Leben für ihn so wenig Wert hatte, dass er bereit war, es zu opfern, um mich zu retten – und ich sage: »Ich kann es nicht glauben. Ich kann nicht glauben, dass er von uns gegangen ist. Er war mein bester Freund. Mein einziger Freund. Und er hat so sehr versucht, uns zu retten. Armer, armer Justin.«

Und dann erkenne ich in einer ekelerregenden Flutwelle des Wissens, dass Justin sich für mich geopfert hat. Dass er sich selbst aufgegeben hat, um mich zu retten. Mich. Henry Lamb. Der erbärmliche Verlierer, der ich bin.

Aber aus irgendeinem Grund dachte er, ich sei sein eigenes Leben wert. Und erst dann weine ich richtige Tränen. Tränen der Verwunderung und der Dankbarkeit, aber auch Tränen der Erleichterung, denn auch wenn der Brief eine Lüge ist, könnte er doch wahr sein. Das ist ganz einfach. So wie ich meine eigene Geschichte neu kalibriert habe, um den Teil umzuschreiben, in dem ich im Garten vom Cheyne Walk 16 Tollkirsche anbaute und sie benutzte, um meine Eltern und David Thomsen zu vergiften, und ich fast zu der Überzeugung gelangt bin, dass sie sich wirklich in einem Selbstmordpakt umgebracht haben, so hat Justin mir in einer Parallelwelt vielleicht Briefe geschickt, die ich nie erhalten habe. Vielleicht ist er nach London gekommen, um uns zu retten, und vielleicht war er es, nicht ich, der Birdie mit dem Stoßzahn eines Elefanten auf den Kopf schlug und sie ihres Lebens beraubte. Warum nicht, denke ich, warum eigentlich nicht? Und sofort verschiebt sich die Geschichte in meinem Kopf, und innerhalb weniger Augenblicke erinnere ich mich an alles, an die ganze verdammte Sache. Ich habe Birdie nicht getötet, aber ich könnte ihre Knochen bewegt haben, und wäre das wirklich so ein Verbrechen, einen Mann wie Justin zu schützen? Einen guten Mann. Wäre es das?

»Stimmt das mit Ihren Erinnerungen an die Ereignisse überein?«

Ich nicke erbärmlich und fahre mir mit der Hand unter die rotzige Nase. »Ja«, sage ich mit klitzekleiner Stimme. »Ja. Das tut es.«

DI Owusu seufzt und lehnt sich in seinem Stuhl zurück. Er starrt mich an. »Wir sind zurück zum Garten im Cheyne Walk gegangen«, sagt er. »Das Tor in der hinteren Mauer, von dem Sie uns erzählt haben. Wir haben es gefunden. Aber es ist immer noch mit Glyzinienzweigen zugewachsen. Die Zweige sind ausgewachsen und unversehrt. Es ist unmöglich, dass jemand in den letzten Jahren durch dieses Tor in den Garten von Nummer sechzehn, Cheyne Walk, gelangt sein könnte. Das ist unmöglich. Also, Mr. Lamb, ich muss Sie das fragen. Waren Sie es? Haben Sie diese Knochen bewegt?«

Ich nicke, erbärmlich. Dann blicke ich zu dem Detective auf und frage: »Werden Sie mich verhaften? Für das, was ich mit Birdies Knochen gemacht habe?«

»Ich weiß es nicht, Mr. Lamb. Meinen Sie, ich sollte es tun?«

Ich schüttle den Kopf. »Nein, ich weiß es nicht.«

Einen langen Moment lang starrt mich Detective Owusu an. Ich sehe, was in seinen Augen steht: die Wahrheit. Er weiß, dass Justins Abschiedsbrief eine erfundene Geschichte ist. Er weiß, dass meine Tränen theatralisch sind. Er weiß, dass ich Birdie getötet habe. Und er weiß, dass ich weiß, dass er es weiß. Wir sind beide still und schweigen in einem glitzernden, kristallinen Moment der Abrechnung. Ich warte darauf, dass er noch etwas von sich gibt, dass er noch einen letzten Versuch unternimmt, mir die Wahrheit zu entlocken. Aber er tut es nicht. Stattdessen lächelt er.

»Nun.« Er beginnt aufzustehen. »Wir werden sehen. Aber für den Moment denke ich, dass wir hier fertig. Oh – aber da ist noch eine Sache. Sie hat nur vage mit dem Fall zu tun. Bei meinen Ermittlungen wurde ein paar Mal erwähnt, dass Sie versucht haben, Phineas Thomsen zu finden. Den echten Phineas Thomsen, meine ich. Ich frage mich – haben Sie ihn jemals gefunden?«

Ich spüre, wie sich eine heftige Röte in meinem Körper ausbreitet, die von meinem Bauch ausstrahlt, und ich versuche, sie aufzufangen und zu stoppen, bevor sie mein Gesicht erreicht. »Nein«, sage ich. »Traurigerweise nicht. Es sieht so aus, als hätte er sich entschlossen, nie gefunden zu werden.«

»War er sehr wichtig für Sie?«

»Ja. Er war so etwas wie ein Vorbild, nehme ich an. Was Sie daran erkennen können, dass ich seinen Namen all die Jahre benutzt habe. Aber Phin war auch Libbys richtiger Vater. Wussten Sie das?«

»Ja«, sagt Samuel. »Das wusste ich.«

»Das war der eigentliche Grund, warum ich Phin finden wollte. Um ein Wiedersehen herbeizuführen. Damit er endlich die Tochter trifft, die er nicht mehr gesehen hat, seit sie als Baby in einer Krippe lag. Aber da haben Sie's, sein Verlust. Er war nie wirklich der Vatertyp, könnte man sagen.«

Ich plappere vor mich hin und merke, dass DI Owusu ständig meine Körpersprache liest, also höre ich auf. Ich atme ein und aus und sage: »Es ist eine Schande. Er verpasst eine so wunderbare Beziehung mit einem so wunderbaren Mädchen. Das tut er wirklich.«

DI Owusu geht einen Moment später. Ich drücke mich mit dem Rücken gegen die Tür, als ich sie hinter ihm schließe, und lasse mich auf den Boden sinken, wo ich ein paar Minuten lang sitze und zittere.

KAPITEL 67

Juli 2019

Lucy starrt zu dem seltsamen Gebäude hinauf. Es sieht aus wie ein Kühlschrank, den man auf die Seite gekippt hat. Sie steht an der Eingangstür, betrachtet die Klingel, und versucht, sich zu erinnern, welche Nummer Rachel ihr genannt hatte. Einunddreißig, denkt sie, bevor sie den Knopf drückt.

»Hallo«, sagt sie, »hier ist Lucy. Darf ich reinkommen?«

Es herrscht eine kurze Stille, bevor es summt und Lucy die Tür aufstößt und in den Eingang tritt. Rachel kommt ihr vor ihrer Wohnungstür entgegen. Sie trägt einen kurzen Schlafanzug und hat ihr dunkles Haar auf dem Kopf zusammengesteckt. Ihre Beine sind endlos lang und glatt, und einen Moment lang fühlt sich Lucy von der schieren Perfektion dieser jungen Frau überwältigt. Einen Moment lang denkt sie, nein, Michael würde dieser Frau nicht wehtun, kein Mann würde dieser Frau jemals wehtun, denn sie ist eine Göttin. Sie dreht sich kurz um und denkt über eine Flucht nach.

Aber dann lächelt Rachel und sagt: »Mein Gott. Danke. Vielen Dank, dass du gekommen bist. Komm rein.«

Vor zwei Tagen hatte Rachel einen Zettel unter der Tür von Henrys Wohnung hindurchgeschoben: »Lucy, ich habe Neuigkeiten für dich bezüglich der Untersuchung in Frankreich. Bitte, bitte ruf mich an.« Rachel hatte die Geschichte über den Popstar, der in dem großen Haus in Chelsea gestorben war, letzten Monat in allen Zeitungen gelesen. Sie hatte die Paparazzi-Fotos von Lucy gesehen, wie sie mit ihrem Hund Henrys Wohnung verließ, und sie war der

Sache nachgegangen.
Lucy folgt Rachel nun in ihre Wohnung. Sie ist unordentlich und modern, mit einem Küchentisch aus Teakholz, der von der Decke hängt. Vom Wohnzimmer aus blickt man auf den Kanal und der ganze Raum ist voller Sonnenlicht. Lucy findet, dass es genau die Art von Wohnung ist, in der sie gerne leben würde, wenn sie eine alleinstehende Frau ohne Angehörige wäre.
»Weißt du«, beginnt Rachel, während sie den Wasserkocher füllt. »Wir haben uns tatsächlich schon einmal getroffen.«
»Haben wir?« Lucy schaut sie an und versucht, etwas Vertrautes zu finden. Und dann fällt es ihr ein. »Oh!«, sagt sie. »Warst du das? Letztes Jahr in Nizza?«
»Ja. Februar 2018. Ich war da. Du hast mir *Firework* von Katy Perry vorgespielt.«
Lucy nickt. »Ich erinnere mich«, sagt sie. »Ich erinnere mich jetzt. Du warst sehr großzügig. Sehr freundlich. Warum hast du nicht...?« Sie hält inne. »Warum hast du nichts gesagt?«
»Oh«, sagt Rachel und holt Teebeutel aus einem Glas. »Ich weiß nicht. Ich schätze, ich war auf der Suche nach Antworten, und du hast sie mir gegeben, und ich wollte mich nicht weiter einmischen. Ich wollte keine Unordnung machen.«
»Welche Antworten?«
Lucy sieht, wie sich ein Film von Tränen über Rachels Augen legt.
»Oh, nur, dass es nicht nur an mir lag, nehme ich an. Dass ich ihm das nicht angetan hatte, dass er schon so war.« Sie lacht nervös und lässt die Teebeutel in riesige Becher fallen. Dann verlässt das Lächeln ihren Mund, sie seufzt schwer und schließt die Augen. »Lucy«, sagt sie und sieht sie eindringlich an, »dieser Tag. Der Tag, an dem Michael starb. Ich war dort. Ich habe dich gesehen.«

Lucy schüttelt schockiert den Kopf und lacht nervös. »Was?«
»Ich habe dich bei Michael zu Hause gesehen. Wie du die Küche aufgeräumt hast. Wie du Michael in den Keller gebracht hast. Ich habe alles gesehen und wollte dir die ganze Zeit sagen, dass ich alles getan habe, um dich zu beschützen, um dich in Sicherheit zu bringen. Jedes Mal, wenn ich mit der Polizei spreche, erinnere ich sie daran, dass Michael ein Krimineller war, dass er kein Opfer eines Verbrechens war, sondern ein Opfer seiner selbst. Und ich wusste, dass immer noch nach dir gesucht wurde, dass die Ermittlungen gegen dich noch nicht abgeschlossen waren. Aber dann bekam ich vor ein paar Wochen einen Anruf von der Ermittlungsgruppe in Frankreich. Und es ist offiziell. Sie haben den Fall abgeschlossen. Er wurde als Mord des organisierten Verbrechens eingestuft. Sie suchen nicht mehr nach dir, Lucy. Es ist vorbei.«
Lucy spürt, wie eine Blase nervöser Euphorie durch ihren Bauch geht.
Sie schüttelt leicht den Kopf. »Bist du sicher?«
»Ich bin mir ganz sicher, Lucy. Das ist es, was ich dir sagen wollte. Genau das. Nach all den Monaten, endlich. Es ist vorbei.«
Lucy schüttelt erneut den Kopf, da sie diese Ankündigung nicht ganz verkraften kann. »Aber was ist, wenn ... ich weiß nicht. Was ist, wenn jemand plötzlich neues Videomaterial findet oder sich plötzlich daran erinnert, dass ich dort hineingegangen bin. Es könnte immer noch...«
Rachel unterbricht sie. »Nein«, sagt sie. »Das wird nicht passieren.
Die Untersuchung war gründlich und allumfassend, glaub mir. Sie haben nichts unversucht gelassen, und jetzt ist es vorbei. Weggesperrt in einer Kiste. Niemand sucht nach dir,

Lucy. Niemand wird jemals wieder nach dir suchen.« Sie lächelt strahlend und Lucy erwidert das Lächeln.

»Oh mein Gott«, sagt Lucy. »Ich kann es einfach nicht fassen. All diese Monate, jede wache Minute an jedem Tag, war es da. Genau da. Ich war bereit zu fliehen. Du weißt schon. Bereit, mich zu verstecken. Und jetzt...«

»Ja ... es ist zu Ende.« Rachel lächelt wieder. »Aber ich muss dich wirklich fragen, Lucy, was war es? Was hat dich dazu veranlasst, es zu tun?«

Lucy blickt auf den Boden und dann zu Rachel hinauf, ihre Augen glänzen vor Tränen. »Ich war dort, um unsere Pässe abzuholen. An jenem Sonntag. Ich wusste, dass er im Gegenzug Sex erwarten würde, das wusste ich, aber ich dachte, das wäre es wert, um meine Freiheit zurückzubekommen. Um zurück nach Großbritannien zu kommen und meine Tochter zu finden. Ich war also bereit dafür. Ich trug schöne Unterwäsche. Bereit für Sex. Aber das war nicht das, was er wollte. Er vergewaltigte mich in seiner Küche. Er stieß mich in Glasscherben. Schau mal.« Lucy zieht ihr T-Shirt hoch, um Rachel die kleine, fleckige Narbe zu zeigen, die auch über ein Jahr später noch da ist. »Ich blutete und hatte Schmerzen, und er vergewaltigte mich weiter, und da war dieses Messer. Das Messer, das ich zum Schneiden der Tomaten benutzt hatte. Und ich – na ja. Du weißt, was ich getan habe.«

Rachel nimmt Lucys Hand in ihre und auch ihre Augen füllen sich mit Tränen. »Ich weiß«, sagt sie. »Ich weiß. Du brauchst nichts mehr zu sagen. Ich weiß.«

»Und du? Was hast du dort gemacht? Als du gesehen hast, was ich getan habe?«

»Ha! Ich war auch gekommen, um ihn zu töten!« Lucy keucht. »Was? Wirklich?«

Rachel lächelt. »Nein. Nicht wirklich. Aber vielleicht. Wenn es dazu gekommen wäre.« »Weil er dich so behandelt hat?« »Ja. Weil er mich so behandelt hat. Denn, weißt du, er hat mich auch vergewaltigt. Mich vergewaltigt. Während ich schlief. Ich habe geschlafen!« Rachel hält sich die Hände vor den Mund und schluchzt laut auf. »Und dann«, sie lächelt entschuldigend und fährt mit angehaltenem Atem fort, – »fand ich ein paar Monate später heraus, dass Michael meinen Vater um seine gesamten Ersparnisse erpresst hatte, indem er drohte, schmutzige Fotos von mir zu veröffentlichen, die er irgendwann während unserer kurzen Ehe von meinem Handy gestohlen hatte. Ich ging an diesem Tag dorthin, um ihn zur Rückzahlung des Geldes zu zwingen. Ich wollte seine Waffe holen – wusstest du, dass er eine Waffe hatte? Und ich wollte sie auf ihn richten, bis er sich bereit erklärt hätte, meinem Vater sein ganzes Geld zurückzuzahlen.«

»Und wenn er sich geweigert hätte?«

Rachel sieht Lucy direkt in die Augen und sagt nach einem Moment des Schweigens: »Ich hätte ihn erschossen.«

»Aber ich war zuerst da?«

»Ja. Du warst zuerst da. Und du, Lucy, du bist meine Heldin.« Rachel beugt sich zu Lucy und nimmt sie in die Arme. »Danke.«, flüstert sie ihr ins Haar. »Danke für das, was du getan hast.«

»Aber was ist mit dem Geld deines Vaters?«, fragt Lucy. »Hast du es jemals zurückbekommen?«

Rachel nickt und lächelt. »Die Vermögensverwaltungsgesellschaft, die es für Michael aufbewahrt hatte, wollte die schlechte Publicity nicht, also zahlten sie alles an meinen Vater zurück, ohne Fragen zu stellen. So. Glücklich bis ans Lebensende.« Sie lächelt wieder und klatscht mit den Hän-

den auf ihre nackten Beine. »Ist zehn Uhr dreißig zu früh für Champagner, was meinst du?«
Lucy blinzelt überrascht. Dann lächelt sie und sagt: »Ich habe kein Problem damit.«
Sie gehen mit dem Champagner auf Rachels Balkon und stoßen aufeinander an, auf die Sicherheit, darauf, dass schlechten Menschen Schlimmes passiert und guten Menschen Gutes. Lucy erzählt Rachel von dem alten Pfarrhaus in St. Albans, und Rachel sagt, sie würde es gerne besichtigen, und Lucy sagt, sie werde sie auf ein paar Drinks einladen, wenn es besuchbar sei. Rachel erzählt Lucy von ihrem Geschäft mit Designerschmuck und zeigt ihr einige besonders schöne Stücke auf ihrer Website.
»Ich werde dir etwas machen, Lucy«, sagt Rachel. »Was immer du willst. Such dir einfach etwas aus und es gehört dir.« Aber Lucy schüttelt den Kopf und sagt: »Nein. Ich brauche nichts.«
»Wie wäre es dann mit Libby? Für deine Tochter?« Und schließlich lächelt Lucy und sagt: »Oh. Ja. Danke.«
Sie sprechen nicht über Michael, denn Michael ist tot und sie sind am Leben und in Sicherheit, und die Sonne scheint auf sie, während die Kähne unten vorbeifahren.

KAPITEL 68

August 2019

Max Blackwood, der Immobilienmakler, steht an einem kühlen Augustmorgen vor dem Pfarrhaus in St. Albans und trägt einen Pullover über seinem Geschäftshemd. »Guten Morgen, guten Morgen!«, singt er Lucy zu, als sie aus ihrem Auto steigt. »Heute ist Tag X!«

Lucy wartet, um Stella zu beobachten, während sie hinten aus dem Wagen klettert. Henry steigt vom Beifahrersitz und Marco klettert aus seiner Seite. Dann stehen die vier da und begutachten das Haus.

»Leck mich«, flüstert Henry Marco zu. »Ich verstehe, was du meinst.«

»Ich habe es dir doch gesagt, oder?«, sagt Marco, der das Haus leidenschaftlich hasst. »Eine Ruine.«

Stella ergreift inzwischen Lucys Hand und drückt sie aufgeregt. Die ganze Fahrt über hat sie darauf hingefiebert, hierher zu kommen, damit sie ihr Zimmer wieder sehen kann. Die Kinder waren bisher nur einmal hier gewesen, kurz nachdem die Kaufverträge ausgetauscht wurden. Heute ist der Tag der Fertigstellung, und Lucy schreitet auf den Makler zu und nimmt ihm die Schlüssel aus der ausgestreckten Hand.

»Vielen Dank«, sagt sie zu ihm. »Das ist so ziemlich der aufregendste Tag in meinem Leben. Ist das zu fassen? Ich bin vierzig Jahre alt und habe zum ersten Mal ein eigenes Haus.«

Der Makler strahlt sie an und sagt: »Besser spät als nie. Und das Warten hat sich gelohnt, würde ich sagen. So ein schönes Haus.«

Einen Moment später verabschieden sie ihn, und gerade als er geht, fahren Libby und Miller in die Einfahrt. Libby hält einen riesigen Blumenstrauß in der Hand und Miller hat eine Flasche Champagner dabei. »Herzlichen Glückwunsch zum eigenen Haus!«, sagt Libby, läuft auf Lucy zu und umarmt sie.

Libby hat das Haus schon gesehen, Miller aber nicht, und er sieht es sich von der Einfahrt aus an und sagt: »Wow. Es ist im Grunde wunderschön, aber Gott, du wirst viel zu tun haben.«

»Ja, nun, darauf bin ich vorbereitet. Und wie es der Zufall will, hat die beste Küchendesignerin in Hertfordshire bereits Pläne für die Küche gezeichnet, und sie wird unglaublich aussehen.«

Dido wird den größten Teil der Arbeiten beaufsichtigen. Sie hat ein Team von lokalen Innenaustattern und einem Architekten zusammengestellt, die mit ihr zusammenarbeiten. Aber zuerst will Lucy einfach nur da sein, drinnen. Ihr erstes Zuhause. Ihre Babys. Alles an einem Ort. Endlich. Sie dreht den Schlüssel in der Tür und spürt einen Schauer der Freude, als sich die Tür unter ihrer Hand öffnet – jedes Mal, wenn sie das Haus zuvor gesehen hat, war es die Hand des Immobilienmaklers am Schlüssel, die die Tür aufdrückte.

Dann sind sie im Haus, und obwohl es schäbig, kaputt, schlecht modernisiert und baufällig ist, erfüllt es ihr Herz auf eine Weise, die alles übertrifft, was sie jemals erlebt hat. Fitz huscht zur Hintertür hinaus, hinter der es einen 60 Meter langen Garten gibt, der nur ihm gehört. Stella rennt die Treppe hinauf und mit Libby in ihr Schlafzimmer. Lucy kann von hier aus hören, wie sie Libby genau erklärt, wo ihr Hochbett mit der Leiter hinkommt und wie sie mit Freya G und Freya T darunter Teepartys feiern wird, wenn sie zum

Übernachten kommen, was laut Stella ständig geschehen wird. Unten steht Lucy zwischen Miller und Henry, begutachtet das Haus und überlegt, was wo hinkommen soll, wenn Didos Pläne Gestalt annehmen. Dann dreht sie sich um und bemerkt Marco, der ruhig in der Ecke des Flurs steht und mit der Spitze seines Schuhs gegen die Fußleiste tritt.

»Ist es zu spät, unsere Meinung zu ändern?«, fragt er.

»Ja«, sagt Lucy, die es zwei Monate lang ertragen musste, dass Marco darum warb, bei Henry und in seiner Londoner Schule bleiben zu dürfen und nicht zu ihnen aufs Land zu ziehen. Aber dann einen Moment später bemerkt sie, dass Marco mit dem Hund im Garten ist und dass er irgendwo einen Tennisball gefunden hat und diesen Fitz zuwirft, der auf dem Rasen auf und ab hüpft, um ihn zu jagen und zurückzubringen, und sie sieht, wie sich die Wangen ihres Sohnes verfärben, und sie weiß, dass es ihm hier gefallen wird. Früher oder später.

Libby bestellt einen Stapel übergroßer Pizzen und sie essen sie im Garten mit Champagner, während Stella mit dem Hund auf dem Trampolin auf und ab springt. Die letzten paar Monate waren in vielerlei Hinsicht stressig. Die Geschichte über Justins Selbstmord, den toten Popstar und die verhungernden Kinder, die in der Chelsea-Villa eingesperrt waren, hatte sich, wie vorherzusehen war, wie ein Virus verbreitet. Die Zeitungen konnten ein paar Tage lang nicht genug davon bekommen. Die Geschichte ging einher mit zahlreichen Fotos von Birdie, vom Haus, von Lucy, die Henrys Wohnung mit dem Hund verlässt, von Libby und Miller, die ihr Haus in St. Albans verlassen, von Martina und Henry Senior, als sie frisch verheiratet waren, von dem Harrods-Babybett mit den blau bemalten Blumen, in dem

Libby als Baby gefunden worden war, von dem Wohnmobil, in dem Justin gelebt hatte, von dem Pub, in dem er Stammgast war.

Es kursierte sogar ein Foto von einem jungen Mann namens Jason Mott, einem Wattführer auf der Themse, der die Knochen gefunden hatte. Er hatte einen dicken Schopf erdbeerblondes Haar und trug eine gepolsterte Weste mit vielen Taschen. Er sagte: »Ich habe in den vielen Jahren, in denen ich diese Schlammbänke und Kiesstrände durchforstet habe, schon einige seltsame Dinge gefunden, von falschen Zähnen und Golfbällen bis hin zu römischen Münzen und Schmuck, aber dieser Knochenfund war die schockierendste Entdeckung meiner Karriere. Jetzt ist ein Mann tot, und ich wünschte, ich hätte sie gleich wieder in den Fluss geworfen. Wenn ich noch einmal die Zeit hätte, würde ich es tun.«

Aber der Glanz der Geschichte beginnt jetzt zu verblassen. Die Presse ist weitergezogen, die Öffentlichkeit ist weitergezogen. Lucy hat ihr Haus. Henry hat sein Zuhause zurück. Sie haben ihre ursprünglichen Geburtsurkunden ausgestellt bekommen und ihre Vornamen wieder angenommen – die Urkunden für dieses Haus sind auf Lucy Amanda Lamb ausgestellt – und nun sind beide frei von den Schatten, die sie ihr ganzes Erwachsenenleben lang verfolgt haben. Keiner von ihnen versteckt sich mehr. Das Haus im Cheyne Walk ist endlich aus ihrer Psyche verschwunden. Ihr Leben hat neu begonnen.

Aber es fehlt noch ein Teil, und während der Tag vom frühen in den späten Nachmittag übergeht, fällt Lucys Blick immer wieder auf die Uhrzeit ihres Handys und die Einfahrt jenseits des Küchenfensters lenkt sie immer mehr ab, so dass sie sich nicht mehr auf das Gespräch konzentrieren kann, das sich um sie herum abspielt.

Aber schließlich, um fast fünf Uhr, knirschen die Reifen auf dem Schotter und es klingelt an der Tür.

»Libby, kannst du für mich aufmachen?«, ruft sie ihrem ältesten Kind zu.

Lucy steht am Rande des Flurs und beobachtet, wie Libby einem großen Mann mit schmutzigblondem Haar, einem dünnen Bart und einem schüchternen Lächeln die Tür öffnet.

Lucys Herz schlägt höher, als sie ihn sieht, und sie macht ein paar Schritte zur Tür, bleibt aber außer Sichtweite. Hinter ihr sind Schritte zu hören, und sie sieht Henry, der sich ihr nähert. Sie legt einen Finger an die Lippen, und er nickt und stellt sich hinter sie.

»Hallo?«, sagt Libby mit einer Frage in der Stimme.

»Hallo«, sagt der Mann. »Bist du Libby?«

»Ja«, antwortet sie. »Bist du…?«

»Ich bin Phin.«

»Oh.« Eine winzige, atemlose Silbe. »Wow.«

Lucy und Henry tauschen einen Blick aus. Sie spürt Henrys Hand, die sanft ihre Schulter drückt, und nimmt sie in ihre.

»Ich nehme an, dass dir niemand etwas gesagt hat…«, sagt Phin.

Libby schüttelt den Kopf. »Nein«, sagt sie. »Niemand hat mir etwas gesagt.«

»Das ist also ein ziemlicher Schock?«

»Ja, das ist ein ziemlicher Schock.« Libby lacht. »Willst du – willst du mit reinkommen?«

»Danke«, sagt Phin. »Ich würde gerne reinkommen.«

Lucy und Henry ziehen sich ein wenig zurück, als Libby Phin den Flur entlang in Richtung Küche führt.

»Ich hätte vor zwei Stunden hier sein sollen«, sagt Phin. »Ich war mit meiner Mutter und meiner Schwester unten in Cornwall. Der Verkehr war grauenhaft. Ich hoffe, ich habe euch nicht den Tag verdorben?«

»Nein«, hört Lucy Libby strahlend antworten. »Nein, ganz und gar nicht. Wir hatten einen schönen Tag. Und jetzt...«

Lucy hält den Atem schwer in ihrer Brust.

»Jetzt wird er noch besser.« Es gibt eine kurze Pause. »Wie auch immer. Was darf ich dir bringen? Wein? Bier? Kalte Pizza?«

Dann ertönt ein gemeinsames Lachen. Das Lachen ihrer Tochter und des Vaters ihrer Tochter an einem Freitagnachmittag in Lucys Haus.

Lucy dreht sich zu Henry und lächelt. Tonlos sagt sie *Danke*. Dann nimmt sie Henrys Hand und gemeinsam gehen sie in Richtung Küche, ihre Familie ist endlich komplett.

KAPITEL 69

Zwei Monate zuvor

Phin zieht den Riegel an seiner Wohnungstür zurück. Es ist spät und er ist wirklich nicht in der Stimmung, mit jemandem namens Jeff Smalltalk zu halten. Die Wohnung ist ein einziges Chaos, und er will sie ihm nicht zeigen. Er seufzt schwer und sagt: »Einen Moment.«

Plötzlich steht ein Fuß in der Tür, und ein großer Mann stößt ihn mit voller Wucht in den Flur. Der Mann hat blondgefärbtes Haar und wilde Augen. Sein Atem riecht nach längst getrunkenem Wein und längst verzehrtem Essen. Seine blassen Augen sind manisch.

»Was soll der Scheiß?«, fragt Phin. »Alter. Was soll der Scheiß?«

Der Mann dreht sich um und schiebt den Riegel vor die Tür, und Phin versucht, um ihn herumzukommen, um sie wieder zu entriegeln. »Ernsthaft, Alter. Mach, dass du wegkommst.« Sein Herz krampft in seiner Brust. Er hatte ein komisches Gefühl bei dem Zettel von *Jeff*, den er vorher unter seinem Türklopfer gefunden hatte.

Es hatte etwas Beunruhigendes an sich, und er fühlte sich seitdem etwas unsicher, und jetzt glaubt er, dass er vielleicht sterben wird.

Der Kerl stürzt sich auf Phin, den Flur hinunter, ins Wohnzimmer und auf das Sofa, wo er ihn an den Schultern festhält, ihm die Haare aus den Augen streicht, seinen ranzigen Atem in Phins Gesicht haucht und sagt: »Hallo, alter Junge.«

Phin starrt den Mann an, der hierhergekommen ist, um ihn zu töten, und dann dämmert ihm die Erkenntnis.

»Henry«, sagt er. »Verdammte Scheiße. Was soll der Scheiß?«
»Scheiße, Phin. Du siehst so anders aus.«
»Henry. Du siehst...«
»Ja, ich weiß. Ich sehe aus wie du. Verrückt, was? Kannst du das glauben? Was für ein trauriger Verlierer verbringt sein ganzes Erwachsenenleben damit, so zu tun, als wäre er jemand, in den er als Kind verliebt war? Weißt du, ich nenne mich sogar manchmal Phin. Ist das nicht erbärmlich?«
Phin nickt, schüttelt den Kopf und sagt dann: »Ja, das ist ziemlich beschissen. Was machst du denn hier? Was willst du?«
»Oh, Phin. Das ist eine ausgezeichnete Frage. Wahrhaftig. Und weißt du, ich bin mir nicht sicher, ob ich sie beantworten kann. Ich ... Ich musste einfach kommen. Ich meine ... Du bist verschwunden. Du hast mich verlassen. Und seit du mich verlassen hast, bin ich – einsam.«
»Einsam?«
»Ja. Einsam. Indem ich so getan habe, als wäre ich du, habe ich mich dir näher gefühlt. Weniger allein.«
Henry lässt Phins Schultern schließlich los und lässt sich schwer auf das Sofa neben ihm fallen. Er atmet laut aus und wendet sich dann an Phin und sagt: »Es tut mir leid.«
»Was tut dir leid?«
»Es tut mir leid, dass ich so bin wie ich bin.«
»Warum tut es dir leid, du zu sein?«
»Oh, ich weiß es nicht. Weil ich alles doppelt so schlimm gemacht habe, wie es für dich in diesem Haus ohnehin schon war. Weil ich einfach schwierig bin, nicht wahr? Ich bin ein Klotz am Bein. Ich weiß, dass ich das bin.«
»Nun, Henry, ich habe dich seit über zwanzig Jahren nicht mehr gesehen, also kann ich nicht behaupten, dass du

mich runtergezogen hättest.«

»Oh, hol mir doch bitte einen Drink, ja? Ich brauche wirklich einen Drink.«

»Ich habe keinen.«

»Ah. Nein, natürlich nicht. Du hast sowas nie gebraucht, nicht wahr? Du warst dir immer genug.«

»Nun, das ist totaler Schwachsinn.« Henry starrt Phin fragend an. »Glaubst du das wirklich?«, fragt Phin.

»Ich denke es nicht. Ich weiß es.«

»Nun, du irrst dich. Mein ganzes Leben war eine Suche nach einem Sinn. Mein ganzes Leben bestand darin, herauszufinden, wofür ich verdammt noch mal da bin.«

»Ja. Richtig.«

»Ja. Richtig. Weißt du, Henry, hast du jemals darüber nachgedacht, was es mit einem Menschen macht, der mit einem Vater wie meinem aufwächst? Du hattest ihn nur für ein paar Jahre in deinem Leben. Ich hatte ihn 18 Jahre lang in meinem Leben. Ich kämpfte bereits um meine eigene Identität, um mein eigenes Überleben, lange bevor ich dich traf.«

»Aber du hast mir das Gefühl gegeben...«

»Was? Was hast du durch mich gefühlt, Henry?«

»Weniger.«

»Das ist so ein Blödsinn. Ich bitte dich. Du warst derjenige mit dem großen Haus und der schicken Schule und dem Schlafzimmer voller schöner Dinge.

Ich bin in deinem Haus mit nichts angekommen. Buchstäblich nur mit einer Tasche voller Kleidung. Und da warst du, der kleine Lord Fauntleroy, mit allem. Alles, was ein Kind sich wünschen kann. Was glaubst du, wie ich mich da gefühlt habe?«

»Ich weiß es nicht. Ich weiß nicht, wie du dich dabei gefühlt hast.«

»Es hat mich defensiv gemacht, Henry. Es brachte mich dazu, mich nach innen zu kehren. Es brachte mich dazu, mich in Büchern und Träumen und Gedanken an Welten zu verlieren, die außerhalb meiner eigenen tragischen Existenz existierten. Und da warst du. Du wolltest mehr und mehr und mehr. Sahst mich an, als hätte ich die Antworten auf alles. Und ich hatte nichts, Henry. Konntest du das nicht sehen? Ich hatte nichts. Und je mehr du von mir erwartet hast, dir etwas zu geben, desto mehr erinnerte es mich daran, wie wenig ich zu geben hatte. Du warst derjenige, Henry. Du warst der Anführer. Du warst derjenige, der uns am Ende da rausgeholt hat.«

»Aber ich hätte dich fast umgebracht. Hast du das gewusst? Ich hätte dich fast umgebracht. Ich war es, der dir die Drogen gab, die dich krank machten. Sie waren dafür gedacht, dass du mich liebst. Es war ein lächerlicher verdammter Liebestrank, Phin. Und er hätte dich fast umgebracht.«

»Ich war nicht krank von deinem Liebestrank, Henry. Ich war krank durch falsche Ernährung. Dehydrierung. Es war ihre Schuld, dass ich krank war. Nicht deine.« Phin seufzt und dreht sich, um Henry richtig anzusehen. »Henry, sieh mal, Kumpel. Es ist alles gut. Siehst du? Du und ich. Es ist alles gut zwischen uns.«

Henry schaut einen Moment lang nachdenklich und nickt. Doch dann wird er wieder unruhig. »Aber wenn mit uns alles in Ordnung ist, warum bist du dann aus Botswana weggelaufen, als du gehört hast, dass ich kommen würde?«

Phin sieht Henry verwirrt an. »Ich bin nicht vor dir weggelaufen, Henry«, sagt er. »Wie kommst du darauf, dass ich vor dir weglaufen wollte? Es waren die anderen, vor denen ich weglief. Vor Lucy. Und ... na ja, vor Lucys Tochter. Ich war einfach nicht...«

Phin nimmt sich einen Moment lang zusammen. »Ich war nicht bereit für das ganze Vater-Tochter-Wiedersehen. Ich war es einfach nicht. Ich habe mich erschrocken. Ich habe mich verpisst.«

Phin zuckt mit den Schultern und Henry seufzt laut und sagt: »Verdammt noch mal, Phin. Verdammt noch mal.« Dann holt er sein Handy aus der Tasche und öffnet seine Fotogalerie und scrollt zurück zu Fotos, die wie ein Familienessen in einem Restaurant aussehen, und er öffnet ein Foto von einer jungen Frau mit blondem Haar und sagt: »Phin. Sieh sie dir an. Das ist deine Tochter. Das ist Libby.«

Phin starrt das Foto in stillem Schweigen an. Ein süßes Mädchen, mit einem breiten Lächeln, einem Grübchen. Sie sieht aus wie er. Sie sieht genauso aus wie er.

»Sie ist der netteste Mensch der Welt, Phin. Und ich weiß, du warst kein Fan von der Baby-Sache, das verstehe ich. Babys sind verdammt beängstigend. Aber sieh sie dir an. Sie ist kein Baby mehr. Sie ist eine erwachsene Frau mit einem Haus, einem Job und einem Freund und sie braucht keinen Vater. Sie braucht dich nicht. Aber verdammt noch mal, Phin.« Henry hält einen Moment inne, schaltet sein Handy aus, sieht Phin an und sagt: »Ist dir jemals in den Sinn gekommen, dass du sie vielleicht brauchst? Komm nach Hause, Phin. Komm und besuch sie.«

Phin schließt die Augen. Dann öffnet er sie wieder. Er sieht Henry an, und von irgendwo tief in seinem Inneren kommt eine Welle der Gewissheit, eine Welle der Liebe. Er zieht Henry an sich, und einen langen, langen Moment halten sie einander fest umschlungen.

Als sie sich schließlich loslassen, sagt Phin zu Henry: »Okay,

ich komme. Ich verspreche es. Ich werde kommen. Dieses Jahr. Vielleicht im August. Versprich mir nur, dass du in der Zwischenzeit niemandem erzählst, dass du mich gesehen hast.«
Henry sieht zu Phin auf, lächelt und sagt: »Ich schwöre bei meinem Leben. Ich werde es keiner Seele erzählen.«

EPILOG
Acht Monate später

»Kann ich Ihnen helfen, Sir?«

Henry prüft schnell sein Spiegelbild in der Glasscheibe des Schaufensters. Er zerzaust seine dunklen, strähnigen Locken und fährt mit den Fingerspitzen über die rauen Stoppeln an seinem Kinn. Dann wendet er sich an den Verkäufer und schenkt ihm ein sympathisches Lächeln.

»Hallo«, sagt Henry. »Ja, danke. Ich suche nach einer Gold Wing?

Auf Ihrer Website hieß es, Sie hätten welche auf Lager, aber ich kann keine sehen...«

»Wunderbar!« Die Augen des Verkäufers leuchten auf und er schnippt mit den Fingern.

»Folgen Sie mir, Sir, hier entlang.«

Henry folgt dem jungen Mann durch den Ausstellungsraum zu einer Ausstellung in einem anderen Bereich neben dem Hauptempfang. Beim Anblick der riesigen Motorräder, vier an der Zahl schräg auf Sockeln aufgereiht, aus allen Winkeln mit Halogenstrahlen bestrahlt, bekommt er eine Gänsehaut.

»Wow«, sagt er.

»Ja«, sagt der Verkäufer. »Wow, in der Tat. Haben Sie nach einem bestimmten Modell gesucht?«

»Äh, ja. Die GL1500.«

Der Verkäufer lächelt und winkt mit der Hand in Richtung eines rot-schwarzen Motorrads.

Das ist es.

Es ist genau das Gleiche. Henrys Magen knurrt.

»Es ist ein Modell von 1998«, sagt der Verkäufer. »Praktisch makellos. Nur fünfzehnhundert Kilometer auf dem Tacho. Es hat die meiste Zeit seines langen Lebens unter einer Plane verbracht. Und jetzt ist es bereit, den Rest seines Lebens hoffentlich auf der Straße zu verbringen. Wollen Sie aufsteigen?«

Henry nickt. »Klar«, sagt er. »Das wäre großartig.«

Der Verkäufer drückt einen Knopf an der Wand und der Sockel sinkt in den Boden, bis das Motorrad bündig mit dem Boden ist.

Henry schwingt sein Bein auf das Motorrad und fühlt sich sofort in die berauschenden Straßen von Chicago zurückversetzt. Er fährt mit den Händen über die Knöpfe, den Lenker.

»Ist sie nicht schön?«, sagt der Verkäufer.

Henry nickt, sagt aber nichts. Die Einheit, die er seit seiner Rückkehr aus Chicago mit der Welt empfunden hat, seit er und Phin ihren Frieden geschlossen haben, seit dem großen Familientreffen in Lucys neuem Haus, hat begonnen, an den Rändern auszufransen. Seit Monaten hat er sich damit abgefunden, Henry Lamb zu sein. Der Gedanke, dass Justin sein Leben nicht für die glamouröse, renovierte Version von Henry Lamb geopfert hat, sondern für die originale, leicht beschissene Version, hat seine Seele mit Gerechtigkeit erfüllt.

Henry Lamb war genug, hatte er gedacht, er brauchte niemand anderes zu sein. Aber seit kurzem fühlt sich seine schöne Wohnung wieder leer an, und er ist sich wieder seiner Einsamkeit in dieser Welt bewusst, seiner Fremdheit, seines Andersseins. Als er die Blondierung rauswachsen ließ, das Botox in seinen Lippen und Wangen nicht erneuerte, als er den alten Henry wieder aus dem Spiegel auf sich zukommen sah, geriet er in Panik. Er wollte nicht mehr

Phin sein, aber er wollte auch nicht, das wusste er mit ekliger Gewissheit, der langweilige alte Onkel Henry sein. Und seine Gedanken kehrten in den folgenden Wochen und Monaten immer wieder zu dem letzten Mal zurück, als er etwas gefühlt hatte, das letzte Mal, als er sich nicht wie betäubt gefühlt hatte. An den letzten Menschen, dem er begegnet war und der es wert war, nachgeahmt zu werden.

»Oh«, sagt der Verkäufer. »Mein Name ist übrigens Theo.«

»Hi, Theo«, sagt Henry, wirft sein dunkles Haar aus den dunklen Augen und reicht Theo die Hand. »Mein Name ist Kris. Kris Doll.«

»Freut mich, dich kennenzulernen, Kris«, sagt Theo. »Du hast einen tollen Geschmack, was Motorräder angeht.«

DANKSAGUNG

Zunächst einmal muss ich allen Lesern von *The Family Upstairs* danken, die mir in den letzten vier Jahren geschrieben haben, um mich zu bitten, eine Fortsetzung zu schreiben – *ich muss wissen, wie es weitergeht*! Ich bin keine Schriftstellerin, die gerne Fortsetzungen schreibt. Ich habe es schon einmal getan und es hat mir keinen Spaß gemacht. Ich habe mich eine ganze Weile geweigert, mich mit dem Konzept zu befassen. Aber dann hat es bei mir Klick gemacht, und mir wurde klar, dass ich vor allem ein weiteres Jahr im Kopf von Henry Lamb verbringen wollte. Vielen Dank also, liebe Leser, dass ihr mich zu etwas gedrängt habt, was ich insgeheim wohl schon immer tun wollte!

Mein Dank gilt wie immer meinen Verlagsteams im Vereinigten Königreich und in den USA. Mein besonderer Dank gilt Selina Walker, Najma Finlay, Claire Bush, Sarah Ridley, Laura Richetti und Claire Simmonds bei Cornerstone und Lindsay Sagnette, Ariele Fredman, Milena Brown, Jade Hui und Zoe Harris bei Atria.

Danke an das großartige Team von Curtis Brown, meiner Londoner Agentur. Besonderen Dank an Jonny Geller, Viola Hayden und Ciara Finan sowie an Kate, Nadia und Sophia im Bereich für ausländische Rechte. Und danke an meine unglaubliche Agentin in den USA, Deborah Schneider von Gelfman Schneider, und an Luke Speed und Josie Freedman, meine Film- und Fernsehagenten im Vereinigten Königreich und in den USA.

Vielen Dank an alle meine ausländischen Verleger. Es war ein erstaunliches Jahr für meine Buchverkäufe auf den ausländischen Märkten, und ich bin Ihnen so dankbar für alles, was Sie tun, um meine Werke zu Ihren wunderbaren Lesern zu bringen.

Ich danke allen Buchhändlern und Bibliothekaren und allen, die ich online und im wirklichen Leben bei den Veranstaltungen getroffen habe, die Sie so fleißig organisieren.

Danke, wie immer, an Richenda Todd, die beste Lektorin der Welt. Danke für die Aufmerksamkeit, die Sie meiner Arbeit immer schenken.

Vielen Dank an Will Brooker, der mich beim Schreiben dieses Buches begleitete, während er selbst ein Buch mit dem Titel *The Truth About Lisa Jewell* schrieb: *Ein Jahr im Leben einer Bestsellerautorin*. Danke, dass Sie mehr als nur ein Schatten waren, dass Sie mich ermutigt und bestärkt haben, als ich Ihnen meine Arbeit schickte, und dass Sie das Schreiben dieses Romans zu einer so denkwürdigen und unterhaltsamen Erfahrung gemacht haben. Danke auch dafür, dass Sie mir im Dezember so mühelos eine Lösung für mein Plot-Problem geliefert haben.

Und schließlich möchte ich mich wie immer bei all meinen Freunden und meiner Familie dafür bedanken, dass sie die besten Freunde und die beste Familie sind, und bei meinen Schriftstellerfreunden dafür, dass sie die besten Schriftstellerfreunde sind, und bei meinem Hund dafür, dass er der beste Hund der Welt ist.

Eine Anmerkung zum Charakternamen Oliver Wolfensberger

Letztes Jahr veranstaltete Spear Camden eine Auktion, um Geld für ihre Wohltätigkeitsarbeit zu sammeln, und der Name einer Figur aus meinem Roman war eines der Lose, die angeboten wurden. Der Gewinner der Auktion war Oliver Wolfensberger, der in diesem Buch als der neue Besitzer des berüchtigten 16 Cheyne Walk verewigt ist! Hier ein paar Informationen über die Wohltätigkeitsorganisation:
Spear Camden ist eine der Wohltätigkeitsorganisationen, die vom Lighthouse London Community Trust unterstützt werden. Sie nimmt gefährdete junge Menschen im Alter von 16 bis 24 Jahren auf, die alle mit Beschäftigungshindernissen zu kämpfen haben, und bietet ihnen ein intensives sechswöchiges Coaching-Programm sowie ein anschließendes Jahr der Unterstützung an. Das Ergebnis ist, dass mehr als 75 % der jungen Menschen, die das sechswöchige Spear-Programm absolvieren, ein Jahr später in Arbeit, Ausbildung oder Beschäftigung sind, obwohl sie oft aus schwierigen Verhältnissen kommen – aus Betreuungseinrichtungen, aus dem Gefängnis, auf der Flucht vor Bandengewalt, mit psychischen Problemen oder Langzeitarbeitslosigkeit kämpfend.
Und eine Nachricht von Spear Camden:

Das Geld, das Sie mit Ihrer Auktion eingenommen haben, reicht aus, um das Leben von eineinhalb jungen Menschen komplett zu verändern. Vielen, vielen Dank an Sie und Herrn Wolfensberger!